Au fond du jardin

Virginia C. Andrews™

Au fond du jardin

Traduit de l'américain
par Frédérique Le Boucher

Titre original :
INTO THE GARDEN
Pocket books, a division of Simon & Schuster Inc., N.Y.

Pour la traduction française :
© Éditions J'ai lu, 2003

Prologue

Mais où est donc passée mon enfance? On dirait que je suis née, un beau matin, et que je me réveille aujourd'hui, Cathy Carson, dix-sept ans. Entre les deux, flou artistique. Comme si, en guise de mémoire, j'avais, dans la tête, un vieux film qui se serait détérioré avec le temps, au point de rendre visages et noms, lieux et événements, absolument méconnaissables. Je sais pourquoi, bien sûr: je ne veux pas me souvenir, pas après ce qui m'est arrivé, pas après ce que mon père m'a fait.

Il a quitté la maison, maintenant. Mais il n'est pas sorti de ma vie. Il n'est jamais très loin. Il me suffit de fermer les yeux et le voici qui réapparaît, le sourire aux lèvres, me disant, d'une voix douce, combien je suis jolie, puis posant ses mains sur moi, me caressant de ses longs doigts en pattes d'araignée, sous prétexte de m'initier, de me donner ces fameuses leçons très spéciales censées m'apporter une expérience, une assurance que toutes les filles de mon âge m'envieraient.

À chaque fois, je suis prise de frissons, comme si un filet d'eau glacée me dégoulinait dans le cou, et je secoue énergiquement la tête pour chasser les images, faire barrage à ce flot de douleur qui me submerge. Le plus souvent, elle s'en va. Le danger est passé: je suis de nouveau en sécurité. Jusqu'à la prochaine fois…

Après des mois et des mois de thérapie chez le docteur Marlowe, j'étais à même de reprendre une vie normale: j'étais acceptée en terminale au lycée Saint Jude et j'avais terminé ma thérapie de groupe en compagnie de Jade, de Star, et de Misty. Il ne me restait plus que quelques entretiens individuels « de suivi », mais aucune date n'avait encore été fixée.

Quand la dernière de nos séances collectives s'était achevée, et en dépit des assurances qu'elles m'en avaient données, je n'avais pas vraiment cru que les autres filles voudraient se lier d'amitié avec moi. Jade avait pris soin de noter tous nos numéros de téléphone, c'est vrai. Mais les promesses que nous avions échangées de « rester en contact » me paraissaient, *a posteriori*, davantage dictées par l'émotion du moment que par une réelle volonté. Nous nous étions avoué tant de secrets inavouables. Certes, partager des choses aussi intimes tisse, parfois, entre les gens, des liens si étroits qu'ils en deviennent indestructibles. Chaque révélation est comme un nouveau nœud qui unit les cœurs et qui ne se défait que lorsqu'ils cessent de battre.

Mais il n'est pas rare non plus qu'après avoir pris pleinement conscience de ce qu'on lui a dit, on ne parvienne plus à regarder son confident en face. C'est embarrassant de penser que, lorsqu'il pose les yeux sur nous, il voit notre souffrance, nos humiliations, notre honte. On préfère détourner la tête. On voudrait qu'il s'en aille. On craint par-dessus tout qu'il n'essaie de renouer contact avec nous. On voudrait pouvoir remonter le temps pour le renvoyer à son anonymat, refaire de lui un inconnu. Faute de quoi, on change de trottoir. Parfois même, quand on le rencontre quelque part, il arrive que l'un et l'autre fassent semblant de ne pas se connaître.

C'était très exactement ce qu'à l'instant même une partie de moi souhaitait. Mais l'autre, celle qui dépérissait de solitude, celle qui rêvait de se faire des amis, souhaitait tout le contraire. Hormis mon père – et il avait ses raisons –, personne n'avait jamais tenu ses promesses avec moi. Pourquoi les filles feraient-elles exception à la règle ? Chacune avait ses propres problèmes et sans doute étaient-elles toutes trop occupées à les régler pour s'intéresser à moi – ou même, seulement, se souvenir de moi.

Misty Foster avait vu ses parents se déchirer, avant d'être brutalement informée de leur divorce, non moins tempétueux que leurs constantes disputes. Depuis, son père avait une liaison avec une femme beaucoup plus jeune que sa mère, laquelle, toujours obnubilée par son insatiable quête d'une beauté et d'une jeunesse qu'elle aurait voulues éternelles – cause première de son divorce –, essayait obstinément de rencontrer d'autres hommes. En vain. Abandonnée à sa solitude, la pauvre Misty était bientôt devenue une « orpheline avec parents », comme elle se qualifiait elle-même – appellation dont elle avait décidé de nous affubler également. L'idée, quoiqu'elle nous ait certes paru saugrenue au départ, avait fini par rallier tous nos suffrages, tant et si bien que nous avions baptisé notre petit groupe le C.O.A.P. ou Club des Orphelines Avec Parents. Je n'avais jamais appartenu à aucune organisation, pas plus à la troupe de théâtre de l'école qu'à une quelconque équipe de sport, et je me réjouissais d'en faire partie. Il n'y avait peut-être pas de quoi se réjouir d'appartenir à un tel club, mais, au moins, y avait-il là une notion d'unité, de fraternité et de partage qui me touchait et, à mes yeux, réfutait d'avance tous les arguments négatifs qu'on aurait pu m'opposer à ce sujet.

Star Fisher vivait avec son petit frère, Rodney, chez sa grand-mère, Pearl Anthony – la mère de sa mère –, depuis que, son père ayant quitté le domicile conjugal, sa mère avait filé avec son dernier amant en date. Star n'en était pas moins la plus fière et, à bien des égards, la plus forte de nous quatre. Elle m'avait même fait un peu peur, quand je l'avais vue pour la première fois. Elle paraissait si dure, presque méchante même. Mais, après avoir entendu son histoire, j'avais compris bien des choses qui expliquaient son agressivité. Et puis, le récit des histoires des autres, y compris la mienne, avait semblé peu à peu l'amadouer et, à la fin, elle était devenue presque aussi protectrice envers nous que le docteur Marlowe elle-même.

Enfin, il y avait la présidente officielle de notre club : Jade Lester, une riche et belle héritière, qui vivait dans une somptueuse propriété de Beverly Hills. Ses parents la considéraient comme une de leurs innombrables possessions : un objet de prix, un bien dont ils se disputaient la garde, dans le cadre d'une guerre ouverte qu'ils avaient rebaptisée « divorce ». Fortes personnalités jalouses de leur indépendance, tous deux étaient dotés d'un caractère bien trempé. Son père avait réussi une brillante carrière d'architecte et jouissait d'une excellente notoriété doublée d'une célébrité de star – dans son domaine, du moins. Cadre dirigeant d'une grande société de cosmétiques, sa mère plaçait son métier au-dessus de tout, y compris de ses responsabilités parentales : hors de question qu'elles la freinent dans son incessante course à la promotion interne. Aux dernières nouvelles, ils s'étaient dits prêts à chercher un terrain d'entente, mais, au moment où notre thérapie de groupe s'était achevée, ils n'étaient encore parvenus à aucun compromis.

Si terrible qu'ait pu être mon histoire, elle ne m'avait pas empêchée de compatir à la douleur de mes camarades. Toutes paraissaient cependant s'apitoyer davantage sur mon sort que sur le leur. Et, pourtant, elles ignoraient encore bien des choses au sujet de ma charmante petite famille…

Il est vrai que l'emploi du mot « famille » peut sembler quelque peu abusif, dans mon cas. J'ai été adoptée quand j'étais petite. Mais je ne l'ai découvert que très récemment, lorsque mon « père » me l'a révélé pour me soumettre plus facilement à ses sévices. En fait, ce sont les filles qui m'ont amenée à me demander pourquoi ma mère avait voulu adopter un enfant. Elle n'avait jamais semblé très à l'aise avec moi et n'avait jamais fait preuve, à proprement parler, du moindre instinct maternel. Je m'étais déjà interrogée sur les raisons qui l'avaient poussée à m'adopter, bien sûr, mais sans ressentir ce besoin impérieux de savoir, cette urgence que les questions des filles avaient suscitée. Au bout du compte, j'avais fini par la mettre au pied du mur et par exiger d'elle la vérité – ou, du moins, ce que je devais découvrir comme étant la sordide vérité.

Je n'étais pas sa fille adoptive : j'étais, en fait, sa demi-sœur. Notre mère avait eu une liaison et était tombée enceinte alors qu'elle était déjà dans la quarantaine. On avait poussé ma demi-sœur dans les bras de Howard Carson, puis, une fois mariée, on l'avait contrainte à m'adopter. J'ignorais sans doute encore bien des choses, mais cette révélation avait suffi à me rendre malade. Je me sentais encore plus mal aimée, encore plus perdue, encore plus vide que je ne l'étais déjà auparavant.

Qui suis-je ? Telle est la question que je me pose encore aujourd'hui. Apprendre que l'on est une erreur, le fruit du péché, une source d'embarras pour tous ses proches est, certes, déjà assez horrible en soi sans vouloir en savoir davantage. Et pourtant, je veux en savoir plus.

Ma demi-sœur Géraldine (j'avais trop de mal à la désigner du nom de « Mère » à présent) m'avait toujours mise en garde contre ce désir ardent de connaître la vérité. Elle prétendait qu'elle était comme la flamme qui fascine le papillon : si on s'en approchait trop près, on risquait de se brûler. Elle disait que, loin de vous libérer, la vérité vous emprisonnait. Elle disait : « La vérité, c'est comme toutes les bonnes choses : il ne faut pas en abuser. Ne pose donc pas tant de questions. »

Un jour que je la harcelais, arguant que j'avais besoin de savoir, que c'était vital pour moi, que j'en avais le droit, Géraldine m'avait répondu : « Imagine que tu sois laide, mais que tu vives dans un monde sans miroirs, sans aucun reflet, ni aucun moyen de te voir. Si quelqu'un t'apportait une glace et te montrait ton vrai visage, est-ce que tu t'en porterais mieux ? C'est pourtant ça, regarder la vérité en face. On n'y gagne rien que de la souffrance, crois-moi. »

Avait-elle raison ? L'avais-je forcée à me montrer mon véritable visage ? Ne faisais-je que « récolter ce que j'avais semé », comme elle le disait si souvent ? C'était peut-être pour cela qu'elle détestait les miroirs et tous ceux qui s'y contemplaient, pourquoi elle traitait la plupart des femmes de vaniteuses, pourquoi elle censurait mes livres et mes magazines et ne me permettait pas de regarder certaines émissions à la télévision, pourquoi elle crachait pratiquement sur certaines publicités et pourquoi elle m'avait obligée à cacher mes seins quand ils avaient commencé à se développer avec une précocité qu'elle avait immédiatement qualifiée d'anormale.

Ou peut-être y avait-il une autre raison, une raison plus profonde, une raison qu'elle craignait encore plus que toutes ces bribes de vérité qu'elle m'avait déjà jetées, comme on jette un os à un chien. Notre maison regorgeait de secrets, de non-dits, de sombres et indicibles pensées qui se terraient dans tous les coins, tels des insectes rongeant le plancher sous les tapis ou infestant les vivres dans les placards. Devais-je les faire sortir de leur cachette ? Devais-je faire ce contre quoi elle m'avait si souvent mise en garde ? Ou devais-je continuer à me contenter d'un silence, somme toute bien rassurant, et à fermer les yeux ? Valait-il mieux demeurer à jamais sourde et aveugle ?

Si Star avait un « tapis magique » pour échapper à son malheur, je n'avais, quant à moi, jamais été capable de me fabriquer un quelconque moyen d'évasion. Géraldine, avec ses regards noirs et ses perpétuelles remontrances, avait toujours su me ramener prestement à ce triste univers de faux-semblants qui me tenait lieu de réalité. C'était comme si le ballon dans lequel je commençais à m'envoler avait explosé et que je me précipitais vers le sol pour me heurter violemment à ma propre solitude.

Les aiguilles tournaient, le jour s'écoulait, la nuit tombait, puis le jour se levait et ainsi de suite. Et, pendant ce temps, je continuais d'exécuter mes tâches journalières, mécaniquement, telle une somnambule, sans jamais ressentir la moindre exaltation dans la monotonie de ma routine quotidienne. Mon propre rire me surprenait quand, par miracle, il survenait et j'étais même étonnée de m'entendre pleurer.

Quand Géraldine m'avait révélé une nouvelle partie de la vérité à mon sujet, je m'étais sentie encore plus perdue, encore plus abstraite, dénuée de toute substance, encore plus étrangère au monde et aux autres, encore plus seule. Je restais des heures à ma fenêtre à regarder les voitures passer et à me demander qui étaient tous ces gens et où ils pouvaient bien aller. J'étais toujours sur le qui-vive aussi. Je m'attendais sans cesse à recevoir un signe de mon « père ». Je m'attendais à le voir surgir à tout instant et sa présence invisible planait comme une menace permanente au-dessus de ma tête.

Géraldine pensait qu'il n'oserait pas se montrer. Mais, au plus profond de moi, j'étais sûre qu'il reviendrait me chercher. Cette perspective me terrifiait. Je verrais peut-être ses mains en premier, ces grandes mains familières aux longs doigts en pattes d'araignée, et puis il sortirait de l'ombre, le sourire aux lèvres, les bras tendus vers moi. Je fermerais alors mon corps, comme on serre le poing, et je retiendrais mon souffle.

Alors il me toucherait. J'aurais beau faire, je ne pourrais jamais l'empêcher de me toucher. Mes hurlements demeureraient inaudibles et il se coucherait sur moi comme un linceul sur un cadavre, un linceul de ténèbres.

1

Révolte

Quand Jade m'a appelée pour m'inviter chez elle, avec Star et Misty, pour notre première réunion officielle du C.O.A.P., il m'a semblé que mon cœur se remettait à battre et que le sang recommençait à couler dans mes veines. Mon corps tout entier s'éveillait à la vie et je me suis soudain sentie étrangement légère, comme si on venait de m'ôter les lourdes chaînes qui m'entravaient depuis toujours. Je pouvais presque les entendre tomber dans un fracas de métal libérateur.

Géraldine préparait le dîner dans la cuisine. Elle avait décidé de nous faire une jardinière de légumes et inspectait chaque carotte, chaque petit pois, en quête de la moindre imperfection, jetant, de temps à autre, un coup d'œil au poulet qui rôtissait au four, sans pour autant perdre un seul mot de ce que je disais au téléphone. Le poste du rez-de-chaussée était fixé au mur de la cuisine, près de la porte, et, comme je n'en avais pas dans ma chambre, je ne pouvais avoir aucune conversation privée, sauf quand elle était en haut, à l'extérieur, ou aux toilettes. Je n'avais pas reposé le combiné qu'elle pivotait d'un bloc pour me demander qui venait d'appeler.

— C'était Jade ! me suis-je exclamée, incapable de refréner mon enthousiasme. Elle m'invite à un brunch chez elle !

— Jade ? a-t-elle répété, en plissant les yeux, telles de luisantes fentes noires pleines de suspicion, de reproches et de menaces. Est-ce que ça n'en serait pas une ?

Géraldine ne parlait jamais autrement des filles qui avaient participé à ma thérapie de groupe. Tout juste si elle condescendait parfois à les désigner par un vague « elles » ou « celles-là » à l'extrême rigueur. On aurait dit qu'elle désignait par là quelques créatures monstrueuses éminemment dangereuses. Si Star, Misty et Jade étaient monstrueuses à ses yeux, alors qu'est-ce que ce devait être pour moi ? Elle rejetait toujours la faute sur mon père, quand elle en parlait – si, vraiment, elle ne pouvait pas faire autrement –, mais, au fond, j'étais sûre qu'elle me croyait coupable : quand elle me regardait, parfois, elle semblait avoir deux doigts accusateurs à la place des yeux.

Ne m'avait-elle pas fait sentir que j'étais corrompue parce que j'étais le fruit d'amours adultères – quand bien même la femme adultère en question était sa propre mère ? Le péché avait toujours été quelque chose de contagieux dans son esprit, pour ne pas dire d'atavique. Partant de là, pourquoi n'aurais-je pas hérité d'une propension à la débauche ? C'était une tare maternelle avérée, après tout. Génétiquement, c'était logique.

Je ne me souvenais pas de l'avoir jamais vue me regarder avec affection et, encore moins, avec fierté. Elle cherchait toujours un prétexte pour me critiquer, comme si elle avait été chargée de s'assurer que je ne m'écarterais jamais du droit chemin – de ce qu'elle appelait le droit chemin, en tout cas. Ma puberté précoce n'avait fait que renforcer l'image négative qu'elle avait de moi. Un jour, elle m'avait même dit que c'était la preuve que j'avais « le vice chevillé au corps » et que « je me préparais un bel avenir de traînée ». Quand on sait qu'elle considérait le sexe comme une espèce de maladie dégénérative, on imagine le dégoût que je devais lui inspirer. Elle a toujours essayé de me faire honte de mon propre corps et, quand j'ai commencé à être formée, elle m'a obligée à porter ce qui tenait davantage de la camisole de force que de la brassière pour m'aplatir la poitrine et, peut-être même, pour tenter d'en stopper le développement.

— Oui, c'est une des filles, lui ai-je répondu, en espérant qu'elle n'allait pas se mettre à critiquer Jade et les autres, comme elle l'avait déjà fait tant de fois.

— Les filles ? Tu veux dire celles de la clinique du docteur Marlowe ? a-t-elle insisté en grimaçant, comme si elle venait de mordre dans une amande pourrie.

Géraldine avait toujours désapprouvé le principe même de la thérapie de groupe. Imaginer un seul instant que des étrangers puissent être au courant de ce qui se passait chez nous ? Quelle horreur ! Alors, quand, en plus, il s'agissait de nos secrets de famille, cela la rendait malade. Elle aurait voulu que je les garde au plus profond de moi, enfermés à double tour, même si je devais en souffrir. Elle aurait encore préféré que je m'étouffe avec, plutôt que de les dévoiler. Dans sa conception des choses, il fallait demeurer stoïque en toutes circonstances, dans le malheur comme dans la joie, garder tout pour soi et s'abrutir de travail pour s'occuper l'esprit et oublier ce qui pouvait vous déranger, simple contrariété ou douleur accablante.

— Le docteur Marlowe n'emploie jamais le terme de « clinique », Mère. Tu sais très bien qu'elle reçoit chez elle, dans son bureau. À t'entendre, on pourrait croire qu'elle nous a séquestrées dans un asile ou étudiées comme des cobayes dans un laboratoire de recherche.

Cette fois, sa grimace vira franchement au dégoût. Géraldine pouvait tordre la bouche et creuser ses joues, tirant sur la peau qui se tendait sur les os de son crâne de telle façon que son visage émacié prenait des allures de masque mortuaire : une vraie momie ! Il faut dire aussi qu'elle était devenue d'une maigreur effrayante depuis... depuis les derniers événements.

— Tous des charlatans ! Avec leur charabia à la noix, ils embobinent tous ces malheureux gogos qui ne savent plus à quel saint se vouer ! cracha-t-elle. Mais comment faisaient les gens avant, quand tous ces « analystes » et tous ces « thérapeutes » n'existaient pas, je te le demande ?

Comme d'habitude, elle avait déjà une réponse calibrée à sa convenance.

— Eh bien, je vais te le dire, moi, comment ils faisaient, enchaîna-t-elle aussitôt. Ils serraient les dents et ils attendaient que ça passe. Ça leur forgeait le caractère.

« Aujourd'hui, dès qu'on est confronté à la moindre petite contrariété, on va pleurnicher dans le giron de son psy, comme un môme dans les jupes de sa mère. Ils en font même des émissions à la télévision, maintenant ! Peuh ! la télévision ! Et pour quoi faire ? Pour aller raconter sa vie privée devant tout le monde ? Les gens n'ont honte de rien, je te jure ! Ils sont prêts à déballer tous leurs petits secrets à n'importe qui. Et devant la terre entière, en plus. C'est répugnant !

« Ça vous fait du sang de navet, toutes ces niaiseries, renchérit-elle. Du sang de navet, oui. Ça rend les gens faibles et lâches. De mon temps, on savait se tenir ; on avait du cran. Mais les gens n'ont plus de morale. Le respect de soi se perd et ces soi-disant docteurs poussent à la roue.

— Le docteur Marlowe nous a été d'un grand secours, Mère. Elle nous a toutes aidées à traverser des moments difficiles.

— Humpf ! maugréa-t-elle, serrant les dents. Ce qui n'empêche que je ne veux pas te voir traîner en pareille compagnie. Dès le début, cette idée de vous réunir toutes, comme ça, ne me disait rien qui vaille. C'est malsain.

— Mais je les aime bien et elles m'aiment bien aussi. Nous avons…

— Quoi ? aboya-t-elle. Qu'est-ce que vous avez ?

— Beaucoup de points communs.

Elle tressaillit sous la violence du choc et me dévisagea, les yeux soudain agrandis par l'horreur.

— Tu veux dire que… que leurs… leurs pères aussi…

— Non, nous avons chacune nos problèmes. Aucune n'a vécu la même chose que moi.

Elle se reprit aussitôt, recouvrant sur-le-champ sa raideur coutumière. Elle détestait que l'on fît la plus légère allusion à ce qui s'était passé.

— Qu'est-ce que ça va te donner de fréquenter des filles à problèmes, Cathy ? Ça ne fera qu'empoisonner davantage l'eau du puits. Comment pourraient-elles avoir une bonne influence sur toi ? Si tu avais une pneumonie, est-ce que tu crois que ça te ferait du bien de te promener avec des tuberculeux ? Si ce docteur Marlowe avait estimé que vous aviez vraiment besoin d'aide, pourquoi serait-elle allée vous mettre toutes ensemble, alors que vous étiez toutes malades ? Hein ? À ton avis ? Pour se faire de l'argent plus vite, voilà pourquoi !

— Non, ce n'est pas vrai. C'est juste une méthode thérapeutique particulière.

— Une « méthode thérapeutique » ! Qu'est-ce qu'ils ne vont pas inventer ! Et ils croient s'en tirer à bon compte avec leur jargon de pseudo- « spécialistes ». Je ne veux pas que tu aies le moindre contact avec elles, c'est clair ?

— Mais...

— Il n'y a pas de « mais », Cathy. C'est sur moi que retombent toutes les responsabilités, maintenant – ça a toujours été comme ça, de toute façon, marmonna-t-elle en aparté. Si tu t'attires des ennuis en fréquentant des gamines caractérielles, c'est moi qui vais encore devoir payer les pots cassés. C'est déjà assez difficile comme ça de faire tourner cette maison et de veiller à ce que tu aies toujours ce dont tu as besoin.

— Mais j'ai aussi besoin d'amies !

— D'amies, oui. Mais ce n'est pas avec des handicapées mentales que tu t'en feras, des amies ! grommela-t-elle, avant de me tourner brusquement le dos pour clore le débat.

— Ce ne sont pas des handicapées mentales. Si elles étaient, elles, des handicapées mentales, qu'est-ce que je serais, moi, alors ?

Elle ne me répondit pas.

— J'irai, décrétai-je d'un ton sans réplique.

Elle abattit si violemment sa casserole sur la plaque électrique que j'en eus l'estomac tout retourné. Elle fit volte-face, l'agitant vers moi comme une matraque.

— Ah mais ! tu ne vas pas te mettre à désobéir, maintenant ! gronda-t-elle. Je suis toujours ta mère devant la loi et tu es encore sous ma responsabilité. Alors, tu vas m'obéir, c'est compris ?

Je soutins son regard flamboyant de rage. Soudain, d'écarlate elle devint pâle comme la mort et dut s'appuyer contre le plan de travail pour ne pas tomber.

— Qu'est-ce qu'il y a, Mère ? me suis-je écriée, en me précipitant vers elle.

Elle me chassa d'un geste de la main.

— Rien, rien, haleta-t-elle, avant de prendre une profonde – et visiblement douloureuse – inspiration. C'est juste un étourdissement. Va finir de nettoyer ta salle de bains. Je t'appellerai tout à l'heure pour mettre la table.

Une main crispée sur le ventre et l'autre sur le cœur, elle se retourna vers l'évier. J'ai attendu qu'elle se redresse – cette fois, avec un effort manifeste – et qu'elle se remette à l'ouvrage avant de quitter la cuisine. Elle a maugréé en sourdine, mais n'a pas dit un mot de plus.

J'étais fermement décidée à aller chez Jade. Je n'allais tout de même pas me laisser cloîtrer ! Ce que j'avais omis de préciser à Géraldine, c'était que le brunch avait lieu le lendemain. Je me disais que je me faufilerais dehors à la première occasion et que j'irais directement chez Jade. J'appliquerais sa règle d'or : il faut cacher la vérité. La vérité peut blesser. Pourquoi lui faire du mal ? Il est parfois moins cruel de mentir.

Comme je n'avais pas reparlé du brunch, Géraldine ne revint pas sur le sujet – lequel tomba dans les oubliettes, comme tant d'autres sujets déplaisants et autres questions gênantes, dans cette maison. Quand je regardais autour de moi, j'avais parfois l'impression que les murs, déjà sombres, devenaient chaque jour plus sombres encore avec tous ces cris, ces reproches, ces récriminations, tous ces mots laids, avilissants et destructeurs qui s'y écrasaient et dont ils me semblaient, à présent, tapissés.

C'était ainsi que Géraldine aimait la maison : sombre et imperméable. Elle avait confectionné d'épais rideaux pour masquer toutes les ouvertures – même les baies vitrées du salon – et ne les ouvrait que rarement pour que « les gens ne puissent pas lorgner par la fenêtre et fourrer leur nez dans nos affaires ». Comme si quelqu'un pouvait s'intéresser à ce qui se passait chez nous ! Nous devions être les gens les plus ennuyeux de la terre. Et puis, qui aurait voulu savoir quoi que ce soit sur nous ? Nous ne connaissions personne. Géraldine ne sortait jamais et n'avait aucune activité extérieure. Elle préférait rester enfermée chez elle, portes et fenêtres hermétiquement closes, rejetant au-dehors ce « monde de fous ».

Après dîner, j'ai réussi à appeler Jade à un moment où Géraldine ne pouvait pas écouter ce que je disais. Elle était montée aux toilettes. Elle n'aimait pas utiliser celles du rez-de-chaussée. Elle avait toujours peur que mon père ou moi puissions l'entendre. Je le savais parce que, à chaque fois que j'en ressortais, j'étais accueillie par ses hurlements : « Je te l'ai dit et répété : quand tu y vas, commence par jeter deux ou trois feuilles de papier pour ne pas faire de bruit. Ces murs sont si fins qu'on entendrait un estomac gargouiller au travers, c'est dégoûtant !. »

J'aurais dû lui demander pourquoi, si les murs étaient aussi fins qu'elle le disait, elle n'avait jamais rien entendu de ce qui se passait derrière ceux de ma chambre. Elle ne m'avait pas entendue quand j'avais eu désespérément besoin d'elle. J'espérais, en décrochant le combiné, que cette surdité sélective jouerait en ma faveur.

— C'est Cathy. J'ai un problème, ai-je aussitôt annoncé, quand Jade a répondu.

— Oh non ! a-t-elle soupiré. Je me doutais que ta mère nous créerait des ennuis. Et moi qui ai organisé ce fabuleux brunch spécialement pour nous. Star et Misty ont déjà confirmé. Allons ! ne me dis pas que tu ne peux pas venir.

— Non, non, l'ai-je aussitôt tranquillisée. Je viens aussi. Seulement, il vaut mieux que ma mère ne le sache pas, pour le moment. Elle ne veut pas que j'aille chez toi.

— Comment ?

Je sentais déjà son indignation enfler à vue d'œil. Seule Star pouvait résister à la tourmente quand elle explosait.

— Estimerait-elle que ma famille n'est pas assez bien pour elle ? s'est-elle insurgée d'une voix frémissante.

— Tu sais bien qu'elle a toujours désapprouvé ma thérapie chez le docteur Marlowe. Elle pense que nous avons une mauvaise influence les unes sur les autres.

— Et son influence, à elle, s'est-elle emportée, elle est bonne, peut-être ? Ou son manque d'influence, en l'occurrence ! Elle qui n'a rien fait pour empêcher ce qui t'est arrivé, alors que cela se passait juste sous son nez ! Tu parles d'une mère ! On peut difficilement imaginer pis dans...

— Je t'en prie, l'ai-je interrompue d'une voix suppliante.

En moi-même, je songeais : *Si tu savais la vérité...*

— Bon. Que veux-tu que je fasse pour t'aider ? me demanda-t-elle.

— Pourrais-tu dire à ton chauffeur que je ne l'attendrai pas devant la maison, mais un peu plus loin, au coin de la rue ?

Je lui ai indiqué le carrefour et je lui ai promis de partir en avance pour être là quand il arriverait.

— Formidable ! Demain, la police viendra m'accuser de t'avoir kidnappée avec la complicité de mon chauffeur. Ta mère portera plainte, cela ne fait aucun doute.

— Mais non ! lui ai-je assuré, en réprimant un fou rire.

— D'accord. En tout cas, on ne pourra pas te reprocher de t'être laissé intimider. Tu as le courage de faire ce en quoi tu crois. Nous pouvons être fières de toi.

Ce compliment m'alla droit au cœur. Et, soudain, j'ai réalisé que je ne désirais rien tant que gagner leur respect, bien plus que je ne voulais de l'estime de Géraldine.

— Merci. Est-ce que je dois apporter quelque chose ?

— Oui, toi.

J'ai étouffé un éclat de rire et je me suis empressée de raccrocher : j'entendais déjà les pas de Géraldine dans l'escalier. Sachant combien elle était douée pour déceler le mensonge dans mes yeux, je me suis ruée sur la table pour finir de débarrasser. Quand elle est revenue dans la cuisine, je lui ai dit que j'avais la migraine et que j'allais m'allonger. C'était la seule excuse qu'elle semblait à même de comprendre : elle souffrait elle-même de terribles et fréquents maux de tête.

— Bien, a-t-elle dit en se dirigeant vers le salon pour voir s'il y avait quelque chose de « convenable » à la télévision. N'oublie pas que, demain matin, je vais faire les courses de la semaine, a-t-elle ajouté.

Je ne lui ai pas proposé de l'accompagner et elle ne me l'a pas demandé. Nous ne faisions pratiquement rien ensemble : nous n'allions jamais au restaurant ni au cinéma, ni même faire les magasins. Ma présence l'indisposait parce qu'elle passait son temps à regarder comment les hommes me reluquaient, m'ordonnant de fermer plus étroitement mon manteau ou de croiser les bras assez haut « pour empêcher mon torse de tressauter de façon aussi indécente ». De toute façon, comme j'étais constamment obligée de me surveiller quand j'étais avec elle, je n'y prenais aucun plaisir.

Dès que j'ai pu, je suis montée me réfugier dans ma chambre, en refermant soigneusement la porte derrière moi. C'était une des consignes du règlement intérieur : « Ferme toujours la porte de ta chambre pour que personne ne puisse violer ton intimité et ne te découvre jamais devant qui que ce soit au risque de l'embarrasser. » Mon père parti, il n'y avait plus qu'elle et moi. Alors, quelle importance ? J'avais beau remettre la pertinence de ses diktats en question, jamais je ne me serais permis de les discuter. Et puis, c'était plus simple de la laisser édicter ses lois et de m'y conformer sans rechigner.

Cette nuit-là, je me suis endormie en pensant aux filles. J'ai rêvé qu'elles devenaient mes amies et que nous faisions plein de trucs ensemble : que nous allions à des fêtes, dans des discothèques et que nous rencontrions des garçons.

J'avais connu Misty, Star et Jade chez le docteur Marlowe. Nous faisions partie du même « groupe de parole », selon l'expression de notre psychiatre. Nous étions pourtant si différentes les unes des autres ! Mais nous avions toutes un point commun : nous avions été – et étions toujours, plus ou moins – les victimes de nos propres parents.

Cela faisait déjà un moment que nous ne nous étions pas revues. À chaque fois que le téléphone sonnait – ce qui n'arrivait pas souvent –, j'espérais toujours que c'était l'une d'entre elles. Qui aurait pu m'appeler, sinon, de toute façon ? Géraldine n'avait pas de famille : pas de frères et sœurs, à part moi, et ses parents étaient morts depuis longtemps. Quant à la famille de mon père adoptif, aucun de ses membres ne s'était jamais manifesté et ils étaient tous aussi *persona non grata* que lui, à présent. C'en était arrivé à un tel point que j'étais contente quand les avocats téléphonaient, ne serait-ce que pour entendre une voix autre que la mienne ou que celle de Géraldine. Et encore, à chaque fois, Géraldine trépignait à côté de l'appareil en glapissant : « Passe-le-moi, passe-le-moi, mais passe-le-moi donc ! »

Mais Jade avait enfin appelé. Elle avait appelé !

Le plus dur, le lendemain matin, a été de cacher ma surexcitation. J'ai paré au plus pressé : comme Géraldine ne voulait pas entendre parler de mes règles – elle ne savait donc jamais quand elles tombaient –, je lui ai dit que j'avais mal dans le bas-ventre et que je n'avais pas très faim. Comme toujours, quand j'évoquais ce genre de sujet, elle a plaqué ses mains sur ses oreilles et fermé les yeux.

— Je te l'ai répété des milliers de fois : on ne parle pas de ce genre de choses. C'est trop intime pour être entendu par des oreilles étrangères. Tu dois garder ça pour toi.

— Mais tu n'es pas une étrangère, Mère !

Quoiqu'elle se comportât certes souvent comme telle avec moi.

— Là n'est pas la question, m'a-t-elle rétorqué en secouant la tête. Ce qui se passe dans ton corps ne concerne que toi. Ça ne regarde personne. Pas même moi.

Nous avions déjà eu plusieurs fois ce genre de discussion. Parfois, je m'amusais à la provoquer pour la faire enrager. On aurait dit que j'avais besoin de la voir et de l'entendre les répéter pour me convaincre qu'elle croyait vraiment aux délires qu'elle racontait et qu'elle était vraiment telle qu'elle me paraissait.

Un jour, je lui avais demandé :

— Mais s'il se passait quelque chose d'anormal, comment je le saurais, si je ne te le dis pas ?

— Tu le sauras, m'avait-elle répondu, péremptoire. Ton corps est ton meilleur juge. Il sait ce qu'il lui faut. Fie-toi à lui.

J'avais eu envie de lui rétorquer : « Si je l'écoutais, je serais bonne pour l'hôpital psychiatrique. » Mais j'avais préféré tenir ma langue.

Pour couper court à toute discussion – et, surtout, pour éviter d'avoir à endurer les détails scabreux que je pourrais encore lui infliger –, Géraldine s'est hâtée de retourner à ses travaux domestiques, se jetant à corps perdu dans le ménage, comme on se jette dans une piscine pour échapper à la brûlure du soleil. Elle avait déjà pris son petit déjeuner – qui consistait généralement en un toast et une de ses infusions miraculeuses, qu'elle accompagnait de quelque mystérieuse gélule de phytothérapie. Mon père avait coutume de se moquer d'elle à ce sujet, mais elle ignorait ses railleries. Quant à moi, je n'avais jamais goûté à l'une de ces mystérieuses tisanes et autres panacées de son cru, et elle ne m'y avait, d'ailleurs, jamais incitée. C'était comme si elle avait possédé un remède miracle pour chaque chose et voulait en garder jalousement le secret.

Ce matin-là, je me suis contentée d'un jus de fruits et d'un demi-bol de céréales. Avant de monter dans sa chambre pour se changer et revêtir « une tenue décente pour paraître en public », Géraldine m'annonça qu'elle entendait me voir ranger l'arrière-cuisine.

— Vide les étagères, nettoie-les, puis fais l'inventaire, m'ordonna-t-elle. J'ai, bien sûr, une idée assez précise de ce que nous avons et de ce dont nous avons besoin, mais je veux rationaliser tout ça.

Géraldine tenait sa maison avec une maniaquerie qui confinait à la paranoïa et menait ses troupes avec une autorité de garde-chiourme. Ce n'était plus une ménagère, c'était un commandant de sous-marin nucléaire ! Il fallait toujours que tout soit lavé, désinfecté, récuré, lustré, vérifié et revérifié dans les moindres détails. J'avais parfois l'impression d'être quelque subalterne à ses ordres ou, pis encore, le larbin de service corvéable à merci. Alors que la plupart des filles de mon âge profitaient des grandes vacances pour aller à la plage, faire les magasins, voir des films au cinéma, s'amuser avec leurs amis et sortir danser, j'avais toujours du travail à faire dans le jardin ou dans la maison, rangeant et rerangeant des choses que j'avais déjà rangées et rerangées moins d'une semaine auparavant. Un jour que je regardais un écureuil répétant infatigablement les mêmes gestes pour accumuler sa nourriture, je me suis dit que, vue de l'extérieur, je devais lui ressembler.

J'ai pensé que le mieux serait sans doute de filer directement dans l'arrière-cuisine pour lui donner l'impression qu'elle était immédiatement obéie. Elle est redescendue habillée de pied en cap, son cabas à la main, et est aussitôt venue voir ce que je faisais.

— Bien, a-t-elle approuvé, constatant que je nettoyais une des étagères. Prends ton temps. Va bien dans les coins. Je rentrerai à la même heure que d'habitude.

À peine avait-elle fermé la porte d'entrée que je filais dans ma chambre. Qu'est-ce que j'allais mettre ? Il faisait beau et chaud : le temps idéal pour porter un short. Le problème, c'est que je n'en avais pas. Géraldine avait catégoriquement refusé de m'en acheter un, pas même pour les cours de gym. Ce qu'elle ignorait, c'était que je m'étais fait un bermuda dans un vieux jean. Je l'avais coupé juste au-dessus du genou avant de le cacher dans la jambe d'une autre paire.

Je l'ai enfilé et j'ai trouvé un sweat-shirt rose pâle qu'elle n'avait pas encore jeté. Elle passait régulièrement ma maigre garde-robe au crible et donnait ce qu'elle jugeait trop petit à Emmaüs ou le jetait tout simplement à la poubelle. Tout vêtement devenu un peu trop ajusté ou un peu trop court était condamné sans appel.

À presque toutes mes séances de thérapie de groupe chez le docteur Marlowe, les filles avaient critiqué ma coiffure. Ce n'était pas vraiment ma faute : c'était Géraldine qui me coupait les cheveux, et elle se moquait bien des dernières tendances du moment ou même du style qui me convenait. Il s'agissait que « ça fasse propre », un point c'est tout. Jamais elle ne m'aurait laissée prendre rendez-vous dans un salon de coiffure. C'était jeter l'argent par les fenêtres.

— Ça se dit « visagistes », mais c'est pour vous faire payer le double de ce que ça vaut. En réalité, ça se contente de feuilleter quelques magazines et de copier plus ou moins bien ce qu'il y a dedans, sans même se préoccuper de savoir si ça vous va ou pas.

Je n'essayais jamais de discuter avec elle quand elle m'assenait ce genre de sentences. D'ailleurs, elle ne me regardait pas pour voir si j'abondais dans son sens ou si je paraissais sceptique. Géraldine s'imaginait que je considérais tout ce qui sortait de sa bouche comme parole d'évangile et que j'engrangeais et chérissais chacun de ses sages préceptes comme un véritable trésor. Après tout, pourquoi aurait-elle pensé autrement ? Je ne lui avais jamais donné de raisons d'en douter. Contrairement à la plupart des filles de mon âge, je cherchais toujours à éviter les conflits : je ne lui avais jamais répondu et je ne m'étais jamais rebellée. Jusqu'alors.

Mon cœur battait si fort, quand je suis sortie de la maison, que j'ai cru m'évanouir sur le seuil. En rentrant, Géraldine m'aurait trouvée étendue sur le sol et m'aurait dit que c'était ce qui arrivait quand on osait lui désobéir. Je m'attendais presque à recevoir une décharge électrique en tournant la poignée de la porte. J'avais les jambes en coton. J'ai pris une profonde inspiration et fermé les yeux, puis je les ai rouverts et je suis sortie, passant de l'obscurité de la maison au grand soleil qui inondait la rue.

C'était une journée magnifique – certainement pas un temps à rester enfermée dans l'arrière-cuisine à nettoyer des étagères et à faire un inventaire, en tout cas. Les nuages avaient des allures de volutes de chantilly sur un glaçage bleu curaçao ; trottoirs et chaussée miroitaient dans la chaleur et la petite brise qui me caressait la joue était fraîche et douce comme une main apaisante sur un front fiévreux : de quoi me redonner du courage.

J'ai rapidement descendu l'allée pour rejoindre la rue et j'ai pris le trottoir de droite. Je marchais vite et sans me retourner. Je me disais : *Si tu te retournes une seule fois, tu risques d'hésiter et, si tu hésites, tu risques de faire demi-tour.*

J'espérais que la limousine serait déjà là et que je n'aurais pas à attendre. Mais, bien sûr, il n'en fut rien. Chaque seconde semblait durer des heures. Je me dévissais le cou pour voir arriver la longue voiture noire que j'avais admirée lorsqu'elle venait conduire et rechercher Jade chez le docteur Marlowe. En vain.

J'ai jeté un coup d'œil à ma montre, puis un regard d'appréhension dans la direction du supermarché. Il était beaucoup trop tôt pour que Géraldine revînt de faire ses courses, mais je ne pouvais pas m'empêcher de penser qu'elle pouvait avoir oublié quelque chose ou même que, prise de soupçon, elle ait eu envie de vérifier ce que je faisais. Elle était très souvent sujette à ces accès de paranoïa, bondissant de sa chaise pour vérifier que portes et fenêtres étaient bien fermées ou que j'étais bien en train de faire ce qu'elle m'avait ordonné.

C'était sans doute mon imagination qui me jouait des tours, mais j'avais l'impression que chaque conducteur qui passait me dévisageait et se demandait ce que je faisais là, à traîner au coin de la rue. Par chance, Géraldine n'avait aucun contact avec nos voisins. Je n'avais donc pas à craindre les témoignages de personnes trop bien intentionnées. De toute façon, elle détestait les commérages et les comparait aux aboiements des chiens errants : dépourvus de sens, inutilement agressifs et tout juste bons à vous agacer et à vous empêcher de dormir. « Les paroles oiseuses sont bien pis que les mains oisives » affirmait-elle. « Quand on n'a rien d'intéressant à dire, on se tait », telle était la devise de Géraldine.

Finalement, la longue automobile noire se profila au bout de la rue et glissa sans bruit jusqu'à moi. Le chauffeur ralentit et se gara le long du trottoir. Avant qu'il n'ait eu le temps de sortir pour m'inviter à monter, la portière s'ouvrit à la volée et Misty s'écria :

— Bienvenue à bord, Cat !

J'ai jeté un dernier coup d'œil vers la maison et j'ai pratiquement sauté dans la voiture. Star était assise là, bien tranquillement, trônant comme une reine sur sa banquette, avec ce teint lumineux de perle noire, ce grain de peau incomparable et ces yeux scintillants comme deux éclats d'obsidienne. Elle s'était fait des tresses et portait un ensemble jupe et chemisier à manches courtes en coton kaki. Je me suis faufilée auprès d'elle et Misty a claqué la portière.

— En avant ! a-t-elle ordonné.

Le chauffeur a souri. Il a acquiescé d'un signe de tête et la voiture a démarré.

Misty portait un caleçon et un T-shirt XXL sur lequel on pouvait lire : *Qu'est-ce que vous dites de ma démarche ? Appelez le 555-4545.* Quoique plutôt menue, c'était une de ces filles sylphides au corps de liane. Pourtant, elle ne s'aimait pas : elle faisait trop garçon manqué à son goût. Quant à moi, j'aurais échangé avec elle sans hésiter. En me voyant, ses yeux bleus au regard espiègle s'étaient mis à pétiller de malice.

— Ce n'est pas ton vrai numéro de téléphone, j'espère ? lui ai-je aussitôt demandé, en désignant son T-shirt du menton.

— Non. C'est l'Automobile Club. Je l'ai fait faire sur les planches, à Venice.

— Mais tu ne risques pas d'avoir des ennuis ?

— Comment tu veux qu'elle ait des ennuis pour ça ? a raillé Star. Franchement, Cat, tu es aussi brave qu'une grenouille de bénitier. Je parie que tu ne traverses que sur les passages protégés.

— Pour être honnête, oui, lui ai-je répondu d'un air contrit.

Elle a éclaté de rire.

— Fiche-lui la paix ! l'a apostrophée Misty, avant de se pencher vers moi pour me prendre les mains. Alors, comment vas-tu depuis tout ce temps ? s'est-elle écriée, rayonnante. Je n'arrive pas à croire qu'on ait fini par se retrouver. Tu te rends compte ? Et qu'est-ce que tu dis de notre taxi ?

— Tu aurais dû voir la tête des gens quand il s'est garé devant chez Mamie, a ricané Star. Les voisins ouvraient des yeux comme des soucoupes et Mamie n'arrêtait pas de répéter : « Seigneur Jésus ! Seigneur Jésus ! Ma p'tite fille dans un pareil carrosse ! ».

J'imaginais parfaitement la scène.

— Qu'est-ce que tu vas leur raconter en revenant ? lui a demandé Misty.

— Je ne sais pas, moi. Que je jouais dans un film ?

— Et s'ils découvrent que ce n'est pas vrai ? me suis-je inquiétée.

— Qu'est-ce que ça peut faire ? Ils n'ont qu'à pas fourrer leur nez dans mes affaires, d'abord ! m'a-t-elle rétorqué d'un ton vindicatif.

J'ai haussé les épaules.

Elle m'a fusillée du regard, les yeux flamboyant de colère, et puis, tout à coup, elle s'est calmée, m'a souri et a fini par éclater de rire.

— Toi, dans la vie, on dirait que tu marches sur un lac gelé avec des semelles de plomb. Tu n'as plus aucune raison d'avoir peur de qui que ce soit, maintenant. Tu es membre du C.O.A.P., je te signale. Vas-y, dis-lui, Misty.

— C'est vrai, s'est exécutée Misty, en reprenant aussitôt son sérieux. Es-tu retournée voir le docteur Marlowe ?

— Pas encore. Elle a téléphoné pour en parler avec ma mère, mais il n'y a toujours pas de rendez-vous de fixé. Et vous ?

— Je suis retournée la voir, m'a répondu Star. Mais j'en ai fini avec elle, maintenant.

— Moi aussi, a dit Misty. Je crois que Jade aussi. Tu es la seule qui reste.

— Elle m'a dit que je pouvais l'appeler quand je voulais, mais j'espère que je n'en aurai pas besoin, a précisé Star.

Elle m'a dévisagée en silence.

— Va la voir, tu en seras quitte, m'a-t-elle conseillé. Plus tu attends pour faire quelque chose dont tu as peur ou que tu trouves désagréable, plus c'est difficile.

— Elle a raison, a approuvé Misty.

— Bien sûr que j'ai raison ! s'est rebiffée Star. Je n'ai pas besoin de toi pour le savoir.

Misty a haussé les épaules avec un de ses petits sourires en coin.

— J'ai faim, annonça-t-elle soudain. J'ai fait exprès de chipoter au petit déjeuner pour me réserver pour le brunch. Jade a dit qu'elle veillerait à ce qu'on ait un super buffet. Je n'arrive même pas à imaginer ce que ça va être.

— Préparée par une cuisinière de luxe importée de France ou pas, de la bouffe, c'est toujours de la bouffe, maugréa Star.

— Faux ! claironna Misty d'une voix chantante, tout en dessinant de l'index un X dans l'espace.

— Qu'est-ce que ça veut dire, ça encore ? s'énerva Star.

— Je fais les comptes. Et encore une preuve de mauvaise foi, une !

Star secoua la tête et se tourna vers moi.

— Alors, qu'est-ce que tu as fait de ton corps, pendant tout ce temps, hein ? Tu restes là, assise comme un Bouddha, pendant qu'on caquette comme des poules.

— J'ai lu un peu, mais j'ai surtout aidé au ménage. Il y a beaucoup à faire à la maison, sans compter le jardin. Ma mère a renvoyé le jardinier. Elle prétend que nous devons faire des économies maintenant que nous n'avons plus que les intérêts de nos placements pour vivre.

— Pourquoi elle ne retrousse pas ses manches pour aller se trouver un boulot, alors ? cracha Star.

— À l'entendre, on pourrait croire que nous sommes pratiquement sur la paille, mais je sais que nous avons des revenus confortables. Il y a l'argent dont elle a hérité et qu'elle a fait fructifier, sans compter celui auquel mon père a été obligé de renoncer à notre profit.

— Il a lâché de l'argent ? La belle affaire ! Ce ne sont pas les vivres qu'on aurait dû lui couper, grommela Star. Et tu sais parfaitement ce que je veux dire.

Je me suis sentie rougir. Une énorme bouffée de chaleur m'est remontée le long du cou jusqu'au visage.

Misty a lancé un coup d'œil réprobateur à Star qui s'est aussitôt détournée pour regarder par la vitre. Le silence s'est installé. Mais Misty ne supporte pas le silence : cela la rend nerveuse.

— Sympa ton sweat, me dit-elle.

— C'est vrai, renchérit Star. Il te va même si bien que je suis étonnée que ta mère te laisse porter ça.

— Elle ne sait pas que je l'ai mis. Elle ne sait même pas que j'ai un bermuda. C'est moi qui l'ai coupé dans un vieux jean, en cachette.

— Alors, tu as filé en douce, c'est ça ? s'étonna Star, qui venait de comprendre. C'est pour ça que tu voulais qu'on te prenne au coin de la rue, hein ?

— Oui.

— Qu'est-ce qui va se passer quand elle va s'en rendre compte ? me demanda Misty.

— Je ne sais pas.

— Rien, affirma Star. Il ne va rien se passer.

Elle s'est tournée vers Misty.

— Elle a assez peur comme ça sans que tu en rajoutes, toi, lui a-t-elle lancé, acerbe, avant de reporter son attention sur moi. Elle va râler un peu et puis elle va finir par se rendre compte qu'on ne peut plus te traiter comme une gamine, voilà tout. Il faut bien que les parents grandissent, eux aussi.

— Ah ça, je dis amen là-dessus, répondit Misty, imitant Star jusque dans l'intonation.

Star lui décocha un de ces regards meurtriers dont elle avait le secret. Pourtant, un sourire ne tarda pas à apparaître sur ses lèvres pulpeuses. Elle secoua la tête.

— Non mais, regardez-moi ça ! s'exclama-t-elle tout à coup, en désignant du doigt la guérite et la barrière de sécurité qui interdisaient l'accès à la résidence privée dans laquelle Jade habitait. Cette fille vit vraiment comme une princesse. Pas étonnant qu'elle nous la joue reine de Saba !

Le garde nous fit signe de passer et la barrière se leva. C'est alors que nous avons pu découvrir, bouche bée, les immenses propriétés de la cité résidentielle. Toutes les maisons étaient de véritables splendeurs, chacune apparaissant, tel un joyau unique, dans son écrin de verdure.

— Ouah ! souffla Misty. À côté de ça, chez moi, c'est un bungalow.

— Qu'est-ce que je devrais dire, moi, alors ? grommela Star. Après ça, je vais avoir l'impression de vivre dans une niche !

Les rues de la résidence étaient larges et les trottoirs plantés de palmiers. De temps à autre, la succession des propriétés était interrompue par un espace arboré ou une vaste étendue de gazon parfaitement entretenu. Il y avait même un grand lac au centre, autour duquel les propriétés s'ordonnaient. À l'arrière de chacune d'elles s'étendait un magnifique parc paysager.

— C'est encore loin, l'Amérique ? railla Misty.

— Mon Amérique à moi, à des années-lumière ! lui répondit Star, sur le même ton.

La limousine ralentit, puis emprunta une allée circulaire. Nous avons failli nous décrocher la mâchoire en découvrant la maison de Jade. Je me souvenais de la fierté avec laquelle elle nous l'avait décrite. Elle ne nous avait pas menti : elle était aussi gigantesque, aussi extraordinaire qu'elle nous l'avait dit. Elle ne pouvait assurément pas passer inaperçue. J'étais littéralement fascinée.

Le chauffeur coupa le contact et s'empressa de descendre pour nous ouvrir la portière. Précipitation bien inutile : nous demeurions figées, les yeux écarquillés, à contempler l'incroyable spectacle.

— Eh bien quoi ? On ne va pas rester plantées là à jouer les troupeaux de touristes en extase ! s'écria Star. C'est une grande maison, d'accord. Mais bon. C'est juste une maison. Allez, venez ! dit-elle en descendant la première.

Misty et moi avons obéi sans pour autant cesser d'écarquiller les yeux. Comme nous nous dirigions vers le perron, la porte à double battant s'est brusquement ouverte et Jade est apparue sur le seuil.

— Je meurs de faim ! s'est-elle exclamée, les mains sur les hanches. J'ai tout de même sauté le petit déjeuner pour vous attendre : vous pourriez, au moins, marcher un peu plus vite !

Jade était vraiment la fille la plus élégante que j'aie jamais vue. Épais, brillants, lisses, ses longs cheveux châtain foncé aux reflets auburn lui balayaient le milieu du dos. Ses yeux en amande étaient d'un vert magnifique. Ses hautes pommettes saillantes lui conféraient une noblesse altière que ne démentaient ni son ton ni ses manières. Ses lèvres parfaitement ourlées étaient toujours fardées avec la même discrétion et le même soin que le reste de son visage impeccablement maquillé. Son petit nez, légèrement retroussé, complétait ce portrait de jeune fille de bonne famille. Elle s'habillait toujours avec recherche et distinction et possédait une garde-robe de top-modèle que sa taille mannequin lui permettait de porter à la perfection.

— Ce n'est pas notre faute si tu vis dans un bled paumé, persifla Star.

— Un bled paumé ! C'est la résidence privée la plus prisée de Los Angeles, si ce n'est de toute la côte Ouest ! se rengorgea notre hôtesse.

Star jeta un coup d'œil circulaire, comme si elle hésitait à entrer.

— Mouais, fit-elle. Au moins, il n'y a pas de graffitis.

Jade s'esclaffa.

— Allez, allez, venez ! dit-elle. Tout est déjà prêt. Avez-vous apporté vos maillots de bain ?

— Personne ne me l'a demandé, aboya Star.

— Je n'y ai pas pensé, répondit Misty, au même moment.

Je n'ai pas eu le courage de leur avouer que je n'en avais pas.

— Ce n'est pas grave. Je vais bien trouver quelque chose qui vous ira. Au pis, ajouta Jade en faisant des mines, nous jouerons les naïades en tenue d'Ève.

— Quoi ? me suis-je aussitôt écriée.

— Je plaisantais, dit-elle en me prenant la main. Cesse donc de te faire du souci, Cat. Nous allons toutes passer un bon moment, pour une fois. Il faut que tu laisses ta tristesse et tes ennuis à la porte, d'accord ?

— Elle ne sait pas ne pas se faire du souci, soupira Star.

— Eh bien, faisons en sorte qu'elle y parvienne. Première règle d'or du C.O.A.P. : pas de souci.

— Parfaitement, approuva Misty. Nous voilà réunies. Est-ce que ce n'est pas formidable ? Et nous ne nous quitterons plus.

Et elle me prit le bras avec un petit cri de souris couinant de bonheur.

— Parfaitement, renchérit Star, en me prenant l'autre bras. Chagrin partagé est moins lourd à porter.

Elles m'entouraient toutes, à présent. J'ai de nouveau regardé la splendide maison qui se dressait devant moi. *Comment pourrait-on être malheureux, ici ?* me suis-je demandé en y entrant avec mes meilleures amies, les meilleures amies du monde, mes seules amies au monde. Nous avions toutes été ballottées par nos tourmentes respectives, mais, maintenant, nos larges sourires nous unissaient les unes aux autres comme un arc-en-ciel après l'orage, un magnifique arc-en-ciel éclatant de couleurs et rayonnant d'espoir.

2

Retrouvailles

Chez Jade, le vestibule était aussi grand que notre salle à manger et les dalles mordorées du carrelage brillaient comme des lingots. L'énorme miroir ovale, qui occupait tout le mur de droite, saisit sur le vif notre expression béate au moment où nous découvrions le plus monumental et le plus spectaculaire escalier que j'aie jamais vu de ma vie – hormis au cinéma. Les larges marches de marbre blanc disparaissaient presque sous le rouge carmin de l'épais tapis à baguettes de cuivre qui les recouvrait.

— J'ai l'impression d'entrer chez Scarlett dans *Autant en emporte le vent,* souffla Misty.

Sur le mur de gauche trônait un immense tableau représentant une vaste étendue de prairie avec une sorte de moulin au second plan, le tout sous un ciel chargé de gros nuages poussés par le vent.

— C'est le plus grand tableau que j'aie jamais vu ! lâcha Star, visiblement impressionnée.

— C'est un Jonathan Sandler: un artiste américain du XIXe qui peignait à la façon des paysagistes hollandais. Cette toile faisait partie du marché que mon père a passé avec un riche promoteur virginien. Nous avons de très nombreux tableaux dans cette maison, nous informa Jade d'un ton las, comme si le sujet l'ennuyait à mourir.

Il était évident, en tout cas, qu'elle ne cherchait nullement à nous éblouir. Pour elle, il n'y avait là rien d'extraordinaire, juste le décor dans lequel elle était née et avait grandi.

— Certains ont été achetés par ma mère, poursuivit-elle. D'autres sont des acquisitions paternelles. C'est ce qui explique le mélange, plus ou moins heureux, des genres. Après tout, ils n'ont jamais été d'accord sur grand-chose. Pourquoi la peinture ferait-elle exception à la règle ?

Misty hocha la tête en soupirant. Elle semblait connaître la situation : ce ne devait pas être très différent chez elle.

Toutes les pièces étaient immenses et richement meublées. Outre les œuvres d'art accrochées aux murs, vases, pendules, statuettes et autres objets de valeur étaient disposés un peu partout, tant et si bien qu'il ne restait pas un seul espace de libre. On se serait presque cru dans un musée.

Toujours bouche bée, nous avons suivi Jade tandis qu'elle nous faisait traverser la maison pour rejoindre la bibliothèque, une pièce tout en longueur, aux murs lambrissés, avec un énorme écran de télévision encastré et des rayonnages de livres qui atteignaient pratiquement le plafond. Nous avons ensuite franchi les larges portes vitrées coulissantes qui donnaient sur la terrasse. À droite, étaient disposées de longues tables sur lesquelles était dressé le buffet. Un maître d'hôtel en livrée et une domestique en robe noire et tablier blanc nous attendaient.

On aurait dit un repas de mariage. Sur une des tables étaient présentées diverses salades composées avec, à chaque extrémité, un grand panier d'osier rempli de petits pains individuels de toutes sortes ; sur une autre, les plats de viande froide – avec leurs différentes sauces –, de saumon fumé – avec citron, crème fraîche et blinis – et de fruits de mer sur leur lit de glace – dont des bouquets, des huîtres et même des queues de langouste ! Une troisième, plus petite, offrait une large variété de boissons sans alcool et la dernière était dévolue aux desserts : petits-fours frais, tartelettes individuelles aux fruits, deux gros gâteaux, dont un au chocolat, et coupelles de fruits exotiques.

— C'est pour qui tout ça ? demanda Star, qui avait bien du mal à cacher son admiration béate sous ses dehors blasés. Vous attendez un régiment de VIP ?

— Nous n'attendons personne. Ma mère est en voyage d'affaires et mon père est à Nashville pour rencontrer des investisseurs intéressés par la construction d'une future salle de concert.

— Tu veux dire que c'est pour nous !

— Comme j'ignorais vos goûts, j'ai commandé un petit assortiment.

— Un « petit assortiment » ! Je connais des supermarchés qui ne pourraient pas en offrir autant. Et qu'est-ce que deviendra la nourriture qu'on n'aura pas mangée ?

— Je ne sais pas. Les domestiques accommoderont les restes, je suppose. Ou bien ils les garderont pour eux. C'est aussi pour cette raison qu'ils sont là, prétexta Jade d'un air embarrassé. Mais, je vous en prie, servez-vous, prenez place.

— Heureusement que je n'ai pas beaucoup mangé au petit déjeuner ! s'exclama Misty, en se dirigeant d'un pas décidé vers le buffet.

La jeune femme en tablier blanc lui tendit une assiette, puis le maître d'hôtel l'interrogea sur ce qu'elle désirait et lui servit ce qu'elle demandait.

Je ne savais que choisir. J'aurais voulu goûter un peu de chaque plat, mais les portions du maître d'hôtel étaient trop grosses et mon assiette ne tarda pas à déborder.

Jade fut, de nous toutes, la plus frugale. Elle nous invita à prendre place autour d'une table ronde, à l'ombre d'un large parasol. Les domestiques nous apportèrent alors les boissons que nous avions sélectionnées. Ils retournèrent ensuite à leur poste, telles deux sentinelles au garde-à-vous, ne nous quittant pas des yeux pour s'assurer que nous n'avions besoin de rien, veillant à ce que nos moindres désirs fussent aussitôt satisfaits.

— C'est toujours comme ça que tu manges ? demanda Star, en se tournant vers Jade. Avec des serviteurs et tout ça ?

— Non. La plupart du temps, je me contente d'un cocktail de fruits multivitaminé ou d'un simple yaourt. Mais, aujourd'hui, c'est différent. C'est une occasion exceptionnelle.

— Tu m'en diras tant ! Je n'avais pas idée qu'elle était aussi exceptionnelle que ça !

Nous avons toutes éclaté de rire, même moi.

Tandis que nous nous régalions en discutant paisiblement, je ne me lassais pas d'admirer le parc. La pelouse avait des allures de tapis de billard. Tous les massifs et les parterres de fleurs étaient entretenus à la perfection. On aurait dit l'œuvre d'un de ces fameux artistes dont les toiles étaient accrochées à l'intérieur. Entourée de transats de teck garnis de moelleux coussins roses, la piscine, en forme de haricot, comprenait un jacuzzi intégré à l'une de ses extrémités. L'eau turquoise cascadait dans le bassin scintillant au soleil. Un petit cabanon de rondins se dressait à droite, avec une rangée de trois cabines de douche à l'extérieur.

— C'est vraiment beau ici ! ai-je soudain soupiré.

Les autres se sont lancé des coups d'œil incertains avant d'éclater de rire en chœur.

— C'est maintenant que tu te réveilles ? m'apostropha Star.

— Je ne suis pas tout à fait sûre d'être éveillée, justement. Je crois que je rêve encore.

— Arrête ! Tu vas la faire enfler. Comme si elle n'avait pas déjà la tête assez grosse comme ça ! m'avertit-elle, en lorgnant vers Jade.

— N'aie crainte, Star. Si jamais j'avais l'outrecuidance de m'égarer dans les hautes sphères, tu serais toujours là pour me remettre les pieds sur terre.

— Ça, c'est sûr !

Misty s'esclaffa.

— C'est plus fort que moi, j'ai l'impression d'être encore dans le cabinet du docteur Marlowe, dit-elle soudain, tandis que nous mangions en silence. Je m'attends toujours que l'une d'entre nous se remette à parler de ses problèmes familiaux.

— Eh bien, édictons dès maintenant une nouvelle loi pour notre règlement intérieur, proposa Jade : il est interdit de faire référence à toutes ces histoires, à moins que nous n'en ayons décidé autrement au préalable, OK ?

— De quoi parlerons-nous alors ?

— Les sujets ne manquent pas. Il y a une vie en dehors de nos misérables petites histoires de famille, figurez-vous. Par exemple, l'une d'entre vous sort avec quelqu'un, en ce moment ? demanda Jade, en jetant un regard circulaire.

— Pas moi, déclara Star. Pas tout de suite, en tout cas, se reprit-elle.

— Qu'est censé signifier ce « pas tout de suite », si je peux me permettre ? s'enquit aussitôt notre hôtesse, en fronçant ses sourcils soigneusement épilés.

— Eh bien… J'étais chez Lily Porter, l'autre jour, et j'ai vu une photo de son cousin Larry. Il est dans l'armée et il lui a envoyé une photo de lui en uniforme, debout devant un tank. Il est en Allemagne, en ce moment, mais il ne va pas tarder à rentrer.

— Et ?

— Et j'ai trouvé qu'il n'était pas mal. Lily m'a dit que, d'après ce qu'elle en savait, il n'avait personne qui l'attendait ici. Elle va me le présenter dès qu'il reviendra. Elle a dit qu'elle se débrouillerait, qu'elle organiserait une soirée pour fêter son retour ou un truc dans le genre.

— Formidable ! railla Jade. Et, bien sûr, il tombera à tes pieds au premier regard.

Star plissa les yeux. Un petit sourire narquois étira lentement ses lèvres.

— Eh bien, peut-être que j'emprunterais une de vos tenues de top-modèle pour l'éblouir, comme vous éblouissez tous les hommes qui ont le privilège de croiser votre chemin, Princesse Jade.

Jade éclata de rire.

— Bien sûr. Choisis ce que tu veux. Sers-toi. Tout le monde sait que j'ai des vêtements magiques : il suffit d'en porter un pour conquérir l'homme de ses rêves. Coup de foudre garanti !

— Et toi, alors? lui rétorqua Star. Quelqu'un a-t-il réussi à prendre ton cœur de pierre, depuis la dernière fois?

Tels les spectateurs d'un match de tennis, Misty et moi tournions la tête de l'une à l'autre, suivant leur joute verbale avec un intérêt passionné.

— Non. Ma mère m'a emmenée à une garden-party chez les Nelson, il y a deux jours, pour que je puisse rencontrer leur fils, Stanford, qui vient de terminer ses études à Paris. Il est riche et très intelligent, mais, en parlant de gens imbus d'eux-mêmes, en voilà un qui se prend pour le nombril du monde: la seule raison qui peut le pousser à regarder une fille dans les yeux, c'est pour avoir le plaisir d'y voir son reflet!

Nous avons toutes éclaté de rire. Comme j'aurais aimé connaître, moi aussi, de telles anecdotes, avoir vécu des choses que j'aurais pu leur raconter! Faute de quoi je devais me contenter d'écouter celles des autres. Je les enviais tant!

— Allons-nous vraiment fonder un club? demanda Misty.

— « Club » a une connotation trop juvénile, décréta Jade. Trouvons-nous un autre nom.

— Oui, mais quoi? s'impatienta Star.

— Je ne sais pas. Quelqu'un a une idée? Je ne peux pas toujours penser à tout.

— Ravie de te l'entendre dire! marmonna Star.

Comme nous nous absorbions dans nos réflexions, le silence retomba.

— Est-ce qu'on ne pourrait pas se considérer entre nous comme des sortes de sœurs?

Elles se tournèrent toutes vers moi d'un même mouvement.

— Je ne veux pas parler de sœurs au sens propre du terme, mais…

— Oui, l'idée me plaît, s'enthousiasma aussitôt Jade. Les Sœurs de Miséricorde.

Elle consulta Star du regard.

— Ça y est? lança Misty. Je peux faire faire des T-shirts, maintenant?

— Et comment tu vas expliquer ça à ton père et à ta mère? lui lança Star.

— Expliquer quoi?

— Ben, ce que ça veut dire.

— Je ne sais pas. De toute façon, ils ne me demandent jamais ce que signifient les inscriptions sur mes T-shirts. Ils font comme s'ils ne les voyaient pas ou comme si ça n'avait aucune signification particulière. Celui-là ne fera pas exception à la règle, j'imagine.

— Ce ne sont pas des T-shirts qui feront de nous des sœurs, objecta Jade.

Elle avait dit cela d'un ton différent, plus sérieux, et son visage s'était brusquement assombri.

— Il y a quelque chose dont je n'ai jamais parlé au docteur Marlowe, nous confia-t-elle alors.

— Quoi? s'enquit Misty, manifestement dévorée de curiosité.

Jade se tourna vers la maison.

— J'ai mon propre monde à moi. C'est une petite pièce, sous les combles, simplement éclairée par un vasistas. Je m'enferme là-haut quand je veux…

— Quand tu veux quoi? la pressa Misty, sur des charbons ardents.

— Quand je veux échapper à tout ceci, répondit Jade, en balayant ce qui l'entourait d'un large geste de la main. Allons-y tout de suite. C'est là que nous accomplirons la cérémonie.

— La cérémonie? Quelle cérémonie? s'étonna Misty, en ouvrant des yeux ronds.

— Le rituel qui resserrera les liens qui nous unissent pour faire de nous de véritables sœurs.

Quand elle glissa un regard en coin vers Star, j'eus l'impression qu'elles s'étaient déjà entendues toutes les deux avant de nous en parler. Le petit sourire qui se dessina sur les lèvres de Star ne fit que confirmer mes soupçons.

— Le rituel? s'inquiéta Misty, en fronçant les sourcils.

— Ne me dis pas que tu as peur, la taquina Jade.

— Peur? Non, non. Bien sûr que non, s'empressa-t-elle

de répondre, avant de se tourner brusquement vers moi. Et toi, Cat ?

— Je ne parviens pas à croire que Jade elle-même, que Jade et Star elles-mêmes, me repris-je aussitôt, puissent réussir à m'effrayer plus que ne le font mes propres souvenirs.

Soudain devenues graves, elles hochèrent la tête en même temps.

— C'est bien la raison pour laquelle nous avons besoin de nous unir, reprit Jade. C'est pour cela que je vous ai toutes invitées ici. C'est pour cela que le terme de « sœurs » n'est pas vraiment exagéré, en ce qui nous concerne. Nous sommes plus que des amies : nous sommes de la même famille. Nous sommes notre propre famille.

Elle laissa son regard errer sur l'étendue du parc.

— Il se peut même que nous soyons la seule famille que nous aurons jamais.

— Eh bien, alors, allons-y, s'impatienta Star.

— On ne pourrait pas faire ça après le dessert ? se désola Misty, en dévorant des yeux les petits-fours et les gâteaux.

Tout le monde éclata une nouvelle fois de rire. Mais notre rire n'était plus le même : c'était un rire nerveux, un rire cassant et fragile comme du verre. Aussi fragile que nous l'étions nous-mêmes.

Et je me suis dit : *C'est peut-être ça qui fait de nous des sœurs...*

Le déjeuner terminé, nous sommes retournées à l'intérieur, bavardant distraitement de tout et de rien. Mais même notre façon de parler avait changé : nous parlions plus doucement et à voix basse, comme si nous venions d'entrer dans une église. Jade nous ramena devant le grand escalier, tout en nous racontant comment elle avait découvert son fameux grenier. Elle n'avait que sept ans, à l'époque, mais elle avait aussitôt décidé d'en faire sa caverne d'Ali Baba. Ce serait là qu'elle enfermerait son trésor : ses objets les plus précieux, tout ce à quoi elle accordait une valeur sentimentale particulière. Quand son père avait surpris son petit manège, au lieu de se fâcher, comme elle l'avait craint, il avait trouvé plutôt amusant que son bout de chou se soit créé son petit jardin secret et l'avait même fait nettoyer, tapisser et aménager pour elle avec des meubles à sa taille.

Soudain, Jade se figea au pied des marches et nous jeta à toutes un regard sombre.

— Édictons dès maintenant une autre règle et veillons toutes à la respecter. Jurons de ne jamais nous mentir et de ne jamais éviter de dire ou de faire quelque chose de désagréable si nous sentons, en notre âme et conscience, que cela peut être bénéfique à l'une de nos sœurs. Soit nous décidons d'être vraiment différentes de tous les autres, là dehors, soit nous n'avons rien à faire ensemble. Soit nous nous engageons à être vraiment honnêtes les unes envers les autres et à former une vraie famille, soit notre union est dépourvue de sens. Alors ? fit-elle, en braquant délibérément les yeux sur Star.

— Aucun problème. Je t'ai toujours dit tes quatre vérités et ce n'est pas aujourd'hui que je vais changer.

— La réciproque est vraie.

— Ça promet, grommela Star.

— Cat ?

Tout à fait consciente d'être la cible idéale pour leurs piques et leurs critiques, j'ai pourtant hoché la tête.

— Misty ?

— Pas de problème. Je me fiche éperdument de ce que les autres disent de moi, de toute façon.

— Et voilà ! Encore un mensonge ! l'accusa Jade, en pointant l'index sur elle.

— OK, j'ai menti. Ce que je voulais dire, c'est que ça ne m'ennuiera pas que vous disiez des choses sur moi, du moment que c'est vous. Enfin, ça m'ennuiera, mais je ne le prendrai pas mal. Ça va comme ça ?

— C'est mieux, concéda Jade. Mais tu as encore bien du chemin à parcourir avant de parvenir à l'honnêteté absolue. Toujours est-il, reprit-elle, sans plus s'occuper de Misty qui poussa un soupir et secoua la tête en me jetant un regard consterné, que mon père fit de cette petite pièce une vraie maison de poupée. À tel point qu'avec tous ces meubles miniatures – sans oublier la dînette et ses assiettes en porcelaine, ses verres, ses tasses et ses couverts ciselés –, j'avais parfois l'impression d'être moi-même une poupée dans un décor modèle réduit.

« Mais il y a bien d'autres choses là-haut, des choses qui ont toutes une signification particulière pour moi. Personne d'autre que moi ne peut les voir car cette pièce est fermée à clef, une clef que je suis la seule à détenir. Au grand dam de ma mère, la femme de ménage ne peut même pas y accéder. C'est moi qui me charge de l'entretenir.

— Ouah! s'écria Star, avec une feinte extase. Tu veux dire que tu as déjà tenu un balai?

— D'accord, je suis une enfant gâtée, avoua Jade.

Un petit sourire satisfait étira ses lèvres fardées.

— Mais je reconnais que j'en ai bien profité et que cela ne me déplaît pas.

— À ce niveau-là, la franchise ça devient vite écœurant, non? persifla Star, en se retournant vers Misty et moi.

Après une seconde d'hésitation, nous n'avons pas pu nous empêcher de rire.

Comme nous remontions le couloir du premier, nous sommes passées devant une immense chambre que Jade nous a désignée comme étant celle de sa mère. Incapables de refréner notre curiosité, Misty, Star et moi avons jeté un coup d'œil à l'intérieur. Contre le mur de gauche s'appuyait un énorme lit à baldaquin avec une tête de lit perlée. Au fond, s'ouvrait une autre pièce: un véritable salon avec canapé et télévision 16/9e. Alors que j'interrogeais Jade sur son utilité, elle me répondit sans ménagement qu'elle n'allait pas nous faire une visite guidée de la maison, que sinon nous y serions encore à minuit.

Au bout du couloir s'élevait un étroit escalier assez raide qui conduisait au grenier, avec la «maison de poupée» de Jade à droite et le «débarras» à gauche – lequel, occupant les deux tiers de la surface de la maison, devait davantage tenir de l'entrepôt. Arrivée sur le palier, elle sortit une clef de sa poche, ouvrit le cadenas et poussa la porte avant de s'effacer pour nous laisser entrer.

Nous n'avions pas fait trois pas à l'intérieur que nous nous sommes toutes figées. C'était comme si nous venions d'être parachutées chez Walt Disney. L'unique vasistas était drapé d'un ravissant petit rideau à carreaux rouges et blancs. Un épais tapis blanc parsemé de petits pois rouges recouvrait le sol et, comme Jade nous l'avait annoncé, la pièce était remplie de meubles miniatures : tables et chaises blanches, canapé et lampes rouges. Il y avait même un poste de télévision de la grandeur d'un dictionnaire encastré dans un meuble sur mesure. De petits cadres avec des images de clowns et de chevaux, des représentations de paysages enchantés et des personnages de dessins animés étaient accrochés aux murs tapissés d'un papier peint blanc à motifs rouges. J'avais l'impression d'être Gulliver chez les Lilliputiens. J'avais peur de bouger, craignant de faire un faux mouvement et de casser quelque chose.

— Nous ne sommes pas censées jouer à la poupée, nous dit Jade en nous voyant immobilisées sur le seuil. Vous pouvez vous asseoir par terre. C'est ce que je fais, quand je viens ici.

Elle referma la porte et se dirigea vers la partie salle à manger de la pièce où la table semblait dressée pour un banquet avec de la vaisselle fine et des couverts en argent. Une magnifique poupée à la longue chevelure d'or présidait l'assemblée des convives parmi lesquels je reconnus Pinocchio, Pocahontas, Blanche-Neige, Aladin et Mulan. Derrière, il y avait une cuisine avec évier, four et réfrigérateur miniatures. Aucune d'entre nous n'aurait pu s'asseoir sur une des chaises sans la briser, pas même Misty.

Jade ouvrit un des petits placards et en sortit une longue bougie noire. Je la vis alors se tourner vers Star qui hocha la tête en silence. Elle tira ensuite le rideau pour masquer l'unique source de lumière du grenier et souleva ce que j'avais pris pour un vase miniature trônant au centre d'un guéridon pour y ficher fermement la bougie. Elle posa le bougeoir par terre et s'assit en tailleur, nous invitant d'un geste à faire de même. Nous avons pris place, formant un cercle autour de la bougie.

— N'allez pas croire que je fasse dans le théâtral à dessein: pour le simple plaisir de vous faire frissonner, nous dit Jade. J'ai beaucoup réfléchi. À nous et à ce que signifiait le C.O.A.P. J'ai fait quelques recherches sur les rituels de communion.

— Les « rituels de communion » ? répéta Misty.

— Les rituels pratiqués pour unir les gens, comme nous voulons être liées les unes aux autres.

— Qu'est-ce que tu veux dire par « liées », au juste ?

Jade sembla se plonger dans une profonde méditation. Seul le tic-tac du petit réveil posé sur la table de chevet, derrière moi, troublait le silence pesant qui avait envahi la pièce.

— Nous avons toutes besoin de sentir que nous appartenons à quelque chose qui nous dépasse. Si vous versez une cuillerée d'eau dans une bouteille de vin, l'eau perd son identité. Elle prend le goût et l'odeur du vin. C'est ainsi que nous devons nous fondre dans une même unité pour former un grand tout.

— Et comment on s'y prend pour faire ça ? s'inquiéta Misty qui, sans s'en rendre compte, s'était mise à chuchoter.

Avant de lui répondre, Jade alluma la bougie.

— Nous devons nous engager les unes envers les autres et envers notre ordre. Nous devons jurer de toujours faire passer l'intérêt général avant nos intérêts particuliers.

Misty semblait troublée, indécise.

— Tu ne t'en crois pas capable ? la défia Jade.

Misty me jeta un regard incertain, puis hocha la tête.

— Si, si. C'est pour ça qu'on est là, non ?

— C'est parce que les gens censés être responsables de nous s'inquiétaient davantage de leur propre bonheur que du nôtre que nous sommes réunies aujourd'hui. C'est ce qui nous a rapprochées. Et c'est pourquoi, si nous entendons parvenir à construire quelque chose ensemble, nous devons faire une croix sur notre égoïsme.

La bougie brûlait gaillardement et la flamme se reflétait dans nos prunelles, telle une petite lueur infernale dansant dans nos yeux.

— Mais qu'est-ce qu'on est supposées faire concrètement ? s'enquit Misty. Jurer sur la Bible ? Cracher par terre ? Signer un pacte avec notre sang ?

— Trop banal, trancha Jade.

— Eh bien, quoi alors ? s'impatienta Misty, en lançant un coup d'œil agacé vers Star.

Star se tourna vers Jade qui désigna la bougie du menton.

— Nous devons jeter quelque chose dans le feu, répondit-elle. Quelque chose qui prouvera notre réelle volonté de faire partie du C.O.A.P.

— Je... je ne comprends pas, ai-je alors murmuré. Jeter quoi ?

— C'est purement symbolique, m'expliqua Jade. Le feu consume et purifie. Il transforme les énergies. C'est pourquoi il fait si souvent partie des rituels. Il brûlera cette part d'égoïsme qui est en nous.

— Mais qu'allons-nous jeter dans la flamme ? Quelle forme d'énergie ? ai-je insisté.

Je me suis tournée vers Misty. Elle avait moins l'air inquiète qu'intriguée, à présent.

— Nous devons faire une offrande, le sacrifice d'un terrible secret, répondit Jade en regardant Star – ce qui acheva de me convaincre qu'elles s'étaient déjà concertées à ce sujet. Par le feu, ce secret sera changé en lien, en pacte qui nous unira toutes les unes aux autres. Il faut que ce soit quelque chose que nous n'avons encore jamais dit à personne, pas même au docteur Marlowe, quelque chose de si personnel, de si intime que nous n'avons pas osé le lui avouer. Si vous l'avez confié une seule fois à quelqu'un, cela ne compte pas.

Elle serra les lèvres. Ses prunelles semblèrent se dilater tant son regard devint sombre.

— Il nous faut quelque chose que vous ne voulez même pas vous avouer à vous-mêmes, chuchota-t-elle.

Le silence était retombé, encore plus lourd, encore plus

profond. La flamme de la bougie dansait au centre de notre cercle, semblant nous désigner, tour à tour, comme pour nous mettre au défi de lui révéler nos secrets.

Ce fut encore Jade qui brisa le silence. Elle prit la main de Star, assise à sa droite, celle de Misty, à sa gauche, nous incitant à faire de même, puis elle me dit :

— Cat, pourquoi ne commencerais-tu pas ?

— Je ne vois pas ce que je pourrais dire de plus intime que ce que je vous ai déjà raconté sur mon père et sur moi.

— Réfléchis encore.

J'ai fouillé dans ma mémoire. Je me disais : *Je leur ai déjà tout avoué chez le docteur Marlowe.*

— Alors ? s'impatienta Misty, en me secouant la main.

— Laisse-lui le temps ! la tança Star.

Je ne leur ai vraiment rien caché. Je voulais tellement me délivrer de ce fardeau que je leur ai fait une véritable confession. Qu'est-ce que je peux bien leur donner de plus ?

C'est alors que l'idée s'est imposée à moi avec une évidence stupéfiante. Mais bien sûr ! Je ne pouvais pas le leur avoir dit parce qu'à ce moment-là je ne le savais pas encore.

— Ma mère… dis-je en fermant les yeux pour tenter de contrôler le tremblement de ma voix. Ma mère n'est pas seulement ma mère adoptive. Elle est aussi ma demi-sœur.

Misty et Jade lâchèrent la main de leurs voisines en même temps. Quand j'ai soulevé les paupières, elles étaient toutes en train de me regarder avec des yeux ronds.

— Ta demi-sœur ? répéta Jade. Là, j'avoue qu'il y a quelque chose qui m'échappe.

— Vous vous souvenez que vous ne cessiez de me demander pourquoi mes parents m'avaient adoptée et, surtout, pourquoi ma mère avait voulu s'embarrasser d'un enfant, alors qu'elle avait si peu la fibre maternelle ? Eh bien, vous avez la réponse.

Je leur ai raconté ce que je savais sur ma vraie mère : comment elle s'était retrouvée enceinte à plus de quarante ans et comment ma demi-sœur avait été poussée par son père à épouser mon père adoptif, puis à se faire passer pour ma propre mère.

« Personne ne le sait, sauf mes parents et moi, bien sûr. Et vous, maintenant, ai-je conclu.

— Mais c'est qui ton père, alors ? me demanda Misty.

— Je ne sais pas. Il y a encore plein de choses que j'ignore. C'est la croix et la bannière pour faire parler ma mère. À chaque fois que j'essaie de lui arracher un nouveau secret, c'est comme si je lui arrachais une dent de sagesse.

— Tu l'appelles toujours « maman » ?

— Je ne l'ai jamais appelée « maman ». Elle a toujours exigé que je l'appelle « Mère ». C'est difficile de faire autrement, quand je m'adresse directement à elle. Mais, en moi-même, je ne parviens plus à la considérer vraiment comme ma mère. C'est pourtant plus facile pour moi de vous considérer comme des sœurs que de la considérer, elle, comme ma demi-sœur. De toute façon, elle tient à ce que je l'appelle toujours « Mère » et elle n'oublie jamais de me rappeler que, légalement, c'est toujours elle qui est responsable de moi. En conséquence de quoi je lui dois le même respect que tout enfant doit à ses parents. Elle dit qu'entre sœurs, ce n'est pas la même chose. Vous savez que sa parole fait loi à la maison. Inutile de la contredire : elle a toujours le dernier mot.

« Je reconnais que ce n'est pas simple comme situation mais, jusqu'à présent, j'ai fait comme Jade : j'ai évité d'y penser. Je veux dire : j'aimerais en savoir davantage mais, en même temps, je préférerais ne pas en savoir trop. Vous comprenez ?

— Non, lâcha Misty. C'est trop délirant. Toute ta vie, tu as cru que ta sœur était ta mère ? Je ne sais pas ce que je ferais si je découvrais un truc aussi hallucinant. Et puis, pourquoi te l'ont-ils caché, d'abord ? C'est dingue !

— Je sais. Je suppose qu'aux yeux de n'importe quelle personne saine d'esprit je fais partie d'une famille de fous, ai-je soupiré, le regard perdu dans la flamme de la bougie.

Elles me dévisageaient toutes en silence. Star secoua la tête.

— Qu'est-ce qu'il y a ? lui demanda Misty.

— Rien. C'est juste Cat, lui répondit-elle. C'est bien d'elle de nous sortir un secret pareil ! Comment veux-tu qu'on fasse aussi fort que ça ? Difficile de faire mieux, dans le genre. Je suppose que ça nous met toutes hors concours.

— C'est clair ! À côté de ça, tout ce que je pourrais trouver paraîtrait complètement idiot, acquiesça Misty, en consultant Jade du regard.

— Je suis d'accord, soupira finalement celle-ci.

Notre présidente avait tranché : le chapitre était clos.

3

Confessions

Les filles trouvaient choquant que je connaisse aussi peu de chose sur ma famille. Elles avaient beau me mitrailler de questions, elles obtenaient toujours la même réponse: «Je ne sais pas.»

— Moi, à ta place, je ne pourrais pas tenir. Je suis bien trop curieuse. Il faudrait absolument que je sache tout, disait Misty. Je harcellerais ma mère – enfin ma demi-sœur, je veux dire – jusqu'à ce qu'elle m'ait tout raconté dans les moindres détails. Je ne la laisserais pas tranquille une minute. Elle n'aurait jamais la paix avec moi.

— Ce n'est pas si facile de parler à ma mère, lui ai-je expliqué. Quand elle décide de se murer dans le silence, on ne peut plus rien obtenir d'elle. Elle a relevé l'interrupteur: le courant ne passe plus.

— J'entends bien, mais je ne comprends toujours pas comment tu peux rester bien gentiment assise à côté d'elle et lui donner du «Mère», après ce qu'elle t'a révélé, s'indigna Jade. Enfin! Tu sais bien qu'elle n'est pas ta mère!

J'ai haussé les épaules.

— C'est ce qu'elle m'a dit, oui, mais je suppose que je n'ai pas encore eu le temps de m'y faire. Et puis, c'est toujours comme ça que je l'ai appelée.

— C'est profaner le nom de «mère» que de le lui donner! trancha-t-elle.

— Tu crois peut-être qu'on peut effacer dix-sept années aussi facilement que ça, toi? ai-je protesté, en claquant des doigts.

— D'après ce que tu nous as dit sur elle, intervint Star, on pourrait penser que tu serais contente de ne plus l'appeler comme ça. C'est quoi son prénom ?

— Géraldine. J'avoue que je pense plus souvent à elle sous ce nom-là, depuis qu'elle m'a avoué la vérité.

— Je lui en trouverais d'autres, moi, des noms, je te le garantis ! fulmina-t-elle. J'en ai déjà quelques-uns en réserve pour elle. Elle n'avait pas le droit de te cacher un truc pareil, Cat. Et elle n'a pas le droit de te cacher le reste. Plus maintenant. Misty a raison : tu devrais exiger qu'elle te dise la vérité.

— Ce n'est pas l'envie qui m'en manque. C'est juste que...

— Que tu as peur d'elle, m'interrompit Jade.

Elle réfléchit un instant en silence.

— N'as-tu jamais pensé qu'elle pouvait te mentir ? me demanda-t-elle tout à coup. Elle a peut-être tout inventé pour te garder sous sa coupe. D'après le peu que nous savons d'elle, elle m'en paraît tout à fait capable.

Star a hoché la tête.

— Qu'est-ce qui te prouve qu'elle te dit la vérité ? reprit Jade.

— Qu'est-ce qui me prouve... ? Rien. Tout ce que je sais déjà, c'est d'elle que je le tiens.

— Ce n'est pas une preuve, ça, ma vieille, renchérit Star. Jade a raison : la première chose à faire, c'est de fouiller partout pour trouver des lettres, des documents officiels, des photos... enfin tout ce qui pourrait t'apprendre quelque chose de source sûre.

— Fouiller dans ses affaires, tu veux dire ?

— Forcément ! Après tout, ce sont tes affaires aussi, non ?

— Je ne sais pas si je pourrais faire une chose pareille. Et puis, vous savez ce qu'elle pense du respect de la vie privée. Elle préserve la sienne aussi bien qu'elle m'a appris à préserver la mienne. Pour elle, c'est sacré. Je n'ai presque jamais mis les pieds dans sa chambre.

— Elle ne s'est pourtant pas gênée pour fouiller dans la tienne, d'après ce que tu nous as dit ! me rappela Jade.

— Il faut que tu en apprennes davantage, s'obstina Misty, la mine grave et résolue. On devrait te dire qui est ton vrai père, pour commencer. Ce n'est pas normal que tu ne saches pas ça. Ce n'est pas juste.

Elle consulta sa voisine du regard. Star hocha la tête avec conviction.

— Peut-être qu'elle l'ignore vraiment ? ai-je timidement hasardé.

— Peut-être, concéda Jade. OK, ajouta-t-elle en se redressant pour se tourner vers les autres. Voici notre premier objectif à atteindre en tant que membres du C.O.A.P. : aider Cat à faire toute la lumière sur son passé.

Star et Misty s'empressèrent d'acquiescer.

— Qu'est-ce que vous voulez dire ? Qu'est-ce que vous allez faire ? me suis-je aussitôt alarmée, le cœur battant.

J'allais déjà avoir assez d'ennuis, après m'être sauvée pour venir chez Jade, alors que Géraldine me l'avait formellement interdit, sans qu'elles en rajoutent !

— Es-tu née à Los Angeles ? me demanda Jade.

— Je crois. Je ne sais pas.

— Tu ne sais même pas où tu es née ! s'écria Star.

— Elle ne me l'a jamais dit.

— Essaie d'obtenir cette information, que nous puissions, au moins, consulter les registres d'état civil, me conseilla Jade. Ce serait déjà un début.

— Oui. Tu as forcément un acte de naissance, s'enthousiasma aussitôt Star. Le nom de tes parents sera dessus, c'est obligé.

— Peut-être que sa mère a accouché en cachette, dans un grenier ou dans une cave, suggéra Misty, le regard flou, perdue dans le tourbillon de toutes ces histoires qui lui passaient par la tête. Alors, ils ont fait une fausse déclaration. J'ai lu ça dans un livre et...

— Où vivait ta vraie mère ? me demanda Jade, en chassant les objections de Misty d'une chiquenaude.

— Ici, à Pacific Palisades, pas très loin de chez nous.

— Tu te souviens d'elle alors ? s'étonna Misty.

— C'est-à-dire que... je ne la connaissais pas très bien.

Ma mère – je veux dire Géraldine – n'était jamais très pressée de m'emmener chez elle. Je crois qu'elles ne s'entendaient pas vraiment.

— Et ton grand-père ? s'enquit Jade. Je veux dire : l'homme que tu prenais pour ton grand-père.

— Il est mort deux ans après elle. Mes souvenirs de lui sont un peu moins flous, quoiqu'il ne se soit jamais intéressé à moi et que je ne l'aie pas vu beaucoup plus qu'elle. Il venait parfois, pendant les vacances ou pour les fêtes, mais c'est tout.

— Tu parles ! marmonna Star. Il savait très bien que tu n'étais pas sa fille.

— Je suppose. Géraldine m'a dit qu'il était au courant. Enfin, je ne sais pas.

— Quand vas-tu cesser avec tes « Je ne sais pas » ? s'emporta Jade. Si j'en entends encore un seul, je deviens folle !

— Mais je ne sais pas ! me suis-je écriée, les larmes aux yeux. C'est quelque chose que je viens juste de découvrir et je suis encore sous le choc. Enfin, je suppose.

Jade leva les yeux au ciel en soupirant, le temps de recouvrer son sang-froid.

— OK, OK, me dit-elle plus calmement. Ta mission sera de chercher et de localiser toute information susceptible de t'éclairer sur ton propre passé.

— Ma « mission » ?

— En tant que membre du C.O.A.P. C'est moi la présidente, l'aurais-tu oublié ? En tant que telle, j'ai le pouvoir de donner à chacune un ordre de mission.

— Ah ? s'étonna Misty, la tête penchée de côté (on aurait dit un chiot). Et depuis quand on a décidé ça ?

— Depuis maintenant. Des objections ?

Misty sembla réfléchir un moment, puis haussa les épaules.

— Non, je suppose que non.

Soudain, son expression changea du tout au tout. Son visage s'éclaira et elle s'écria :

— Hé, quand est-ce qu'on va se baigner ? Tu nous as bien dit ça quand on est arrivées, non ?

— Misty, lui répondit Jade d'un air consterné, ne pourrais-tu pas rester deux minutes tranquille et te concentrer sur le sujet dont nous débattons ?

Misty haussa de nouveau les épaules en soupirant.

— Je croyais qu'on avait fini.

— Oh, Seigneur !

Jade regarda Star qui lui sourit et secoua la tête.

— OK, j'imagine que nous avons accompli ce que nous nous étions fixé – pour aujourd'hui, du moins – et que nous pouvons passer à la partie détente de notre programme, décréta Jade. Allons dans ma chambre, que je vous trouve à chacune un maillot de bain.

— Je ne suis pas très sûre d'avoir envie de me baigner, ai-je soufflé, la gorge nouée.

— Nous avons toutes envie de nous baigner. Et, comme tu fais partie du club, tu en as envie aussi. Tu ne vas pas commencer à jouer les rabat-joie, j'espère ? me lança-t-elle en plissant les yeux. Tu ne vas pas te mettre à critiquer tout ce que nous décidons ?

En entendant sa voix monter dans les aigus, j'ai cru que mon cœur s'arrêtait. J'ai secoué la tête.

— C'est juste que...

— C'est juste que quoi ? Qu'est-ce qu'il y a encore ? explosa-t-elle, en levant les bras au ciel.

— C'est juste que je ne sais pas nager.

Sa bouche s'arrondit sur un « Oh ! » muet.

— Tu ne sais pas nager ? répéta-t-elle, en jetant à Star un regard horrifié.

Star secoua la tête et Jade se retourna vers moi. Son scepticisme se lisait sur son visage.

— Comment serait-ce possible ? N'as-tu donc pas appris à l'école, comme tout le monde ?

— J'avais un certificat médical pour être dispensée de piscine, quand j'étais petite. J'avais fait une vilaine otite et ma mère estimait que la piscine était déconseillée en pareil cas. Plus tard, je n'y suis pas allée tout simplement parce qu'il n'y avait pas de piscine à l'école catholique.

— Mais personne ne t'a jamais emmenée à la plage ? s'étonna Star.

— Non. Ma mère n'aurait jamais voulu m'acheter un maillot de bain. Vous vous souvenez de ce que je vous ai dit au sujet de la piscine que mon père voulait faire construire ?

— Oui. Ta mère n'a pas aimé l'idée et le projet est tombé à l'eau, me répondit Star.

— Avec mon dernier espoir d'apprendre à nager.

— C'est le cas de le dire ! pouffa Misty.

— Serait-ce trop te demander que de te tenir tranquille encore deux minutes ? la houspilla Jade, avant de rejeter les épaules en arrière pour nous annoncer d'un ton dictatorial : Deuxième objectif du C.O.A.P., apprendre à Cat à nager.

— Sans rire ? s'écria Misty, incrédule.

— Sans rire, lui répondit Jade, imperturbable. Si l'une d'entre nous a un quelconque handicap – un domaine dans lequel elle ne se sent pas tout à fait à son aise –, c'est tout le groupe qui en pâtit. Voilà ce que signifie être unies, ne faire qu'un. L'aurais-tu déjà oublié ?

— Non, non.

Jade semblait sur le point d'exploser et Misty s'empressa de réprimer le petit sourire narquois qu'elle esquissait déjà. Si jamais l'une d'entre nous avait le malheur de prononcer encore une seule syllabe susceptible de la contredire, elle promettait de piquer une colère de tous les diables.

— Allons-y, ordonna-t-elle, en se penchant pour éteindre la chandelle.

Quelques minutes plus tard, nous traversions sa chambre pour pénétrer dans sa garde-robe : un dressing presque aussi grand que ma propre chambre.

La sienne faisait déjà trois fois la mienne. Elle avait une coiffeuse avec un dessus en marbre blanc et un miroir qui occupait toute la largeur de la pièce. J'imaginais déjà les commentaires de Géraldine. On était presque constamment confronté à sa propre image, dans cette chambre.

Comme sa mère, Jade avait un lit à baldaquin avec des drapés de soie blanche retenus aux colonnes du lit par des cordelettes dorées. Plus d'une demi-douzaine de volumineux oreillers, recouverts de housse à parements de dentelle, jonchaient le magnifique couvre-lit assorti. Sur la table de nuit trônait un gros téléphone rouge en forme de bouche.

Encastrés dans le mur, en face de son lit, elle avait, non seulement un écran de télévision 16/9e, mais un home cinéma avec une paire de baffles latéraux gigantesques, sans compter le caisson de basse et ceux de part et d'autre de son lit.

Tout l'ameublement était d'un blanc perlé. Il comprenait deux commodes, une armoire et un bureau. Les murs étaient légèrement rosés. On aurait dit du tissu. Il n'y avait aucun poster, juste un portrait de John Lennon – le John Lennon des Beatles –, qui devait déjà valoir une fortune à lui tout seul.

En entrant dans son dressing, nous sommes toutes tombées en arrêt devant les dizaines et les dizaines de vêtements sur les portants, les rangées de chaussures sur les étagères, les placards, les colonnes de tiroirs et la coiffeuse encastrée, le tout confectionné sur mesure pour occuper le pourtour de la pièce sans perdre le moindre pouce d'espace.

— Ils n'en ont pas autant dans certains magasins, souffla Star.

— Tous les ans, j'en donne environ un quart aux bonnes œuvres, déclara Jade.

— Mets-moi sur la liste de tes bonnes œuvres, la prochaine fois, ironisa Star.

Jade éclata de rire, puis se dirigea vers une des colonnes de tiroirs, ouvrit l'avant-dernier et se mit à nous lancer des maillots de bain à la volée.

— Celui-ci devrait aller à Misty. Je ne l'ai porté qu'une fois, quand j'avais douze ans.

— Oh! merci! C'est trop aimable!

— Ne te plains pas. J'aurais pu le jeter.

Misty l'inspecta d'un œil critique et hocha la tête à contrecœur.

— Il devrait m'aller, reconnut-elle. Et il n'est pas mal.

C'était un maillot une pièce noir et or. La moitié du

haut était un drapé qui partait de l'épaule et descendait en diagonale pour s'enrouler autour de la taille et former le bas uni noir.

— Star, puisque tu es à peu près de ma taille, tu peux choisir n'importe lequel, poursuivit Jade, en lui tendant trois maillots. Attends! Pas celui-ci, c'est mon préféré. Oh! et puis si, tu peux le porter pour une fois, si tu veux.

Star attrapa le haut au vol, puis le bas qu'elle examina en le balançant au bout de son doigt. C'était un string.

— Tu portes ça? s'exclama-t-elle.

— Seulement ici. Jamais sur la plage. Je n'ose pas. Essaie-le. Vas-y.

Star commença à se déshabiller. Misty était déjà en soutien-gorge et en slip.

— Cat, j'ai ce short à taille élastique qui va avec mon haut de bikini le plus couvrant, me dit-elle, en me les tendant.

Je restais figée à les regarder fixement.

— À moins que tu ne veuilles y aller seins nus, ajouta-t-elle, avec un petit sourire en coin.

J'ai secoué vigoureusement la tête et j'ai pris ce qu'elle me proposait.

— Ça va être trop petit, lui ai-je dit en dépliant le haut. Je ne pourrai pas le fermer.

Elle réfléchit une seconde.

— Eh bien, nous allons lui mettre une rallonge, me répondit-elle en ouvrant le tiroir de la coiffeuse. Tiens! fit-elle en me tendant un ruban rose qu'elle venait de piocher dans le contenu du tiroir. Fais un nœud avec à chaque extrémité du dos. Cela devrait aller. Ce ne sera peut-être pas très joli, mais quelle importance? Nous sommes entre nous.

Misty enfilait déjà son une pièce. Je la détaillais avec envie. Elle arqua un sourcil en surprenant mon regard.

— Qu'est-ce qu'il y a? me lança-t-elle.

— Qu'est-ce que je donnerais pour avoir ta ligne!

— Quoi? Vous avez entendu ça? Tu sais qu'il est interdit de mentir au C.O.A.P.?

— Mais c'est la vérité.

— Je la crois, moi, intervint Jade, tout en se choisissant une tenue.

C'était un deux-pièces or avec un string. Elle commença à se déshabiller, puis suspendit son geste pour me dévisager.

— Eh bien? Qu'attends-tu pour mettre ton maillot?

— Ce n'est pas un maillot, me suis-je lamentée, la mort dans l'âme.

— Il fera l'affaire, non? Plus tard, nous te trouverons un maillot de bain digne de ce nom et tu pourras le laisser ici pour que ta mère n'en sache rien. Mais, pour l'instant…

Jade fut interrompue par le rire de Star. Elle se regardait dans la glace – un triple miroir en pied articulé qui permettait de se voir sous toutes les coutures – et s'étonnait de son propre reflet. Comme le disait Misty, elle avait «un look d'enfer» dans le bikini de Jade. *Quelle silhouette!* ai-je songé en la contemplant d'un œil admiratif. *Elles ont toutes des corps de rêve, alors que moi, je vais ressembler à un hippopotame en tutu avec ça! Et, en plus, je ne sais pas nager!*

J'ai jeté un coup d'œil au short et au soutien-gorge décoloré que je tenais dans les mains. Je me disais: *Je vais avoir l'air ridicule là-dedans.* J'avais tellement honte de mes seins, de mes hanches, de mon ventre… bref, de moi! Tout compte fait, ce n'était pas si mal qu'il y ait si peu de miroirs à la maison.

— Est-ce que je ne pourrais pas vous regarder nager, plutôt? ai-je demandé d'un ton suppliant.

— Non, trancha Jade, catégorique, tout en déboutonnant son chemisier pour le retirer prestement. Tu fais partie du club: tu fais ce que nous faisons. Aucune exception ne sera tolérée. Il n'y aura aucune excuse, pour personne.

J'ai baissé les yeux. Mes jambes s'étaient mises à flageoler.

— Jade, peut-être que pour une fois ça peut passer, puisqu'elle ne veut pas, plaida Star.

— Non, répéta Jade, en la fusillant du regard. C'est le baptême du feu pour le C.O.A.P. Nous devons tout faire ensemble.

— Oh! dis donc, tu ne vas pas régenter tout le monde sous prétexte que…

— D'accord, d'accord. Cessez de vous chamailler, me suis-je écriée. Je vais mettre ce maillot de bain. Je vais apprendre à nager.

Je voulais tellement qu'elles m'acceptent que j'aurais fait n'importe quoi, même me noyer dans la piscine en bikini dix fois trop petit, s'il le fallait.

J'ai dégrafé mon soutien-gorge d'une main tremblante et je l'ai enlevé en essayant de ne pas penser à ce que j'étais en train de faire. J'ai mis à toute vitesse le haut que Jade m'avait donné. Comme je m'y attendais, il manquait cinq bons centimètres dans le dos. Jade vint se poster derrière moi et noua le ruban à chaque extrémité pour le fermer.

— Voilà, dit-elle. Tu n'en es pas morte, que je sache. Mets le short et allons piquer une tête. J'ai de la crème solaire en bas, dans le cabanon. Et de la musique aussi.

Je me suis hâtée d'enfiler mon short. Il me moulait horriblement, mais je rentrais dedans.

— C.O.A.P., en avant! claironna Jade.

— Tu verras, me souffla Misty en me prenant par les épaules. Tu vas apprendre à nager en un rien de temps. Ne t'inquiète pas. Ça ira.

— Merci, lui ai-je répondu, en emboîtant le pas de Star et de Jade qui ouvraient la marche.

Je me disais que, de toute façon, après tout ce que je venais de surmonter, apprendre à nager serait sûrement un jeu d'enfant!

À l'exception d'un jardinier qui travaillait au fond du parc, personne en vue. Ouf! J'ai goûté l'eau du bout de l'orteil: incroyable! elle était chaude! J'avais l'impression d'entrer dans une baignoire.

— Ma mère chauffe la piscine bien plus qu'il ne le faudrait, commenta Jade. Pour horripiler mon père, j'imagine. Il s'est toujours plaint du montant exorbitant de la facture d'électricité depuis que nous avons la piscine. Sans compter qu'elle ne se baigne presque plus, maintenant.

Et, sans plus attendre, elle rejoignit, d'un magnifique plongeon, le centre du bassin. Misty préféra emprunter les marches. Star l'imita. Moins d'une minute plus tard, elles s'amusaient déjà toutes comme des petites folles, s'éclaboussant, poussant des hurlements et riant aux éclats. Quant à moi, je me contentais de les regarder, l'eau aux chevilles et les bras croisés sur la poitrine pour tenter de la cacher.

— Bon, dit tout à coup Jade, en levant la main pour mettre fin à leurs jeux. Allons nous occuper un peu de Cat.

Elle nagea dans ma direction, puis, se campant devant moi, elle me demanda d'avancer vers elle. Elle m'enjoignit alors de m'allonger dans l'eau, en me tendant les mains pour que je pusse m'y agripper.

— Bats des pieds, me disait-elle. Plus vite, plus fort. Fais comme si tu donnais des coups de pied à Géraldine !

Elle me promena ainsi à travers la partie la moins profonde de la piscine, progressant à reculons, tout en me répétant régulièrement de battre des pieds. Star et Misty me félicitaient à intervalles réguliers, l'une marchant à ma gauche, l'autre à ma droite.

— Pour le crawl, c'est un bras après l'autre, en creusant la main, m'expliqua Star, en me faisant une démonstration.

Misty me montra comment respirer en rythme, en tournant la tête sur le côté.

— C'est comme ça qu'on m'a appris à la gym, m'assura-t-elle.

— Continue à battre des pieds ! m'ordonna Jade. Et entraîne-toi à respirer. C'est bien.

Elle s'est enfoncée dans le bassin et, soudain, sans même crier gare, elle m'a lâché les mains. Prise de panique, j'ai coulé à pic. Quand j'ai ressorti la tête de l'eau, elles étaient toutes en train de crier en même temps : « Bats des pieds ! Tes bras, bouge tes bras ! Tourne la tête pour respirer ! ». J'ai bu la tasse. Dans la seconde qui suivait, j'ai senti les bras de Star autour de ma taille. Elle me soutenait hors de l'eau.

— Lâche-la ! lui cria Jade. Ou elle nage ou elle coule.

— Ah oui, je vois. C'est marche ou crève, quoi ! s'insurgea Star. C'est comme ça qu'on t'a appris, à toi, peut-être ?

— Presque.

— Eh bien, avec elle, on prendra des gants, si tu permets, vu ?

Et elle me ramena en eaux moins profondes, prenant le relais de Jade pour me tirer par les mains tout en marchant à reculons. En définitive, ce fut elle qui se révéla la plus patiente de toutes. Jade et Misty sortirent rapidement du bassin pour s'allonger sur les transats et regarder mes leçons de natation, en se dorant au soleil.

Je réussis à nager sur cinq ou six mètres avant que, de guerre lasse, Star ne finisse par jeter l'éponge.

— Tu fais des progrès, me dit-elle.

Et elle m'invita à rejoindre Misty et Jade au bord de la piscine. Jade souleva le téléphone posé près de son siège pour nous commander des boissons fraîches et des fruits.

— Excellent, cet hôtel ! lâcha Star d'une voix sirupeuse, avant de s'étendre nonchalamment sur un transat.

Quant à moi, j'étais tellement à bout de souffle que je me suis effondrée sur le mien, tentant désespérément de reprendre haleine en contemplant le ciel. J'ai fermé les yeux et j'ai laissé mes pensées dériver au son de la musique provenant du petit cabanon tout proche. Les bavardages et les rires des filles me berçaient et je me suis abandonnée à cet état second, parfaitement détendue, dans une heureuse béatitude. Je ne les ai même pas entendues quand elles m'ont proposé un verre de citronnade. L'excitation, la tension, le bain, tout cela m'avait épuisée et ce n'est qu'une demi-heure plus tard que je me suis réveillée, secouée sans ménagement par Jade.

— C'est fini pour aujourd'hui, me dit-elle. Star doit rentrer pour aider sa grand-mère et Misty a promis à sa mère de l'accompagner au cinéma.

Je me suis vivement redressée et j'ai aussitôt porté les mains à mon visage. Ma peau était si tendue que j'ai craint, un instant, qu'elle ne craque.

— Ouille ! ai-je glapi avec une grimace de douleur.

— Ne me dis pas que tu n'avais pas mis d'écran total, s'indigna Jade.

— Si.

— Oh, Seigneur ! OK, j'ai quelque chose qui devrait limiter les dégâts : une crème contre les coups de soleil, justement. Il n'y a pas que des inconvénients à avoir une mère à la tête d'une société de cosmétiques...

— Est-ce que tu pourrais m'avoir ce nouveau rouge à lèvres génial ? lui demanda aussitôt Misty, tandis que nous nous dirigions vers la maison. Tu sais, celui qui fait des lèvres pulpeuses à la Whitney Houston ?

— Absolument. J'en ai quelques tubes là-haut. Je peux même te procurer la teinte que tu veux.

Misty couina de bonheur.

— Est-ce que ce n'est pas formidable de pouvoir compter les unes sur les autres, hein ? s'écria-t-elle, aux anges.

Pendant que je me séchais les cheveux dans sa salle de bains, Jade m'abrutissait de conseils sur l'art et la manière de tirer le meilleur parti de mes atouts pour améliorer mon apparence. J'ai fini par me regarder dans le miroir de sa coiffeuse en me demandant si je pourrais un jour, moi aussi, être comme elles : bien dans ma peau et séduisante. Peut-être, après tout. Peut-être que je pourrais même leur ressembler beaucoup plus que je n'aurais jamais osé rêver ?

J'avais l'impression d'être à peine arrivée, mais il était déjà temps de repartir : la limousine nous attendait au pied du perron. Misty serait déposée la première parce que c'était elle qui habitait le plus près et le chauffeur décida que je serais la suivante.

— Au même endroit ? me demanda-t-il.

— Non, lui ai-je fermement répondu, avant de lui indiquer mon adresse.

— Eh bien voilà! Ça, c'est parler! applaudit Star. Une fois qu'elle aura compris que tu entends faire ce que tu veux quand tu veux, elle laissera tomber, crois-moi.

— Je ne sais pas, ai-je murmuré, incapable de dissimuler mon inquiétude.

C'était une chose de jouer les bravaches devant les filles, mais c'en était une autre d'affronter Géraldine quand elle était en colère… Cette façon qu'elle avait de rentrer la tête dans les épaules en vous regardant fixement avec ses petits yeux de rapace prêt à fondre sur sa proie! C'était à vous glacer le sang. Et puis, pour ce qui était de la discipline, elle avait toujours eu la main leste. Un jour, elle m'avait même frappée avec le tisonnier. J'avais eu un énorme bleu sur la cuisse pendant plus d'un mois. Et ce, uniquement parce que j'avais eu le malheur de regarder une émission à la télévision alors qu'elle me l'avait formellement interdit!

Comme la limousine arrivait à destination, j'ai senti mon ventre se nouer. Et, plus la distance s'amenuisait, plus j'avais du mal à respirer. J'étais si oppressée que ma cage thoracique semblait sur le point d'imploser.

— N'oublie pas, me rappela Star. Quand on a des devoirs, on a aussi des droits. Et si tu as le moindre problème, n'hésite pas à m'appeler – moi ou n'importe laquelle d'entre nous, d'ailleurs. D'accord?

Comme je hochais la tête, la voiture se gara le long du trottoir.

— Au revoir, lui dis-je. Je me suis vraiment bien amusée. Dis bonjour à ta grand-mère pour moi.

— Au revoir, me répondit-elle en fermant la portière. Ne te fais pas de bile: tout se passera bien.

Je suis restée sur le trottoir à regarder la limousine s'éloigner. Puis j'ai pris une profonde inspiration et j'ai remonté l'allée vers la maison.

Quand j'ai ouvert la porte, j'ai d'abord été frappée par le silence qui régnait à l'intérieur: pas de radio jouant une vieille rengaine, pas d'aspirateur vrombissant, pas de bruit d'eau dans l'évier, pas de machine à laver en plein essorage, pas de coups de balai heurtant la plinthe du couloir… *Elle s'est peut-être assoupie dans son fauteuil ?* me suis-je dit, en franchissant le seuil à pas de loup.

Je n'avais pas refermé la porte que je recevais un coup de balai derrière la tête ou, plus précisément, une gifle monumentale assenée avec l'extrémité en paille de riz. Surprise et étourdie par la violence du choc, j'ai perdu l'équilibre. Je n'ai eu que le temps de projeter les mains en avant pour ne pas m'écraser face contre terre.

Le deuxième coup de balai m'a plaquée au sol.

— Comment as-tu osé me désobéir ? Comment as-tu osé ? hurlait-elle, tout en me rouant les jambes, le dos et les épaules de coups cinglants jusqu'à ce que je parvienne à ramper assez vite pour lui échapper.

J'ai fini par me relever, en me couvrant la tête des mains.

— Arrête ! Arrête ! lui ai-je crié.

— Monte dans ta chambre ! Monte ! Immédiatement ! Je t'ai vue descendre de cette limousine. Alors, n'essaie pas de mentir.

Elle se tenait là, le balai balancé sur l'épaule, telle une batte de base-ball, le visage cramoisi et les yeux flamboyants comme deux charbons ardents.

— Mais regarde-toi ! Qu'est-ce que tu as au visage ? Qu'est-ce que tu as fait là-bas ? Comment se fait-il que tu aies pris un pareil coup de soleil ?

— Nous nous sommes baignées.

— Baignées ? Tu ne sais même pas nager ! Je parie qu'il y avait des garçons, hein ? C'est ça, hein ?

— Non, non. Nous n'étions que toutes les quatre. Et puis les filles m'ont appris.

— Menteuse ! Sale menteuse ! Après tout ce que j'ai fait pour toi, devoir encore supporter que tu me fasses ça, maintenant ! Ah, tiens ! tu me brises le cœur, soupira-t-elle en secouant la tête.

Elle se voûta brusquement, comme si une chape de plomb venait de lui tomber sur les épaules, et s'appuya de tout son poids sur le balai, tel un vieillard sur sa canne.

— Pourquoi m'as-tu désobéi ? Pourquoi ? se lamentait-elle.

— Parce que je veux des amies ! Ce sont mes amies !

— Tes amies ! Humpf ! L'homme est comme l'eau : quand il suit sa pente naturelle, c'est pour descendre toujours plus bas, grommela-t-elle. Alors, c'est ça le genre de gens que tu fréquentes, maintenant ? Tout ce que je t'ai appris, tout le mal que je me suis donné pour toi n'a donc servi à rien ? Tu as ça dans le sang, hein ? Peuh ! Sa mère tout craché ! Autant l'envoyer au diable tout de suite !

— Mes amies sont des filles bien, des filles sérieuses qui s'intéressent aux autres. Elles m'aiment bien et moi aussi je les aime bien. Nous nous soucions plus les unes des autres que nos propres familles ne se soucient de nous. Ce n'est pas du tout ce que tu crois.

Elle braqua les yeux sur moi. J'y lus une telle accusation que je dus détourner les miens ; ce qui ne fit que confirmer ses soupçons.

— Va dans ta chambre, m'ordonna-t-elle. Tu te passeras de dîner pour ce soir.

— Ça m'est égal. J'ai déjà mangé.

Je n'avais fait que marmonner entre mes dents, mais ce fut la goutte qui fit déborder le vase. Elle leva de nouveau son balai, le balançant par-dessus son épaule pour me frapper de toutes ses forces. Mais au même moment, les paroles de Star me revinrent en mémoire et, au lieu de reculer, je fis un pas en avant. Géraldine semblait n'avoir qu'une idée en tête : m'écorcher vive. Cependant, contrairement à mon habitude, je n'avais pas battu en retraite, pas plus que je ne m'étais recroquevillée dans un coin en tremblant.

— Ne recommence pas à me frapper, lui ai-je intimé d'un ton sans réplique. Ça suffit !

Elle s'est figée.

J'ai retenu mon souffle et, bien que tremblant de tous mes membres, je lui ai tenu tête. Je la fusillais des yeux, la défiant de lever encore la main sur moi.

Elle branla du chef, comme une vieille femme, et son visage se détendit d'un coup.

— À quoi bon? marmonna-t-elle en abaissant son balai.

Elle se courba et poussa un profond soupir dans un tressaillement de tout le corps, comme si je lui avais vraiment brisé le cœur.

— On ne peut pas changer ce qui est de naissance. C'est dans les gènes. J'ai été bien bête de vouloir essayer, d'espérer que…

— Qu'est-ce qui est de naissance? l'ai-je interrompue. De quoi parles-tu? Dis-moi! Dis-moi!

Elle me tourna le dos, comme si je n'étais pas là, et se dirigea vers la cuisine.

— Je veux savoir, me suis-je entêtée. Je veux connaître la vérité, toute la vérité. J'ai le droit de la savoir et tu dois me la dire.

Elle s'immobilisa et me jeta un regard par-dessus son épaule. Jamais je ne l'avais vue si petite, si fatiguée, si fragile.

— Tu veux la vérité? fit-elle avec un petit ricanement cynique. La vérité c'est que tu es vraiment la fille de ta mère. C'est la seule vérité qui compte dans cette maison.

Et elle reprit la direction de la cuisine.

— Ça ne me suffit pas, ai-je insisté. Je veux tout savoir.

Mais elle m'ignora et poursuivit son chemin, refermant la porte derrière elle. Je suis restée là un moment, sans bouger. Je tremblais si fort que je claquais des dents. Je me suis enveloppée de mes bras, en m'efforçant de respirer calmement. Puis je suis montée dans ma chambre. Dès que j'ai fermé la porte, un terrible silence s'est abattu sur moi. Je n'entendais rien: ni l'écoulement de l'eau dans l'évier ni le bruit des casseroles, rien. Elle était probablement encore en train de ruminer sa fureur dans son coin, les yeux braqués sur la porte de la cuisine.

Nous vivons toutes les deux sous le même toit, mais chacune enfermée dans son propre cauchemar, dans une maison remplie de souvenirs tous plus horribles les uns que les autres, me suis-je dit. Survivre à ces horreurs semblait la seule chose qui importait, à présent. C'était la seule chose qui nous retenait encore l'une à l'autre: l'instinct de conservation, peut-être, mais certainement pas l'amour.

L'amour n'avait probablement jamais franchi le seuil de cette maison, ou, s'il s'y était risqué, il lui avait suffi de jeter un coup d'œil à l'intérieur pour partir en courant.

Ce qui était précisément ce que j'avais envie de faire sur-le-champ.

4

Les secrets du passé

Géraldine ne m'avait pas appelée pour dîner et, quand j'ai quitté ma chambre, il était neuf heures passées. À cette heure-là, je savais la trouver devant la télévision, en train de regarder une de ses émissions religieuses, ou assoupie dans son fauteuil. J'ai donc été très surprise en constatant qu'elle était déjà montée se coucher. J'en ai profité pour me faire un chocolat chaud bien crémeux et savourer cette quiétude inhabituelle.

J'ai dégusté mon repas de roi, en réfléchissant à la façon dont les filles avaient réagi quand je leur avais révélé mon secret et avoué mon ignorance quant aux circonstances de ma naissance. Je me disais : *Tu devrais peut-être prendre cette histoire de mission plus au sérieux ?* Aucun bruit ne me parvenait de la chambre de Géraldine : elle devait dormir. J'ai lavé mes couverts et, prise d'une subite inspiration, je suis allée dans l'arrière-cuisine.

Dans un coin du plafond se découpait le carré d'une trappe donnant accès à une sorte de cagibi, un réduit si petit qu'on ne pouvait s'y déplacer qu'à quatre pattes. J'avais déjà entendu Géraldine y faire allusion, mais je ne me souvenais pas de l'avoir jamais vue y monter chercher quoi que ce soit.

En fait, je n'y avais jamais fait très attention et c'était même la première fois que je m'interrogeais à son sujet : à quoi pouvait-il bien servir ? Que renfermait-il ? À bien y réfléchir, hormis la chambre de mes parents, je ne voyais pas d'autre endroit, dans toute la maison, où l'on aurait pu cacher de vieux papiers, des photos jaunies ou tout autre document du genre de ceux que j'étais justement censée trouver. Je ne m'étais jamais permis de regarder dans les placards de Géraldine, ni de fouiller dans ses tiroirs, bien entendu, mais, bizarrement, mes soupçons se portaient davantage sur cette mystérieuse soupente. Nous avions un escabeau dans le garage. Il ne me restait plus qu'à aller le chercher. L'entreprise fut moins aisée que je ne l'avais d'abord imaginé – pas évident de passer les portes avec la discrétion voulue. En franchissant celle de la cuisine, un des pieds de l'escabeau a heurté le chambranle. J'ai cru que mon cœur s'arrêtait. Je me suis figée, l'oreille aux aguets. Géraldine ne dormait souvent que d'un œil : nous n'avions pas de système d'alarme et elle craignait les voleurs. La maison grinçait sous les assauts du vent soufflant de l'océan, mais je n'ai entendu aucune porte s'ouvrir, ni aucun pas au premier.

Rassurée, j'ai poursuivi mon chemin. Arrivée dans l'arrière-cuisine, j'ai installé l'escabeau en bonne place et gravi les marches. À la première poussée, la trappe a résisté. Comme je l'avais supposé, cela faisait très longtemps qu'on ne l'avait pas utilisée, peut-être même des années. Difficile de la forcer sans faire de bruit. Je me suis pourtant arc-boutée pour tenter de la soulever avec mon dos, tant et si bien que j'ai failli basculer. Pendant une fraction de seconde, je me suis vue tomber tête la première sur le carrelage. J'ai eu la peur de ma vie !

Ma patience a cependant été récompensée. Encore fallait-il faire glisser l'abattant sur le côté pour libérer le passage. J'avais une telle hantise du moindre crissement que j'ai procédé centimètre par centimètre. Cela m'a pris un temps fou ! C'est alors que je me suis rendu compte que je plongeais le regard dans un trou noir : il n'y avait aucune lumière. Je suis donc redescendue chercher la torche rangée sous l'évier. Mais les piles étaient mortes. Décidément, tout semblait conspirer contre moi, comme si on voulait à tout prix m'empêcher de trouver la moindre trace de mon passé. Heureusement, l'obsession de Géraldine pour les inventaires m'a permis de m'en procurer sans délai, dans l'un des tiroirs réservés à la quincaillerie : elle avait renouvelé le stock le matin même. La torche à la main, j'ai remonté les marches de l'escabeau sur la pointe des pieds.

Le rai de lumière révéla un véritable mur de toiles d'araignée de part et d'autre de l'ouverture. Par terre, la couche de poussière était si épaisse qu'on aurait dit un second plancher. Là, sur ma droite, étaient empilés plusieurs cartons fermés par une grosse ficelle. Aucun ne portait d'inscription, ni d'étiquette. Une fois de plus, j'ai dû redescendre de l'escabeau afin d'aller chercher un couteau. Sans un regard pour les toiles d'araignée et la poussière, je me suis enfin faufilée à l'intérieur du cagibi pour me diriger à quatre pattes vers les mystérieux cartons.

Agenouillée à côté de la pile et tremblant comme une feuille, j'ai de nouveau dressé l'oreille pour m'assurer que Géraldine n'avait rien entendu. Il régnait, à présent, un silence inquiétant. Même les craquements s'étaient tus : la maison semblait retenir son souffle, elle aussi. J'ai pris le carton du dessus et tranché la ficelle d'un coup sec, puis j'ai soulevé le couvercle et dirigé le pinceau de lumière vers l'intérieur.

Soigneusement rangés et enveloppés de cellophane, apparurent alors des jouets flambant neufs, des jouets de petite fille : des poupées, avec toute leur garde-robe ; des couverts de dînette ; des meubles et une maison de poupée en pièces détachées. Je prenais chacun d'eux, l'un après l'autre, l'examinant avec curiosité. Quelqu'un avait peint des larmes sur les joues d'une des poupées. Soit la main qui les avait dessinées était malhabile, soit elle avait tremblé : leur tracé était irrégulier. La tête d'une autre avait été écrasée, comme si elle avait reçu un coup de marteau.

À qui avaient appartenu ces poupées ? Aucune ne m'était familière. Étaient-ce celles de Géraldine ? Mais, alors, pourquoi les avoir enfermées ici ? On aurait dit que quelqu'un voulait cacher son enfance, l'enfouir à jamais dans l'oubli.

J'ai pris le carton suivant et coupé la ficelle. Je l'ai ouvert encore plus doucement que le précédent, éclairant son contenu d'une main fébrile. Il était plein de vêtements, eux aussi enveloppés de cellophane. J'en ai sorti un de son emballage. C'était une petite robe jaune, une robe de bébé. J'ai répété les mêmes gestes, découvrant à chaque fois la même chose : de la layette et des vêtements de fillette en bas âge. Ils semblaient tout neufs et n'avaient manifestement jamais été portés. À qui étaient-ils ? À moi ? À Géraldine ? Pourquoi étaient-ils conservés là ? Pourquoi ne les avait-on pas donnés ou jetés ? C'était pourtant ce que Géraldine faisait des choses qui ne servaient plus, d'habitude.

J'ai contourné la trappe pour gagner le côté gauche du réduit et je me suis attaquée à une nouvelle pile de cartons, coupant les ficelles et soulevant les couvercles avec une impatience grandissante. C'est ainsi que j'ai découvert ce que je décidai d'appeler des « reliques » : des bouts de rubans brodés, des peignes ouvragés, des bracelets pour un minuscule poignet, une paire de chaussures de bébé, une boîte à cigares pleine de vieilles photos et une boîte à bijoux musicale peinte à la main. Par chance, elle n'a fait aucun bruit quand je l'ai ouverte : il fallait remonter le mécanisme pour la faire fonctionner. J'aurais pu réveiller Géraldine. Là encore, tout était soigneusement rangé et enveloppé de cellophane. À qui tout cela appartenait-il ?

Dévorée de curiosité, j'ai enfin ouvert le dernier carton. Sur le dessus étaient posés une couverture de berceau et un savon parfumé. Je les ai délicatement posés par terre, à côté de moi. Dessous se trouvait un petit paquet de lettres retenues par deux bandes d'élastique racorni qui sont pratiquement tombées en lambeaux quand je les ai ôtées. Il n'y avait aucune adresse sur les enveloppes, aucun nom. Elles avaient dû être roses, comme en témoignaient les traces de couleur restées sur les bords, mais le temps les avait décolorées et elles avaient pris une teinte jaunie. Elles avaient toutes été ouvertes.

J'ai pris la première du paquet et j'en ai sorti une feuille pliée en quatre.

Chère Cathy, disait-elle. J'ai retenu mon souffle. Qui avait bien pu m'écrire ?

Je sais que bien des années se seront écoulées avant que tu ne lises ces quelques lignes. Ma fille, Géraldine, m'a promis que, lorsque tu serais enfin en âge de comprendre, elle te les remettrait. Elle m'a également promis qu'à ce moment-là tu aurais déjà appris, de sa bouche, la vérité sur ta naissance.

Quelle étrange façon pour une mère de se présenter à sa fille ! C'est bel et bien l'objet de ces lettres, pourtant. Durant toutes ces trop longues et trop nombreuses années, jusqu'à ce que tu les aies entre les mains, tu m'auras toujours considérée comme ta grand-mère. Comment trouver les mots pour te dire ce que je ressens lorsque je t'entends m'appeler « Grand-maman » et qu'il me faut me comporter comme si tu étais effectivement ma petite-fille ? J'espère que je pourrai, un jour, te faire comprendre pourquoi il en est ainsi, pourquoi il ne pouvait en être autrement.

Il n'y a rien de plus merveilleux pour une mère que de pouvoir faire bénéficier sa fille de sa propre expérience et de la sagesse que la vie lui a permis d'acquérir au fil du temps. C'est le seul héritage qui compte vraiment. Je suis certaine que l'argent ne sera jamais un problème pour toi. Aussi, hériter de mes bijoux ou recevoir la donation que j'ai mise de côté pour toi, et qui t'appartiendra le jour de ton dix-huitième anniversaire, ne représente pas grand-chose, à côté de ce qu'une mère peut transmettre à sa fille.

Une donation ? Géraldine ne m'avait jamais parlé d'une donation. J'allais pourtant avoir dix-huit ans dans moins d'un an. Quand comptait-elle le faire ? J'ai repris ma lecture :

Pour commencer, laisse-moi être, pour la première fois, vraiment honnête avec toi puisque, désormais, tu connais la vérité sur ta naissance. Mon mariage n'a jamais été ni un bon ni un heureux mariage. Je me suis mariée pour tout un tas de raisons, toutes plus mauvaises les unes que les autres. Quand je m'habillais pour sortir, ma mère venait

72

toujours me tourner autour, en me répétant : « N'oublie pas, ma chérie : il est aussi facile de tomber amoureuse d'un homme riche que d'un sans-le-sou. » Elle m'a fait croire que l'amour se contrôlait et que l'on pouvait faire prendre à ses sentiments la direction que l'on souhaitait, à tout moment et à volonté. L'amour : un miracle qui vous foudroie, un beau matin, au détour du chemin ? Elle se serait étranglée de rire à cette seule pensée, ou à l'idée que notre cœur pût brusquement s'emballer et que, d'un simple regard jeté à un parfait inconnu entrant dans une pièce, on pût, tout à coup, sentir son âme se gonfler d'un bonheur sans égal. Chanson que tout cela ! « Chanson », c'était son mot favori pour désigner tout ce qu'elle dénigrait, tout ce à quoi elle refusait de croire. C'était l'expression de son père. Je l'avais prise en horreur. L'entendre dans sa bouche me hérissait. Mais je n'ai jamais eu le courage de le lui dire en face.

Nul n'aurait pu trouver enfant plus docile. J'ai été élevée dans ce qui tenait davantage d'un royaume que d'une famille, une monarchie miniature dont mon père était le roi et ma mère, la reine. Quant à moi, je n'étais qu'un de leurs sujets. Chacune de leurs décisions faisait loi et chacun de leurs ordres était immédiatement exécuté, sous peine d'être frappée, pensais-je alors, par la foudre divine. Mon père était de ceux qui professent que de la peur seule peut naître le respect. L'amour ne venait que bien après : un effet secondaire, en quelque sorte. Il voulait que je le craigne. Il a été comblé.

Mais tout cela n'est guère qu'un préambule, une façon de te préparer à ce que je veux vraiment te dire et que tu auras sans doute bien du mal à comprendre : pourquoi je t'ai abandonnée. Oh ! je peux dire, je pense, que je t'ai moins abandonnée que simplement « déplacée » dans l'arbre généalogique. Je savais que je ne pourrais jamais t'élever comme ma propre fille. Mais je ne pouvais me résoudre à te remettre entre des mains étrangères. Je voulais pouvoir te voir quand et aussi souvent que j'en aurais envie. En jouant, vis-à-vis de toi, le rôle de grand-mère, j'ai eu la chance de pouvoir te gâter et te témoigner un peu de cet immense amour que j'éprouve à ton égard ; ce que je n'aurais jamais pu faire en d'autres circonstances. J'espère que j'aurai ce bonheur encore très longtemps et qu'un jour, quand tu auras lu mes lettres, nous pourrons nous voir quelque part, rien que toi et moi, et que je pourrai te serrer dans mes bras, comme une mère étreint sa fille, et que tu pourras m'embrasser, comme une fille embrasse sa mère. Ce n'est peut-être qu'un rêve. Nous ne nous rendons sans doute pas vraiment compte combien les rêves deviennent rares à mesure que nous vieillissons, obligés que nous sommes d'accepter les dures réalités de la vie.

L'autre raison pour laquelle je t'ai confiée à Géraldine, c'est que Géraldine a été encore plus obéissante envers mon mari et moi que je ne l'ai moi-même été envers mes propres parents. Je savais donc qu'elle ferait tout ce qu'on lui demanderait, exactement tel qu'on le lui dirait. J'imagine que mon mari et moi n'avons guère été mieux que mes parents, régentant notre famille comme une monarchie semblable à celle dans laquelle j'ai été élevée. Quoi qu'il en soit, c'est à ce triste jeu de rôles que nous nous sommes livrés sous ce toit qui aurait pu être le tien.

Cependant, Géraldine est très différente de moi. Elle ressemble plutôt à mon mari. Je me dis, parfois, que c'est mieux pour elle, qu'ainsi elle ne pourra jamais souffrir comme j'ai moi-même souffert. Elle n'a jamais vraiment aimé et elle ignore ce que signifie perdre un être cher, au sens passionnel du terme.

Moi si. Et, si tu lis cette lettre, tu es probablement assez grande pour en conclure, avant même que je ne te le dise, que le seul homme que j'aie jamais aimé, aimé du plus profond de mon âme, aimé avec passion, était ton vrai père.

Je viens de regarder ma montre et je prends subitement conscience du temps qui s'est écoulé pendant que je couchais ces quelques pensées sur le papier. Je suis obligée de m'interrompre. L'homme que tu considères comme ton grand-père m'appelle. Nous avons un dîner d'affaires. Ces dîners sont toujours trop importants pour que nous puissions nous permettre d'arriver ne serait-ce qu'une seule minute en retard.

74

J'aurais dû commencer à t'écrire plus tôt, je suppose.
Mais (peut-être ceci t'amusera-t-il?) je me regardais dans
la glace, tout à l'heure, quand, soudain, je t'ai vue. Je t'ai
vue dans mon propre visage et je me suis dit: Et si le
temps passait et que nous n'ayons jamais l'occasion de
nous voir seule à seule? *Cela m'a porté un tel coup au*
cœur que je me suis assise sur-le-champ pour t'écrire.

N'aie crainte: désormais, je t'écrirai souvent. Pour
l'heure, je vais devoir cacher cette lettre, tout comme j'ai
toujours dû cacher mes véritables sentiments. Je tremble en
la signant de ces mots:

Avec tout mon amour,
Maman.

Je suis restée un moment immobile, le feuillet à la
main. Finalement, je suis retournée examiner le contenu
des autres cartons. Toutes ces choses devaient être des
cadeaux qu'elle m'avait faits. Pourtant, je n'en recon-
naissais aucun. *Géraldine te les a cachés,* me suis-je dit
tout à coup. *Mais bien sûr, c'est ça!* Cependant, pourquoi
m'avoir soustrait des jouets, des peignes et des bijoux de
pacotille?

Soudain, j'ai entendu un bruit qui m'a glacé le sang:
un claquement sec. Mon cœur a bondi dans ma poitrine.
Je me suis précipitée vers l'ouverture de la trappe.
L'escabeau! Il avait disparu! J'entendais le raclement du
bois sur le sol. J'ai hurlé:

— Mère! Mère!

Elle remportait l'escabeau dans le garage. Quelques
minutes plus tard, elle était de retour. En robe de chambre
et en pantoufles, elle vint se planter à la verticale de la
trappe et leva la tête vers moi.

— Qu'est-ce qui t'a pris de ranger l'escabeau? me suis-
je écriée.

— Qui t'a dit d'aller là-haut? m'a-t-elle répliqué.

— Je voulais voir ce qu'il y avait dans le cagibi. Comment je vais faire pour descendre, maintenant?

— Depuis quand te mets-tu à fouiller dans la maison?
Depuis quand fais-tu quelque chose sans me demander

d'abord la permission ? Je vais te dire, moi, depuis quand : depuis que tu as commencé à voir cette psychothérapeute et ces créatures de malheur. Tu me désobéis et tu vas chez cette gosse de riches nager et faire Dieu sait quoi encore et, après ça, tu rentres à la maison et tu te mets à fouiller. Tu crois que c'est une coïncidence, peut-être ? Hein ? Eh bien, pas moi. Je t'avais pourtant prévenue. Je t'avais bien dit que c'était ce qui devait arriver.

— Va rechercher l'escabeau, s'il te plaît, l'ai-je implorée. Comment veux-tu que je descende, sinon ?

— Tu as voulu y aller, tu y es et, maintenant que tu y es, tu y restes.

Sur ces bonnes paroles, elle a tourné les talons.

— Mais il fait noir là-dedans ! me suis-je exclamée. Je ne peux pas rester ici. Je vais mourir de peur ! Ne me laisse pas ! Reviens !

Elle s'est immobilisée sur le seuil pour me regarder.

— Comme on fait son lit, on se couche. Bonne nuit !

— Attends ! Qu'est-ce que c'est que tous ces trucs ? Pourquoi ne m'as-tu jamais donné ces lettres ?

Elle a éteint la lumière et elle est sortie en refermant la porte derrière elle.

— Mère !

J'ai regardé la lettre que j'avais toujours dans la main et j'ai hurlé :

— Géraldine !

J'ai attendu un moment, en vain. En rampant et en remuant tous ces cartons, j'avais soulevé beaucoup de poussière. Je me sentais horriblement sale et, quand je n'éternuais pas, je toussais. Je me suis penchée par l'ouverture de la trappe et j'ai dirigé le pinceau de lumière de la torche vers le bas : j'étais au moins à trois mètres du sol. J'allais devoir me glisser prudemment, en me retenant par les mains. Je n'aurais plus ensuite qu'à me laisser tomber. Je devrais me rétablir sans trop de difficulté. En moi-même, je pensais : *Quelle situation ridicule ! Mais qu'est-ce qu'elle croit donc ? Que je vais rester enfermée là-dedans jusqu'à demain ?*

J'ai rangé les lettres dans leur carton et je l'ai refermé. Puis j'ai pris position au-dessus de la trappe, les mains posées de part et d'autre de l'ouverture. Impossible de tenir la torche en même temps. J'ai envisagé, un instant, de la laisser choir sur le sol, mais j'ai eu peur de la casser. Alors, j'ai préféré la glisser dans mon chemisier, puis j'ai commencé à me laisser descendre à l'intérieur du carré noir, en dessous de moi, en prenant appui sur mes bras. Mon cœur cognait à grands coups et je haletais, le souffle court. En moi-même, je me disais : *Si ça continue comme ça, tu vas t'étouffer et tu vas finir par lâcher prise. Est-ce que j'aurai assez de force dans les doigts pour me retenir ? C'est vraiment n'importe quoi ! Vraiment n'importe quoi ! Mais pourquoi diable a-t-elle fait ça ?*

J'ai tourné sur moi-même pour m'agripper au bord et, les jambes tremblantes, j'ai continué à descendre. Mais, entraînée par le poids de mon corps, j'ai dérapé. J'ai senti les échardes se ficher sous ma peau. La main gauche a lâché prise et la droite a semblé décoller toute seule. Je suis tombée comme une pierre en hurlant, le pied gauche en avant. Il s'est tordu sous moi et j'ai entendu l'os craquer.

Ma tête a heurté le sol si violemment que j'en ai vu trente-six chandelles. Une douleur fulgurante m'a parcourue, de la nuque aux reins. J'étais à bout de souffle, pantelante. J'ai réussi à faire pivoter ma jambe gauche, mais j'avais tellement mal que je devais haleter comme un chien assoiffé pour endurer la souffrance. J'ai dû avoir un trou noir ou m'évanouir quelques minutes. Toujours est-il que, quand j'ai rouvert les yeux, l'obscurité était totale. La souffrance remontait de ma cheville à travers toute ma jambe.

— Mère ! ai-je crié. Mère ! À l'aide ! Au secours !

En pleurs, gémissant à chaque mouvement, je me suis lentement redressée. J'ai bien essayé de me relever, mais il était manifestement hors de question de prendre appui sur ma cheville. J'ai sorti la torche de mon chemisier et je me suis traînée jusqu'à la porte. Moitié rampant, moitié escaladant, j'ai réussi à atteindre la cuisine et à me hisser sur le plan de travail. Épuisée, j'ai appelée Géraldine à cor et à cri. La douleur était telle que je pleurais à chaudes larmes.

Les lumières ont fini par s'allumer dans le couloir et j'ai entendu ses pas dans l'escalier. Quelques instants plus tard, elle s'encadrait dans la porte, les mains sur les hanches, la mine renfrognée.

— Qu'est-ce qui te prend de brailler comme ça ?

— Je… je suis tombée, me suis-je lamentée entre deux sanglots. Je suis tombée et… et je crois que je me suis cassé quelque chose.

Elle a jeté un rapide coup d'œil à mon pied.

— Tu dis des sottises.

— Mais non, ce ne sont pas des sottises. J'ai entendu le craquement. Pourquoi as-tu enlevé l'escabeau ? ai-je soudain explosé, laissant libre cours à ma colère. Comment as-tu pu faire une chose pareille ? Regarde ça : j'ai le pied qui enfle à vue d'œil !

Elle a secoué la tête et s'est dirigée vers le réfrigérateur.

— Tu as juste besoin d'un peu de glace, a-t-elle diagnostiqué d'un ton doctoral.

Elle a sorti quelques glaçons qu'elle a mis dans un sac en plastique.

— Tiens ! m'a-t-elle dit, en me tendant le sac. Mets ça dessus et va te coucher. Voilà ce que c'est de désobéir ! Peut-être que tu écouteras ce que je te dis, maintenant, et que tu te tiendras à distance de ces créatures de malheur qui t'empoisonnent la vie.

Et, sans un mot de plus, elle a pris la direction de l'escalier.

— Ce n'est pas simplement enflé, ai-je insisté. C'est cassé. J'ai entendu l'os se briser.

Elle a continué son chemin sans se retourner.

— On verra bien quelle tête ça aura demain matin, m'a-t-elle répondu. Si tu ne peux pas monter, tu n'as qu'à coucher sur le canapé du salon.

J'ai entendu ses pas dans l'escalier, le bruit d'une porte qui s'ouvre et se referme, puis plus rien, à part le bourdonnement dans mes oreilles et les cris muets qui me déchiraient la gorge. Sautillant en prenant appui sur les meubles, je suis parvenue à atteindre le salon pour m'effondrer sur le canapé. J'ai enlevé ma chaussure et placé le sac de glace autour de ma cheville. Mais je n'en ai éprouvé aucun soulagement. J'ai gémi et pleuré toute la nuit. J'ai fini par succomber à la fatigue avec le jour. Quand j'ai ouvert les yeux, Géraldine se tenait penchée au-dessus de moi. Elle m'examinait. Ma cheville était violette et avait doublé de volume.

— C'est peut-être une fracture, a-t-elle conclu. Assieds-toi. Je vais t'aider à monter dans la voiture. Je pense qu'il vaut mieux aller aux urgences. Ah ! c'est agréable ! Charmante façon de commencer la journée ! Et tout ça parce que tu traînes avec des désaxées !

Je souffrais trop pour discuter avec elle. J'ai dû prendre appui sur elle pour marcher jusqu'à la voiture. Une fois à l'intérieur, j'ai fermé les yeux et je me suis laissée aller contre la portière. Durant tout le trajet, elle n'a cessé de m'accabler de reproches, pestant, grognant, grommelant sans relâche. Lorsque nous sommes arrivées aux urgences, elle est entrée la première pour revenir à la voiture, accompagnée d'un jeune homme en blouse blanche qui poussait un fauteuil roulant. Il s'est bien passé une heure avant que quelqu'un ne vienne s'occuper de moi. On m'a alors envoyée faire des radios et il a fallu encore deux heures avant qu'un médecin ne vienne m'examiner. Pendant tout ce temps, Géraldine est restée assise avec moi dans la salle d'attente, regardant avec consternation les magazines éparpillés sur les tables basses, en secouant la tête.

— Et si un enfant venait à lire ou à voir un de ces torchons ? s'indignait-elle. Regarde-moi la photo de cette actrice en couverture ! Mais elle est en chemise de nuit, en plus ! Tout juste si on ne peut pas voir ce qu'elle a mangé au petit déjeuner !

J'avais trop mal pour prêter attention à ses élucubrations, mais je voyais bien que les autres patients l'écoutaient et la dévisageaient avec incrédulité, en se faisant des messes basses.

L'infirmière finit par revenir pour m'emmener dans une salle d'examen où un médecin étudiait mes radios suspendues devant un écran lumineux.

— C'est une fracture, affirma-t-il. Tu n'as pas essayé de marcher après t'être blessée, j'espère ?

— Si.

— Mmm.

Il inspecta mon pied.

— La rotation n'est pas stable. Il va falloir te plâtrer la jambe et tu devras faire une radio à intervalles réguliers pour permettre le dépistage précoce d'un éventuel déplacement.

Géraldine soupira comme si c'était elle, et non moi, qui allait devoir subir le traitement.

— Les docteurs et leur satanée médecine ! Humpf ! grommela-t-elle.

— Pardon ? dit le médecin.

— Rien, marmonna-t-elle en se tournant vers moi. Voilà ce qui arrive quand on va dans des endroits où on n'a rien à faire.

— Oh ! Et comment est-ce arrivé ? s'enquit-il.

— Je suis tombée en descendant du grenier, lui ai-je répondu.

Il hocha la tête en silence.

— Tu vas t'en remettre, me rassura-t-il, avant d'appeler l'infirmière pour lui demander de faire le nécessaire pour mon plâtre.

Trois heures plus tard, nous étions sur le chemin du retour. J'avais la jambe dans le plâtre et des béquilles. On m'avait donné quelque chose contre la douleur et j'oscillais continuellement entre veille et sommeil dans un état semi-comateux.

Ou Géraldine avait enfin cessé de se plaindre du docteur Marlowe, des filles et de moi, ou j'avais fini par décrocher. Toujours est-il que je ne l'entendais plus râler. Il faut dire qu'avec le médicament, j'avais l'impression que mes yeux, mes oreilles et même mes pensées étaient branchés sur courant alternatif.

Quand nous sommes arrivées à la maison, elle a été obligée de m'aider à descendre de voiture. Quant à monter dans ma chambre, ce fut un véritable chemin de croix, d'autant plus que j'avais du mal à garder les yeux ouverts. Elle n'avait pas la force de me soutenir et je chancelais constamment, sous un déluge de hurlements et de vociférations. Parvenue à bon port, je me suis mise au lit sans tarder. Je n'avais pas posé la tête sur l'oreiller que je dormais. Quand je me suis réveillée, la nuit tombait. Mon estomac gargouillait : je n'avais rien avalé de la journée. Je me suis redressée en retenant un juron : j'avais complètement oublié mon plâtre, lequel s'était aussitôt rappelé à mon bon souvenir.

Comme d'habitude, la porte de ma chambre était fermée. J'ai basculé ma jambe plâtrée par-dessus le bord du lit et je me suis tournée pour attraper mes béquilles. Après avoir repris mon souffle, j'ai claudiqué jusqu'à la porte.

— Mère ! ai-je crié en l'ouvrant.

Quelques instants plus tard, elle apparaissait au pied des marches.

— Qu'est-ce qu'il y a ?

— J'ai faim et j'ai soif.

— Charmant ! Voilà que je vais jouer les bonnes, maintenant ! Retourne te coucher. Je vais t'apporter ton dîner.

— Est-ce qu'on a téléphoné pour moi ?

C'était plus fort que moi : je n'ai pas pu m'empêcher de lui poser la question.

— Non, m'a-t-elle répondu, en s'éloignant sans se retourner.

Et j'ai aussitôt pensé : *À quoi bon lui demander ? Elle ne te le dirait pas, si elles avaient appelé, de toute façon.*

Peu de temps après, je l'ai entendue monter l'escalier. Chacun de ses pas semblait plus pesant que le précédent. Quand elle a franchi le seuil de ma chambre, son plateau dans les mains, elle avait l'air exténuée et si pâle !

— Je peux descendre pour manger, si tu préfères, lui ai-je proposé.

Elle a hoché la tête.

— Il le faudra bien, m'a-t-elle répondu. C'est que je ne suis plus si jeune que ça. C'est incroyable comme les soucis peuvent vous faire prendre des années en quelques minutes, ajouta-t-elle en me décochant un coup d'œil glacial.

Elle a posé le plateau sur mon bureau, tandis que je claudiquais jusqu'à ma chaise. Il y avait là deux œufs durs, une tranche de jambon, un toast, un verre de jus de myrtille et un flan. D'habitude, elle cuisinait, le soir. Elle faisait rôtir un poulet ou griller du poisson.

— On dirait un repas d'hôpital, ai-je soupiré.

— Des réclamations ? Estime-toi encore heureuse d'avoir quelque chose à manger. C'est ta faute, si tu en es là, ne l'oublie pas, m'a-t-elle lancé en m'agitant son index décharné sous le nez.

— Ma faute ? C'est toi qui as retiré l'escabeau. Par pure méchanceté, j'en suis sûre. Ce n'était pas très malin de ta part, ai-je ajouté à mi-voix.

Elle s'est redressée, piquée au vif.

— Comment oses-tu me dire une chose pareille ? s'est-elle emportée.

Elle a essayé de se reprendre, pinçant les lèvres et plissant des yeux étincelants de haine.

— De toute façon, a-t-elle sifflé entre ses dents, après ce que tu as fait, tu méritais d'être punie.

— Et qu'est-ce que j'ai fait de si terrible ?

— Tu as profité que j'aie le dos tourné pour aller fouiller là-haut.

— Et alors ? Pourquoi ne m'as-tu pas donné ces lettres ? Et pourquoi tous ces trucs étaient-ils cachés dans des cartons ? C'était pour moi, tout ça, n'est-ce pas ? Tu ne m'as jamais rien donné, pourtant. Pourquoi ?

— Non, je ne t'ai rien donné, et j'ai eu bien raison. C'était sa façon à elle de racheter ses péchés : en te payant des choses, a-t-elle craché avec dédain.

Un petit sourire glacé étira peu à peu ses lèvres pincées.

— Elle croyait pouvoir acheter ton affection et réussir à se faire aimer de toi, plus que tu ne m'aimais, moi. Ça la tourmentait, ça, que tu puisses m'aimer plus qu'elle, ajouta-t-elle d'un air sardonique. Je savais que c'était sa hantise. Ça lui rongeait le cœur. Bien fait pour elle!

— Mais tu la détestais! Tu détestais ta propre mère!

— Non, je ne la détestais pas. Je la plaignais. Je plaignais sa faiblesse, dit-elle en se passant la main sur le visage, comme pour faire disparaître toute trace de satisfaction.

— Pourquoi ne m'as-tu jamais dit qu'elle m'avait fait une donation?

— Pour quoi faire? Tu ne pourras pas la toucher avant un an.

— N'empêche. Tu aurais dû me le dire. À combien elle se monte, cette donation, d'abord?

— Oh! alors, comme ça, Mademoiselle se soucie du montant de ses finances, maintenant?

— Je voudrais savoir, c'est tout. Il n'y a pas de mal à ça, si? me suis-je défendue, en refoulant les larmes qui me brûlaient les yeux.

— Tu le sauras en temps voulu. En attendant, c'est moi qui gérerai nos finances, si tu le veux bien. Merci.

— Mais tu ne peux vraiment pas m'en dire un peu plus sur ce qui s'est passé? Où je suis née, par exemple, ai-je insisté, les paroles de Jade me revenant en mémoire. Est-ce que c'était ici, à Los Angeles? Ou a-t-elle été obligée de partir pour accoucher ailleurs?

— Tout ça n'a été qu'une histoire lamentable, lamentable et sordide. À quoi bon remuer toute cette boue? À quoi bon revivre tous ces jours, ces semaines, ces mois épouvantables? Et puis, qu'est-ce que ça changerait? Tu es qui tu es, ici et maintenant, un point c'est tout.

Elle prit une profonde inspiration et désigna mon plateau du menton.

— Je reviendrai tout à l'heure le chercher.

— Mais c'est mon passé! me suis-je écriée. J'ai bien le droit de le connaître!

Elle fit volte-face, me fusillant du regard.

— Le droit? Tu as le droit? Et qui te l'a donné, ce droit? Je voudrais bien le savoir! C'est moi qui te dis ce à quoi tu as droit ou non, c'est clair ? Qui a le plus souffert dans cette histoire ? C'est moi. Moi, et pas toi. Tu as été bien traitée, que je sache, non ? On ne va pas l'envoyer à l'orphelinat, cette pauvre petite, non, non – alors que tu es bel et bien née en dehors des liens du mariage, il me semble. On ne va pas la confier à des étrangers, non, non. Tu as eu un foyer avec une vraie famille, dès le début, pas vrai ?

— Une famille, ai-je marmonné avec amertume. Tu parles d'une famille !

— Je ne me laisserai pas accuser à sa place ! Tu n'avais qu'à venir te plaindre à moi avant.

— Oh, bien sûr ! Surtout à toi ! Toi qui ne veux jamais entendre prononcer le moindre mot qui ait le plus lointain rapport avec ça, ai-je protesté. Toi qui n'as même pas voulu m'aider, quand j'ai eu mes premières règles. Il a été le seul à me faire croire qu'on s'occupait un peu de moi, dans cette maison. Voilà pourquoi c'est arrivé.

— Tu ne m'as jamais autant manqué de respect avant, s'est-elle lamentée en secouant la tête. C'est sûrement l'influence de ces maudites créatures. Elles te corrompent l'esprit comme une maladie ronge le corps. Que je ne t'entende plus jamais parler d'elles, c'est compris ?

— Mais ce sont mes amies !

— C'est ce que nous verrons.

Elle se dirigea vers la porte, puis s'immobilisa pour me jeter un coup d'œil par-dessus son épaule.

Puis elle ferma la porte, me laissant m'étrangler sur mon morceau de toast. J'avais la gorge tellement serrée que je ne pouvais rien avaler. J'ai bu un peu de jus de fruits et repoussé mon assiette. *Je ne mangerai plus*, me suis-je dit. *Voilà ce que je vais faire : la grève de la faim. Je refuserai de m'alimenter jusqu'à ce qu'elle me donne la permission de parler aux filles.*

Une heure plus tard, elle revenait chercher le plateau.

— Qu'est-ce que c'est que ça ? aboya-t-elle, en voyant que je n'avais pratiquement rien touché. Tu ne vas tout de même pas laisser perdre toute cette nourriture ! Tu devais avoir faim : tu n'avais rien mangé de la journée.

— Je ne mangerai plus, lui ai-je annoncé. Je n'avalerai plus un morceau tant que tu ne me laisseras pas parler à Misty, à Jade ou à Star, quand elles téléphoneront.

Elle me dévisagea un moment. Je crus voir une petite étincelle d'ironie danser dans ses prunelles.

— Ah, c'est comme ça ?

Elle prit le plateau et se dirigea vers la porte. Au moment de sortir, elle se retourna.

— Tu es exactement comme elle, cracha-t-elle. Aussi égoïste, aussi butée. Elle n'a eu que ce qu'elle méritait et tu auras ce que tu mérites. Ce ne sera pas ma faute. Je t'ai dit ce qu'il fallait. Si tu ne veux pas écouter, c'est ton problème.

« Je ne te monterai plus un seul repas. Si tu veux manger, tu descendras te servir. Sinon…

Elle haussa les épaules.

— Tu ne mangeras pas, un point c'est tout.

Elle referma la porte et le silence retomba. Il n'y eut plus que le bruit étouffé de ses pas dans l'escalier.

J'ai serré mon oreiller contre moi. La douleur était revenue. Elle remontait le long de ma jambe par à-coups et ne faisait qu'ajouter à ma détresse.

Tu aurais dû rapporter ces lettres, me suis-je dit. *Tu ne pourras pas y retourner de sitôt. C'est pourtant la seule façon de savoir enfin jusqu'à quel point on t'a menti. Si Géraldine ne les a pas détruites avant, du moins…*

Je me suis allongée, en repensant à cette première lettre. Je la savais presque par cœur. *Elle semblait tellement désolée pour moi*, pensais-je, *et si désireuse de gagner mon affection, aussi ! Ah ! si seulement elle avait pu m'élever ! Ma vie aurait été si différente. Je n'aurais pas eu un père qui m'aurait fait… ce que le mien m'avait fait. Je n'aurais pas été tourmentée par Géraldine. Géraldine, avec toute cette rage et toute cette haine qui l'habitaient à demeure. Les ombres de mon passé auraient disparu. Elles n'auraient même jamais existé.*

Je me disais : *Qu'est-ce que j'ai fait pour mériter ça, si ce n'est venir au monde ? C'est bien simple : si on me donnait le choix, là, maintenant, je dirais non. Non, merci.*

Laissez-moi où je suis. Gardez-le, votre monde. Laissez-moi rester ici, derrière quelque nuage invisible, en attendant que se présente une autre occasion, la chance pour moi d'être vraiment la fille de quelqu'un, et non une erreur.

Mon premier cri aurait été accueilli par des sourires et des exclamations admiratives, au lieu de provoquer craintes, pleurs et réprobation.

Et surtout, surtout, j'aurais su, dès le départ, qui j'étais, au lieu de passer ma vie à remonter le temps en quête d'indices, avançant à tâtons dans les ténèbres, derrière les portes closes du secret, en quête de cette mystérieuse crypte où avait été enseveli mon nom.

5

Prisonnière

Le lendemain matin, Géraldine ne prit pas la peine de venir voir comment j'allais. Je l'entendis passer dans le couloir pour gagner l'escalier. Elle ne ralentit même pas devant ma porte pour savoir si j'étais ou non levée. J'avais une faim de loup, mais j'étais fermement décidée à aller jusqu'au bout. Je ferais ce qu'il faudrait, mais on ne me traiterait plus comme une gamine et, encore moins, comme une prisonnière dans ma propre maison ! Je suis allée boire un peu d'eau au lavabo, puis je me suis recouchée. Et j'ai attendu. Sous peu, elle allait se rendre compte que je ne plaisantais pas ; elle s'inquiéterait ; elle monterait me parler. C'était, du moins, ce que je croyais.

Mais, au lieu de pas dans l'escalier, c'est le vrombissement de l'aspirateur que j'ai entendu. Cela pouvait durer des heures, quand elle se mettait à passer l'aspirateur. Chaque jour, elle briquait la maison de la cave au grenier. C'était toute sa vie. Et j'ai brusquement réalisé que, si je faisais ce qu'elle voulait, ce serait bientôt la mienne.

Moue boudeuse et regard buté, j'ai croisé les bras en braquant les yeux sur la porte. Une douleur lancinante me remontait le long de la jambe et mon estomac gargouillait horriblement. Comment faisaient les gens comme Gandhi ? Comment empêcher son corps de réclamer de la nourriture ? J'avais beau lutter, je ne pouvais pas me retenir de penser à un grand bol de céréales avec de gros morceaux de fruits, à des œufs brouillés sur un toast tout chaud, à du pain frais tartiné de confiture, à un paquet de petits gâteaux et à toutes sortes de sandwiches plus alléchants les uns que les autres. Et toutes ces bonnes choses défilaient devant mes yeux comme à la parade. J'en avais l'eau à la bouche. Même les objets les plus anodins prenaient des allures comestibles : un ruban, sur ma coiffeuse, se transformait en banane et le petit bloc de papier, juste à côté, en tablette de chocolat.

J'ai fini par me lever pour aller entrebâiller ma porte. L'aspirateur s'était tu. Je l'ai entendue ouvrir une fenêtre : elle en était au stade « aération tous azimuts ». Elle n'allait pas tarder à passer au lessivage de la cuisine qui deviendrait alors zone interdite pendant près d'une heure, jusqu'à ce que le carrelage fût sec – ou, du moins, qu'elle l'estimât sec. C'est à ce moment-là que le téléphone a sonné. J'ai claudiqué jusqu'en haut des marches pour écouter.

— Allô ? a-t-elle aboyé.

Il y a eu un bref silence, puis elle a répondu :

— Non, elle ne peut pas vous parler.

Et elle a raccroché en claquant violemment le combiné. Il ne pouvait s'agir que d'une des filles.

— Mère ?

Silence total.

— Mère ?

Le silence s'est fait plus pesant. C'est le couvercle de la poubelle de la cuisine qui l'a brisé, en retombant. *Amusant que je puisse identifier tous les bruits de la maison, non ?* ai-je pensé. Il faut dire que j'avais grandi avec eux. Ils avaient rythmé mon quotidien et très tôt fait partie de mon vocabulaire sonore. Même aveugle, j'aurais pu savoir ce qu'elle faisait, à chaque instant de la journée.

J'ai enfilé ma robe de chambre, pris mes béquilles et je suis descendue à la cuisine. Elle venait juste de plonger la serpillère dans son seau plein d'eau bouillante et de détergent quand je suis arrivée dans le couloir.

En m'entendant, elle s'est retournée et s'est redressée de toute sa hauteur.

— Tiens, tiens ! Sa Seigneurie aurait-elle fini sa crise ? Se serait-elle enfin décidée à descendre me présenter des excuses ? a-t-elle persiflé.

— Je ne vois pas ce que j'ai fait qui nécessiterait des excuses, lui ai-je rétorqué.

— Ça ne m'étonne pas, a-t-elle soupiré en hochant la tête.

— Est-ce que c'était pour moi ? lui ai-je demandé.

— Si tu veux manger quelque chose, tu ferais mieux d'y aller maintenant. J'allais me mettre à lessiver le carrelage, m'a-t-elle prévenue, au lieu de me répondre.

— Quelqu'un m'a appelée, n'est-ce pas ? ai-je insisté.

— Non. Vas-tu prendre ton petit déjeuner, oui ou non ? Je n'ai pas que ça à faire, figure-toi. Il y a un inventaire à terminer dans l'arrière-cuisine, l'aurais-tu oublié ? Il faut bien que quelqu'un le fasse, puisque Mademoiselle a préféré aller nager !

— Tu n'as pas le droit de m'empêcher de voir mes amies, ai-je marmonné en passant près d'elle pour me diriger vers le réfrigérateur.

Je me disais : *Après tout, ça ne te servira à rien de te priver de manger, si ce n'est à te punir toi-même. Quoi que tu fasses, elle ne changera pas d'avis, et tout ce que tu y gagneras, avec ta grève de la faim, c'est de te détruire toute seule.*

J'ai préparé mon petit déjeuner et je me suis installée dans la cuisine, pendant que Géraldine époussetait et cirait les meubles du salon. Moins de vingt minutes plus tard, le téléphone sonnait de nouveau. J'ai essayé de me lever pour l'atteindre avant elle, mais elle a démarré en trombe, piquant brusquement un sprint. Je n'avais pas eu le temps de prendre appui sur mes béquilles qu'elle décrochait.

— Oui ? fit-elle d'un ton excédé.

Elle me regarda.

— Qui est-ce ? lui ai-je demandé.

— Elle va bien, dit-elle. Elle a eu un petit accident. Elle a la jambe dans le plâtre et elle ne pourra pas se déplacer avant quelque temps. Non, je préférerais éviter les visites pendant un moment, ajouta-t-elle. Merci d'avoir appelé.

— C'est le docteur Marlowe? C'est elle? me suis-je écriée, mais elle avait déjà raccroché. Pourquoi ne m'as-tu pas laissée lui parler?

— Tu n'as plus aucune raison de parler à cette femme. Ça ne t'apportera rien, de toute façon. Ça ne t'a jamais rien apporté. Contente-toi de m'obéir, de faire ce qu'il faut pour te rétablir et de bien te conduire. Et ne mets pas trois heures à prendre ton petit déjeuner, non plus! Il faut que je lave le carrelage. Tu as rapporté plein de poussière du cagibi, ajouta-t-elle, avant de tourner les talons.

Je suis restée un long moment à regarder le téléphone sans bouger. Je me disais : *À la première occasion, j'appelle Jade.* Puis je suis retournée finir mon petit déjeuner. J'avais à peine franchi le seuil du salon qu'elle se ruait sur son seau et sa serpillère pour se lancer, avec une énergie vengeresse, dans le lessivage du carrelage. Assise dans un fauteuil, j'étais plongée dans mes pensées. Je réfléchissais : *Il faut absolument que je parvienne à récupérer les lettres. Mais comment vais-je bien pouvoir regrimper dans le cagibi, maintenant? Il faudrait que quelqu'un le fasse pour moi… Le problème, c'est qu'elle ne laissera jamais personne mettre un pied dans la maison.*

Ma cheville me faisait encore mal : les élancements devenaient de plus en plus violents et de plus en plus fréquents. De guerre lasse, j'ai fini par prendre un autre de ces comprimés que l'on m'avait donnés contre la douleur. Avant même que je m'en sois rendu compte, j'avais déjà sombré dans un profond sommeil. Quand j'ai ouvert les yeux, j'ai tout de suite senti que plusieurs heures s'étaient écoulées : le soleil avait disparu derrière un épais banc de nuages et la maison semblait si sombre, si froide, tout à coup.

Je n'avais pas entendu Géraldine entrer et il m'a fallu quelque temps avant de percevoir sa présence. Elle était assise face à la fenêtre et me tournait le dos. On aurait dit une statue.

— Quelle heure est-il?

Lentement, si lentement qu'elle semblait se mouvoir comme dans un rêve, elle s'est retournée.

— Pourquoi? Tu as un rendez-vous?

— Non. Je me demandais seulement combien de temps j'avais dormi.

— Il est presque midi et demi. Il faut que j'aille préparer le déjeuner, ajouta-t-elle en se levant, ce qui sembla lui demander un effort colossal.

Elle avait les traits tirés et paraissait épuisée. Je ne me souvenais pas de l'avoir jamais vue aussi faible, aussi fragile. Une fois debout, elle dut reprendre son souffle et s'appuyer quelques instants sur le bord du dossier pour ne pas chanceler.

— Qu'est-ce que tu as? me suis-je inquiétée.

— Rien, m'a-t-elle aussitôt répondu. C'est moi qui dois faire tout le travail, maintenant, c'est tout.

— Je peux encore faire certaines choses, si tu veux, lui ai-je proposé.

Elle m'a regardée en silence. Son visage était dans l'ombre et je ne pouvais pas voir son expression, mais, à la façon dont elle se tenait, je savais qu'elle n'était pas contente.

— Je n'ai pas fait exprès de tomber, tu sais. Mais je n'allais tout de même pas passer la nuit enfermée là-dedans.

— Je ne comprends pas ce qui t'a pris.

— Seulement l'envie d'en savoir un peu plus sur moi. Il n'y a pas de mal à ça. Je ne vois pas pourquoi tu veux à tout prix m'en empêcher.

— Je te l'ai déjà dit: parce que ce n'est pas le genre de chose qu'on a envie de savoir, justement.

— C'est à moi d'en juger. C'est mon passé, après tout.

— Ton passé! s'écria-t-elle avec un petit rire méprisant.

Comme elle s'avançait vers moi, j'ai pu distinguer son regard. Il était glacé, avec une lueur métallique au fond des prunelles, une lueur dangereuse qui m'a fait penser à une lame de rasoir.

— Attends que je t'en aie dit deux mots. Tu comprendras, alors, dans le passé de qui tu t'entêtes à fouiller. Elle s'est servie de moi. On n'imagine même pas comment une mère peut se servir de sa fille pour ça.

— Elle s'est servie de toi ? Comment ça ?

— Au début, elle m'emmenait. Elle savait bien que mon père ne se douterait de rien, si j'étais avec elle.

— Elle t'emmenait où ?

J'essayais de conserver un ton neutre, refoulant l'exaltation que je sentais monter en moi pour ne pas l'effrayer.

— À ses cinq à sept. Oh ! c'est qu'elle n'avait pas qu'un seul amant, tu sais – quoi qu'elle en dise dans ces lettres ridicules : toutes ces élucubrations qu'elle voulait te faire croire à propos du « grand amour de sa vie » ! Je n'étais encore qu'une gamine quand elle a commencé. Elle m'emmenait soi-disant chez un « décorateur » ou un « architecte d'intérieur » avec lequel elle avait pris rendez-vous. Ah ! s'exclama-t-elle, avec ce même petit rire méprisant. Quel genre d'architecte ou de décorateur travaille dans sa chambre, je te le demande ! Nous allions dans un magasin de jouets et elle m'achetait de quoi m'occuper pendant qu'elle faisait ses cochonneries. J'étais censée attendre dans le salon, tandis que cette très chère maman allait solliciter les éminents conseils du spécialiste pour refaire la décoration de la maison. Tu crois que je ne les entendais pas ? Tu crois que je n'entendais pas ces bruits dégoûtants qu'ils faisaient ?

— Mais tu ne lui as rien dit ? lui ai-je demandé à voix basse – à peine plus qu'un murmure.

— Je ne savais pas. J'étais trop jeune pour comprendre ce qui se passait. Et puis, on m'a inculqué le respect absolu à l'égard de ses parents et la plus stricte obéissance. Je ne parlais que lorsqu'on m'adressait la parole.

— Et ton père ne s'est jamais aperçu de rien ?

— Non. Il n'a découvert la vérité que bien longtemps après. Il n'a rien soupçonné jusqu'à... jusqu'à toi.

Elle m'avait craché cela à la face, avec un tel dégoût que j'ai eu la sensation d'être instantanément changée en un tas d'immondices nauséabondes.

— Même à quarante ans passés, elle a continué à se conduire comme une Marie-couche-toi-là, poursuivait-elle. Seulement, à ce moment-là, j'avais déjà parfaitement compris ce qu'elle fabriquait et je savais précisément avec qui, ajouta-t-elle, avant de quitter la pièce.

— Mais…

— Ça suffit! aboya-t-elle, faisant brusquement volte-face. Tu ne vois donc pas pourquoi je ne veux pas parler de tout ça? C'est bien mieux que tu ne l'aies jamais connue en tant que mère. Qui voudrait d'une mère pareille? Une traînée, une coureuse, une putain!

Elle avait hurlé et tout son corps frémissait de rage. Elle se reprit pourtant aussitôt et, me regardant fixement, s'avança vers moi.

— Tu veux savoir pourquoi j'ai caché tous ces trucs dans le cagibi? Je vais te le dire: ces choses-là sont pourries, souillées par ses mains dégoûtantes, par ses pathétiques efforts pour se faire passer pour une victime. Pauvre Léa! dit-elle en secouant la tête avec une moue dédaigneuse. Pauvre, pauvre petite Léa, contrainte à un mariage arrangé avec un homme beau, riche et respectable qui n'a fait que lui donner le meilleur de lui-même pour essayer de la rendre heureuse. Pauvre Léa, avec tous ces domestiques, cette grande maison, ces voitures de luxe, ces bijoux et ces fourrures! Cette pauvre, pauvre Léa, qui s'est vue refuser… quoi?

— L'amour? ai-je hasardé, en repensant à la lettre.

— Oh! l'amour!

Son petit sourire sardonique s'évanouit, laissant place à un regard noir.

— L'amour ne se trouve pas sur des banquettes arrière, ni dans la chambre d'un étranger. L'amour est comme une plante qu'il faut arroser chaque jour. Il lui faut du temps pour grandir et s'épanouir.

— Peut-être qu'elle n'y parvenait pas avec un mari qu'elle n'avait pas choisi.

— Balivernes ! C'est à la portée de n'importe quelle femme honnête qui se respecte et qui respecte les valeurs essentielles du Bien, de la Vertu et de la Famille.

— Mais toi, tu ne voulais pas te marier non plus, n'est-ce pas ? On t'y a forcée ?

— J'ai fait ce que je devais faire, me répondit-elle en se redressant fièrement. À cause d'elle, j'ai dû consentir à d'énormes sacrifices. Mais ce n'est pas pour elle que je l'ai fait. Je l'ai fait pour mon père qui ne méritait pas d'être ainsi humilié et trompé.

Elle reprit son souffle. On aurait dit qu'elle avait du mal à respirer.

— Ça va comme ça ? Tu es satisfaite ? J'ai retrouvé grâce à tes yeux ? Tu vas m'obéir, à présent ?

— Je veux seulement avoir des amis, comme tout le monde, lui ai-je répondu d'une voix sourde.

— Tu en auras. Mais ce seront des amies convenables et normales. Tu ne crois pas que nous avons eu assez d'ennuis comme ça ? Nous n'avons vraiment pas besoin d'en rajouter, Cathy, me dit-elle avec tant de douceur et d'un ton si posé qu'étonnée j'ai levé les yeux vers elle. C'est juste toi et moi, maintenant. Laisse donc cet horrible monde dans lequel nous vivons là où il est et ce sordide passé à sa place : mort et enterré.

J'ai baissé les yeux. *Elle a peut-être raison*, ai-je pensé avec amertume. *Ta mère était peut-être une mauvaise femme, une dépravée sans scrupule, et peut-être que tu vas devenir comme elle, si tu n'en fais qu'à ta tête ?* Comment ne pas donner raison à Géraldine ? Comment ne pas s'indigner de la conduite d'une mère qui emmène sa propre fille alors qu'elle va, en cachette, rejoindre son amant ?

— Tu ne veux vraiment pas me dire où je suis née ? lui ai-je demandé d'un ton suppliant.

— Elle est allée se réfugier dans notre maison secondaire, à Palm Springs, et elle y est demeurée cloîtrée jusqu'à ta naissance. Tu es restée six mois en nourrice, avant que Howard et moi ne devenions légalement tes parents adoptifs. Mon père s'est occupé de tout. Ça lui a brisé le cœur, mais il a fait ce qu'il fallait faire. C'était un homme droit, un homme de devoir.

— Tu sais qui est mon père, alors ?

— Non.

L'empressement qu'elle mettait à répondre à cette question, à chaque fois que je la lui posais, me troublait.

— Mais tu m'as dit, tout à l'heure, que tu savais pertinemment ce qu'elle faisait et avec qui.

— Ton père pourrait être n'importe lequel de tous ces coureurs de jupons qui infestent la côte Ouest, affirma-t-elle d'un ton convaincu.

J'aurais pourtant juré qu'elle mentait.

— Et maintenant, laisse-moi aller préparer le déjeuner. Quoique je n'aie pas vraiment faim : cette conversation m'a levé le cœur. Je me sens sale rien que d'en parler, ajouta-t-elle avec une grimace de dégoût, avant de quitter le salon.

J'ai eu l'impression qu'elle emportait tout l'air de la pièce avec elle. Je suis restée figée, la tête encore toute bourdonnante de cette avalanche de mots qui venait de m'ensevelir. Devais-je la croire ? M'avait-elle dit la vérité ? Il fallait absolument que je lise ces lettres. J'étais sûre que les réponses que je cherchais s'y trouvaient. La femme qui avait écrit la première ne pouvait pas être foncièrement mauvaise, n'est-ce pas ?

Comme Géraldine m'appelait, je suis allée m'attabler dans la cuisine pour manger le sandwich au jambon qui m'attendait dans mon assiette. Elle avait mis beaucoup trop de mayonnaise, mais je n'ai pas osé lui en faire la remarque. Il suffisait que je me plaigne de manger trop de graisses pour qu'elle me taxe aussitôt de narcissisme et de vanité ou que je prononce le mot « calories » pour être traitée d'« obsédée de la balance qui ne pense qu'à sa ligne et à son pouvoir de séduction pour aguicher les garçons ».

Est-ce que je pouvais séduire ? J'avais vu beaucoup de photos de celle que j'avais considérée comme ma grand-mère, quand elle était jeune. Elle était très jolie à mon âge. Est-ce que je lui ressemblais ? Est-ce que je pouvais être jolie, moi aussi ?

— Notre mère était très séduisante, non ? ai-je hasardé. Surtout quand elle était jeune.

C'était la première fois que je disais « notre mère » en parlant d'elle.

— Non. Elle était toujours trop maquillée.

— Mais, en dessous, elle était jolie, non ? ai-je insisté.

Elle a fini par acquiescer, mais avec une mauvaise grâce flagrante. Pour lui faire dire quelque chose d'aimable sur notre mère, il fallait lui arracher chaque mot.

— Tu as bien dû l'aimer un petit peu quand même, non ?

— C'est plus fort que toi, hein ? Il faut toujours que tu remettes ça sur le tapis.

— Mais c'est normal que ça m'intéresse !

Elle sembla réfléchir un moment, puis se cala contre le dossier de sa chaise et hocha la tête.

— Bien sûr que je l'ai aimée. Quand j'étais gamine, du moins. Je ne pouvais pas comprendre. Je ne lui ai jamais manqué de respect. Même après. Même quand je…

Comme elle semblait hésiter, je l'ai encouragée :

— Quand tu ?

— Quand j'ai dû prétendre que tu étais un bébé quelconque : un bébé inconnu. Elle venait à la maison et se plantait à côté de moi pour te regarder dans ton berceau et elle parlait de toi comme si tu étais le bébé de quelqu'un d'autre. Et j'étais censée entrer dans son jeu pour préserver sa réputation ! Je ne lui ai jamais craché la vérité au visage. Et ce n'est pas l'envie qui m'en manquait, crois-moi. Mais je ne l'ai jamais fait. Au contraire, j'ai tout avalé : l'amertume, la rancune, la colère. Et j'ai tout gardé à l'intérieur.

« Un jour, j'ai vu mon père assis dans son bureau. Il avait l'air si abattu, si vulnérable. Il ne savait pas que je le regardais. Et je me suis dit : *C'est à cause d'elle qu'il est comme ça. Elle a épousé un roc, un pilier de la société et, par sa faute, voilà ce qu'il est devenu : l'ombre de lui-même.* C'était ça, ta mère : une Dalila, une traîtresse. Tu veux te réclamer d'elle, revendiquer so

— Je veux juste savoir, ai-je protesté d'une toute petite voix.

— Tu veux croquer la pomme, hein ? Goûter au fruit de la connaissance ? Le Seigneur nous l'a interdit, mais non, faibles et idiots que nous sommes, il faut que nous le fassions quand même. Nous voulons connaître le mal et, après, nous nous étonnons de souffrir, déclama-t-elle en se levant pour mettre les couverts dans l'évier.

Ce simple geste sembla exiger d'elle un effort si disproportionné que je me suis empressée de lui proposer mon aide.

— Avec des béquilles ? s'est-elle exclamée. Tu casserais forcément quelque chose. Mais ne t'inquiète pas. Dès que tu en seras de nouveau capable, je te donnerai des choses à faire. Tu ne perds rien pour attendre.

J'ai préféré ne pas répondre. Je me suis contentée de la regarder laver la vaisselle en silence. Est-ce que sa rancœur lui laissait parfois un moment de répit ? Lui arrivait-il de regretter le tour que sa vie avait pris ? Lui arrivait-il de regretter toute cette haine, tout ce fiel qu'elle déversait sur le dos de sa propre mère ?

Pas une fois elle n'a manifesté l'envie de se recueillir sur sa tombe, ai-je songé tout à coup. *Pas une fois elle n'est allée fleurir le caveau familial, pas même pour honorer la mémoire de son père.* Elle devait quand même bien avoir gardé quelques bons souvenirs, quelques scènes de son enfance qu'elle évoquait avec plaisir. Elle ne pouvait tout de même pas vouloir enterrer tout son passé à jamais.

Mes méditations furent soudain interrompues par le carillon de la porte d'entrée. Cette sonnerie nous pétrifia. En dépit de la décision de justice qui le lui interdisait, nous vivions toutes les deux dans la hantise de voir revenir mon père. Elle s'essuya les mains sur un torchon.

— C'est probablement un de ces vendeurs de porte-à-porte qui essaient de fourguer aux honnêtes gens leur camelote, décréta-t-elle. Je vais te l'envoyer promener. Ça ne va pas traîner, tu vas voir !

Avec un allant et un enthousiasme inattendus, elle s'est ruée à l'assaut, la mine résolue et la tête haute : elle avait une mission à accomplir.

Elle aime être désagréable, ai-je subitement réalisé. *Ça lui plaît de faire du mal aux gens. Ça conforte sa philosophie, ses convictions. Pour elle, tout et tout le monde, là, dehors, ne sont que laideur et méchanceté. Alors, pourquoi ne pas leur rendre la monnaie de leur pièce ?*

— Bonjour, madame. Nous venons voir Cathy.

J'ai tout de suite reconnu la voix de Misty. J'en ai presque oublié que j'avais un plâtre. Je me suis levée d'un bond et j'ai empoigné mes béquilles.

— Elle n'est pas en état de voir qui que ce soit en ce moment, lui a répondu Mère.

— Mais si ! Si ! ai-je hurlé.

Je venais de sortir de la cuisine quand je l'ai vue claquer la porte au nez de Misty et de Star. J'étais sûre qu'elles m'avaient aperçue parce que j'avais eu le temps de surprendre cette même expression de stupéfaction sur leurs visages.

Géraldine tourna le verrou.

— Laisse-les entrer ! me suis-je écriée. Mère, je t'en prie. Tu verras comme elles sont gentilles et bien élevées.

— Elles ne manquent pas de toupet de venir comme ça, sans prévenir ! fulmina-t-elle. C'est bien ce que je pensais. Quelles jeunes filles convenables viendraient faire irruption comme ça chez les gens, je te le demande !

— Je t'en prie. Laisse-les entrer ! ai-je répété, en me dirigeant aussi rapidement que je le pouvais vers la porte.

Elle s'interposa aussitôt, plissant les yeux et se voûtant comme un rapace prêt à fondre sur sa proie.

— Ne t'avise pas d'ouvrir cette porte pour les appeler ! Ne t'avise pas de me désobéir, Cathy ! D'ailleurs, c'est tout de suite réglé : tu vas monter dans ta chambre immédiatement. Ça t'apprendra à être insolente. Allez ! insista-t-elle, en pointant l'index vers l'escalier. Allez !

— Non.

Est-ce mon refus ou le calme olympien avec lequel je lui avais répondu ? Toujours est-il qu'elle se jeta sur moi et me gifla à toute volée. Je dus mobiliser l'intégralité de mes forces pour ne pas tomber.

— Et je t'interdis de me répondre, tu m'entends ? hurlat-elle, hystérique. Tu n'as pas intérêt, je te préviens ! Allez ! Monte !

Je l'ai fusillée du regard un moment. Comme elle me semblait laide et grimaçante, tout à coup ! Comment avais-je jamais pu lui donner le nom de Mère ? En même temps, j'ai pensé : *Peut-être que si j'arrive à monter assez vite, je pourrai les appeler par la fenêtre ?* J'ai gravi les marches à toute allure mais, quand je suis arrivée à la fenêtre de ma chambre, la rue était déserte. Des larmes de rage me sont montées aux yeux. J'ai appuyé mon front contre la vitre et je me suis mise à pleurer. C'est alors que j'ai entendu un cliquetis caractéristique. J'ai fait volte-face à l'instant précis où la clef tournait dans la serrure.

— Tu n'as pas le droit de m'enfermer ! Tu n'as pas le droit de me garder prisonnière ! me suis-je écriée. Je me ferai des amis malgré tout, malgré toi. J'aurai des amis ! J'aurai des amis !

Écrasée par mon impuissance et épuisée par les larmes, je me suis laissée glisser à terre. À peine avaisje fermé les yeux que je sombrais dans l'oubli.

Quand je me suis réveillée, il faisait noir comme dans un four. Les nuages n'avaient cessé de s'amonceler tout l'après-midi et la pluie tombait, à présent, sans discontinuer. Les gouttes frappant les vitres me faisaient penser à des ongles tambourinant sur du verre. À la faveur d'un éclair, j'ai reconnu l'endroit où je me trouvais. Tout m'est revenu d'un coup : ce qui s'était passé et ce que je faisais par terre. À force de persévérance, j'ai réussi à me relever et, m'appuyant sur mes béquilles, j'ai rejoint la table de nuit pour allumer ma lampe de chevet. Je me suis assise sur le lit et j'ai regardé le réveil. Il était presque neuf heures. Elle ne s'était pas donné la peine de m'appeler pour dîner. C'était sans doute sa façon à elle de me punir pour avoir osé lui tenir tête.

Brusquement, la colère m'a gagnée, bouillonnant en moi comme la lave d'un volcan en éruption. Je me disais : *Je vais descendre cet escalier et je vais téléphoner à Jade immédiatement. Elle ne pourra pas m'en empêcher. Si elle me frappe encore, je lui donnerai un coup de béquille.* La rage au ventre, refusant de céder au découragement et à la fatigue, j'ai tourné la clenche. À ma grande stupéfaction, la porte était ouverte.

J'ai été surprise de constater qu'il n'y avait aucune lumière dans le couloir : il était encore bien tôt pour l'extinction des feux. Aucun des plafonniers éclairant l'escalier n'était allumé : habitude à laquelle elle ne dérogeait pourtant jamais, au cas où elle aurait eu à descendre chercher quelque chose au rez-de-chaussée pendant la nuit, disait-elle.

J'ai tâtonné pour trouver l'interrupteur et je l'ai abaissé. Puis je suis restée immobile un moment, l'oreille aux aguets. Il régnait un silence de mort dans la maison : pas de cliquetis de couverts, pas de tintement de verre, ni radio ni télévision. J'ai jeté un coup d'œil dans la cage d'escalier. Toutes les lumières étaient éteintes en bas aussi. Elle était peut-être déjà couchée ? Parfait. Je n'avais aucune envie de la voir, de toute façon. Et puis, comme cela, je pourrais appeler Jade sans qu'elle en sache rien. J'avais horreur de l'hypocrisie et plus encore d'agir derrière son dos, mais c'était elle qui m'y contraignait : c'était sa faute, pas la mienne.

J'ai commencé à descendre, en essayant de faire le moins de bruit possible avec mes béquilles – ce qui n'empêchait pas les marches de craquer pour autant, évidemment. *Ce sont ses marches*, me suis-je dit. *De véritables sentinelles postées pour lui rapporter mes moindres faits et gestes*. Je me suis figée pour dresser de nouveau l'oreille. Ne l'entendant pas sortir de sa chambre, j'ai poursuivi mon chemin. Arrivée au pied de l'escalier, j'ai décidé de ne pas allumer : moins je me ferais repérer, mieux ce serait.

J'ai emprunté le couloir, en m'efforçant de limiter au strict minimum le contact bruyant de mes béquilles avec le sol. Comme je passais devant le salon, quelque chose a soudain attiré mon attention. Je n'avais même pas jeté un coup d'œil. C'était juste quelque chose que j'avais perçu à l'extrême limite de mon champ de vision. Mais ce détail insolite avait suffi à me faire hésiter. J'ai encore tendu l'oreille, puis je me suis tournée vers l'entrée du salon et j'ai examiné l'intérieur de la pièce.

Il y avait une lampe couchée sur le guéridon, près du fauteuil. *Comment ça se fait ?* me suis-je dit aussitôt. Jamais elle n'aurait toléré une telle négligence. Je suis allée la redresser et je l'ai allumée. Le cercle de clarté a d'abord révélé ses pieds. Ils étaient étrangement tordus et tournés vers l'intérieur.

— Mère ? ai-je murmuré, en m'approchant lentement. Géraldine ?

C'est en contournant la table basse que je l'ai vue. Elle était couchée sur le côté, le bras levé, appuyé contre le pied de la table, le visage tourné vers moi, les yeux grands ouverts, mais le regard vitreux et la mâchoire légèrement déplacée – comme lorsque l'on cherche à déloger quelque chose qui s'est coincé entre les dents.

Sur le coup, j'ai été incapable du moindre mouvement, le souffle coupé. Je ne pouvais que la regarder fixement, avec une sorte de fascination incrédule.

— Mère ?

J'ai eu du mal à me pencher sans perdre l'équilibre. Dès que je l'ai touchée, j'ai su. J'ai su qu'elle était morte. Sa main était froide et ses doigts, raidis. J'ai retiré précipitamment la mienne comme si je m'étais brûlée.

— Mère ?

J'avais l'impression d'avoir le ventre en vrille, comme une serpillière qu'on essore. Il fallait pourtant que j'en aie le cœur net : il fallait que je la touche encore. Je l'ai poussée avec ma béquille. Son corps tout entier a frémi et son bras a glissé le long du pied de la table pour heurter violemment le sol. Et puis ce fut tout. Elle ne bougea plus. Elle semblait juste garder les yeux braqués sur moi, le regard effroyablement accusateur. Sa langue apparaissait par sa bouche entrouverte. Elle était violette et ses lèvres étaient toutes bleues.

— Ô mon Dieu ! me suis-je écriée, en me redressant vivement.

J'étais si nerveuse et je tremblais tellement que je suis tombée à la renverse. Il m'a fallu un bon moment pour me reprendre avant de me relever. J'ai recommencé à la regarder fixement, sans bouger. La panique m'avait clouée sur place et l'idée même de faire un pas me paraissait impossible. Au bout du compte, j'ai fini par faire volte-face. Pendant quelques minutes, je suis allée dans une direction, puis dans une autre, tournant en rond, pleurant, appelant au secours. Je savais qu'il fallait que je prenne le téléphone pour appeler les urgences, mais quelque chose me retenait. Au lieu de quoi, j'errais sans but dans le couloir, allant dans la cuisine, puis dans la bibliothèque, revenant dans le couloir, pour me retrouver finalement au pied des marches. Pendant un quart de seconde, j'ai même pensé à remonter dans ma chambre pour me pelotonner dans mon lit et me cacher sous les couvertures.

J'avais tellement peur de devoir à nouveau contempler ce spectacle macabre que je détournais les yeux à chaque fois que je passais devant le salon. J'ai fini par me diriger vers la porte d'entrée. Je me disais que j'allais appeler à l'aide. J'ai ouvert la porte, mais, en voyant la nuit, les voitures dans la rue, je me suis figée et je l'ai refermée.

Je me répétais : *Elle est morte. Géraldine est morte. Mère est morte. Je suis toute seule, maintenant. Comment est-elle morte ? Qu'est-ce qui lui est arrivé ?* Soudain, j'ai cru entendre un bruit à l'arrière de la maison, le bruit de la petite porte du fond que l'on refermait. Et si c'était mon père ? Et s'il était revenu ? Peut-être qu'ils s'étaient battus et qu'il l'avait frappée à mort.

Mon sang se glaça dans mes veines. J'étais de nouveau paralysée d'effroi. J'ai dressé l'oreille, mais je n'ai entendu que le vent et le bruit des voitures qui passaient. Alors, prenant mon courage à deux mains, je me suis lentement dirigée vers la cuisine. Je suis entrée à pas prudents, les yeux braqués sur la porte de service. Elle était fermée et le loquet était en place, comme d'habitude : personne n'avait pu passer par là. J'en ai été immensément soulagée. Mais je n'en tremblais pas moins comme une feuille. Qu'est-ce que j'étais censée faire ? Elle était morte et, désormais, j'étais seule au monde.

J'ai fini par aller décrocher le téléphone, mais pas pour appeler le 911. J'ai fait le numéro de Jade. Elle a répondu dès la première sonnerie.

— Allô ?

— Jade, c'est moi, Cathy, ai-je murmuré d'une voix étrangement rauque à mes propres oreilles.

— Cat ! Comment vas-tu ? Misty et Star m'ont raconté ce qu'il s'est passé cet aprèm. J'étais justement au téléphone avec elles. Nous nous demandions ce que nous pourrions faire pour toi. Elle n'a pas le droit de te garder enfermée. J'ai appelé le docteur Marlowe aussi, et elle m'a dit qu'elle avait téléphoné chez toi et que ta mère avait parlé d'un accident. Quel accident ?

— Je suis tombée et je me suis fracturé la cheville.

— Comment est-ce arrivé ? Elle a quand même accepté de te laisser utiliser le téléphone, en définitive ? Cathy ? Tu es toujours là ?

— Jade…

— Que se passe-t-il ? Dis-le-moi, voyons ! Nous sommes sœurs, à présent. Cathy ? Nous sommes toutes avec toi. Tu peux nous faire confiance, tu sais. Tu m'entends ?

J'avais la gorge si serrée que je ne pouvais plus prononcer un mot. Je ne parvenais même plus à avaler ma salive. Mes larmes semblaient gelées au bord de mes paupières. Ma main tremblait horriblement et j'avais du mal à maintenir le combiné contre mon oreille.

— Cathy ? Cathy, parle-moi ! Cathy ?

— Elle est morte.

— Qui ?

— Elle est couchée par terre, dans le salon, ai-je chuchoté, comme si j'avais peur qu'elle m'entende et qu'elle se mette en colère – même dans la mort – parce que je révélais ce qui se passait chez nous à une étrangère.

— Pardon?

— Elle est morte, Jade. Ma mère, Géraldine, ma sœur, elle est morte.

— Comment cela, morte?

— Je suis descendue et je l'ai trouvée par terre, dans le salon. Elle est morte. Elle est morte pendant que je dormais en haut.

— Tu en es sûre? souffla-t-elle. Elle est peut-être seulement endormie?

— Non, elle ne dort pas. Elle est froide et ses yeux sont bloqués.

— Ses yeux sont « bloqués »? Je ne comprends rien à ce que tu me racontes. As-tu appelé quelqu'un d'autre? La police? Les urgences?

— Non.

— Comment est-elle morte?

— Je ne sais pas, lui ai-je répondu en me retournant malgré moi.

— As-tu vu du sang quelque part?

— Non. Non, je ne crois pas. Mais je ne suis pas sûre. Je n'ai pas vérifié.

— Elle n'est peut-être pas morte, alors.

Tout à coup, j'ai sursauté, pivotant d'un bloc. Une horrible sensation, là, dans le creux de ma nuque: je n'étais pas seule.

— Cathy?

— Je ne sais pas quoi faire, ai-je avoué dans un murmure à peine audible.

— OK, OK. Reste calme. J'arrive. Je vais appeler les autres. Nous serons là dans un quart d'heure.

— Est-ce que je dois faire le 911?

Il y eut un silence.

— Es-tu absolument certaine qu'elle est morte?

— Oui, j'en suis sûre.

— Alors non. N'appelle personne pour l'instant. Attends-moi. Ne t'inquiète pas. Nous allons venir t'aider.

Et elle a raccroché. Je suis restée un moment avec le combiné collé contre l'oreille, puis j'ai fini par raccrocher à mon tour. J'ai écouté. La maison était silencieuse. *Il n'y a personne*, me suis-je dit. *Reste calme, garde ton sang-froid*. Je tentais d'amadouer cette partie de moi qui voulait hurler. Finalement, je suis allée me chercher un verre d'eau et j'ai attendu, les nerfs à vif, avec l'impression de m'enfoncer au cœur d'un abîme de terreur.

6

Muette comme une tombe.

C'est Jade qui a été la première. Quand j'ai ouvert la porte, elle est restée clouée sur place, bouche bée.

— Star m'avait bien dit qu'il lui avait semblé t'apercevoir avec des béquilles, mais je n'en ai pas cru un mot ! s'exclama-t-elle, manifestement stupéfiée de me voir avec une jambe dans le plâtre. Que t'est-il arrivé ?

— Je suis montée jeter un œil dans le cagibi de l'arrière-cuisine : une petite soupente à trois mètres du sol. Je cherchais de vieux documents, des photos… tout ce qui aurait pu me renseigner sur mon passé, comme nous en avions parlé. Mais elle m'a surprise en train de fouiller et elle a enlevé l'escabeau. J'ai voulu descendre quand même et je me suis fracturé la cheville en tombant.

— Elle a retiré l'escabeau ? Plutôt puérile comme réaction. Et dans quel but exactement ?

— Pour que je passe la nuit là-haut, pour me punir.

— Et elle t'a abandonnée, toute seule, dans une soupente, en pleine nuit ? Non mais, elle est vraiment malade ! Où est-elle ?

Elle jeta un coup d'œil par-dessus mon épaule, comme si Géraldine gisait juste derrière moi, au beau milieu du couloir.

— Dans le salon. Comme je te l'ai dit, tout à l'heure, je me suis endormie dans ma chambre et, quand je suis descendue, il n'y avait plus aucune lumière. C'est à ce moment-là que je l'ai trouvée : couchée par terre, dans le salon. Ce qui m'a d'abord paru bizarre, c'est la lampe renversée sur le guéridon. C'est en m'approchant pour la redresser que j'…

— Une lampe renversée ? m'interrompit-elle en regardant une fois de plus par-dessus mon épaule. Es-tu bien sûre d'être seule dans cette maison ?

Apparemment, nous avions toutes les deux pensé à la même chose.

— Oui. J'ai vérifié : la porte de la cuisine n'a pas été fracturée et le loquet est toujours en place.

— Bon. Hum…

Elle s'éclaircit la voix, inspira à pleins poumons et se redressa vaillamment.

— Allons-y. Montre-moi.

Je me suis effacée pour la laisser entrer et je l'ai précédée dans le couloir pour la conduire au salon.

Nous étions là, toutes les deux, debout aux pieds de Géraldine, à la regarder sans bouger, sans parler, parfaitement immobiles.

— C'est la première fois que je vois un mort en chair et en os, m'avoua-t-elle dans un souffle, après un long moment de silence.

Elle semblait très impressionnée.

— Es-tu absolument sûre qu'elle est morte ? murmura-t-elle, au bout d'un second silence, tout aussi long que le premier.

— Tu n'as qu'à la toucher, tu verras.

Elle a continué à regarder fixement Géraldine sans mot dire, puis elle a secoué la tête.

— Non, non. Je te crois sur parole.

Elle a reculé, les yeux toujours rivés sur le cadavre, et puis elle s'est laissée choir dans un fauteuil.

Quant à moi, je me sentais incapable du moindre mouvement. Le regard aimanté par le corps inerte de cette femme que j'avais appelée Mère toute ma vie, je me disais : *Pourquoi n'es-tu pas terriblement triste ? Pourquoi ne pleures-tu pas ? Ne devrais-tu pas hurler ou te taper la tête contre les murs en gémissant de douleur ?* C'était peut-être à cause de cette haine que je lisais encore dans ses yeux. Elle semblait tellement en colère contre moi. Elle semblait tellement m'en vouloir, à moi et à la terre entière.

— En dehors de la lampe renversée, aurais-tu remarqué d'autres détails significatifs ?

— Non. Et je n'ai touché à rien. Tout est resté en l'état.

— L'as-tu examinée ?

— Examinée ?

— Je veux dire : as-tu vérifié qu'elle ne saignait pas quelque part ?

À voir sa grimace à cette seule pensée, je n'osais même pas imaginer comment elle réagirait si je découvrais effectivement une plaie béante ou toute autre blessure sanguinolente.

Après un moment d'hésitation, j'ai contourné le corps de Géraldine et je me suis penchée au-dessus d'elle.

— Non, il n'y a rien, lui ai-je répondu, me redressant aussitôt.

— Elle a peut-être eu un étourdissement. Elle se sera cogné la tête en tombant, ou quelque chose de ce style, conjectura-t-elle, réfléchissant à haute voix.

— Peut-être. Ça faisait déjà plusieurs jours qu'elle ne se comportait pas normalement : au moindre effort, elle avait du mal à reprendre son souffle et je la voyais parfois réprimer une grimace de douleur. Mais tu sais ce qu'elle pensait des docteurs. Elle n'aurait jamais voulu admettre qu'elle avait un problème de santé. Elle avait horreur des médicaments. Elle ne jurait que par ses fameuses infusions et ses gélules miracle. C'est vrai aussi que je ne l'ai jamais vue vraiment malade. Mais je la trouvais très pâle, ces jours-ci... Elle a les lèvres tellement bleues, maintenant, ai-je soudain ajouté, comme si je venais juste de m'en rendre compte. Sinon, elle n'est pas si différente que ça. À part qu'elle est froide, évidemment...

Jade a arqué les sourcils, en me dévisageant avec inquiétude. Puis elle a refermé les bras sur sa poitrine, comme si elle était brusquement prise de frissons, et elle a jeté un coup d'œil inquiet vers la porte.

— Mais où sont-elles donc passées? s'impatienta-t-elle. Il n'y avait pourtant pas d'embouteillages, tout à l'heure. Tu n'avais pas raccroché que je les appelais. J'ai envoyé un taxi chercher Star, et Misty en a pris un de son côté. Mais enfin, c'est inconcevable : elle habite plus près de chez toi que moi !

J'ai hoché la tête d'un air absent, avant de reporter, malgré moi, le regard sur Géraldine.

— J'ai voulu faire la grève de la faim en signe de protestation, ai-je repris, poursuivant mon monologue. Mais ça n'a pas eu l'air de l'inquiéter plus que ça. Je n'ai même pas tenu un jour, de toute façon.

— En signe de protestation? s'étonna Jade. De protestation contre quoi?

— Parce qu'elle ne voulait pas que vous deveniez mes amies.

— Elle ne voulait pas que nous devenions tes amies ! s'insurgea-t-elle, ulcérée. Mais c'est quoi son problème, au juste?

— En tout cas, elle n'en a plus aucun, maintenant, ai-je soupiré d'une voix monocorde. Elle est morte, Jade.

Quand j'ai levé les yeux vers elle, je l'ai trouvée un peu pâle, elle aussi.

— Ça va? lui ai-je demandé, saisie à mon tour d'inquiétude.

— Moi? Oui, oui, bien sûr. J'essaie seulement de rester calme et de garder les idées claires, me répondit-elle en croisant les mains si fort que ses articulations en sont pratiquement devenues exsangues. Mais où sont-elles donc? répéta-t-elle.

— Quand j'étais dans le cagibi, ai-je poursuivi de ce même ton morne et étrangement détaché, j'ai trouvé un paquet de lettres que ma vraie mère m'avait écrites. J'ai réussi à en lire une, avant que Géraldine ne me surprenne et n'enlève l'escabeau. Elle me disait qu'elle m'avait fait une donation dont j'hériterais quand j'aurais dix-huit ans. Et je ne le savais même pas. Mais il y a tellement de choses que je ne sais pas… J'ai été obligée de les laisser là-haut. Peut-être que tu pourrais m'aider à les récupérer ? Il faudrait aller chercher l'escabeau, bien sûr. Il est dans le garage. Une place pour chaque chose et chaque chose à sa place, ai-je récité machinalement.

À force de me les rabâcher, Géraldine était parvenue à me graver à jamais ses stupides maximes dans la tête, si profondément même qu'elles m'étaient devenues automatiques.

Jade m'a d'abord regardée un long moment, puis elle a de nouveau regardé Géraldine.

— Elle est vraiment morte, a-t-elle soufflé en hochant lentement la tête. Morte morte. Ouah !

Elle a contemplé le cadavre quelques instants en silence, puis a relevé les yeux vers moi.

— Pardon ? Tu parlais d'un escabeau ?

Elle n'avait pas écouté un traître mot de ce que je lui avais dit.

Au même moment, la sonnette de l'entrée a retenti.

— Ce sont Misty et Star. Enfin ! s'exclama Jade, en bondissant de son siège. Ne bouge pas.

Elle se dirigea vers la porte pour aller leur ouvrir. Je les ai entendues chuchoter dans le vestibule. Elles y sont restées cinq bonnes minutes avant de venir me rejoindre.

— Elle est vraiment morte ? lâcha Misty, en apercevant Géraldine.

Sans la moindre appréhension, Star s'agenouilla à côté du cadavre et lui saisit le poignet pour chercher le pouls. Sans résultat.

— Aucun doute : elle est morte, confirma-t-elle.

Puis, sans hésiter, elle souleva la tête de Géraldine, l'inspecta sous toutes les coutures, et jeta un dernier coup d'œil derrière la nuque.

— Aucune trace de coup : elle n'a pas été frappée, conclut-elle.

Elle leva alors les yeux vers moi.

— D'après ce que tu as dit à Jade – comme quoi elle n'était pas très costaude, en ce moment, et tout ça –, je miserais sur une crise cardiaque.

— Il faut avoir un cœur pour faire une crise cardiaque, persifla Jade à mi-voix.

— On se croirait dans un film ! s'exclama soudain Misty, les yeux tellement exorbités qu'ils lui sortaient de la tête – à tel point que je m'attendais presque à les voir sauter de leurs orbites au bout de gros ressorts de dessin animé. Il va y avoir une enquête, la police, les journaux et tout le tremblement !

— Non mais, vas-y ! Terrorise-la un peu plus, pendant que tu y es ! la houspilla Star, en lui décochant un regard assassin.

Elle se leva pour venir se planter devant moi.

— Comment tu te sens ?

J'ai secoué la tête, en refermant les bras sur ma poitrine.

— La lampe était renversée, mais elle n'est pas cassée. Elle est à sa place, maintenant.

— Quoi ? glapit-elle en consultant Jade du regard, laquelle haussa les épaules en silence. Cat, tu es sûre que ça va ? insista Star, en posant sa main sur mon bras.

— Je me sens… En fait, je ne me sens pas. Je ne ressens même plus ma douleur à la cheville.

Misty me demanda alors comment je m'étais retrouvée avec une jambe dans le plâtre, et je dus, une fois de plus, raconter mon histoire.

— Il fallait vraiment être vache pour te faire un truc pareil, compatit-elle.

— Je dois retourner faire une radio dans deux jours pour être sûre que tout se remet correctement en place, ai-je ajouté, laissant tout à coup échapper un petit rire nerveux. Elle pensait que c'était juste pour grossir la note d'hôpital. Elle ne voulait pas y aller. Eh bien, finalement, elle n'ira pas !

Mon rire résonna de nouveau, plus aigu encore, presque strident, puis il se brisa, étouffé par un sanglot, un sanglot sec. Les larmes ne sont venues qu'après. Tout mon corps a alors été pris de tremblements. Star m'a entouré les épaules de son bras et m'a aidée à m'asseoir sur le canapé. Elles se sont toutes regroupées autour de moi.

— Misty, va lui chercher un verre d'eau, chuchota Star.

Misty quitta aussitôt la pièce.

— Ça va aller, Cat, me réconforta-t-elle. Ne t'inquiète pas. Ça va aller.

— Je... j'ai pensé à un tas de choses en... en vous attendant, ai-je bredouillé, entre deux sanglots. Peut-être... peut-être que c'est ma faute si elle est morte.

J'ai essayé d'avaler la boule que j'avais dans la gorge, mais elle restait coincée. Je me suis précipitée sur le verre que me tendait Misty pour boire deux ou trois gorgées d'eau.

— Elle était tellement folle de rage à cause de moi, ai-je pleurniché. Ça faisait deux jours qu'elle ne décolérait pas. Si elle a fait une crise cardiaque, c'est ma faute.

— Mais non, mais non, me répondit Jade, en secouant la tête. C'est elle qui enrageait sans raison. Elle n'avait pas à se mettre en colère pour de pareilles broutilles – des choses tout à fait normales aux yeux d'une personne équilibrée, je te ferais remarquer. Si son cœur a lâché, c'est sa faute à elle, et non la tienne.

— Je suis d'accord avec Jade, approuva Misty. Ma mère dit toujours que le stress rend malade et vieillit prématurément. C'est ce qui est arrivé à ta sœur. Elle stressait tellement que sa tension est montée, montée... Son cœur n'a pas supporté.

— Son heure était arrivée, trancha Star. Elle devait mourir aujourd'hui. Un point c'est tout. C'était écrit : tu n'y es pour rien.

— Je ne pouvais plus l'aider à faire le ménage, me suis-je de nouveau lamentée. Et je l'ai poussée à revivre son passé, alors qu'elle avait horreur de ça. Je lui posais sans cesse des questions auxquelles elle ne voulait pas répondre. Je l'ai obligée à me parler de choses qui lui faisaient du mal.

Bien qu'elles n'aient pas le moins du monde l'air convaincues – ni même intéressées par le sujet –, Star, Jade et Misty hochaient docilement la tête à tout ce que je disais. Comme cela me faisait du bien, j'ai continué à parler. Je leur ai raconté tout ce que Géraldine m'avait appris sur ma mère et sur ses soi-disant amants.

— Ça fait des années qu'elle aurait dû te dire tout ça. Tu n'es plus une gamine, tout de même! s'insurgea Star. Mamie dit que les secrets sont parfois comme des rats enfermés dans ton cœur: ils te rongent jusqu'à t'en rendre malade.

— Mais elle s'en est rendue malade. La preuve, renchérit Jade, en désignant Géraldine du menton.

— Qui on appelle en premier? demanda tout à coup Misty. Je veux dire: est-ce qu'on appelle d'abord la police ou une ambulance ou je ne sais pas, moi? Quelqu'un a une idée?

— Il faut d'abord appeler la police, décréta Jade. Il doit y avoir examen des lieux avant l'enlèvement du corps. Tu ne regardes donc jamais la télévision?

— Tu sais bien que si, bougonna Misty.

— Ils vont sûrement m'accuser, ai-je gémi. Ils vont peut-être même vouloir me jeter en prison.

— Ne sois pas bête, Cat! me tança Star. Arrête de te monter la tête. Garde ton sang-froid et reste cool, OK?

Elle a regardé Jade qui a regardé Misty, puis elles se sont toutes tournées vers moi avec un bel ensemble.

— Le plus important, c'est ce qui va se passer pour Cat. Qu'est-ce qu'elle va devenir? s'interrogea Star.

— Ta mère a-t-elle des parents dans la région? me demanda Jade.

— Non. J'ai bien entendu parler de vagues cousins éloignés, mais je crois qu'ils vivent sur la côte Est. Je ne connais même pas leur nom.

— Ils ne vont pas vouloir s'occuper d'elle, affirma Star. Elle n'est rien, pour eux: une inconnue, ni plus ni moins.

— Et elle ne peut pas non plus appeler la famille de son père adoptif à la rescousse, forcément, enchaîna Misty.

Jade secoua la tête.

— Bon. Alors, qu'est-ce qu'elle va devenir? répéta Star.

J'avais l'impression qu'elles parlaient de moi comme si je n'étais pas là.

— Elle n'a pas dix-huit ans, argua Jade, recouvrant aussitôt cette attitude de fille mûre et sûre d'elle qu'elle adoptait la plupart du temps, surtout en public. Si aucun membre de sa famille n'accepte de l'entretenir, elle sera placée en famille d'accueil.

— Comment ça ? s'écria Misty, avant que je n'aie eu le temps d'ouvrir la bouche.

— Eh bien oui. Elle deviendra pupille de l'État et, en tant que telle, elle sera envoyée dans une famille qui devra s'occuper d'elle jusqu'à sa majorité.

— Tu veux dire qu'on va l'obliger à vivre avec de parfaits inconnus ?

La pauvre Misty semblait complètement abasourdie.

— Mais non, voyons ! Ils feront d'abord les présentations, lui répondit Star d'un ton sarcastique. Bien sûr qu'elle ira chez des gens qu'elle ne connaît pas ! Qu'est-ce que tu crois ?

— Oh ! souffla Misty en se tournant vers moi. Pauvre Cat !

— Mais quand elle aura dix-huit ans, son héritage et tout ce qui lui appartient de droit lui reviendront. Elle deviendra alors son propre maître, s'empressa d'ajouter Jade, comme si elle cherchait à amortir le choc.

— Pour le moment, ça lui fait une belle jambe ! grommela Star. Non mais, sans rire, vous vous rendez compte qu'elle a encore presque un an à attendre ?

Misty a hoché la tête, puis elle a jeté un coup d'œil à Géraldine. Quand elle a relevé les yeux, une petite étincelle dansait dans ses prunelles.

— C'est qui la meilleure amie de ta mère, euh de ta sœur, je veux dire ? m'a-t-elle demandé.

— Géraldine n'a aucune amie. À vrai dire, elle n'a même aucune relation avec qui que ce soit. Elle n'est jamais invitée nulle part et elle n'invite jamais personne. Personne ne l'appelle au téléphone non plus. Elle est vraiment toute seule, en fait.

— Était, me reprit Jade. Était : elle est morte, je te le rappelle.

114

— Et puis, de toute façon, ce n'est pas parce qu'on est la meilleure amie de quelqu'un qu'on doit forcément accepter d'élever sa fille, objecta Star.

— C'était juste pour savoir parce que… Et si…

Misty roulait à présent des yeux comme des billes et ses pieds se tortillaient sous le canapé.

— Et si on ne disait rien.

— Hein? lâcha Star. Si on ne disait rien quoi?

— À propos de… d'elle, répondit Misty, en hochant la tête vers Géraldine. D'après ce que dit Cat, personne ne la regrettera.

Star nous a d'abord successivement regardées, Jade et moi, avant de se retourner vers elle.

— Tu veux dire garder le secret sur sa mort, c'est ça?

— Exactement. Si personne ne sait qu'elle est morte, Cat n'aura pas à être placée dans une famille adoptive, n'est-ce pas?

— Mais… elle est morte! s'exclama Star. Comment tu veux qu'on cache un truc pareil? Tu veux ficeler le cadavre sur une chaise devant la fenêtre et lui agiter le bras, de temps en temps, pour faire coucou aux passants? Tu regardes vraiment trop la télé, Misty!

— Non, non, pas la ficeler sur une chaise, mais l'une d'entre nous pourrait se balader habillée comme elle pour que les voisins ne se posent pas trop de questions. Au besoin, on pourrait avoir une perruque de la même couleur que ses cheveux. Je parie que la mère de Jade pourrait nous avoir ça.

— Oh! et que devrais-je lui dire exactement? s'écria Jade. Que j'ai besoin d'une perruque pour jouer le rôle d'une morte?

— Non. Tu pourrais dire que c'est pour une pièce de théâtre ou un truc comme ça. Elle ne vérifierait pas, de toute façon, si?

— Non, mais…

— Oui, oui, on peut le faire! s'exalta Misty. Écoutez! Écoutez, juste une minute. On ne dit rien à la police et on aide Cat: on pourrait toutes venir ici à tour de rôle. Et… mais bien sûr! cette maison pourrait devenir notre quartier général, le QG du C.O.A.P.!

Star regarda Jade, qui secoua la tête d'un air affligé.

— Et pour le fric, tu fais comment, pauvre nouille ? lui demanda-t-elle.

Misty se tourna vers moi.

— Géraldine s'occupait elle-même de sa comptabilité et la tenait soigneusement à jour. Je sais où sont les livres. Je sais aussi que nous avons une fortune en actions et sur différents comptes. Elle parlait souvent à haute voix quand elle travaillait, leur ai-je expliqué. Elle me faisait la leçon sur la façon de gérer son propre argent sans intervention extérieure. Elle n'avait pas de comptable. Elle calculait elle-même et payait ses impôts. Elle disait qu'elle avait appris avec son père.

— Oui, mais c'était Géraldine, me fit remarquer Jade.

— Oh ! je suis parfaitement au courant de nos affaires, presque autant qu'elle. Et puis, je peux imiter sa signature.

— Faire des faux, tu veux dire ? s'affola Star, en jetant un coup d'œil inquiet aux autres. Comment tu sais que ça marchera ?

— Je l'ai déjà fait plusieurs fois, quand j'avais trop peur de lui montrer certains résultats scolaires. Personne n'a jamais rien dit. Je passais des heures et des heures à m'entraîner jusqu'à ce que ce soit parfait. La plupart des gens qui s'occupent de ses comptes et de ses investissements ne l'ont jamais vue, ai-je ajouté en m'essuyant les joues. Elle ne leur parlait qu'au téléphone ou elle leur écrivait. Elle détestait avoir à se déplacer. Elle aurait été obligée de s'arranger un peu et de mettre ce qu'elle appelait une « tenue de sortie », sans compter l'essence qu'elle aurait dû dépenser.

— Elle n'en dépensera plus maintenant, en tout cas, maugréa Star d'un ton narquois.

— Elle non, mais Cat si, lui rétorqua Jade. Je ne sais pas... Et que se passera-t-il à la rentrée ? Ne s'inquiétera-t-on pas de l'absence de ta mère – enfin de ta sœur – si elle ne se manifeste pas ?

J'ai haussé les épaules.

— Elle ne m'accompagnait que le premier jour. Les sœurs ne convoquent pas souvent les parents. Elles préfèrent envoyer un courrier ou, parfois, téléphoner. Mais c'est plutôt rare. Elles estiment qu'elles doivent régler tous les problèmes elles-mêmes et ne pas se reposer sur les parents.

— Tu me diras, au prix qu'ils paient, ce serait malheureux ! persifla Star.

— Vous voyez ! exulta Misty.

— Je ne sais pas… répéta Jade, songeuse.

— Qu'est-ce que tu ne sais pas ? C'est une bonne idée, non ? Non ? insista Misty.

Jade réfléchissait et Star la regardait réfléchir. Tout à coup, Jade releva la tête et se tourna vers Géraldine.

— Et elle ?

— Ben, on va l'enterrer, répondit Misty avec un geste d'évidence, comme si cela tombait sous le sens.

— L'enterrer ? Qui ? Nous ? Comment ? Où ?

Misty me regarda.

— Qu'est-ce que tu dirais du jardin ?

— Mon jardin ?

— Non, celui du voisin ! me taquina-t-elle. Est-ce que quelqu'un y vient quelquefois ?

— Non, elle a renvoyé le jardinier. Elle pensait que c'était une dépense inutile. Et puis, elle a fait planter des haies pour nous protéger des regards indiscrets.

— Parfait. Donc, va pour le jardin.

— Parfait ? s'écria Jade, incrédule. Tu veux la transporter dehors et l'enterrer dans le jardin ?

— Eh bien, pas moi toute seule, évidemment. Star ?

— Ça doit pouvoir se faire, murmura Star d'un ton pensif.

Elle interrompit subitement ses réflexions pour se tourner vers moi.

— Tu as une Bible ?

— Oui, juste là, lui répondis-je en pointant l'index sur la table basse. Elle la lisait souvent.

— Que vient faire la Bible dans toute cette histoire ? s'impatienta Jade d'une voix qui commençait à dérailler dans les aigus.

— Je suis allée à assez d'enterrements comme ça pour savoir comment ça se passe. Il faut lire un psaume, affirma Star. Elle en avait un préféré?

— Je ne crois pas, lui ai-je répondu, un peu désorientée. J'avais la désagréable impression de perdre pied.

— Mais vous êtes complètement folles! s'emporta Jade. Nous ne pouvons pas faire une chose pareille, voyons! Nous ne pouvons pas l'enterrer comme cela, dans le jardin!

— Et pourquoi pas? demanda Misty.

— C'est possible, si Cat a une pelle, considéra posément Star. Tu as une pelle?

— Dans le garage. Les outils sont rangés le long du mur, à leur place.

— Bon. Alors, va chercher un drap propre pour le linceul, m'intima Star.

— Une minute! s'écria Jade, avant que j'aie eu le temps de faire un geste. Nous ne pouvons pas faire une chose pareille! C'est illégal. On ne peut pas enterrer quelqu'un sans certificat de décès. Et puis, il faut un permis d'inhumer.

— Comme si on avait le choix! lui rétorqua Star. Tu as dit toi-même qu'ils allaient l'envoyer dans une famille d'accueil. Regarde-la, Jade. Tu veux qu'on l'oblige à aller vivre chez des inconnus? Tu crois qu'elle n'en a pas encore assez vu comme ça?

— Nous devrions peut-être en parler au docteur Marlowe?

— Quoi? Tu sais très bien que, dès que tu en parleras, objecta Star en désignant Géraldine du menton, ce sera cuit. C'est un secret qu'on doit toutes garder là, poursuivit-elle, la main sur le cœur. Jusqu'à la mort. Alors? C'est oui ou c'est non? Décidez-vous. Et décidez-vous maintenant. Mais n'oubliez pas: une fois la décision prise, on ne pourra plus revenir en arrière. C'est maintenant, mais c'est pour toujours.

— Je jure que je ne le dirai jamais, promit théâtralement Misty. On peut faire un pacte de sang ou un truc comme ça, si tu veux.

— Nous n'avons pas besoin de ce genre de bêtises, la rabroua Jade avec un petit rire dédaigneux.

— Ce n'est pas plus bête que ce que tu as fait chez toi avec ta bougie, riposta Misty, vexée.

— Inutile de tomber dans le cérémonial, insista Jade. Si nous jurons, nous jurons. Mais laissez-moi réfléchir deux secondes. Vous allez trop vite. Cette situation est tellement délirante !

Elle se tourna vers moi.

— Es-tu certaine de n'avoir appelé personne d'autre ? me demanda-t-elle, avec l'expression implorante de qui souhaitait désespérément le contraire.

— Oui. Tu es la seule. Qui aurais-tu voulu que j'appelle, de toute façon ?

Elle hocha la tête. Les deux autres la regardaient, attendant en silence le verdict.

— C'est vraiment ce que tu veux faire ?

J'ai de nouveau regardé Géraldine. Elle serait furieuse. Et puis, j'ai pensé à la liberté qui me tendait les bras, au bonheur d'avoir les filles avec moi, d'être toutes ensemble, comme une vraie famille, la famille dont nous rêvions toutes depuis si longtemps.

— Je crois que oui.

— Bon, claironna aussitôt Misty, comme si elle avait peur que je change d'avis. Alors, on ferait mieux de s'y mettre. C'est qu'il y a plein de trucs à organiser.

Star et Jade se consultèrent du regard, puis Star opina discrètement.

— Alors ? On s'y colle ? s'impatienta Misty.

— Tu veux dire l'enterrer nous-mêmes ? Mais je porte un ensemble Prada ! gémit Jade.

— Et alors ? S'il est fichu, tu en achèteras un autre, lui répliqua Star. Et puis, tu oublies qu'on a vu ta garde-robe. Je parie que tu as, là-dedans, des centaines de tailleurs que tu n'as encore jamais mis, de toute façon.

— Et par quoi commençons-nous ? s'enquit Jade, à contrecœur.

— D'abord, le linceul et la pelle. La Bible, j'ai déjà. Ensuite, les funérailles.

Star avait débité le programme des réjouissances d'une seule traite, sans même souffler. Elle se tourna alors vers moi.

— Toi, tu vas chercher le drap. Moi, je m'occupe de la pelle. Il y a de la lumière dehors ?

— Non.

— On aura besoin d'une torche.

— Je viens juste de changer les piles.

Jade haussa les sourcils.

— Des piles neuves ? Merveilleux ! railla-t-elle sombrement.

Elle me dévisagea en silence.

— Cathy, me dit-elle tout à coup, avec gravité. Es-tu vraiment certaine d'être en accord avec tout cela ?

J'ai évité de regarder Géraldine.

— Je ne veux pas qu'on m'envoie n'importe où, ai-je marmonné, en rentrant la tête dans les épaules. J'en ai assez d'être une pièce rapportée.

— Elle est d'accord, elle est d'accord, intervint Misty, en me prenant dans ses bras pour me réconforter. Qu'est-ce qui te prend de la persécuter comme ça ?

— Ce n'est pas un jeu, Misty, la tança Jade. Je ne plaisante pas. C'est illégal. Nous pourrions nous attirer de gros ennuis. C'est sérieux.

— Mais je suis sérieuse ! protesta Misty.

— Bon, si on décide de le faire, c'est maintenant, s'impatienta Star. Sinon, on n'en parle plus et chacun rentre bien gentiment chez soi.

— Oh non ! me suis-je écriée tout à coup. Ne me laissez pas ! Je ne sais pas ce que je ferais. Je me sauverais. Je…

— OK, OK, m'interrompit Jade.

Elle respira profondément.

— Va chercher le drap, m'ordonna-t-elle.

— Je vais t'aider, lança Misty en se levant comme un ressort. Tu devrais t'installer un lit en bas, me conseilla-t-elle, tandis que nous montions les marches. Au moins jusqu'à ce que ta cheville soit guérie.

— Géraldine ne supportait pas l'idée que quelqu'un dorme dans le salon. Elle m'a fait dormir sur le canapé, l'autre soir, mais c'était seulement sa façon à elle de me punir.

— C'est toi qui décides, à présent. Elle est morte. Elle ne te punira plus jamais, déclara Misty avec, dans la voix, ce qui aurait pu passer pour une certaine jubilation.

J'ai jeté un coup d'œil vers le salon.

— Non, je suppose que non. Mais, si elle le pouvait encore, elle m'enverrait me coucher sans manger pour avoir seulement osé envisager un tel déménagement.

En arrivant au premier, j'ai décidé de prendre un drap de Géraldine et non un des miens. Cela me paraissait plus indiqué. Comme nous entrions dans ce que j'avais longtemps appelé la chambre de mes parents, Misty jeta un regard circulaire et secoua la tête d'un air réprobateur.

— Qu'est-ce qu'il y a ? lui ai-je demandé.

— C'est si...

— Si quoi ?

— Si vide. Et c'est quoi ce deuxième lit ? Pourquoi n'est-il pas fait ?

Le lit de Géraldine était impeccable, comme d'habitude : pas un pli sur la housse de l'oreiller, ni sur le dessus-de-lit assorti, mais, sur celui de mon père, le matelas n'était même pas recouvert.

— C'était celui de mon père, lui ai-je expliqué. Je suppose qu'elle voulait se prouver qu'il était vraiment parti.

— C'est moche. Elle aurait encore mieux fait de l'enlever carrément, trancha Misty.

Tout était d'une propreté éclatante, évidemment : pas une particule de poussière sur les tables de chevet, la commode ou la coiffeuse. Et tout était à sa place : pas un vêtement, pas un accessoire traînant sur une chaise, pas un tiroir ne serait-ce qu'entrebâillé. Les volets étaient fermés et les rideaux tirés.

— On ne pourrait jamais imaginer que c'est une chambre de femme, poursuivit Misty, pendant que je prenais un drap dans le placard de la salle de bains. Aucune touche féminine. Ça ne sent même pas le parfum. Et puis

ça manque de personnalité… Et ce lit blanc ! On se croirait à l'hôpital.

Mon fardeau en équilibre sur l'avant-bras, j'ai jeté à
mon tour un regard circulaire.

— Je ne suis pas venue très souvent ici, ai-je murmuré
d'une voix pensive. C'est la seule pièce pour laquelle j'étais
exemptée de ménage – avec sa salle de bains, bien sûr.
Quand j'étais petite, je n'avais pas le droit d'y entrer, pas
même si je faisais un cauchemar et que je voulais me
réfugier dans son lit. La porte était toujours fermée.

— Tu n'as pas raté grand-chose, à mon avis, lâcha
Misty avec le plus grand sérieux. Tu sais, c'est bizarre,
mais je n'arrive pas à me faire à l'idée que c'était ta sœur
et pas ta mère.

— Moi non plus.

— J'imagine. Prête ?

J'ai acquiescé d'un signe de tête et nous sommes retournées dans le salon. Jade et Star étaient assises sur le
canapé, en train de discuter. Star avait la pelle à la main,
telle une reine tenant son sceptre.

— Je prendrai la torche en route, leur ai-je annoncé.
Nous allons passer par la porte de derrière.

— Encore une chance ! grommela Jade. Je n'aurais
pas franchement aimé l'idée d'emprunter la porte d'entrée avec un cadavre dans les bras. Les gens auraient
tout de suite pensé que nous venions de commettre un
meurtre ou quelque chose de ce genre.

— Bon, on a le drap. Et maintenant, qu'est-ce qu'on
fait ? demanda Misty en se tournant vers Star – qui était
plus ou moins devenue l'experte en enterrement de la
troupe.

— On va la rouler dedans, répondit-elle en se levant.
Elle me tendit la main et je lui remis le drap.

— Poussez la table, nous ordonna-t-elle.
Elle étala le drap par terre à côté du cadavre.
Je ne pouvais pas regarder Géraldine, mais j'étais sûre
qu'elle ne me quittait pas des yeux. Star passa derrière
elle.

— Allez, on y va, nous dit-elle. On la fait basculer.

Jade réprima à grand-peine une grimace de dégoût, mais prit quand même place aux côtés de Star pour poser les mains dans le dos de Géraldine. Elle dut, néanmoins, détourner la tête. Misty se hâta de les rejoindre.

— Cat, tu tireras sur l'extrémité du drap dès qu'elle sera dessus et, après, tu me la donneras, d'accord ? me demanda Star.

J'ai hoché la tête. Puis j'ai serré les paupières ; j'ai tendu le drap et j'ai attendu. Mes mains ont commencé à trembler. J'entendais Géraldine hurler : « Et qu'est-ce que tu crois qu'il va se passer maintenant, au juste, hein ? Je vais te le dire, moi : vous allez toutes avoir de sacrés ennuis. Voilà ce qui va se passer !

« Je t'avais bien dit ce qui arriverait, si tu fréquentais ces créatures de malheur. Mais regarde donc ce qu'elles te font faire. Jette-les dehors pendant qu'il en est encore temps. Allez ! Dis-leur de s'en aller ! »

Elles l'ont fait basculer sur le ventre et j'ai rouvert les yeux.

— Le drap, m'intima Star.

Je me suis empressée d'obéir. Elle a coincé l'extrémité que je lui tendais sous Géraldine, puis elles l'ont fait rouler et Star l'a étroitement enveloppée, de sorte qu'elle soit recouverte de la tête aux pieds.

— OK. Maintenant, on la prend et on la porte dehors, ordonna Star.

— Encore une chance qu'elle ne soit pas trop lourde, commenta Misty en la prenant par les pieds.

— Je ne parviens pas à croire que je fais une chose pareille, marmonna Jade, en soulevant Géraldine par l'épaule droite, tandis que Star faisait de même de l'autre côté.

— On te suit, Cat, me dit Star.

Le cœur battant, je les ai entraînées dans le couloir. J'ai récupéré la lampe torche au passage et je leur ai ouvert la porte du fond. Elles m'ont emboîté le pas, se débattant avec leur fardeau pour franchir le seuil.

— Bon sang, Jade ! Tu ne portes rien ! aboya Star.

— OK, OK, reconnut Jade en maugréant. Mais je ne suis pas précisément habituée à jouer les porteurs, figure-toi. À plus forte raison quand, en guise de bagage, on me charge d'un cadavre !

Elles me suivirent dehors.

— Et maintenant ? Où allons-nous ? demanda Jade.

— Plus on sera loin de la maison, mieux ça vaudra, decréta Star. Tiens, là-bas, au fond, sur la droite. Éclaire donc ce coin-là, Cat. Oui, c'est bon.

Nous avons marché sur une quinzaine de mètres.

— OK. Posez-la là, reprit-elle. Oh ! l'imbécile ! j'ai oublié la pelle. Misty, va la chercher.

— Pourquoi moi ? glapit Misty en jetant un regard alarmé vers la maison vide.

— Écoute, si tu as peur de retourner là-bas toute seule, qu'est-ce que tu crois que ce sera pour Cat, hein ? C'était bien ton idée, au départ, non ?

— OK, OK. Je n'ai pas peur. Je suis juste un peu fatiguée. Ça arrive.

J'ai bien vu qu'elle mentait, mais je n'ai pas relevé. Vu les circonstances, on pouvait bien faire une petite entorse au règlement.

J'ai jeté un coup d'œil au cadavre emmailloté dans son drap blanc, puis au jardin plongé dans le noir. Par chance, le temps était couvert : si quelqu'un avait l'idée de regarder de ce côté, il ne pourrait rien distinguer.

Misty avait dû traverser la maison comme une fusée : moins d'une minute plus tard, elle tendait la pelle à Star.

— Bon. C'est moi qui commence, annonça cette dernière. Mais on va toutes être obligées de creuser. Il faut un trou profond et assez large pour faire une tombe.

— Mais je n'ai jamais rien creusé de ma vie ! geignit Jade.

— Comme s'il fallait un doctorat ! soupira Star.

Elle plaça la pointe de la pelle sur la pelouse, posa son pied sur le bord, du côté droit du manche, et s'appuya de tout son poids pour l'enfoncer dans le sol. La lame entra d'abord facilement dans la terre, puis refusa brusquement d'aller plus loin.

— Un caillou, diagnostiqua Star. Je parie que c'en est plein.

— Mais c'est un travail de forçat! s'insurgea Jade. Même les cultivateurs emploient des machines pour faire ce genre de chose!

— Tu as raison, lui répondit Star, caustique. Ça ne va pas être de la tarte. Peut-être que tu vas même te casser un ongle.

— Très drôle.

— Il y a toute une panoplie d'outils de jardin dans le garage, dis-je en pointant le doigt dans cette direction. Dont une petite bêche et un de ces instruments avec des griffes pour déterrer les cailloux, justement.

— Misty?

— Oh non! Encore moi?

— Eh bien, on ne peut pas envoyer Cat avec ses béquilles, si? Il vaut mieux qu'elle tienne la torche.

— Et Jade?

— Où est-ce? me demanda Jade d'un ton las.

— Sur l'étagère, à droite de la porte en entrant. C'est là que sont rangés tous les outils de mon… père.

Elle jeta un regard oblique vers Misty, en secouant la tête, et se dirigea vers la maison.

— Eh bien quoi? On doit se partager le travail, non? protesta Misty. Ce n'est que justice, après tout.

— Tu as raison, marmonna Star, tout en creusant. Seulement, on est censées s'entraider sans regarder à la dépense, tu t'en souviens? Alors tes comptes d'apothicaire, hein!

— Je sais, reconnut Misty à voix basse.

Elle se redressa subitement.

— Ben dis donc! Tu sais creuser, toi! s'exclama-t-elle, admirative.

— Ouais, j'ai fait ça toute ma vie: creuser des tombes!

Jade revint bientôt avec les outils et Star ordonna à Misty de prendre la bêche pour creuser autour du gros caillou sur lequel sa pelle avait buté et, à Jade, de se servir de sa griffe pour l'arracher. Sous peu, elles furent toutes trois activement occupées à jouer les fossoyeurs, Jade se plaignant de l'état dans lequel elle était en train de mettre son bel ensemble et Misty s'inquiétant des ampoules qu'elle allait avoir aux mains. Quant à Star, elle se faisait un plaisir de les chambrer.

— Il n'y a pas de quoi rire, grommelait Jade. Il nous faudra bien trouver une excuse acceptable, si quelqu'un nous voit rentrer dans cet état, ce soir.

C'est à ce moment-là que j'ai senti la première goutte, laquelle fut suivie d'une autre, puis d'une autre.

— Oh non! s'écria Misty. Voilà qu'il se remet à pleuvoir!

— Plus vite! ordonna Star.

Mais la pluie accéléra aussi la cadence. Peu à peu, je voyais avec horreur le drap devenir de plus en plus transparent. Je crus même voir le visage de Géraldine se dessiner sous la toile mouillée. C'était comme si elle émergeait de son linceul, pressant son visage contre l'étoffe pour braquer sur moi son regard flamboyant de colère et de haine.

— C'est trop dur! se lamenta Jade. Cela va nous prendre des heures et des heures! Nous n'aurions pas dû commencer.

— C'est ça, lui rétorqua Star, cinglante. Seulement, on a commencé. Alors, on va finir. Quoi qu'il arrive.

— Mes cheveux! Non mais, regardez-moi!

Jade repoussa une mèche qui lui collait à la joue avec le dos de la main et se balafra le visage de boue.

— Bon. Eh bien, je vais encore massacrer un T-shirt et un jean, soupira Misty. Ne riez pas! C'est un jean griffé: il vaut une fortune.

L'averse ne tarda pas à tourner en crachin: une bruine fine mais persistante. Plus personne ne parlait. Elles se contentaient toutes de bougonner dans leur coin, s'épuisant à la tâche.

— N'est-ce pas assez profond, maintenant? demanda bientôt Jade.

C'était pratiquement une supplique.

— Non, lui répondit Star, catégorique. On n'est pas en train de faire des plantations, là, je te signale. Tu veux quoi ? Voir un pied ou un bras sortir de terre au premier rayon de soleil ?

— Beurk ! Tu parles d'un humour ! s'étrangla Misty, en feignant la nausée.

Elle n'en mit que plus d'énergie à creuser, délogeant les cailloux pour les jeter sur le côté au fur et à mesure.

Quant à moi, j'essayais de garder la torche bien droite, mais, parfois, ma main tremblait tellement qu'on aurait dit un stroboscope.

— OK, souffla Star, plus d'une demi-heure plus tard. Je crois que c'est assez profond.

— Dieu merci ! soupira Jade.

Elles reculèrent pour contempler leur ouvrage et en profitèrent pour reprendre leur souffle.

— N'oubliez pas : une fois qu'elle sera là-dedans, on doit encore la recouvrir complètement, leur rappela Star. Alors ne vous relâchez pas trop. Qui a la Bible ?

— Je vais la chercher, s'écria Misty, avant même qu'on ne le lui ait demandé.

— Je ne vois pas l'intérêt de lire un passage de la Bible, objecta Jade. Nous ne sommes pas membres du clergé, que je sache. À plus forte raison sous cette pluie battante.

— C'est ce qui se fait, un point c'est tout, insista Star. Et, de toute façon, tu es déjà trempée. Ce ne sont pas trois gouttes qui vont y changer grand-chose maintenant.

La pluie commença à se calmer un peu, mais, au point où nous en étions, aucune ne sembla s'en préoccuper ni même s'en apercevoir. Misty revint avec la Bible et Star me demanda de venir me placer derrière elle avec la torche.

— Éclaire les pages, me dit-elle en les feuilletant. Quand on est allées à l'enterrement de Mary Dobson, Mamie et moi, le mois dernier, le pasteur a lu ça à un moment, expliqua-t-elle en levant la Bible devant elle.

Elle se mit alors à lire. Sa voix s'éleva, si douce, tout à coup, qu'elle en devenait mélodieuse :

Il y a une saison pour chaque chose, et un temps pour chaque dessein, sous les cieux : un temps pour naître et un temps pour mourir; un temps pour planter et un temps pour arracher ce qui est planté; un temps pour tuer et un temps pour guérir; un temps pour démolir et un temps pour construire; un temps pour pleurer et un temps pour rire; un temps pour porter le deuil et un temps pour danser; un temps pour éparpiller les pierres et un temps pour les rassembler; un temps pour étreindre et un temps pour se refréner; un temps pour chercher et un temps pour perdre; un temps pour garder et un temps pour jeter; un temps pour déchirer et un temps pour coudre; un temps pour garder le silence et un temps pour parler; un temps pour aimer et un temps pour haïr; un temps pour la guerre, acheva-t-elle en redressant la tête, *et un temps pour la paix.*

« Qu'elle repose en paix, conclut-elle. Amen.

— Amen, répéta Misty.

— Amen, ai-je soufflé à mon tour.

Les cheveux tombant sur son visage maculé de boue et de maquillage, Jade adressa un petit sourire à Star.

— C'était très beau, lui dit-elle. Amen.

— OK, reprit Star en me tendant la Bible. Finissons-en.

Elle contourna le corps de Géraldine et s'agenouilla. Misty vint s'agenouiller à côté d'elle. Jade les rejoignit de mauvaise grâce. À elles trois, elles firent rouler la femme que j'avais prise pour ma mère presque toute ma vie dans sa tombe de fortune. Elle disparut aussitôt.

— Bien, se félicita Star. Maintenant, on balance la terre par-dessus.

Jade grogna, mais se remit à l'ouvrage, tout comme ses deux compagnes. Environ une heure plus tard, Star tassait la terre, puis se reculait, me tendant la main pour prendre la torche et inspecter la pelouse.

— Tout le monde peut voir qu'on a creusé un trou. Il faudra replanter du gazon, déclara-t-elle.

— Pas ce soir, j'espère! s'écria Jade, d'un ton de supplicié à l'agonie.

Star s'esclaffa.

— Non, pas ce soir. Mais ça aurait été le moment idéal, avec toute cette pluie.

— J'ai des graines dans le garage, leur dis-je. Je les sèmerai plus tard.

— Parfait, s'empressa d'acquiescer Jade.

— On verra ce que ça donne demain, décréta Star. Et on décidera ensemble de ce qui reste à faire.

— Pouvons-nous rentrer, maintenant ? la supplia Jade. Je n'ose pas imaginer ce que je vais voir dans le miroir. Je crains le pire.

— Eh bien, ne te regarde pas et épargne le miroir, lui rétorqua Star, imperturbable.

Misty éclata de rire.

Nous nous sommes toutes dirigées vers la petite porte de la cuisine. C'est moi qui suis entrée la dernière. Je me suis immobilisée sur le seuil, scrutant l'obscurité.

Si elle me haïssait déjà avant, me suis-je dit, *maintenant, elle doit me haïr encore plus. Et sa haine sera éternelle.*

J'ai tourné le dos au jardin et je suis rentrée. La porte a claqué derrière moi.

J'avais l'impression que la seule vie que j'avais connue jusqu'alors venait de s'achever. Star avait choisi le bon verset : c'était le moment de renaître, le moment de panser les blessures, le moment de rire et de danser, le temps d'aimer, enfin !

Du moins je l'espérais...

7

Terreur nocturne

— Non mais, regardez-moi ! Regardez-nous ! s'écria Jade.

Nous nous serrions, toutes les quatre, devant le miroir du couloir. Nos vêtements et nos cheveux étaient trempés ; nos chaussures toutes crottées et nous avions de la boue sur les joues.

— Je ne peux pas rentrer à la maison dans cet état, se lamenta-t-elle.

— C'est bien pour ça qu'on va se prendre une bonne douche avant de partir, lui répondit Star, toujours aussi flegmatique. Arrête d'angoisser comme ça. Tu vas attraper des boutons.

— Star a raison, dit Misty. On n'a qu'à se laver et sécher nos fringues. C'est possible, Cat ?

— Bien sûr. Je vais mettre tous nos vêtements à tourner. Ça a toujours fait partie de mes attributions, de toute façon. Et puis, ça tombe bien : nous venons justement de faire réparer le sèche-linge. On se demande pourquoi, d'ailleurs : Géraldine a toujours préféré étendre le linge dehors, dis-je en tendant le bras en direction du jardin, balayant dans le même temps le couloir du regard. Oh, la la ! nous avons rapporté des tonnes de boue, aussi.

Je ne pouvais pas m'empêcher de voir tout à travers les yeux de Géraldine, et de penser qu'elle pouvait toujours surveiller ce qui se passait à la maison et entendre ce qui s'y disait – enfin, ce que je disais, surtout. Ses ordres, ses reproches, ses critiques résonnaient à travers toutes les pièces comme pour me rappeler que, si on pouvait enterrer son corps, il n'était pas si facile de se débarrasser d'elle.

— On dirait que tu veux nous culpabiliser. Cesse donc de te comporter comme elle ! s'emporta Jade. Elle est morte !

— Oh ! ce n'était pas mon intention. Je...

— Cat a raison, m'interrompit Star, venant à ma rescousse. C'est une vraie porcherie, ici. Qui va nettoyer tout ça ? Vous, les Beverly ?

— On va le faire, promit Misty. Mais, d'abord, il faut qu'on se déshabille pour ne pas traîner encore plus de boue qu'on n'en a déjà mis.

Et, ce disant, elle enleva son T-shirt, ôta ses tennis d'un coup de talon et baissa son jean, laissant tout tomber en tas sur place.

— Mais on ne peut pas mettre cet ensemble en machine, geignit Jade. Il ne se nettoie qu'à sec. Il risque de rétrécir.

— Eh bien, tu n'auras qu'à dire que c'est la bonne, railla Star, un petit sourire sarcastique aux lèvres. Je suis sûre que tu l'as déjà fait plein de fois.

— Jamais ! s'offusqua Jade.

— Je peux te prêter quelque chose, si tu ne veux pas remettre ton ensemble, lui ai-je aussitôt proposé, espérant étouffer la dispute dans l'œuf.

Elle sembla réfléchir un instant. Elle a dû s'imaginer dans mes vêtements et ne pas être très satisfaite du résultat. Toujours est-il qu'elle a secoué la tête et commencé à se dévêtir.

Pendant ce temps, je suis allée chercher des serviettes dans la lingerie. J'en ai profité pour me débarrasser discrètement de mes vêtements mouillés.

— Que fais-tu donc avec ces serviettes, Cat ? s'impatienta Jade. Je meurs de froid et je rêve d'un bon bain chaud. Aurais-tu de l'huile ou des sels de bain ?

— Je crois qu'il reste un peu de cette huile parfumée que mon père m'avait offerte, lui ai-je répondu en revenant avec une dizaine de serviettes jetées sur l'épaule.

— Eh bien, qu'attendons-nous ? Allons-y ! Je claque des dents.

Enroulées dans nos draps de bain, nous avions l'air de riches curistes se rendant au sauna, dans quelque luxueux établissement thermal. Riant de nous voir toutes dans cette tenue – et peut-être aussi pour évacuer la tension et la nervosité des dernières heures –, elles me suivirent en file indienne, tandis que je claudiquais jusqu'à l'escalier, puis jusqu'à ma salle de bains – où Star se rua sur la douche –, et dans la salle de bains de Géraldine – où Jade se fit couler un bain. Misty trouva le peignoir de Géraldine et s'y emmitoufla, en attendant son tour devant la cabine de douche. Quant à moi, je suis allée chercher mon huile de bain pour l'apporter à Jade.

— C'est une bonne marque, me fit-elle remarquer, en lisant l'étiquette. Elle contient un principe végétal censé soulager les douleurs musculaires. Pour moi qui suis pleine de courbatures, ce sera parfait. Oh, Seigneur ! s'exclama-t-elle tout à coup en voyant ses ongles. Il va falloir que j'aille chez la manucure à la première heure demain !

Je me suis efforcée de compatir un moment, mais, au bout de dix minutes de plaintes ininterrompues, j'ai fini par l'abandonner à ses jérémiades.

Pendant que Star, puis Misty prenaient une douche, je suis descendue mettre nos vêtements dans la machine à laver. Je suis ensuite remontée dans ma chambre pour enfiler le sac en plastique spécial que le docteur m'avait donné pour protéger mon plâtre et je me suis douchée à mon tour. Après quoi, nous nous sommes réunies, Misty, Star et moi, autour de la baignoire où Jade continuait à barboter, de la mousse jusqu'au menton.

— Je ne parviens pas à me réchauffer, se lamentait-elle. Et toute cette boue !

Elle fit la grimace.

— Je crois même que j'en ai avalé.

— Tu n'en mourras pas, lui rétorqua Star.

Jade écarta un peu de mousse et lui lança un regard assassin.

— Tu es peut-être habituée à la saleté et à la boue, toi, mais moi pas.

— Et c'est censé vouloir dire quoi, ça ?

— Que... que j'espère bien ne jamais avoir à recommencer une chose pareille, répondit Jade, évitant, pour une fois, le conflit.

Dans les prunelles de Star, l'étincelle de colère disparut.

— Ma mère est allée dans un truc de cure très chic où on paie une fortune pour prendre des bains de boue, nous informa Misty.

— Beurk ! lâcha Star, en s'écartant de Misty comme si elle avait la peste.

— Il paraît que c'est excellent pour la peau.

— Oui, mais là, c'est différent, lui fit remarquer Jade. La boue est froide et elle est pleine de cailloux. J'ai l'impression que je ne parviendrai jamais à enlever celle que j'ai dans les cheveux !

Elle se redressa et me demanda si j'avais du shampoing. J'ai envoyé Misty chercher celui qui était dans ma salle de bains – un produit à base de plantes que mon père m'avait également offert.

— Mais vas-y ! marmonna Star. Pourris-la un peu plus ! Comme si elle n'était pas déjà assez gâtée comme ça !

— Mais nous devons toutes nous gâter mutuellement. C'est la règle au C.O.A.P., protesta Jade.

— Ah oui ? Et depuis quand ? C'est toi qui fais les règles pour tout le monde, maintenant ?

— Oh, pardon ! s'écria Jade. À la demande de Star, nous allons donc voter. Que celles qui sont contre lèvent la main.

Personne ne bougea.

— Motion acceptée à l'unanimité, triompha Jade, en adressant à Star un sourire satisfait.

Star leva les yeux au ciel, puis, cherchant mon regard – pour me faire partager son exaspération, j'imagine –, elle s'aperçut que je contemplais le carrelage. J'étais trop occupée à empêcher mon cœur de s'emballer, à chaque fois que je pensais à ce que je venais de faire, pour m'apercevoir qu'elle m'observait.

— Ça va, Cat ? me demanda-t-elle.

J'ai hoché la tête et je leur ai offert mon plus beau sourire. Je n'avais jamais eu ne serait-ce qu'une conversation avec une camarade de classe, dans ma chambre. Alors, les voir toutes réunies là, autour de moi, venues me soutenir et m'aider ! C'était comme si j'avais soudain trois sœurs d'un coup. Bien sûr que j'allais bien ! Enfin, pour le moment...

À peine sortie de l'eau, Jade nous parla d'une crème que sa mère avait rapportée du bureau et qui avait été spécialement conçue pour être appliquée sur tout le corps après le bain ou la douche.

— L'eau peut dessécher la peau, surtout l'eau calcaire, nous expliquait-elle à la façon d'un professeur devant sa classe – leçon qui m'était presque exclusivement destinée, à en croire la façon dont elle me regardait. Notre corps a besoin d'être régulièrement réhydraté. Aussi ne devons-nous jamais nous contenter de nous sécher avant de nous habiller ou de nous coucher.

— Je n'ai jamais rien mis, moi, déclara fièrement Star.

— Eh bien, tu devrais, avant de te retrouver avec une peau de vieux pruneau racorni.

— Tu inventes au fur et à mesure, je parie.

— Certainement pas ! Si tu refuses d'apprendre quoi que ce soit, tu ne progresseras jamais, voilà tout.

— Pitié ! Tant de sagesse à la fois et en si peu de temps ! Mon pauvre cerveau déficient ne va pas résister !

Misty éclata de rire et – incroyable ! – je me surpris à sourire aussi. Pendant que nous nous séchions les cheveux, Jade dissertait sur la façon de se brosser les sourcils, d'utiliser les ombres à paupières pour mettre ses yeux en valeur, de choisir son rouge à lèvres en fonction de son teint et, pendant un temps, j'ai complètement oublié ce qui venait de se passer et ce que nous avions fait. C'était comme si nous étions une petite bande de copines dans le dortoir des filles, à l'internat, n'ayant d'autre préoccupation que de se gaver de frivolités, vivant dans un monde de top 50 et de papier glacé, où les problèmes s'évaporaient comme des bulles de savon et où la pluie se changeait en paillettes tombant du ciel. Combien de temps cela allait-il durer ? *Toujours*, me suis-je surprise à prier. *Faites que ça dure toujours.*

— Je ferais mieux d'aller mettre le linge à sécher, dis-je, en prenant brusquement conscience de l'heure.

— Je vais le faire, se dévoua Misty, en lançant un regard à Star qui sembla ravie des progrès de son élève. Tu mets des heures à monter et à descendre cet escalier. Tu devrais vraiment te faire un lit en bas jusqu'à ce que tu ailles mieux.

— Bonne idée, applaudit Star.

— Demain, peut-être, leur répondis-je. Ce n'est pas si difficile que ça, vous savez. Il n'y a pas beaucoup de marches.

Misty se hâta d'aller accomplir sa mission tandis qu'assise devant le miroir de ma coiffeuse, Jade se brossait les cheveux. En la regardant, je me disais : *Qu'est-ce qu'elle est belle !* Toutes les crèmes, tout le maquillage et tous les visagistes du monde parviendraient-ils jamais à me rendre aussi jolie ?

Une heure plus tard, Misty et Star descendaient chercher nos vêtements. L'ensemble de Jade n'avait pas rétréci au lavage, comme elle l'avait craint : il s'était détendu.

— On dirait que je sors d'une friperie, gémit-elle en agitant mollement les bras pour nous montrer ses manches qui pendaient lamentablement.

Elles étaient devenues si longues que ses mains avaient complètement disparu. L'effet était des plus comiques, mais ce n'était manifestement pas le moment de rire.

En revanche, je ne sais pas comment elle avait fait, mais elle était aussi impeccablement coiffée qu'à son arrivée.

— J'ai envie d'un chocolat chaud. On pourrait s'en faire un ? me demanda Misty.

— Moi aussi, s'enthousiasma aussitôt Jade, avant de se reprendre pour prétexter d'un ton plaintif : Cela apaisera peut-être mes maux d'estomac.

Nous avons toutes regagné le rez-de-chaussée. Comme il n'y avait plus de lait dans le réfrigérateur, je suis allée en chercher dans l'arrière-cuisine, en compagnie de Misty qui semblait décidée à me suivre partout comme un petit chien. En franchissant le seuil, j'ai levé les yeux vers la trappe. Misty a surpris mon regard. Elle a tout de suite compris.

— Je vais chercher l'escabeau ? me proposa-t-elle, tout excitée à l'idée de jouer les exploratrices dans le cagibi.

— Tu vas te resalir, l'avertit Jade. Est-ce donc si urgent ?

— Je ne pourrai jamais être aussi sale que tout à l'heure. Et puis, Cat n'est pas en état d'y aller, de toute façon, objecta-t-elle, en quêtant du regard l'approbation de Star.

— Si elle a envie d'y aller, laisse-la, plaida Star. On n'est pas obligées d'avoir ta permission pour lever le petit doigt non plus, non ?

— Je n'ai jamais dit cela, riposta Jade, vexée.

Ces deux-là allaient-elles jamais cesser de se chamailler ?

— Je reviens, lança Misty, en filant comme l'éclair.

J'ai commencé à préparer le chocolat.

— Pourquoi tu ne t'assois pas ? me demanda Star, en se levant pour prendre ma place, avec un regard noir pour Jade qui se limait les ongles. Tu pourrais poser ta jambe sur un tabouret.

— Non, non, ça va.

— Mais si. Je me sentirais mieux si je suis occupée à quelque chose, de toute façon, argua-t-elle.

Nous avons entendu Misty cogner l'escabeau dans les portes et à tous les coins de mur, en traversant la maison. Une fois encore, je n'ai pas pu m'empêcher de penser à Géraldine et aux hurlements qu'elle aurait poussés. Star alla aider Misty à installer l'escabeau dans l'arrière-cuisine. L'instant d'après, suivant fidèlement les indications que je lui donnais, Misty rampait à quatre pattes dans la soupente et jetait le fameux paquet de lettres dans les bras de Star qui attendait en dessous.

— Tu veux autre chose ? me demanda-t-elle.

— Non, non, merci.

Mais elle ne redescendit pas aussitôt.

— J'adore fouiner dans les vieux trucs, nous avoua-t-elle en nous rejoignant dans la cuisine.

— Comptes-tu lire ces lettres maintenant? me demanda Jade, en voyant la pile d'enveloppes que Star m'avait remise.

— Non, pas tout de suite.

— C'est privé, ces trucs-là, lui expliqua Star, en rem-plissant les bols de chocolat chaud. Il faut qu'elle les lise tranquillement dans son coin.

J'ai remercié Misty d'être allée les chercher. Elle retour-nait déjà replier l'escabeau, quand Star lui ordonna de le laisser où il était.

— Dépêche-toi, ton chocolat va refroidir! lui dit-elle. C'est bien toi qui en as réclamé un la première, non? Il ne gêne pas, cet escabeau, de toute façon. Et puis, je ne vois pas qui viendrait s'en plaindre, maintenant…

Une fois de plus, je n'ai pas pu m'empêcher de penser à Géraldine. Je l'imaginais vociférant que chaque chose devait être rangée à sa place. J'ai même tourné la tête vers la porte, comme si je m'attendais à la voir s'y encadrer. Malgré moi, malgré tout ce que nous venions de faire, j'avais toujours l'impression que rien n'avait changé, que j'étais seulement en train de rêver et que j'allais bientôt me réveiller.

Les yeux braqués sur moi, échangeant de temps à autre des coups d'œil alarmés, les filles buvaient leur chocolat chaud en silence.

— Bon, lâcha finalement Misty. Et maintenant, qu'est-ce qu'on fait?

— On rentre bien gentiment chez nous pour revenir à la première heure demain matin, lui répondit Star.

— Et Cat? On ne peut pas la laisser ici.

— Tu peux venir chez moi, si tu veux, me proposa Jade.

— Ou chez moi, renchérit Misty.

— Je ne peux pas rivaliser avec les Beverly, mais tu peux venir dans ma niche aussi, me proposa Star à son tour.

Je les ai dévisagées l'une après l'autre. Si j'en choisis-sais une, les autres le prendraient-elles mal? Se disaient-elles toutes que j'allais choisir Jade parce que c'était elle qui avait la maison la plus grande et la plus cossue ? En tout cas, Jade avait bel et bien l'air d'y compter. Si je ne partais pas avec elle, ne serait-elle pas terriblement déçue ?

— Je suis trop fatiguée pour aller où que ce soit, ce soir, leur ai-je répondu. Ne vous inquiétez pas. Ça va aller.

— Tu es sûre ? insista Misty, avec une grimace qui signifiait clairement qu'elle n'en croyait rien.

Elle jeta un coup d'œil circulaire avant d'ajouter :

— Comment peux-tu vouloir rester ici, après ça ?

— Sûre et certaine, lui ai-je affirmé. Je vais me contenter de faire comme d'habitude : monter dans ma chambre, fermer la porte et me coucher. Il faut que j'y arrive, sinon tous vos efforts n'auront servi à rien. Je ne peux pas compter sur la présence de l'une d'entre vous chaque nuit, sous prétexte que je ne peux pas dormir ici toute seule.

Elles se sont consultées du regard.

— Je peux peut-être rester, juste pour ce soir, se dévoua Star.

— Non, ne vous compliquez pas la vie pour moi, ai-je insisté.

Jade s'esclaffa. Mais son rire suraigu avait quelque chose de sardonique qui m'effraya.

— Tu plaisantes ? s'écria-t-elle. C'est maintenant que tu dis cela ? Alors que nous venons juste de creuser une tombe dans ton jardin pour y enterrer la dépouille de ta sœur !

— Oh, bravo ! s'exclama Star, en se retenant à grand-peine de lui sauter à la gorge. Reproche-lui de nous y avoir forcées aussi, pendant que tu y es !

— Ce n'est pas ce que j'ai voulu dire, mais…

— Alors arrête d'y revenir à tout bout de champ !

— En ai-je seulement déjà parlé ? Au contraire, je fais tout pour essayer de ne pas y penser. Je ne sais même pas comment je vais pouvoir réussir à dormir avec cette idée-là dans la tête, cette nuit.

— Alors, toi, tu as l'art ! Pour savoir dire ce qu'il faut au bon moment, tu es championne ! lui rétorqua Star, en m'adressant un regard excédé.

— Je suis désolée. Je voulais juste…

— C'est peut-être parce qu'on est toutes très fatiguées, suggéra Misty, compatissante.

— Oui, ça doit être ça, grommela Star. Bon. Je serai là dès que je pourrai, demain matin.

— Nous serons toutes ici dès que possible, demain matin, renchérit Jade.

— Il faut mettre au point un système de roulement dès maintenant, déclara Misty. Je pense que je pourrai me débrouiller pour obtenir la permission de venir dormir ici demain.

— Et moi, après-demain, affirma Star.

— Bien. Je prendrai mon tour le jour suivant, promit Jade, qui n'était manifestement pas pressée de dormir dans le voisinage d'un cadavre.

— Bon. On respectera ce système autant que possible et, si on ne peut pas venir, on invitera Cat à passer la nuit chez nous, récapitula Misty.

— Nous éviterons au maximum de te laisser toute seule, affirma Jade.

— N'empêche que tu as raison, Cat, intervint Star. Il faudra quand même que tu t'y fasses.

Je les ai de nouveau dévisagées, décelant, sur chaque visage, la même inquiétude, les mêmes craintes.

— Non, je n'aurai pas à m'y faire. La vérité, c'est que j'ai toujours été toute seule, depuis le début.

Star hocha la tête en silence. La frimousse de Misty s'assombrit et Jade sembla soulagée.

— On devrait commencer à nettoyer la maison, dit Misty.

— Non, ça va. Je vais le faire, leur ai-je assuré. Ne vous inquiétez pas. Ça m'occupera et ça m'obligera à penser à autre chose.

— Voilà qui est raisonnable, approuva Jade.

— Ça c'est signé ! maugréa Star, juste assez fort pour qu'elle l'entende. Qu'est-ce qu'on ne ferait pas pour tirer au flanc !

Avant que Jade n'ait pu réagir, Misty préféra changer de sujet.

Il fut finalement décidé que nous nous retrouverions en fin de matinée et que nous commencerions à faire des projets et à planifier l'avenir du C.O.A.P.

Jade commanda sa limousine par téléphone. Elle se chargerait de ramener Misty et Star chez elles. *Encore une chance que Jade soit si riche et qu'elle n'ait qu'à claquer des doigts pour obtenir ce qu'elle veut !* me suis-je dit. Cela allait sans doute nous être très utile.

En entendant la limousine arriver, j'ai eu un coup au cœur. Dans quelques instants, elles seraient toutes parties, et j'avais beau jouer les braves, j'étais terrorisée à la perspective de me retrouver seule.

— Dès que j'ouvre un œil, je t'appelle, me promit Misty.

Elles s'étaient regroupées autour de moi dans l'entrée.

— D'accord, lui ai-je répondu d'une voix mal assurée.

— On a fait ce qu'il fallait faire, me certifia Star. Personne ne t'enverra vivre chez des étrangers, maintenant.

Jade n'avait pas l'air aussi convaincue, mais Misty ne se départait pas de sa mine réjouie de gamine surexcitée, comme si nous étions en train de vivre une formidable aventure qui ne nous réservait, à l'en croire, que d'agréables surprises, toutes plus amusantes les unes que les autres. Elles me prirent à tour de rôle dans leurs bras pour m'embrasser, me glissant à l'oreille quelques paroles d'encouragement et de réconfort au passage.

— Le cas échéant, tu peux toujours m'appeler, me proposa Jade. Tu as mon numéro personnel et la limousine reste à ma disposition, quelle que soit l'heure du jour ou de la nuit. Je pourrais l'envoyer te chercher quand tu veux. D'accord ?

— Merci, lui ai-je murmuré avec une sincère gratitude.

Je suis restée sur le pas de la porte pour les regarder monter dans la limousine. Misty baissa la vitre et passa la tête par la portière.

— Va te coucher, me dit-elle. Et ne pense donc plus à tout ça.

— Tais-toi! lui intima Star, craignant sans doute que la moindre allusion n'éveillât les soupçons du chauffeur.

J'ai suivi la longue voiture noire des yeux et je me suis attardée sur le seuil. J'avais peur de rentrer, peur de retrouver Géraldine debout dans le couloir, dégoulinante de boue et folle de rage, les yeux exorbités et flamboyants de colère.

« Comment as-tu pu oser essayer de te débarrasser de moi? » crierait-elle. Son petit sourire glacé étirerait lentement ses lèvres bleuies et elle ajouterait: « Comme si tu le pouvais! ».

Je tremblais tellement que j'avais peur de voir mes jambes se dérober, mais j'ai tout de même réussi à trouver le courage de rentrer. Je ne pouvais cependant pas m'empêcher de sentir la présence de Géraldine penchée par-dessus mon épaule, m'incendiant pour avoir mis la maison dans un état pareil. Je me suis précipitée dans la lingerie et j'ai rempli un seau d'eau bouillante pour lessiver le carrelage. Puis je suis retournée dans la cuisine pour faire la vaisselle et passer l'éponge sur la table, travaillant tête baissée, frottant, astiquant, comme si je devais tout désinfecter, terrifiée à l'idée qu'en levant les yeux, je puisse rencontrer les siens, luisant de haine, de cette haine glaciale et implacable qu'elle me vouait, à moi et à la terre entière.

Mon grand nettoyage de printemps achevé, je me suis battue avec l'escabeau pour le ranger dans le garage. Ensuite, je suis revenue chercher mon paquet de lettres dans la cuisine et je suis montée dans ma chambre. Je l'ai posé sur mon bureau, mais, en dépit de l'envie que j'en avais, je n'ai pu me résoudre à les lire. Au lieu de quoi, je me suis lancée dans le récurage des deux salles de bains de l'étage, veillant à ce que celle de Géraldine soit étincelante de propreté, autrement dit: telle qu'elle exigeait qu'elle soit.

Je m'étais dit que je lirais une autre lettre de ma mère après m'être mise au lit, mais, à la fin de mes deux heures de ménage intensif, j'étais si épuisée que je tombais de sommeil. Tout mon corps me faisait mal : mon cou et mes épaules, mais surtout ma jambe. Ma cheville m'élançait horriblement.

Après m'être lavée et mise en chemise de nuit, je me suis glissée sous les draps avec bonheur. J'avais à peine posé la tête sur l'oreiller que je m'endormais. Mais je n'ai pas dormi longtemps. J'ai brusquement ouvert les yeux au cœur des ténèbres. J'ai scruté l'obscurité quelques instants. Il m'avait semblé entendre ma porte s'ouvrir et se refermer. Avais-je rêvé ? Ou était-ce ce qui m'avait réveillée ?

Un frisson glacé me parcourut de la tête aux pieds. En une fraction de seconde, mon corps fut entièrement paralysé, comme pris dans la glace. Je ne pouvais même pas lever la tête de l'oreiller. J'ai tendu l'oreille, le cœur battant. Le plancher craquait. J'ai cru percevoir un froissement d'étoffe : le frottement d'une jupe contre une jambe. Quelqu'un venait de franchir la porte et se dirigeait vers mon lit. Les ombres commencèrent à se profiler. J'ai pris une profonde inspiration et fait un effort titanesque pour me redresser et m'asseoir dans mon lit.

— Qui est là ? me suis-je écriée.

La pluie avait cessé, mais elle avait laissé, dans son sillage, de gros nuages noirs poussés par de violentes rafales. Le vent sifflait à travers les volets. Un rideau frissonna, puis le silence retomba, profond et noir. Je me suis alors lentement tournée pour jeter un regard circulaire dans la pièce. Mes yeux s'étaient accoutumés à l'obscurité et les ombres devenaient peu à peu familières. Rien d'anormal. Je me suis quand même penchée vers ma table de chevet pour allumer ma lampe. Éblouie, j'ai cligné des paupières. Mais l'aveuglante avalanche de lumière ne m'a rien révélé d'insolite : j'étais bel et bien seule.

J'ai pu recommencer à respirer. J'étais si oppressée qu'il m'a fallu un bon moment avant de recouvrer un souffle régulier. Mais je n'en étais pas moins rongée d'angoisse. Prenant mon courage à deux mains, je me suis levée et, en équilibre sur mes béquilles, je suis restée debout, au pied de mon lit, immobile, dressant l'oreille. Il y avait toujours un peu de bruit dans la maison, la nuit : les canalisations, le plancher qui grinçait, le vent qui profitait de la moindre brèche pour se faufiler dans les couloirs et passer de pièce en pièce comme un serpent de fumée. Mais, cette nuit-là, la maison me sembla étrangement silencieuse. Ce calme inhabituel me parut suspect. J'imaginais déjà quelque sombre créature tapie dans l'ombre, attendant son heure.

Les vieilles habitudes ont la vie dure : j'avais fermé ma porte avant de me coucher, comme je l'avais toujours fait depuis que je pouvais atteindre la clenche. Je suis allée l'ouvrir et jeter un coup d'œil sur le palier : personne, pas un bruit, rien d'insolite. *C'est mon imagination qui me joue des tours*, me suis-je dit. *Évidemment, par une nuit pareille, pas étonnant qu'elle fasse de l'excès de zèle !* Ce qui ne m'empêcha pas d'aller jusqu'à la porte voisine. Elle était fermée, bien sûr, puisque je m'en étais moi-même assurée. Je suis restée devant un moment, tous les sens aux aguets.

C'est complètement idiot et tellement ridicule ! me suis-je sermonnée. *Je me fais des frayeurs toute seule ! Elle est morte. Il n'y a que moi, ici.* J'ai posé la main sur la poignée. *Je vais ouvrir la porte, allumer la lumière et, comme ça, je verrai bien qu'elle n'est plus là, que je n'ai pas rêvé : les filles sont vraiment venues et nous l'avons vraiment enterrée.*

Ma main tremblait en tournant la poignée. J'ai poussé le vantail et je suis restée un instant sans bouger, scrutant l'obscurité. Puis j'ai trouvé l'interrupteur à tâtons et je l'ai abaissé. Le flot de lumière tombant du plafond a enveloppé les lits, les fauteuils, la coiffeuse, la commode et les tables de nuit d'une blancheur fantomatique. Le lit de Géraldine était vide. Aucune trace de présence étrangère, évidemment. *Faut-il que je sois bête pour avoir eu besoin de venir vérifier !* ai-je pensé en secouant la tête. J'ai éteint le plafonnier et refermé la porte.

J'ai de nouveau dressé l'oreille et, n'entendant rien d'inhabituel, je suis retournée dans ma chambre. Je franchissais le seuil quand je me suis figée. Une main de glace s'était brutalement refermée sur mon cœur. J'ai incliné lentement la tête pour regarder par terre. Une tache de boue encore humide maculait le sol. Pendant un moment, j'ai été incapable du moindre mouvement, incapable même d'avaler ma salive.

C'est juste une tache que je n'ai pas vue quand j'ai nettoyé, tout à l'heure, me suis-je dit. *De la boue que nous avons dû rapporter du jardin, cet après-midi. Elle m'a échappé, voilà tout. C'est ça. Ça ne peut être que ça.*

Mais est-ce que nous n'avons pas justement enlevé nos chaussures en bas, avant de monter?

Elle a pu tomber de leurs mains et de leurs cheveux, ou de mes béquilles. D'où veux-tu qu'elle vienne, sinon? Cesse donc de te torturer. Stop! Stop!

Je me suis précipitée dans la salle de bains pour prendre une serviette et je suis revenue essuyer la tache d'un geste rageur. J'ai ensuite inspecté la pièce à la recherche d'autres traces éventuelles. En pure perte. *Tu ne trouves pas ça bizarre?* insista la petite voix au fond de moi. *Non*, lui ai-je répondu. *Non, non et non! C'est juste une tache, rien d'autre. Arrête ton cinéma! Arrête! Arrête!* Je hurlais en moi-même, au bord de l'hystérie. J'ai fermé les yeux et j'ai refermé les bras sur ma poitrine, me serrant de toutes mes forces, tremblant des pieds à la tête.

On l'a enterrée, me suis-je raisonnée. *En-ter-rée!* Oui, c'était bel et bien ce que nous avions fait. Mais n'était-ce pas un péché? N'allais-je pas être punie pour avoir osé faire une chose pareille? Son esprit n'allait-il pas se venger, en venant me hanter, nuit après nuit, jusqu'à la fin de mes jours?

Je me suis péniblement relevée. J'ai refermé la porte et je suis retournée me coucher. Cette fois, quand j'ai posé la tête sur l'oreiller, le sommeil ne m'a pas terrassée, bien au contraire: je suis restée les yeux ouverts, sur le qui-vive, et ce, jusqu'aux premières lueurs de l'aube. Mes paupières ont tout de même fini par tomber brutalement, comme les portes d'une chambre forte, m'enfermant dans le noir et l'oubli d'un sommeil sans rêves.

Ce fut la sonnerie du téléphone qui me réveilla. Il sonnait, sonnait, sonnait. J'ai mis un temps fou à me lever. J'avais mal partout. Chaque muscle semblait un nœud de souffrance. J'ai pris mes béquilles. Le combiné le plus proche se trouvait dans la chambre de mes parents. Je me suis hâtée d'y aller. La sonnerie n'avait pas cessé de hurler dans le vide. Je me suis assise sur le lit de Géraldine pour décrocher.

— Allô ?

— Ah ! Dieu merci, tu es là ! s'écria Misty. Je commençais vraiment à m'inquiéter.

— Je n'ai pas de téléphone dans ma chambre. Elle n'a jamais voulu.

— Eh bien, on en mettra un, me répondit-elle. Alors ? As-tu bien dormi ?

— Pas vraiment.

— Moi non plus. J'aurais mieux fait de rester avec toi. J'ai angoissé pour toi toute la nuit.

— Merci.

C'était bien la première fois que quelqu'un se faisait du souci pour moi.

— Je serai là à peu près dans une heure. Les autres ont appelé ?

— Je ne crois pas. Peut-être que je n'ai pas entendu.

— Je vais leur téléphoner maintenant. Tu as des *bagels* ? J'aime bien me faire griller un *bagel* pour le petit déjeuner.

— Non, lui ai-je dit en riant.

Qui pouvait bien penser à faire griller des petits pains en un pareil moment ? Qui, hormis Misty !

— Je vais en apporter. Est-ce que tu... Euh, tu peux voir le jardin d'où tu es ? Est-ce que tout est normal ?

— Je n'ai pas vérifié. Oh ! me suis-je exclamée. J'ai oublié de semer les graines, hier. Je ferais mieux d'y penser aujourd'hui, et d'arroser, aussi.

— Je vais t'aider. Attends-moi. Je me lave, je m'habille et j'arrive. Ma mère voulait que j'aille déjeuner avec elle à Santa Monica, mais j'ai réussi à y échapper.

— Peut-être que tu n'aurais pas dû.

— Penses-tu ! Elle n'avait pas vraiment envie que je vienne, de toute façon. Elle préfère être avec ses copines pour parler des hommes tout à son aise, et leur casser du sucre sur le dos, par la même occasion. Quand je suis là, elles sont obligées de se surveiller. Allez, à tout à l'heure.

— À tout à l'heure.

J'ai reposé le combiné et j'ai examiné la pièce. Rien n'avait changé. Tout était en ordre. Malgré ma fatigue et ma nervosité, je suis retournée dans ma chambre pour me laver, m'habiller et je suis descendue préparer le petit déjeuner. Le coup de fil de Misty m'avait redonné du courage. Pourtant, la table vide me fit un drôle d'effet. C'était tellement bizarre de ne pas trouver mon verre de jus d'orange posé à droite de mon bol de céréales, en arrivant. Géraldine était toujours debout avant moi. Dans mon cœur, je ne m'étais pas encore faite à l'idée qu'elle était morte et, dans ma tête, je n'avais pas encore réussi à l'assimiler : elle ne figurait pas encore au rayon des vérités incontestables. Je m'attendais toujours à voir Géraldine arriver pour me dicter mon planning journalier. Et puis, sa litanie de plaintes et de reproches servait habituellement de fond sonore à mon petit déjeuner et, si étonnant que cela puisse paraître, ce silence inhabituel me gênait.

« Ne fais pas de bruit en mangeant tes céréales, Cathy. Et fais attention de ne pas tacher ma nappe toute propre. Ne te voûte pas comme ça. Tiens-toi droite… »

Ces remontrances quotidiennes avaient bercé mon enfance et elles tournaient dans ma tête comme un essaim de guêpes, vrombissant à mes oreilles en une ronde infernale. Elle n'avait même plus besoin d'être là pour que je les entende. Quand en serais-je enfin délivrée ? S'en iraient-elles un jour ?

J'ai commencé à mettre la table en prévision d'une arrivée groupée. J'avais plus que jamais besoin de la présence de mes nouvelles amies, de leurs bavardages, de leurs rires. Même les incessantes joutes verbales de Jade et de Star me manquaient.

Le téléphone sonna, me clouant sur place. Je l'ai regardé. Était-ce Jade? Ou Star? Appelaient-elles pour dire qu'elles ne pouvaient pas venir? Était-ce le début d'une longue liste d'excuses qui me laisseraient finalement seule et livrée à moi-même?

— Allô? ai-je répondu d'une voix hésitante.

— Mrs. Carson?

Pendant une fraction de seconde, j'ai été incapable de prononcer le moindre mot. J'avais la gorge nouée.

— Mrs. Carson, c'est Tom McCormick, de la Unified Central Bank.

— O… oui? ai-je ânonné.

— Vous m'aviez demandé de vous prévenir quand le dernier virement du compte de Mr. Carson sur le vôtre serait crédité. Il est arrivé hier. Voulez-vous en placer une partie sur votre P.E.A?

À la mention du nom de mon père, ma gorge s'était encore resserrée davantage.

— Mrs. Carson?

— Oui, ai-je répondu, en me disant que c'était effectivement ce que ma mère aurait probablement fait. S'il vous plaît.

— Combien?

Je n'avais aucune idée du montant des virements.

— La moitié.

— La moitié? D'accord. Je vais m'en occuper tout de suite. Merci, Mrs. Carson.

Et il a raccroché.

Avais-je commis une erreur? Aurais-je dû dire de tout virer sur le plan en actions? Avait-il trouvé ma réponse curieuse? L'avait-elle rendu soupçonneux? Ou m'en étais-je bien sortie? Avais-je réussi le premier test? J'ai reposé le combiné. J'allais peut-être parvenir à me faire passer pour Géraldine, finalement. Peut-être que tout se passerait bien. Je regardais fixement le téléphone, m'attendant qu'il rappelle, insistant, cette fois, pour parler à Géraldine. Mon cœur battait la chamade.

Mais ce fut le carillon de l'entrée qui me fit sursauter. Était-ce Misty? Et si c'était… Non. Il n'oserait tout de même pas revenir. Il n'aurait pas cette audace, n'est-ce pas ? On sonnait toujours impatiemment à la porte. Je ne parvenais pas à bouger. On tambourina, puis on sonna de nouveau. Au bout d'un moment, je réussis enfin à trouver la force de me diriger vers la porte.

J'ai retenu ma respiration et j'ai ouvert.

— Pas trop tôt ! s'écria Misty.

Elle avait les bras chargés de sacs en plastique remplis de provisions. Elle passa en trombe devant moi pour aller les déposer sur la table de la cuisine. Je suis restée, un instant, à inspecter la rue. Tout était normal. Personne ne semblait porter la moindre attention à la maison.

— Star et Jade arrivent, me cria Misty. Pauvre Jade ! Elle n'a pas beaucoup dormi. Elle avait tout un tas de trucs à faire pour réparer les dommages de la nuit sur son pur et doux visage, railla-t-elle. Star devait d'abord s'assurer que son petit frère ne faisait pas de bêtises avant de venir. Elle a pris le bus.

Elle était en train de vider ses sacs, quand je l'ai rejointe.

— Aïe ! Aïe ! Aïe ! s'exclama-t-elle en me voyant m'encadrer dans la porte. Tu as vraiment l'air d'avoir passé une mauvaise nuit.

— J'ai passé une nuit épouvantable.

J'étais presque choquée de m'entendre reconnaître la vérité. Je ne me l'étais pas encore avouée à moi-même.

Je me suis assise sur ma chaise et je lui ai raconté mon réveil en sursaut, les bruits bizarres, ma tournée d'inspection et, finalement, la découverte de la tache de boue sur le plancher. Ses yeux s'écarquillaient au fur et à mesure que j'avançais dans mon récit. Tout à coup, elle s'est retournée pour regarder dans le jardin.

— Es-tu allée là-bas pour voir si... enfin, je veux dire...

— Non, pas encore. Je n'ai pas pu.

Elle hocha la tête, déglutit avec peine, puis se dirigea vers la porte de service. Elle me jeta un dernier regard, avant de l'ouvrir pour sortir dans le jardin. Moins d'une minute plus tard, elle était de retour.

— C'est un vrai chantier, dit-elle d'un ton soudain plus léger. Enfin, en tout cas, elle est toujours là où on l'a mise.

J'ai poussé un gros soupir, libérant tout l'air qu'inconsciemment j'avais retenu dans mes poumons. Mais je ne savais pas vraiment si c'était un soupir de soulagement ou… de regret…

8

Semailles

Bien qu'étant venue en bus, et en dépit des nombreux changements sur son trajet, Star arriva avant Jade. Elle avait l'air nettement moins fatiguée que nous. Sans doute avait-elle été mystérieusement épargnée par les cauchemars qui avaient hanté notre sommeil. Elle se servit une tasse de café et dévora un chausson aux pommes pendant que je lui racontais les péripéties de la nuit.

— C'est bien ce que je craignais, me dit-elle. Il va falloir qu'on reste avec toi pendant quelque temps.

Elle jeta un coup d'œil à la pendule accrochée au mur.

— Je croyais qu'on était toutes d'accord là-dessus et sur l'importance que ça avait, pour toi, de sentir qu'on était là. Alors, qu'est-ce que peut bien fabriquer notre illustre présidente? maugréa-t-elle. Je parie qu'elle est allée se faire faire les ongles!

Dix minutes plus tard, on sonnait à la porte. Misty alla ouvrir.

Jade franchit le seuil de la cuisine, en lançant à la cantonade:

— Désolée d'arriver si tard...

Elle portait encore un ensemble griffé: une robe et un spencer à manches courtes du même vert que ses yeux. Ses cheveux étaient lisses et brillants. Elle était impeccablement coiffée et ses ongles parfaitement laqués.

Star me fit un clin d'œil. Tout le monde pouvait voir que notre chère présidente avait passé la majeure partie de la matinée à se pomponner devant sa coiffeuse, accomplissant la rituelle métamorphose qui transformait une ravissante adolescente en un véritable top-modèle digne de faire la couverture des plus prestigieux magazines.

— ... mais j'ai fait un cauchemar absolument épouvantable, poursuivait-elle. Et, à la minute où j'ai vu mon reflet dans le miroir, ce matin, je me suis dit que je ne pourrais jamais sortir de chez moi sans entreprendre, au préalable, un ravalement complet.

Elle se tourna vers moi, avec une grimace horrifiée.

— J'ai rêvé que ta demi-sœur surgissait de sa tombe pour entrer dans ma chambre. On l'aurait crue sortie de ce clip de Michael Jackson où tous les morts s'extirpent de terre, nous raconta-t-elle. Je me suis réveillée en sursaut, la main sur la bouche pour étouffer mes hurlements de terreur. J'étais si tendue! Un vrai bâton de dynamite. Le moindre bruit suspect m'aurait fait exploser!

Elle avait débité son histoire d'une seule traite, jacassant comme une pie, avant de s'effondrer sur la chaise la plus proche.

— Quel affreux cauchemar! souffla Misty.

— Ne m'en parlez pas! Ensuite, je n'ai cessé de penser au risque que nous avions d'être arrêtées. J'étais morte d'inquiétude. Je n'ai pas pu retrouver le sommeil avant des heures et des heures. Quand je me suis regardée, ce matin, j'ai failli faire une syncope. J'avais des poches sous les yeux! Vous vous rendez compte? Des poches sous les yeux! Moi!

— Oh! pauvre chérie! s'exclama Star.

Jade ne devait vraiment pas être bien réveillée: elle ne se rendit même pas compte que Star la faisait marcher. Elle hocha la tête avec emphase et se leva pour aller se servir une tasse de café.

— J'ai dû jeter mon ensemble Prada, enchaîna-t-elle aussitôt. Aucune couturière n'aurait pu le reprendre. Et puis, je ne voulais pas être obligée de donner des explications à ma mère.

Elle se retourna et nous regarda, telle une diva contemplant son public.

— Et vous, comment allez-vous ? s'enquit-elle.

— C'est gentil à toi de le demander, persifla Star. Moi, j'ai très bien dormi, merci.

— Menteuse ! Qui pourrait passer une bonne nuit, après avoir fait ce que nous avons fait ?

Elle me dévisagea un moment, le regard soudain dégoulinant de compassion.

— J'ai hésité à t'appeler toute la nuit, Cat, me dit-elle. Mais j'ai craint de t'effrayer. Tu vas bien ?

— Non, elle ne va pas bien, lui rétorqua Star. Il suffit de la regarder pour voir qu'elle a passé une nuit épouvantable, elle aussi. On a plein de trucs à mettre au point, Jade, si tu veux bien cesser de t'apitoyer sur ton sort et descendre assez longtemps de ton petit nuage pour faire fonctionner ce qui te sert de cerveau, évidemment.

— Dis donc ! Mais tu es d'une humeur de chien ! Ne viens pas me dire, après cela, que tu as bien dormi, grincheuse !

Elle se laissa retomber sur sa chaise et soupira.

— OK, OK, organisons-nous. Oh ! s'exclama-t-elle, avant que quiconque ait pu prendre la parole, mes parents ont une réunion au sommet avec leurs avocats, aujourd'hui. Nous sommes censés voir enfin le bout du tunnel, paraît-il. Peut-être ma mère organisera-t-elle une grande réception pour célébrer la fin des hostilités. Si c'est le cas, vous pouvez vous compter parmi les invités, nous déclara-t-elle, avec un ample geste de la main qui nous englobait toutes.

Elle portait une nouvelle bague quasiment à chaque doigt et un magnifique bracelet en or soulignait la finesse de son poignet.

— Je vais tout de suite noter ça sur mon agenda et annuler tous mes rendez-vous mondains ! plaisanta Star.

— Tu penses vraiment que ta mère va fêter ça ? s'exclama Misty, incrédule.

— Je ne sais pas. Elle en est tout à fait capable, si elle estime qu'elle a remporté la victoire.

— La banque a appelé ma mère, ce matin, ai-je lâché d'une voix si monocorde et si dénuée de toute émotion qu'elles se sont toutes tournées vers moi en même temps. Certains fonds ont été virés du compte de mon père sur le sien. Conséquence du divorce, je suppose.

— Qu'est-ce qu'ils voulaient ? s'enquit Star.

— Son chargé de compte voulait savoir combien placer sur son plan d'épargne en actions. C'est un compte qui rapporte et ma mère a toujours veillé à l'alimenter régulièrement.

— Il t'a prise pour elle ?

— Je crois. Je lui ai dit de placer la moitié du montant, mais peut-être que j'aurais dû dire plus. Le problème, c'est que je ne savais pas de quelle somme il s'agissait.

— Qu'est-ce qu'il a répondu ?

— Il a juste répété ce que j'avais dit, et puis il m'a remerciée et il a raccroché.

— Parfait.

— Mais non, ce n'est pas parfait. Ce n'est même pas parfait du tout ! s'emporta Jade. Que se passera-t-il s'il appelle pour lui demander de venir signer des papiers à la banque ?

Personne ne lui répondit. De nouveaux problèmes venaient de s'ajouter à la liste, déjà longue, de nos incertitudes et de nos angoisses, et nous étions toutes plongées dans nos réflexions qui, à en juger par les expressions peintes sur nos visages, n'avaient manifestement rien de réjouissant.

— Je pourrais toujours lui dire qu'elle est malade et qu'il lui fasse parvenir le document à signer par courrier, ai-je suggéré, en me rappelant une circonstance similaire. Je l'ai entendue demander ça, un jour, et ils n'ont pas fait d'histoires.

— C'est possible, mais ce sera un autre problème quand il faudra authentifier les demandes de transfert de fonds, insista Jade. Il faut aller à la banque en personne, et avec une pièce d'identité.

— Oui, eh bien, on s'en inquiétera quand ça se présentera, lui rétorqua Star.

— Hum, je ne sais pas, s'obstina Jade en secouant la tête. Les choses ne sont pas aussi simples.

Elle tendit le bras pour prendre un *bagel*.

— Ce sont des allégés ? demanda-t-elle à Misty.

— Non.

— Super ! fit Star, en mordant à belles dents dans le sien.

— Je n'aime pas les trucs allégés, nous expliqua Misty. C'est fade et ça me déprime.

— Parle pour toi. Mais tout le monde n'a pas ta chance : certaines sont obligées de surveiller leur ligne, figure-toi, lui rétorqua Jade en faisant la moue.

— Quelle chance ? lui demanda Misty d'un ton soupçonneux.

— Tu ne prends pas de poids, apparemment. C'est probablement dû à ton métabolisme de base, lui répondit Jade, avec ce ton hautain qu'elle adoptait toujours quand elle dispensait ses cours magistraux. Tout le monde ne peut pas en dire autant.

Misty baissa la tête.

— Je suis désolée, souffla-t-elle, la mine contrite. Je n'y avais pas pensé.

— C'est ça, persifla Star. On fera un menu spécial pour faire plaisir à Miss Jade. Mais, pour l'instant, on ferait peut-être mieux de s'attaquer à quelques-uns des problèmes vraiment importants qu'on a à régler, si ce n'est pas trop vous demander.

— Mais c'est fondamental de surveiller son alimentation ! protesta Jade. Et de faire de l'exercice. Je prendrai cette partie-là en charge, annonça-t-elle. De toute évidence, c'est moi qui suis la mieux informée dans ce domaine. Par conséquent, dorénavant, c'est moi qui superviserai notre ravitaillement au supermarché.

— De quoi tu n'es pas la mieux informée, au juste ? lui répliqua Star, en s'adossant à sa chaise, les bras croisés.

Par moments, elle avait l'art de changer ses yeux en petits poignards d'obsidienne et d'arborer sur ses lèvres, sans paraître les remuer, une expression qui oscillait entre le demi-sourire et la moue franchement méprisante.

— J'essaie seulement de faire bon usage des forces dont nous disposons, se défendit Jade.

154

— Eh bien, moi, je veux m'occuper de la décoration d'intérieur, déclara haut et fort Misty, avant que Jade ne s'attribuât d'autres domaines réservés pour exercer sans conteste son pouvoir tyrannique.

— La décoration d'intérieur? me suis-je étonnée. Qu'est-ce que tu veux décorer?

— Cette maison est sinistre. Elle manque de couleurs, de vie. On a bien décidé d'en faire notre QG, non? Alors, il faut changer les rideaux, modifier l'éclairage, peut-être même repeindre certaines pièces. Tu n'as même pas de posters dans ta chambre, Cat! Quel est ton acteur préféré? Et ton chanteur favori? Enfin, tu vois le plan.

— Oh! Oui, oui, bien sûr…

En fait, en entendant Misty parler, j'avais cru m'étrangler. Géraldine avait mis un tel point d'honneur à conserver les murs de ma chambre intacts: elle détestait les posters.

— Il vaudrait peut-être mieux ne rien changer, argua Star, en voyant mon expression.

— Mais pourquoi? s'écria Misty, en bondissant sur sa chaise.

— Si jamais quelqu'un venait et remarquait le changement, il pourrait soupçonner quelque chose.

— Elle a raison, renchérit Jade.

— Mais…

Misty avait l'air tellement déçue.

— Personne ne vient jamais ici, lui ai-je assuré. Personne ne verra la différence. Ce n'est pas ça…

— C'est quoi alors? s'impatienta-t-elle.

Je me suis mordu la lèvre et j'ai haussé les épaules.

— C'est juste que je ne parviens pas à me faire à l'idée que Géraldine n'est plus là pour protester et m'incendier parce que j'ai seulement osé avoir une idée pareille.

— Bien sûr, c'est normal, compatit Star.

Elle se tourna vers Misty.

— On n'est pas aux pièces.

— Mais j'aimerais bien modifier quelques petites choses, ai-je affirmé avec un sourire pour Misty. Surtout dans ma chambre. J'ai toujours rêvé d'avoir des murs roses, au lieu de cette blancheur d'hôpital, et je déteste mon couvre-lit et mes rideaux. Tu as raison, Misty. Ma chambre est complètement impersonnelle.

— C'est vrai. On modifiera tout ça, s'enthousiasma aussitôt Misty. Et puis, tu devrais avoir la télé et le téléphone dans ta chambre, aussi. Pourquoi on n'irait pas faire du shopping, aujourd'hui ? On va aller au centre commercial et...

— Chaque chose en son temps, l'interrompit Star, en changeant brusquement de visage. On ferait mieux d'arranger un peu le jardin, au cas où quelqu'un viendrait vraiment fouiner dans le coin, justement...

— Ne comptez pas sur moi pour jouer les jardiniers, aujourd'hui ! s'insurgea Jade. Je n'ai pas l'intention de massacrer un nouvel ensemble.

— Qui t'a demandé de venir en tenue de gala ? Tu ne vas pas à une première à l'Opéra, si ?

— Je ne suis pas en tenue de gala, s'indigna Jade. Je suis juste... juste... élégante.

— Et, après, on pourra aller au centre commercial ? s'obstina Misty. J'aimerais bien commencer à changer un peu le décor, ici. D'accord ?

— Je suppose que oui, lui répondit Star d'une voix hésitante. Mais... comment on va faire pour l'argent ?

— Géraldine a une carte de crédit, lui ai-je répondu. Elle n'a jamais estimé nécessaire d'en posséder plusieurs et elle n'utilisait celle-ci qu'avec parcimonie, veillant toujours à régler ses achats avant qu'on ne puisse lui débiter des intérêts.

— Génial ! Alors, tu peux sans doute utiliser toute la provision qu'il y a dessus, s'exalta Misty.

J'ai hoché la tête, en dépit de la peur bleue que j'éprouvais à la seule perspective de devoir fouiller dans le sac de Géraldine pour retrouver son portefeuille et sa carte de crédit.

— Elle veille toujours aussi à avoir une somme assez considérable de liquide sous la main. Mais je ne sais pas où elle la cache : elle ne me l'a jamais dit. Je suppose que c'est quelque part dans sa chambre.

156

— Elle ne te faisait pas confiance ? s'étonna Star.

— Non, ce n'était pas une question de confiance. C'était...

— Quoi ? trépigna Misty.

— Elle voulait préserver sa vie privée.

Cette sortie sembla les laisser songeuses.

— À t'entendre, elle semblait te traiter davantage en locataire qu'en membre de la famille, en conclut Jade. C'est d'autant plus curieux que tu étais tout de même censée être sa fille...

J'ai haussé les épaules.

— Je ne me suis jamais préoccupée de ça, avant.

Elles demeurèrent plongées dans leurs pensées encore un long moment, avant que Star ne bondît subitement de sa chaise.

— On a assez perdu de temps comme ça, déclara-t-elle. Au boulot ! Elles sont où, tes graines pour replanter le gazon ? Tu as un râteau, aussi ?

J'ai acquiescé, en me levant pour me diriger vers le garage. Misty m'a suivie pour m'aider à transporter tout le nécessaire dans le jardin. Jade se contenta de nous regarder travailler depuis le seuil de la cuisine, en sirotant son café.

La terre était à nu, là où nous avions creusé, et les parcelles de pelouse que nous avions ôtées étaient éparpillées en petites mottes autour du rectangle noir. Star commença par ratisser le tout pour unifier la surface. Puis nous avons, toutes les deux, semé les graines et Misty s'est chargée de l'arrosage des semis. J'avais toujours du mal à croire que Géraldine était enterrée là. J'imaginais plus aisément qu'elle allait passer la tête à l'une des fenêtres du premier pour nous demander de bien vouloir lui dire ce que nous étions en train de fabriquer dans son jardin.

— Tu sais ce qu'on devrait faire ? me dit Star, en inspectant notre travail d'un œil critique. On devrait acheter des plantes et quelques arbustes pour mieux camoufler tout ça. Parce que, pour moi, tel que c'est là, c'est toujours une tombe.

— C'est bien pourquoi on doit aller faire du shopping, intervint Misty, revenant à la charge. En plus, on a la voiture.

— Cat ne peut pas conduire avec une jambe dans le plâtre, lui fit remarquer Star.

— Oh! mais j'ai mon permis, lui rétorqua Misty. Je peux faire le chauffeur.

Star me lança un regard interrogateur. Laisser Misty conduire la voiture de Géraldine? J'ai regardé la tombe. Si elle entendait cela, elle jaillirait de terre comme un geyser, en hurlant de rage et d'indignation.

— Alors? me pressa Star.

Elle se tourna vers Jade.

— Vous en pensez quoi, Madame la Présidente?

— Si elle a le permis, je ne vois pas où est le problème. Moi aussi, j'ai le permis, mais je déteste conduire, hormis les voitures de sport. Quoi qu'il en soit, j'ai moi-même besoin de certaines petites choses et il est assurément temps que Cat ait, dans sa garde-robe, quelques tenues un peu plus élégantes – quoique j'eusse aimé travailler sur sa coiffure et sur son maquillage d'abord. Je suppose que je pourrai me procurer quelques produits pour elle auprès de ma mère, cela dit.

— Alors, c'est décidé, conclut Misty. Le C.O.A.P. fait sa première sortie.

— Cat n'a toujours pas dit oui, lui rappela Star.

Tous les yeux se braquèrent sur moi. J'ai regardé la terre fraîchement retournée, et puis j'ai contemplé le ciel d'un bleu immaculé. Je n'étais jamais allée faire du shopping avec des copines. De nouvelles toilettes? Un poste de télévision rien que pour moi? Et pourquoi pas? Pourquoi ne pas être vraiment libre? Enfin libre? Complètement libre?

— D'accord, ai-je acquiescé en hochant la tête. Je vais chercher la carte de crédit.

Jade s'écarta pour me laisser passer.

— Tu veux que j'aille la chercher à ta place? me proposa-t-elle.

— Non, merci. Ça va aller.

Nous étions là, à projeter tout un tas de changements dans sa maison et voilà que je ne pouvais toujours pas me résoudre à laisser quelqu'un toucher aux affaires de Géraldine, ne serait-ce que pour aller chercher son sac. En montant dans sa chambre, je n'étais pas très sûre de moi. Son sac était là où elle le posait toujours : sur sa coiffeuse. C'était une grosse pochette en macramé noir fatigué qui avait appartenu à notre mère. Le fermoir était tout abîmé et le laiton, tout terni. La sangle s'effilochait. Elle le portait en bandoulière sur l'épaule gauche, avec la sangle en travers des seins, de sorte que la pochette se trouvât davantage sous sa poitrine que sous son bras. Elle me disait que c'était une façon de limiter les risques d'agression ou de vol à l'arraché. Cette imposante masse noire sur une silhouette aussi frêle frisait le ridicule, mais l'élégance avait toujours été le cadet de ses soucis. C'était un sac pratique : il pouvait contenir tout ce dont elle avait besoin et tout ce qu'elle ne voulait pas laisser à la maison quand elle sortait. À ses yeux, c'était la seule chose qui comptait.

Je me suis approchée de la coiffeuse à pas lents. Combien de fois n'avais-je pas eu envie de savoir ce que recelait ce sac, quand j'étais petite ! J'étais curieuse, comme tous les enfants de mon âge, et, un jour que Géraldine l'avait laissé dans le salon, j'avais eu la mauvaise idée de l'ouvrir. Avant même que j'aie eu le temps de jeter un coup d'œil à l'intérieur, elle avait fondu sur moi telle une furie. À croire qu'une alarme secrète s'était déclenchée dans sa tête pour l'avertir. Elle me l'avait arraché des mains, me giflant à la volée. J'avais eu l'impression d'avoir la joue en feu pendant une semaine. Mais c'était sans doute davantage sous l'effet du choc que du coup lui-même.

« Les petites filles n'ont pas à fouiller dans les affaires de leur mère », avait-elle hurlé.

Je ne savais même pas ce que fouiller signifiait, à l'époque.

« Je t'interdis de toucher à mes affaires sans me demander la permission avant, tu entends ? La curiosité est un vilain défaut et y céder se paie. »

J'étais restée assise là, sans bouger, tremblant de terreur, frottant ma joue endolorie et retenant mes larmes. Elle était capable de me battre si je pleurais. Elle l'avait déjà fait. Elle avait horreur des larmes. « La plupart du temps, quand les gens pleurent, ce ne sont que des larmes de crocodile », disait-elle. Cela non plus je ne le comprenais pas.

En tendant la main vers son sac, j'ai senti les muscles de mon bras et de mon épaule se contracter et tout mon corps se crisper, prêt à reculer d'un bond pour éviter le châtiment. C'était mon imagination qui me jouait des tours, bien sûr, mais il me sembla que le fermoir me brûlait les doigts. J'ai brusquement retiré ma main. J'ai fermé les yeux et j'ai essayé de me raisonner : *Cesse donc d'avoir peur pour de pareilles bêtises. Comment pourrais-tu expliquer un tel comportement aux filles ? Elles te prendraient pour une folle et partiraient en courant.*

Retenant mon souffle, je me suis emparée du sac comme une voleuse. Je l'ai ouvert avec une telle violence que j'ai failli arracher le fermoir. J'ai rapidement trouvé le portefeuille. Mais avoir là, sous les yeux, béant, cet objet qui m'avait été si longtemps interdit… Je n'ai pas résisté. Je suis tombée presque immédiatement sur une feuille de papier à lettres qui ressemblait étrangement à celui sur lequel ma vraie mère m'avait écrit. Elle était pliée et repliée en un petit paquet serré coincé au fond du sac. Je l'ai attrapée entre le pouce et l'index et je me suis assise sur le pouf de la coiffeuse pour la déplier avec précaution. C'était effectivement une lettre de notre mère. Elle avait visiblement été lue et relue parce que de petites déchirures étaient apparues au creux des plis et les mots semblaient s'effacer, comme si de trop nombreux regards avaient usé l'encre.

Ma chère Géraldine, disait-elle.

Je sais combien il est rare qu'une mère soit à ce point l'obligée de sa fille. En général, ce sont les enfants qui sont redevables envers leurs parents. Les sacrifices auxquels tu as consenti, et que tu fais encore pour moi, ne te rendent que plus chère à mes yeux, et mon amour pour toi n'en est que plus profond. J'ai parfaitement conscience des difficultés qui t'attendent et il se peut que tu en viennes parfois à me haïr. Mais, quels que soient les sentiments que tu éprouves envers moi, j'espère que tu aimeras toujours ta petite sœur et que tu ne feras jamais peser sur elle les péchés de sa mère.

Géraldine, je ne suis pas assez naïve pour croire que tu ne fais tout cela que par amour pour moi, ni même seulement par respect pour ton père, pour protéger sa réputation. Je sais aussi que tu me hais pour avoir eu une liaison et un enfant avec l'homme que tu croyais aimer et dont tu te croyais peut-être aimée. Je sais que, par ces sacrifices, tu crois te rapprocher de lui. J'ai vu ce que tu lui as écrit. Je suis persuadée que ce n'était là qu'un amour de jeunesse. Crois-moi, il n'aurait pas été un homme pour toi, de toute façon, et je ne fais pas seulement allusion aux problèmes de famille et de différence d'âge. Je sais que ces regards par trop affectueux qu'il t'adressait parfois ont pu, malgré lui, encourager ton inclination. C'était un homme d'un naturel très chaleureux et plein d'attentions.

Les hommes, tu seras amenée à le découvrir, peuvent se comporter comme de parfaits idiots. Ils sont si bêtes parfois ! Un rien les titille et les voilà redevenus de vrais enfants. Je suis contente que tu sois avec Howard. Il me semble, et de beaucoup, le plus raisonnable des deux. Crois-moi, à choisir entre un homme sage et un amoureux transi, il faut, sans conteste, prendre le premier. Les amoureux transis cessent d'aimer ; les hommes sages le restent. Je suis bien mieux avec ton père. Je m'en rends compte maintenant. Je l'ai compris trop tard. Je suis sûre que tu apprendras cette vérité essentielle plus tôt que moi et que tu seras donc meilleure que moi.

Quand tu embrasses ma fille pour lui dire bonne nuit, chaque soir, pense que moi aussi je t'embrasse, pour te remercier d'exister, tout simplement.

Affectueusement,
Maman.

M'embrasser tous les soirs? Mais elle ne m'avait jamais embrassée! Et qui était cet homme qu'elle avait aimé, l'homme qui était mon père? Me haïssait-elle parce que, tout en étant de lui, je n'étais pas son enfant à elle? Comment ma vraie mère pouvait-elle avoir été assez aveugle et assez bête pour croire que Géraldine m'aimerait comme une mère aime sa fille? Géraldine disait toujours qu'il n'est pire aveugle que celui qui ne veut pas voir. Ma mère se serait-elle voilé la face parce qu'elle refusait de voir la vérité?

Pourquoi Géraldine avait-elle lu cette lettre si souvent? Pourquoi ne s'en séparait-elle jamais? Quel passage pouvait-il bien faire l'objet d'une telle ferveur de sa part? Je m'interrogeais. Plus intriguée que jamais, je l'ai relue attentivement. Était-ce l'expression de la gratitude et de l'amour maternels qui la touchait? Ou la référence à mon père? Elle la portait constamment et, le plus souvent, contre son cœur. Elle la portait comme un insigne ou un ruban. Était-ce sa «médaille d'honneur pour acte de courage et de dévouement» ou était-ce sa décoration pour avoir été «gravement blessée au combat»?

Je me disais: *Peut-être qu'elle voulait t'aimer, finalement? Peut-être avait-elle pris en horreur cette part d'elle-même qui l'en empêchait? Peut-être qu'il lui était douloureux de me voir, de sentir ma présence, d'avoir mon corps – la preuve même de mon existence – devant les yeux? Peut-être que je lui rappelais ce qu'elle avait perdu, ce qu'elle n'avait pas pu avoir, ce qui lui avait échappé, lui remettant constamment en mémoire la trahison de sa propre mère? Peut-être qu'en définitive elle avait vraiment eu le cœur brisé et qu'elle en était morte?*

J'aurais voulu la haïr, ne garder d'elle que le souvenir d'un monstre destructeur et vorace, mais cette lettre avait éveillé ma compassion: j'étais vraiment désolée pour elle. Pourquoi l'avais-je lue? Même dans la tombe, elle me sermonnait encore:

«Tu vois, tu vois, disait-elle. Je t'avais bien dit de ne pas chercher, de ne pas fouiner. Quand vas-tu te décider à comprendre, Cathy? Arrête de retourner les pierres.

Arrête de tirer les rideaux. Arrête de braquer ta lumière dans les ténèbres.

« Laisse la vérité où elle est, enterrée sous une montagne de péchés. »

— Hé ! ai-je entendu Jade murmurer depuis le seuil. Tu ne te sens pas bien ?

— Comment ? Ah ! Euh, si, si, lui ai-je précipitamment répondu, en pliant la lettre pour la glisser dans ma poche.

— Qu'est-ce que c'est ?

— Rien.

Son beau visage s'est subitement rembruni.

— Nous devons nous faire confiance, Cat. Après ce que nous avons fait ensemble, c'est très, très important.

— C'est juste une pitoyable lettre d'excuse, une lettre que ma mère a écrite à Géraldine. Je préfère ne pas en parler. Ça me rend malade rien que d'y penser.

— OK, mais si tu changes d'avis, sache que nous serons toujours là pour toi.

— Merci.

J'ai reposé le sac sur la coiffeuse et brandi le portefeuille.

— Je l'ai ! ai-je claironné. Et, en plus, il y a de l'argent dedans.

— Alors, en route pour le shopping ! s'écria-t-elle en me prenant la main, un radieux sourire aux lèvres.

J'ai juste pris le temps de refermer la porte.

Bien qu'elle fût morte et enterrée, je ne parvenais toujours pas à faire fi des principes qu'elle m'avait inculqués. « La porte d'une chambre doit toujours être fermée. » C'était peut-être pour que les secrets ne puissent pas s'en échapper ?

Ou...

Ne pas y entrer...

Misty était à peu près de la taille de Géraldine : elle n'eut même pas à régler la position du siège ni les rétroviseurs. Star prit place à l'avant, à côté d'elle, et Jade et moi à l'arrière où il y avait plus de place pour mon plâtre.

— Il faut que j'aille à l'hôpital, demain, leur ai-je annoncé. Je suis censée faire une radio de contrôle. Si je n'y vais pas, ils vont téléphoner à la maison.

— Eh bien, nous t'y conduirons, m'assura Jade. Et, si quelqu'un nous pose des questions, nous dirons que ta mère avait la migraine, qu'elle n'était pas en état de venir.

— Ah ça ! tu l'as dit ! lança Star.

Misty s'esclaffa, puis se tut brusquement.

— Je n'arrive toujours pas à croire qu'on l'a fait.

— Parfait, lui rétorqua Jade. N'y crois pas.

— Hein ?

— Elle a raison, Misty, lui expliqua Star. Plus tu y penseras, plus tu risqueras de faire une gaffe. Il faut encore ajouter une règle au code de conduite du C.O.A.P., là, maintenant. Il faut...

— Oh la la ! soupira Misty.

— Mais c'est très sérieux, Misty.

— OK, OK.

— Si l'une de nous quatre fait seulement allusion à ce que vous savez, elle est à l'amende, déclara Star d'un ton solennel.

— À l'amende ? Elle a une amende à payer, tu veux dire ?

Star réfléchit un instant et secoua la tête.

— Non. Ce sera plutôt un gage, une sorte de punition... Celle qui fait une gaffe devra se coltiner toutes les corvées de la journée.

Elle se tourna vers Jade qui haussa les sourcils.

— Je n'ai pas entendu ton vote, Jade, lui dit-elle.

— Je suis d'accord.

Elle m'interrogea du regard.

— Oui, lui ai-je répondu avec un haussement d'épaules peu convaincu.

— D'accord, d'accord, grommela Misty, comme si elle imaginait déjà des millions de trajets entre le garage, le jardin, le premier et le rez-de-chaussée pour aller chercher ceci ou cela.

— Alors, c'est décidé, à l'unanimité ! se réjouit Star. Tenez votre langue, sinon...

164

Nous avons roulé en silence pendant un long moment.

— Et si on commençait par Fun Time, dans la galerie ? suggéra Misty. Ils ont plein de trucs d'enfer : des posters, des mobiles, des lumières noires, absolument tout ! Après, on ira chercher des nouveaux rideaux pour Cat et un dessus-de-lit pour aller avec.

Elle était tellement enthousiaste qu'elle me donnait l'impression de faire partie d'une bande de gosses surexcitées à la veille de Noël.

— Voilà un programme qui me paraît intéressant, pontifia Jade. Ensuite, nous irons à Vogue City pour voir les nouveautés qu'ils ont reçues. Cat n'a rien à se mettre pour sortir.

— Sortir ? me suis-je exclamée, abasourdie.

— Oui, pour assister aux soirées que je donnerai et à celles du club.

Le club ! En moi-même, je n'ai pas pu m'empêcher de sourire. Dans leur esprit, la maison de Géraldine, ma maison, était devenue « le club » ! Est-ce que je parviendrais un jour à la voir comme cela, moi aussi ?

Misty se rangea juste devant l'entrée de la galerie pour que je n'aie pas trop de chemin à faire avec mes béquilles, puis alla garer la voiture. Quelques minutes plus tard, nous faisions, toutes les quatre, notre entrée dans le centre commercial. Pendant que nous traversions le rez-de-chaussée, j'ai remarqué combien nous attirions l'attention. Jade et Star semblaient tout à fait conscientes des regards appuyés que l'on nous adressait, les hommes surtout.

— Qu'est-ce que tu mates comme ça ? me demanda Star, entre ses dents, au moment où deux jeunes blacks nous croisaient, les yeux rivés sur notre petit groupe.

Elle me lança un rapide coup d'œil en coin.

— Ne les regarde pas, m'intima-t-elle à mi-voix.

— Comment ?

— Regarde droit devant toi, tout en gardant un œil sur eux sans en avoir l'air. Sinon, ils auront l'impression que tu les encourages et ils deviendront franchement collants. Et, s'ils te parlent, fais celle qui n'a rien entendu.

— Ce n'est pas après moi qu'ils en ont, de toute façon.

— Oh! quand j'en aurai fini avec toi, je peux t'assurer que tu n'y échapperas pas, me prédit Jade.

À ces mots, mon cœur s'emballa et une brusque bouffée de chaleur me monta au visage. Ce n'était pas désagréable comme sensation. J'étais juste supercontente et je brûlais d'impatience. Avec Jade et Star, il semblait y avoir de l'électricité dans l'air. Elles aimantaient tous les regards. Il y en avait même qui les sifflaient et plusieurs tentèrent d'attirer notre attention. Misty gloussait et pouffait : elle semblait s'amuser comme une folle.

Jade me sourit.

— De véritables bourreaux des cœurs, voilà ce que nous sommes, me dit-elle en se redressant avec hauteur.

Je n'ai pas pu m'empêcher de rire, moi aussi. Franchement, à l'idée qu'un garçon pût être littéralement anéanti, parce que je l'ignorais! C'était plutôt ce qui m'attendait et non le contraire. Pourtant, peut-être que... Peut-être que j'hériterais un peu de ce magnétisme qu'elles possédaient naturellement. Peut-être qu'elles déteindraient sur moi. En tout cas, ne serait-ce que de marcher en leur compagnie, je me sentais tout à coup moins transparente : j'existais!

À notre première halte, Misty acheta pour des centaines de dollars de décorations, de posters et de gravures. Gênée de ne pas savoir qui était ce célèbre acteur «oscarisé», comme disait Jade, ou le chanteur de ce groupe «archiconnu», comme disait Misty, je me suis fiée à leur goût et à leurs conseils pour choisir. Nous sommes ensuite allées acheter un nouveau couvre-lit et des rideaux.

À peine étions-nous sorties du magasin que Jade nous entraînait dans une boutique où elle me fit essayer une demi-douzaine de jupes et de hauts différents. Elle en sélectionna trois de chaque qui, selon elle, m'allaient très bien, puis n'eut de cesse que j'aie acheté les chaussures assorties. Enfin, nous avons déjeuné dans un restaurant mexicain, un endroit très coloré et très animé, plein de gens, de musique et de brouhaha. Nous n'étions pas assises à une table que toutes se mettaient à parler en même temps – ou, plus exactement, qu'elles se mettaient, toutes les trois, à parler en même temps. Quant à moi, je me contentais de les écouter, tournant la tête, à droite, à gauche, tendant l'oreille au récit de chacune, en essayant vainement de lui prêter la même attention. J'avais l'impression d'avoir été changée en éponge, absorbant leurs aventures, leurs émotions, revivant avec elles leurs moments de tristesse et de joie.

— Qu'est-ce qu'on fait à dîner, pour ce soir ? demanda Misty. Je vote pour une pizza.

— Trop riche en calories, trancha Jade.

— Oh! Est-ce qu'on ne pourrait pas commencer à vivre sainement demain ? la supplia Misty, plaidant notre cause avec courage. Ce sera tout de même notre premier dîner au club-house.

— Eh bien alors, il faut faire mieux que de la pizza, renchérit Star. Je vais demander la recette à Mamie et je vais nous faire un poulet à la texane avec de la purée, des gombos frits, des haricots rouges et…

— Pitié! s'écria Jade. Adieu la ligne et bonjour les kilos! Faisons au moins dans la cuisine chinoise: nous pourrons commander ce qu'il y a de plus équilibré sur la carte, tout en ayant des plats exotiques qui ne soient pas de véritables poisons pour notre organisme.

— Ma mamie n'empoisonne personne ! s'insurgea Star. Non mais franchement, j'ai l'air malade, moi ?

— Il sera déjà tard quand nous arriverons à la maison, ai-je temporisé. Ce serait peut-être plus commode de se faire livrer pour ce soir.

Elles se tournèrent vers moi.

— Maintenant, je sais ce qui fait la force de Cat, proclama Star.

— Quoi ? demanda Misty, me coupant l'herbe sous le pied.

— Miss Compromis, la conciliatrice, me baptisa-t-elle en m'adressant un large sourire. OK, va pour ce soir. Mais, la prochaine fois, on mangera ce qu'on aura cuisiné.

Jade afficha un sourire satisfait, puis tira de sa poche un petit miroir qu'elle inclina vers la droite.

— Vous voyez ces deux garçons en blousons de cuir sur la banquette, derrière nous ? murmura-t-elle. Ils n'ont cessé de nous regarder pendant qu'ils faisaient la queue pour avoir une table. Je ne leur donne pas deux minutes avant que l'un d'eux ne vienne nous parler.

Misty en resta bouche bée.

— Sois un peu plus discrète, la houspilla Star, en lui donnant un coup de coude et en jetant, par là même, un coup d'œil par-dessus l'épaule de Jade.

— Des motards. De la racaille blanche fauchée, ma chérie, minauda-t-elle avec un sourire complice pour Jade.

— Je sais, mais laissons-les venir. Ce sera peut-être amusant.

Mon cœur se mit alors à cogner dans ma poitrine : l'un d'eux venait justement de se lever pour se diriger vers nous. Il devait avoir au moins vingt-cinq ans.

— Ben voilà, dit-il, mon pote Carl et moi, on se disait que vous aviez l'air de vous entendre trop bien ensemble. On se disait : ça, c'est un gang de meufs cool, canon... le genre qu'assure, quoi. Et on se demandait si on pourrait pas vous inviter à une teuf, ce soir. Ça va être top : y a des D-J de New York ; le son va déchirer un max et...

— Un instant, je vous prie, l'interrompit Jade en plongeant la main dans son sac pour en sortir un petit calepin à couverture de cuir.

Je retenais mon souffle. Elle semblait vraiment prendre la proposition au sérieux. Misty suivait la scène avec son petit sourire espiègle aux lèvres et Star se contentait de regarder fixement Jade.

— Oh ! je suis navrée, lui répondit cette dernière d'un air affligé. Nous sommes prises, ce soir. Pour ne rien vous cacher, nous sommes même prises pour le restant de notre existence. Mais merci de l'invitation.

Le jeune homme s'esclaffa.

— Vous êtes sûres ?

— C'est quoi ton problème : tu es sourd ou tu es bouché ? lui rétorqua Star.

Le sourire du garçon s'évanouit. Il jeta un coup d'œil à son copain qui était plié en deux. Il ne s'en empourpra que davantage.

— Dommage ! soupira-t-il. Vous savez pas c'que vous perdez.

Il quitta notre table pour rejoindre son copain, sous le regard meurtrier de Star qui ne le quittait pas des yeux. Puis elle éclata de rire, immédiatement imitée par Jade et par Misty.

— Il était mignon, chuchota Jade.

— Un bébé rat aussi, c'est mignon, lui rétorqua Star.

— Comment vous pouvez savoir qui est bien ou non pour vous ? leur ai-je soudain demandé.

Elles se sont toutes les deux tournées vers moi.

— Tu le sauras, me répondit Star. Quand on en aura fini avec toi, tu le sauras.

Cette sortie fut saluée par un éclat de rire général. Quant à moi, je souriais et je pensais : *J'ai de vraies amies, enfin ! Et, ironie du sort, c'est parce que Géraldine est morte, en me laissant seule au monde.* N'était-ce pas mal qu'un tel bonheur résulte d'un si grand malheur ? J'étais bien trop nerveuse pour m'en préoccuper.

Ce fut peut-être là ma plus grosse erreur…

9

Les squelettes sortent du placard

Quand nous sommes rentrées, le téléphone sonnait. Je tenais la porte aux filles – elles avaient les bras chargés de paquets –, mais j'ai réussi à arriver à temps. Curieuses de savoir qui pouvait bien appeler, elles se sont toutes regroupées autour de moi. Était-ce de nouveau la banque ?

— Allô ? ai-je murmuré d'une voix mal assurée, le regard braqué sur mon auditoire, lequel me vit déglutir avec peine et bredouiller : Euh… un instant, docteur Marlowe, avant de plaquer la main sur le combiné. Elle veut parler à Géraldine. Qu'est-ce que je dois faire ? Qu'est-ce qu'il faut que je dise ?

— Que ta mère a répondu qu'elle n'avait rien à lui dire, me dicta Jade. Vas-y ! Et tâche d'y mettre le ton. Il faut qu'elle y croie.

J'ai pris une profonde inspiration et je me suis lancée :

— Je suis désolée, docteur Marlowe, mais elle ne veut pas venir. Elle n'a rien à vous dire.

En même temps, je pensais : *Ce n'est pas vraiment un mensonge, après tout. Elle n'a plus rien à dire à personne.*

— Elle n'agit pas en connaissance de cause, Cathy. Tu as besoin de ces séances de suivi. Trop de choses sont restées en suspens, insista le docteur Marlowe.

Elle avait l'air de ne pas vouloir en démordre tant qu'elle n'aurait pas parlé à Géraldine.

— Je vais en discuter avec elle, docteur Marlowe, lui ai-je promis. Je vous rappellerai dès que possible.

— Tu sais que j'ai raison, Cathy. Nous devons toutes faire de notre mieux pour toi.

J'ai cru que la conversation allait s'arrêter là, mais, au dernier moment, elle ajouta :

— J'ai cru comprendre que tu avais eu un accident ?

Je me suis empressée de la rassurer :

— Ne vous inquiétez pas, je vais bien.

Trop empressée peut-être, parce qu'il y a eu un long silence au bout du fil.

— As-tu eu des nouvelles des autres filles ? me demanda-t-elle.

Au ton de sa voix, j'ai tout de suite compris qu'elle connaissait déjà la réponse.

— Oui, nous sommes restées en contact.

— J'en suis ravie. Je pense vraiment que vous avez une bonne influence les unes sur les autres. Je t'en prie, n'attends pas trop longtemps avant de me rappeler.

— Je ferai au plus vite. Merci d'avoir appelé.

Et j'ai raccroché.

— Alors ? s'enquit aussitôt Star.

— Je ne sais pas. Elle a eu l'air de me croire. Elle veut que je fasse tout pour convaincre Géraldine de me laisser venir, que je lui explique combien il est nécessaire pour moi d'avoir un suivi et que je la rappelle rapidement.

Jade semblait songeuse.

— Cat pourrait y aller en prétendant qu'elle a réussi à persuader sa mère. Ce serait encore la meilleure façon de régler le problème, avança-t-elle, réfléchissant à haute voix.

— Non, c'est trop dangereux, objecta Star. Tu la connais. On ne peut pas jouer à ce petit jeu-là avec elle : un seul coup d'œil et elle saura la vérité. Et puis, même, elle posera forcément des questions embarrassantes.

— Peut-être qu'elle ne rappellera pas, hasarda Misty.

Tout juste si elle ne croisait pas les doigts.

— Il faut gagner du temps, conclut Jade. Autant de temps que possible.

Même si, une fois de plus, nous venions de prouver que nous pouvions surmonter nos désaccords, de gros nuages noirs s'étaient soudain amoncelés, cachant notre arc-en-ciel et douchant sérieusement notre enthousiasme. Aussi froide et insistante que la pluie, la réalité menaçait de réduire à néant tous nos efforts, ruinant nos beaux rêves d'une oasis de bonheur au cœur de ce désert de tristesse et d'adversité qui nous entourait.

— J'attaque le changement de décor, déclara tout à coup Misty, brisant le silence qui avait fondu sur notre petit groupe, tel un oiseau de proie. Je refuse de me laisser abattre.

Et elle se mit à l'ouvrage avec son énergie habituelle. Il ne fallut pas longtemps avant que nous ne soyons toutes mises à contribution : Star et Jade changeaient la disposition des meubles dans le salon, pendant que je claudiquais derrière Misty, l'aidant à choisir l'emplacement des posters et des gravures qu'elle accrochait aux murs. Elle se chargea aussi d'installer la platine, l'ampli et les baffles que nous venions d'acquérir. Nous avons écouté nos nouveaux CD tout en travaillant. Pour la première fois, des accords de rock résonnaient à travers toute la maison. À chaque fois que Jade et Star nous croisaient, elles se mettaient à danser et à chanter et il ne nous fallut pas longtemps avant de nous retrouver toutes les quatre dans le couloir, en train de brailler à tue-tête et de nous trémousser en rythme, même moi, avec mon plâtre !

— J'ai hâte d'être à notre première soirée ! s'écria Misty.

— Qui voulez-vous inviter ? ai-je demandé, forçant ma voix pour me faire entendre.

— Il faudra nous montrer très prudentes et très sélectives, affirma Jade. Nous devrons discuter ensemble de chaque candidature et, pour être acceptée, chaque personne proposée devra faire l'unanimité. D'accord ?

— Comment veux-tu que ça marche ? Je ne connais pas tes amis et tu ne connais pas les miens, objecta Star.

— C'est pourquoi nous devrons en faire une description aussi fidèle que possible et défendre leur candidature du mieux que nous le pourrons.

— Oh! ne vous inquiétez pas tout le temps comme ça! lança Misty. Amusons-nous sans nous préoccuper du reste, pour changer.

Star me jeta un coup d'œil en coin et secoua la tête.

— Ne pensons plus au docteur Marlowe; ne pensons plus à la banque... Ne vous inquiétez pas de ci; ne vous inquiétez pas de ça... Peut-être qu'on aurait mieux fait de s'appeler le C.O.S.S., finalement: le Club des Orphelines Sans Soucis!

Misty s'esclaffa. Star se tourna vers Jade qui la regarda à son tour et, brusquement, elles éclatèrent de rire en même temps. Et je me suis dit: *Qu'est-ce que ça fait du bien! Qu'est-ce que ça fait du bien d'entendre rire dans cette maison!* C'était si rare que c'en était presque étrange. Tout juste si je ne sursautais pas, tant j'étais surprise d'entendre un rire chez moi.

Nous nous sommes remises à l'ouvrage. En revenant du centre commercial, nous nous étions arrêtées dans un magasin d'articles pour la maison et le jardin. Star avait choisi des plantes pour cacher la tombe de Géraldine, pendant que Jade et Misty calculaient le nombre de litres de peinture qu'il leur faudrait pour repeindre ma chambre. Nous avions également acheté les pinceaux, les rouleaux, les grilles... tout le matériel nécessaire. C'est alors que Misty avait suggéré que nous devrions repeindre aussi le couloir et modifier l'éclairage de la maison. Du temps de Géraldine, elle était toujours dans la pénombre. Géraldine utilisait des ampoules de faible intensité par souci d'économie. Misty aurait voulu des spots de couleur, mais Star lui avait répondu que «Notre club» n'était pas «un bordel», textuel! En définitive, nous nous étions décidées pour un bleu un ou deux tons plus clair, pour le couloir, et Misty, qui semblait infatigable, résolut de s'attaquer immédiatement aux travaux de peinture. Pendant ce temps, Star alla dans le jardin planter les arbustes et les fleurs que nous avions rapportés. Nous avions également prévu de changer mes rideaux avant la fin de l'après-midi.

Jade fut la première à baisser les bras, soupirant qu'elle en avait assez et qu'elle avait faim. Nous nous sommes donc concertées pour savoir ce que nous allions commander pour dîner. Chacune appela, ensuite, chez elle pour prévenir qu'elle restait manger à la maison. En fait, seule la grand-mère de Star répondit : la mère de Jade était déjà partie à un repas d'affaires et celle de Misty avait laissé un message sur sa boîte vocale pour lui annoncer qu'elle allait au cinéma avec une amie.

— Je croyais que tu devais demander la permission de passer la nuit ici, de toute façon, lui rappela Star.

— C'est fait. Enfin… je vais le faire. Seulement, j'ai pensé que ce serait plus facile directement d'ici, que ça m'éviterait l'interrogatoire habituel, expliqua Misty.

— Bon. En tout cas, Mamie a dit que je pouvais rester dîner ici, annonça Star.

Elle coula vers moi un regard oblique.

— À condition que tu promettes de venir manger chez nous. Je lui ai dit que tu viendrais et elle a dit : « Alors, qu'elle vienne demain soir. » Ça, s'il y a quelque chose qu'on ne peut pas lui reprocher, c'est de faire traîner les choses. Elle ne vit pas dans un monde de promesses en l'air et de mensonges à deux sous, elle. Pas de « un de ces quatre » ou de vagues « on s'appelle » qui tiennent. Si tu dis OK, elle sait comment te faire tenir tes engagements : elle te coince illico. Tu pourras dormir chez nous, aussi, ajouta-t-elle.

Jade et Misty hochèrent la tête en chœur avec, dans les yeux, une lueur d'envie : elles auraient donné cher pour vivre dans le monde de Mamie Anthony plutôt que dans le leur, apparemment.

— Aurais-tu quelque chose à boire, chez toi ? me demanda soudain Jade, comme si la moindre pensée désagréable devait être chassée au plus vite et par tous les moyens.

Misty ouvrit des yeux comme des billes. Avec ses joues et son menton maculés de peinture bleue, elle avait l'air d'un clown.

— Oui, quelque chose à boire. Ça, c'est une bonne idée ! renchérit-elle.

— Quelque chose à boire ? Vous voulez dire de l'alcool ? leur ai-je demandé, réticente.

— Nous savons que tu as du lait et des petits gâteaux, merci, railla Jade.

— Oh ! Je crois qu'il y en a dans l'arrière-cuisine. Je ne sais pas quoi exactement. Il n'y avait que mon père qui buvait de l'alcool, à la maison.

Jade alla jeter un œil et nous informa que nous avions à notre disposition une bouteille de vodka à moitié vide et une bouteille de gin presque pleine. Elle tenait la bouteille de vodka à la main.

— Vodka-orange pour tout le monde, décréta-t-elle. Je m'en occupe. Nous avons bien mérité un petit apéritif avant le dîner.

Misty alla se laver, pendant que je passais notre commande au livreur de plats asiatiques et faisais mettre le total sur la carte de crédit de Géraldine. Notre après-midi de shopping, de décoration, de musique et de fous rires m'avait vraiment fait du bien. Je n'avais pas une seule fois pensé à ce qui s'était passé la nuit précédente. En fait, tant que nous étions occupées, et tout à notre excitation, nous ne réfléchissions pas à ce que nous avions fait, ni aux conséquences. Les vraies questions – Comment allions-nous nous y prendre, après la rentrée, quand nous serions de nouveau accaparées par nos études ? par exemple – ne se posaient même pas. Pour lors, nous étions toutes montées sur le même manège et, grisées par la vitesse, nous ne voulions rien faire ni dire qui aurait pu risquer de tout stopper net.

Après une sommaire remise en beauté, nous nous sommes toutes réunies dans le salon. Je devais bien admettre qu'il avait l'air plus gai : les filles avaient fait du bon travail. En rapprochant les fauteuils du canapé, elles avaient agrandi la pièce, aussi. Nous avons ouvert les rideaux pour laisser entrer la lumière. Le soleil se couchait et le crépuscule nimbait les murs d'un halo jaune orangé qui réchauffait le marron terne du papier peint. Star et Jade s'assirent sur le canapé, pendant que Misty et moi prenions place dans les fauteuils. Ce fut à ce moment-là, quand nous avons cessé de nous agiter pour nous accorder une pause, que nous avons vraiment senti la fatigue s'installer. Nous sommes restées quelques minutes sans parler, à siroter tranquillement nos verres. Je ne goûtais pas la vodka, mais je savais, après mon expérience malheureuse avec le rhum-Coca, que l'effet de l'alcool n'en était que plus pernicieux.

— As-tu lu d'autres lettres de ta mère? me demanda Jade.

— Non. J'étais trop fatiguée, hier soir.

— De quoi te parlait-elle, dans la première, en dehors de cette histoire de donation?

— De pas grand-chose. Elle laissait à entendre qu'elle n'aimait pas son mari, Grand-papa Franklin. Elle disait qu'elle s'était arrangée pour que Géraldine m'adopte afin de me garder toujours auprès d'elle, dans la famille.

— Tu parles d'une famille, toi! maugréa Star.

— Cat a trouvé une autre lettre dans le sac de Géraldine, aujourd'hui, annonça Jade en se tournant vers Star et Misty. Une sorte de lettre d'excuse, si j'ai bien compris?

— Oui, ai-je répondu en sortant la lettre de ma poche. Elle n'y révélait pas le nom de mon père, mais elle faisait allusion à l'amour que Géraldine aurait porté à cet homme et peut-être même à son secret désir de l'épouser.

— C'était sans doute quelqu'un de plus jeune que ta mère, si Géraldine s'intéressait à lui, conjectura Jade.

— Avec sa façon de penser, je l'aurais bien vue tomber amoureuse d'un grand-père, moi! persifla Star.

— À vrai dire, d'après la lettre, mon vrai père était plus vieux que Géraldine.

— Est-ce que tu crois que le nom de ton père est dans les autres lettres? s'enquit Misty, qui trépignait presque, tant elle brûlait de dévoiler le mystère.

J'ai haussé les épaules.

— Comment peux-tu rester aussi calme, quand tu as peut-être la clef de l'énigme à portée de la main? Ça ne t'intéresse donc pas de savoir qui c'est? insista-t-elle.

— Bien sûr qu'elle veut le savoir, intervint Jade, prenant ma défense. Mais toi tu devrais savoir, pour en avoir fait l'expérience au cours de ta thérapie avec le docteur Marlowe, qu'il ne faut rien précipiter dans ce genre de choses. C'est traumatisant.

— Oui, mais peut-être que, quand elle saura qui c'est, elle pourra aller le voir et peut-être qu'il voudra qu'elle s'installe chez lui pour être enfin réuni avec sa fille, s'emballa Misty.

Sa voix avait repris cet accent rêveur qui lui était familier. En fait, à l'entendre, on avait l'impression que c'était ce qu'elle désirait pour elle-même.

Star secoua la tête.

— Tu prends vraiment tes rêves pour des réalités, toi, hein ? C'est bien la dernière chose que son père souhaite. Il a sans doute déjà une femme et des enfants. Alors, comment tu crois qu'ils prendront ça, quand ils apprendront pour Cat, hein ?

— Oh ! souffla Misty d'un air penaud, que son sempiternel sourire espiègle chassa promptement. Et alors ? On est là, nous. Tu n'as plus besoin de personne, maintenant, me dit-elle, recouvrant aussitôt son incorrigible optimisme. N'empêche, ajouta-t-elle, après une seconde de réflexion, si c'était moi qui ne savais pas qui était mon père et si j'avais la possibilité de le découvrir, je ne tiendrais pas deux secondes. Je serais bien trop impatiente pour attendre.

— Oui, mais tu n'es pas Cat, la rabroua Star. Alors, change de disque, tu veux ?

Misty se renfrogna. Mais sa bouderie ne dura que quelques minutes. L'instant d'après, son visage s'éclairait brusquement.

— Et si on parlait de notre première soirée ? C'est pour quand ? s'enthousiasma-t-elle, rayonnante.

— On y est déjà, pauvre nouille ! lui lança Star.

— Mais non ! Je veux dire avec des garçons !

Star se tourna vers Jade.

— Pas avant que nous n'ayons tout arrangé à notre convenance, évidemment, lui répondit notre présidente, comme si cela tombait sous le sens. Le moment venu, nous dirons à ceux que nous aurons conjointement décidé d'inviter que la mère de Cathy est partie pour la journée et que nous avons la maison jusqu'au lendemain.

— Il ne faut pas inviter trop de monde, recommanda Star, avec un regard lourd de sous-entendus. Il faudra sélectionner. Et pas question de faire portes ouvertes, sinon on risque de se ramasser tous les parasites qui zonent dans le coin.

— N'invitons que des garçons, décréta Jade. Quatre garçons. Pourquoi avertir la concurrence ? Non pas que je craigne qui que ce soit…

Star salua cette sortie d'un éclat de rire et d'une honnête gorgée de vodka-orange.

— Non, franchement ! insista Jade, vexée. C'est juste que… il ne serait pas très prudent d'inviter d'autres filles à ce moment-là.

— Pas « prudent » ? railla Star. J'aime l'expression ! Qu'est-ce que tu en penses, Cat ? Est-ce qu'on ne devrait vraiment inviter que des garçons ? Est-ce que ce serait plus prudent ?

— Je… je ne sais pas, ai-je bredouillé, en plongeant les yeux dans mon verre. Vous savez tout de la première soirée à laquelle je suis allée et vous savez comment elle s'est terminée…

Elles hochèrent la tête en chœur, une même expression de tristesse mâtinée de colère sur le visage. Elles devaient repenser à ce que je leur avais raconté, au cours de notre dernière séance de thérapie de groupe : on m'avait fait boire trop de rhum-Coca et les garçons présents, ce soir-là, en avaient profité pour me tripoter pendant que les filles, que je prenais pour des amies, se réjouissaient du spectacle et se moquaient de moi.

— Ça ne risque pas d'arriver ici, affirma Star. On ne laissera jamais faire un truc pareil.

— Absolument, renchérit Jade. Nous veillerons toujours les unes sur les autres.

Je leur ai souri. J'avais vraiment l'impression d'être plus en sécurité, maintenant. Plus même que lorsque j'étais avec Géraldine. *Et c'est à ça que sert la famille*, ai-je pensé. *À faire en sorte qu'on se sente en sécurité, qu'on sache qu'il y a toujours quelqu'un qui pense à nous, quelqu'un qui peut nous protéger et qui nous aime envers et contre tout.* Nous allions être amies à la vie à la mort. Il n'y avait rien que je n'eusse fait pour elles et rien qu'elles n'eussent fait pour moi. Ce n'était pas seulement la vodka qui me procurait cette sensation de chaleur et de bien-être. C'étaient leurs sourires et leurs rires, la sincérité de leurs regards et de leurs sentiments à mon égard.

Nous pouvions croire aux promesses que nous nous faisions plus aisément qu'à celles de nos parents, parce que nous avions toutes été cruellement déçues par leur manque de parole. Nous savions trop combien c'était douloureux pour chercher à en faire autant entre nous. Quelles meilleures garanties pouvions-nous avoir que celles nées de la souffrance partagée et du respect mutuel?

— Au C.O.A.P.! s'écria soudain Misty, en levant son verre, comme si elle avait pu lire dans mes pensées. Une pour toutes et toutes pour une!

— Au C.O.A.P.! avons-nous toutes répété en chœur, vidant nos verres d'un trait.

Jade nous en préparait déjà un autre quand notre dîner arriva. Nous avons alors vraiment commencé à nous sentir bien et à jouir du simple plaisir d'être ensemble. Je me disais, plus grisée par cette chaleur humaine que par la vodka: *Et encore! Ce n'est qu'un début.* Mes amies m'avaient aidée à enterrer toutes mes désillusions à jamais. Le meilleur était encore à venir.

Mais n'était-ce pas là pécher par excès d'optimisme? N'était-ce pas Misty qui déteignait sur moi? N'étais-je pas en train de devenir une douce rêveuse, moi aussi? *Et alors? Tout plutôt que redevenir ce que j'étais avant*, me suis-je dit. Pour moi, c'était une véritable renaissance: impossible de faire demi-tour. Mon passé était derrière moi, à jamais.

Géraldine pouvait bien sortir de sa tombe; elle pouvait bien hanter la maison, faire marcher les ombres et siffler sa désapprobation par tous les interstices des fenêtres ou du plancher; elle pouvait bien me fusiller du regard à l'intérieur de ma propre tête, du plus profond de ma mémoire, jamais elle ne parviendrait à me faire faire marche arrière. *Tu voulais toujours que les portes soient fermées, Géraldine,* ai-je songé. *Eh bien, cette fois, c'est moi qui te les claque au nez !*

C'était peut-être l'effet de la vodka, mais, soudain, je me sentais courageuse et forte. J'ai bu un autre cocktail et j'ai commencé à chanter avec les filles dès qu'elles entonnaient une nouvelle chanson. Nous avons mangé tout ce qui se présentait, puis nous nous sommes affalées sur le canapé et dans les fauteuils, riant de notre appétit, sans nous préoccuper de savoir si la musique était trop forte ou si nous faisions trop de bruit. Quel bonheur de se laisser aller, de profiter de cette formidable liberté ! Ce qui ne m'empêchait pas de lorgner régulièrement vers la porte en pensant à Géraldine. C'était seulement par habitude, bien entendu. Son décès était encore trop récent pour que je puisse m'être déjà délivrée de mes craintes.

— Pourquoi es-tu si inquiète ? me demanda brusquement Jade. Cesse donc de regarder par-dessus ton épaule. Elle est morte ! C'est une plante verte ! s'esclaffa-t-elle, les yeux légèrement vitreux. J'ai bousillé un ensemble hors de prix rien que pour la planter !

Nul doute que c'était la vodka qui parlait.

Star bondit sur ses pieds, pointant l'index sur Jade.

— Ça y est, tu l'as fait ! s'écria-t-elle d'un ton accusateur. Tu as parlé d'on sait quoi : tu es à l'amende.

— Quoi !

— Je me trompe ? nous demanda Star. On a voté une nouvelle règle dans la voiture, cet aprèm. On l'a adoptée à l'unanimité, non ?

Misty hocha la tête avec une mine embarrassée.

— Et alors ? Qu'est-ce que je suis censée faire, hein ? riposta Jade en provoquant Star du menton. Monter dans ma chambre, peut-être ? Je suis privée de dessert ?

Star se redressa avec un petit sourire satisfait.

— À toi le ménage, ma vieille ! C'est ta punition. Tu débarrasses la table.

Jade en resta sans voix. Elle nous interrogea du regard, d'abord Misty, puis moi. Ni l'une ni l'autre n'avons osé contredire Star.

— Très bien, dit-elle en se levant, brusquement dégrisée.

Elle se frotta les joues, comme si elles étaient engourdies par le froid, et se dirigea droit vers la cuisine. Nous l'avons regardée aller et venir avec sa nonchalance coutumière, tout en pestant contre ces « basses besognes » qui allaient encore réduire à néant tous les efforts de sa manucure.

— On va la faire descendre de son piédestal, la princesse, jubilait Star avec un petit sourire goguenard. On va la faire redescendre sur terre, vous allez voir !

Misty téléphona chez elle pour prévenir qu'elle resterait dormir à la maison. Sa mère n'était pas encore rentrée.

— Elle a dû aller boire un verre après le film avec son amie, nous dit-elle. Je lui ai laissé un message. C'est aussi simple. De toute façon, on passe notre temps à se parler par répondeurs interposés. Je crois même que ça me ferait bizarre de lui parler directement.

Elle se tourna vers moi.

— Je dors où ?

Avant que je n'aie eu le temps de lui répondre, elle m'avait déjà avertie :

— Pas dans la chambre de ta demi-sœur, en tout cas.

— Je vais dormir sur le canapé. Comme ça, tu pourras dormir dans ma chambre, si tu veux, lui ai-je proposé.

Comme elle levait les yeux vers l'escalier, je vis son regard s'assombrir brusquement.

— Non, ce n'est pas bien que je prenne ton lit, protesta-t-elle en secouant la tête. C'est moi qui dormirai sur le canapé.

— Dis plutôt que tu as peur de dormir toute seule là-haut, la taquina Jade en riant.

— Oh ! Ça t'est facile de jouer les braves ! se rebiffa Misty. On voit bien que ce n'est pas toi qui dors ici, cette nuit.

— Moi, je ne sais pas, mais ce serait plus logique que ce soit Cat qui dorme en bas. Ça lui éviterait de se coltiner les marches. Ce n'est pas très exactement ce qu'on lui a dit de faire, d'ailleurs ? lui rappela Star, un petit sourire narquois aux lèvres.

Le regard de Misty courut de nos visages à l'escalier et vice versa, comme celui d'un animal pris au piège.

— Nous pourrions aussi dormir toutes les deux dans mon lit, lui ai-je suggéré. Il est assez grand. Si ça ne te dérange pas, bien sûr.

— Oh non non, pas du tout, s'écria-t-elle, sautant sur l'occasion. Bien sûr qu'il est assez grand. Et puis, ce sera plus amusant. On pourra essayer tes nouveaux rideaux et voir ce que ça donne avec ton dessus-de-lit tout neuf.

Jade et Star se jetèrent un coup d'œil en coin et éclatèrent de rire.

— Eh bien quoi ? les apostropha Misty. C'est vrai que ce sera mieux pour tout le monde ! Et, demain, on devrait faire quelque chose pour la chambre de ta demi-sœur, genre tout virer et repartir de zéro. On va enlever toute trace de sa présence ici, tout comme ma mère a enlevé toute trace de mon père à la maison, après leur séparation. Et on la repeindra aussi d'une couleur qu'elle détestait, si possible.

— Autant dire tout ce qu'on veut sauf blanc, ai-je murmuré.

— Bon, intervint Jade, après avoir repris son sérieux. Faites comme vous l'entendez. Quant à nous, j'ai commandé la limousine pour nous ramener et elle ne devrait pas tarder à arriver. Demain matin, nous nous retrouverons ici et nous commencerons à discuter de l'organisation de notre première soirée.

— N'oublie pas que tu dînes à la maison, demain, et que tu restes dormir, Cat, me rappela Star. Au moins, on n'aura pas à s'inquiéter des fantômes, là-bas, ajouta-t-elle en lorgnant du côté de Misty.

— Arrête ! grogna celle-ci. Il n'y a pas de fantômes ici, d'abord.

Star et Jade s'esclaffèrent de plus belle.

Quand la limousine arriva, Misty et moi les avons regardées partir. À voir la tête qu'elle faisait, Misty aurait donné cher pour partir avec elles.

— Tu n'es vraiment pas obligée de rester avec moi, lui ai-je assuré. J'ai bien réussi à dormir toute seule, hier. J'y réussirai aujourd'hui.

— Quand c'est décidé, c'est décidé, martela-t-elle pour toute réponse. Ça va très bien se passer, pour moi comme pour toi. On va bavarder, bavarder, bavarder jusqu'à ce qu'on tombe de sommeil. Ça va aller, tu vas voir.

— Je crains de ne rien avoir de très joli à te prêter pour dormir, l'ai-je prévenue. Je n'ai que des chemises de nuit en gros coton épais.

— Je vais sans doute flotter dedans, mais ça ira. Je ne comprends pas pourquoi je ne grandis pas, s'interrogea-t-elle tout à coup. À mon avis, mes hormones sont parties en vacances prolongées le lendemain de mes douze ans.

— Mais tu es très bien, lui ai-je répondu en riant. Tu es très m...

— Ne t'avise pas de dire « mignonne », me prévint-elle, en me brandissant son index sous le nez.

— ... menue, me suis-je reprise.

Elle sembla jouer avec le mot dans sa tête, puis fit la grimace et soupira.

— Je suppose que je ferai toujours dix ans de moins. Ma mère dit que c'est une véritable bénédiction, que je n'en verrai vraiment les avantages que lorsque j'aurai trente ans. Mais, d'ici là, quelle poisse ! Allez ! Allons suspendre ces nouveaux rideaux !

Nous avons éteint les lumières et gravi lentement les marches.

— Peut-être que tu pourrais me lire les lettres de ta mère, après, me suggéra-t-elle. À moins que tu ne trouves ça trop personnel.

J'ai réfléchi un moment en silence.

— Après tout ce que nous nous sommes dit, chez le docteur Marlowe, et après le pacte que nous avons signé ensemble, la confiance mutuelle que nous nous sommes jurée, rien ne peut plus être trop personnel, de toute façon.

Elle s'immobilisa, tout à coup, pour me dévisager.

— C'est exactement ce que je ressens ! s'exclama-t-elle, ravie. Mais c'est cool de te l'entendre dire. C'est génial que tu y croies aussi.

— J'y crois.

Elle sembla brusquement rassérénée et monta les dernières marches d'un pas décidé, sans plus la moindre trace d'appréhension.

— Eh bien, si le fantôme de Géraldine vient hanter la maison, cette nuit, on le jettera dehors, affirma-t-elle en se dirigeant directement vers ma chambre.

Je la regardais gravir l'escalier devant moi et je me disais que c'était la première fois qu'une amie venait passer la nuit chez moi. Géraldine n'avait jamais aimé l'idée qu'un inconnu puisse dormir chez elle, pas plus qu'elle n'approuvait l'idée que j'aille dormir chez des gens qu'elle ne connaissait pas. Cette fois, elle allait sûrement se retourner dans sa tombe et même en sortir pour venir nous flanquer la peur de notre vie. Je me disais : *Mais qu'elle vienne, qu'elle vienne donc ! Nous sommes prêtes à la recevoir.*

Du moins je l'espérais…

Une fois les nouveaux rideaux suspendus et le couvre-lit assorti en bonne place, nous nous sommes toutes les deux douillettement installées sous les couvertures et j'ai pris la première enveloppe sur le dessus de la pile que j'avais posée sur ma table de chevet. J'ai sorti la lettre et je l'ai dépliée avec soin – le papier était devenu si fragile avec le temps qu'il serait sûrement tombé en poussière, si je n'avais pas fait attention. Je ne voulais surtout pas le déchirer : c'était le seul lien qu'il me restait avec mon passé.

Chère Cathy, ai-je lu à haute voix.

J'imagine que tu as eu tout le temps de lire la première de mes lettres. J'espère de tout cœur que tu les auras toutes

lues avant que nous n'ayons enfin l'occasion de parler
seule à seule. Je serai, bien sûr, ravie de répondre à toutes
tes questions. Je sais qu'elles seront nombreuses. J'en
aurais beaucoup à poser, moi aussi, si j'étais à ta place.

La première qui vient naturellement à l'esprit, je sup-
pose, est celle qui concerne la raison pour laquelle j'ai
voulu te garder. À peine avais-je posé les yeux sur toi que
j'étais folle de joie de l'avoir fait, cela va de soi. Je ne peux
pas concevoir la vie sans toi, maintenant.

— Dis donc ! C'est vachement gentil de te dire ça, souffla Misty. Tu te souviens, le jour de notre première séance
de thérapie, quand j'ai dit que mes parents avaient essayé
de me renvoyer d'où je venais mais qu'il était trop tard ?
Je suis sûre que, maintenant, s'ils pouvaient revenir en
arrière, ils ne feraient pas d'enfants. Toi, au moins, elle
t'a voulue. Et elle voulait encore de toi, même après ta
naissance.

J'ai hoché pensivement la tête et repris ma lecture :

Les relations entre hommes et femmes sont très compli-
quées, Cathy. C'est quelque chose que tu devras apprendre
toute seule, je le crains. J'espère seulement que je serai
encore là pour t'épauler dans les moments les plus difficiles.
Je ne suis pas sûre que Géraldine soit armée pour t'aider à
surmonter le genre de crises qu'une jeune fille peut être ame-
née à traverser.

— Ah ça ! s'écria Misty. Elle ne pouvait pas mieux
dire !

Comme je te l'écrivais, dans ma première lettre, mes
parents – et tout particulièrement ma mère – pensaient
sincèrement que j'apprendrais à aimer Franklin. Mais
l'amour ne naît pas dans le cerveau. Il vient d'un endroit
bien plus profond, bien moins rationnel. Il ne suffit
pas d'étudier quelqu'un, de mémoriser ses petites manies,
ses habitudes et de s'évertuer à devancer ses moindres désirs
pour l'aimer. Ce n'est pas ce qu'on peut appeler de l'amour,
non.

Que nous voulions l'admettre ou non, nous, les femmes,
avons vraiment besoin de passion et d'affection pour être
heureuses. Nous aimons être câlinées, chouchoutées. Nous

avons besoin de nous sentir désirées et de savoir un homme à nos petits soins. C'est merveilleux de voir son visage s'éclairer quand nous entrons dans une pièce. Cela fait chaud au cœur de le savoir prêt à faire tout son possible pour nous montrer combien il nous aime. Malheureusement, Franklin n'en a jamais été capable. C'est un homme bon, un homme droit, un homme respectueux, mais ce n'est pas un homme passionné. Ce n'était peut-être pas bien de ma part de regarder ailleurs et de laisser la voix de mon cœur parler plus fort que celle de ma conscience et de ma raison, mais c'est pourtant ce que j'ai fait.

Parfois, j'ai voulu croire que Franklin savait parfaitement ce que je faisais. Cela me déculpabilisait de penser qu'il le savait et même qu'il l'acceptait parce qu'il reconnaissait que mon amant m'apportait ce qu'il n'aurait, lui-même, jamais pu me procurer. Je me disais : Franklin veut juste que je sois heureuse et il est prêt à fermer les yeux, si mon bonheur est à ce prix. C'était sans doute idiot de penser une chose pareille ou, comme je l'ai déjà dit, c'était peut-être une façon de justifier mon infidélité. Mais je me suis effectivement laissée aller à le croire.

Je tiens à ce que tu comprennes, à la lecture de cette lettre, combien il est important de ne se donner qu'à un homme que l'on aime vraiment de toute son âme et qui soit vraiment capable de nous donner son amour en retour, dans tous les sens du terme. Se résoudre à accepter moins, c'est se condamner à une vie de malheur et d'intense frustration qui peut conduire au désastre, sous une forme ou sous une autre. Que je te serve d'exemple, à cet égard.

J'ai fait preuve d'une telle insouciance, dans ma liaison, que je n'ai pas pris les précautions qui s'imposaient. Je pense, maintenant, que, au plus profond de mon cœur, je ne le voulais pas. Oui, si horrible et si choquant que cela puisse te paraître, je voulais sentir l'enfant de mon amant grandir dans mon ventre. C'était peut-être aussi ma façon de me confesser. Quand, au fond de soi, on est vraiment quelqu'un de droit, quand bien même notre faute pourrait facilement demeurer impunie, on ressent toujours le besoin impérieux de l'avouer. On le doit, de toute façon, tôt ou *tard. Souviens-toi bien de ce que je te dis là, Cathy : ne te leurre pas en croyant que l'on peut échapper à sa propre conscience. C'est une voix en toi qui ne se tait qu'avec la mort. Tu l'entendras dans ton sommeil aussi longtemps que tu vivras.*

Ma gorge s'était serrée. Je ne pouvais plus parler. J'ai regardé Misty, allongée à côté de moi, tout ouïe, les yeux fixés sur le mur, une expression d'extrême concentration sur le visage. Elle semblait captivée. Réalisant que je m'étais interrompue, elle se tourna vers moi. Nous nous sommes dévisagées en silence.

— Qu'est-ce que tu vas penser ? s'écria-t-elle. Ce n'était pas un péché : ce n'est pas comme si on l'avait tuée. On a fait ce qu'on devait faire pour te protéger. Qu'est-ce que ça change qu'elle repose en paix je ne sais où ?

J'ai hoché la tête, mais j'avais le cœur lourd, écrasé de culpabilité, une culpabilité dont j'aurais tant aimé me libérer un jour.

— C'est une très belle lettre, commenta Misty. Je suis tout à fait d'accord avec ce qu'elle dit à propos de l'amour. Mais ne t'arrête pas. Ce n'est pas tout, si ?

— Non, non.

J'ai détourné les yeux et, les rivant sur la feuille de papier jauni, j'ai poursuivi ma lecture :

Je crois même savoir très exactement quand tu as été conçue. C'était par un vendredi pluvieux. Franklin était parti en voyage d'affaires et ton père est venu me rejoindre à la maison. Dois-je te dire, maintenant, de qui il s'agit ? Mes doigts tremblent. Ne vais-je pas créer encore plus de dommages, blesser encore plus de gens ? As-tu le droit de le savoir ? Oui, bien sûr. Quoi qu'il advienne après cela, ce ne sera que la conséquence de ma faute. Surtout, surtout, ne te reproche jamais quoi que ce soit. Tu n'y es pour rien.

Ton père était le frère cadet de Franklin, Alden. À dire vrai, il n'avait que cinq ans de plus que Géraldine. Est-ce que cela laisse entendre que je les « prenais au berceau », comme on dit ? J'espère que non. En fait, Alden était beaucoup plus mûr et plus sage, émotionnellement, que la plupart des jeunes gens de son âge. Il n'en a pas moins fait le malheur de ses parents et surtout de Franklin qui était, de tous, le plus dur avec lui – avant même qu'il ne sache qu'Alden et moi étions devenus amants. Alden ne voulait pas faire carrière dans les affaires. Il nourrissait une véritable passion pour la musique et il composait. Il jouait merveilleusement du piano. Combien de nuits n'a-t-il pas joué rien que pour moi !

Il avait fait le Conservatoire et remporté de nombreux prix prestigieux. Il gagnait sa vie en donnant des leçons particulières. Il n'avait aucune ambition. La richesse et le pouvoir ne l'intéressaient pas. C'était un homme merveilleux : un peu poète, romantique… Un rêveur, je suppose. Et il était très beau. J'espère bien que tu tiendras de lui, Cathy, et que tu hériteras de toutes ses merveilleuses qualités. Oui, je l'espère vraiment.

Quoi qu'il en soit, avant de commencer la lecture de ces lettres, j'imagine que tu n'auras jamais beaucoup entendu parler d'Alden. Il ne faisait nullement la fierté de la famille et on évitait de prononcer son nom, autant que faire se pouvait. C'était un peu comme si ses ambitions créatrices personnelles étaient considérées comme un signe de démence. Peut-être était-il un peu fou, c'est vrai. Mais tous les gens créatifs ne le sont-ils pas ? Quant à moi, je trouvais son désintérêt pour les choses matérielles et pour tout ce que Franklin et sa famille jugeaient si important tout à fait charmant. Il était… rafraîchissant, aussi rafraîchissant que peut l'être une brise de fin d'été, douce mais vive, et il avait un sourire qui pouvait émouvoir les cœurs les plus endurcis… Oui, même celui de Géraldine.

Il passait beaucoup de temps avec elle. Il essayait de lui faire découvrir le piano. Elle a même pris des leçons avec lui. Mais je crois qu'elle l'a fait davantage pour jouir de sa compagnie que par amour de la musique. Elle jouait passablement bien, mais, du jour où elle a découvert notre liaison, elle n'a plus jamais touché un piano.

Je sais que Géraldine s'est sentie trahie, plus encore par Alden que par moi. L'affection qu'elle éprouvait, son amour pour lui, sincère et profond, a tourné à la haine. À tel point qu'elle refusait, sauf nécessité impérieuse, de lui adresser la parole. Elle l'évitait autant que possible. Elle n'a même pas assisté à son enterrement.

Tu as entendu parler de sa mort, bien sûr, mais comme d'une tragédie familiale et non personnelle, telle que tu dois la vivre, en ce moment, en apprenant la disparition de celui qui était ton père.

Mes joues sont inondées de larmes qui me brouillent trop la vue pour que je puisse poursuivre. Je vais devoir remettre la suite à plus tard. Je voulais te parler de cette fabuleuse nuit que nous avons passée ensemble, la nuit où tu as été conçue. Je crois que je vais devoir garder cela pour ma prochaine lettre.

L'amour peut être si douloureux parfois. J'en viens presque à envier Géraldine. Elle est si dure. Elle m'a dit, un jour, qu'elle n'avait besoin ni d'aimer ni d'être aimée. Je sais qu'elle parlait sous le coup de la colère et parce qu'elle était frustrée de n'avoir jamais connu un amour sincère, de ne s'être jamais brûlée aux feux de la passion. Mais il y a des moments où je préférerais qu'il en ait été de même pour moi.

Et puis, je pense à l'immense solitude qu'elle doit ressentir et cela me crève le cœur. À la vérité, à chaque fois que je la regarde, je suis écrasée de culpabilité. J'ai fait, en partie, son malheur et la plus belle musique et tous les plus beaux sentiments du monde ne peuvent m'ôter cela de l'esprit. C'est une cicatrice indélébile, une cicatrice au cœur.

Tu es mon unique espoir de rédemption. Je sais que tu seras une femme merveilleuse, une femme pleine d'amour et de compassion, mais, Cathy, je t'en prie, ne cesse jamais de chercher, avant d'avoir trouvé quelqu'un qui emplisse ton cœur de tant de bonheur et de joie que tu ne puisses plus respirer sans le sentir à tes côtés.

J'aimerais croire que tu me le devras.

À bientôt,

Maman.

J'ai posé la lettre et regardé Misty. Elle s'essuyait les joues.

— Qu'est-ce que c'était beau ! hoqueta-t-elle, entre deux sanglots étouffés.

Elle se redressa et braqua ses yeux rougis sur la lettre.

— Alors, maintenant, tu sais qui est ton père – enfin, était, je veux dire. Qu'est-ce que tu sais de lui ?

— Presque rien. Géraldine ne parlait jamais de lui et je ne l'ai jamais vu sur aucune photo. Je sais où est sa tombe et je sais qu'il a été tué dans un accident de voiture. Je sais aussi qu'il était ivre, à ce qu'on m'a raconté. C'est ce qu'elle veut dire quand elle parle d'une tragédie familiale.

Je me suis tue, pensive.

— Je ne sais même pas à quoi il ressemblait, ai-je ajouté, en secouant la tête.

— Ouah ! Eh bien, on va fouiller la maison de fond en comble pour trouver des photos, d'accord ?

— Comment ? Oh ! oui, oui.

— Peut-être qu'il y en avait dans un des cartons que tu as trouvés dans ce fameux cagibi ?

— Oui, peut-être. J'ai vu des vieilles photos jaunies dans une boîte à cigares.

— J'y retournerai et je descendrai tout. On pourra jouer aux explorateurs. On s'amusera bien, tu verras.

Elle s'interrompit pour réfléchir.

— C'était bizarre, le passage sur Géraldine, reprit-elle. Ta mère semblait penser que Géraldine était amoureuse d'Alden aussi. Mais c'était son oncle. Elle a sans doute été seulement choquée et terriblement déçue qu'il ait osé coucher avec sa mère. Les hommes peuvent se montrer si décevants, soupira-t-elle.

Je me suis contentée de hocher la tête, puis j'ai plié délicatement la lettre et je l'ai rangée avec les autres.

— Tu n'en lis pas une autre ?

— Je suis fatiguée.

— Moi aussi. Mais j'ai passé une super-journée. On s'est bien amusées, non ?

— Oui.

Je me suis tournée pour éteindre la lampe de chevet.

— Tu sais que tu as fermé ta porte ? me fit-elle remarquer.

— Oui.

— Mais il n'y a que nous deux dans la maison.

190

— L'habitude. Tu veux que j'aille l'ouvrir ?

— Non, non, ça va aller... je crois.

J'ai éteint la lumière. Nous sommes restées un long moment allongées dans le noir, les yeux grands ouverts. Quand je l'ai regardée, elle avait l'air sur le qui-vive.

— Dis donc, qu'est-ce qu'elle craque, ta baraque !

— C'est juste le vent. C'est une vieille maison, tu sais.

— Alors, forcément...

— Bonne nuit, Misty. Merci de rester avec moi, cette nuit.

— Bonne nuit.

Elle se coucha sur le côté. Il y eut, soudain, un bruit en bas que je ne reconnus pas et je sentis tout son corps se raidir.

— C'est le vent ? me demanda-t-elle. Cat ?

— Je suppose.

— Tu « supposes » ?

— Oui, ce n'est que le vent.

— C'est curieux comme, dans le noir, on perd tout à coup toute son assurance, hein ?

— Tu veux que je laisse une lampe allumée ?

— Seulement si c'est ce que tu veux, toi, me répondit-elle.

J'ai réprimé un sourire. Je me suis levée pour aller allumer la lampe au-dessus du lavabo, dans ma salle de bains, et j'ai entrebâillé la porte pour laisser un rai de lumière filtrer dans ma chambre.

— C'est mieux comme ça ?

— Bien mieux. Bonne nuit.

— Bonne nuit.

— Ta mère, souffla-t-elle soudain. Ta vraie mère, je veux dire. Elle a l'air très gentille.

— Oui.

— Dommage que tu ne puisses pas faire ce qu'elle aurait voulu : la rencontrer après avoir appris la vérité sur ta naissance. Ce n'est pas juste. Rien de tout ça n'est juste, renchérit-elle.

Elle me prit la main et la serra dans la sienne. La seconde d'après, elle dormait.

Je riais en moi-même.

Je me disais : *Juste, pas juste ! Comme s'il pouvait y avoir une justice en ce monde ! Quelle illusion ! Illusion à laquelle nous avons pourtant toutes cru, apparemment. Enfin ! Je ne suis plus seule, à présent. Je ne suis plus seule. Et l'avenir ne me fait plus peur.*

10

Le secret de Géraldine

Sans doute rassurées de nous savoir côte à côte, une fois endormies, nous ne nous sommes plus réveillées de la nuit. Et je n'ai pas fait de cauchemars non plus. Le lendemain matin, Misty s'est levée avant moi. À peine debout, elle avait retrouvé toute son énergie habituelle et jacassait déjà comme une pie. Il fallait, disait-elle, que nous nous dépêchions de prendre notre petit déjeuner : elle s'était fixé une mission et elle avait bien l'intention de la remplir au plus vite. C'est qu'elle «avait du pain sur la planche!» : toute la décoration intérieure de la maison – ou du «club», comme elle l'appelait – à revoir! Est-ce que je me «rendais bien compte du boulot que ça représentait»? J'avoue que je préférais ne pas l'imaginer…

Nous étions en train de mettre la table, quand Star et Jade ont appelé. Jade avait une voix endormie, comme si elle venait de se réveiller, mais Star semblait en pleine forme. Chacune promit de faire de son mieux pour arriver au plus tôt. Quand elles ont sonné à la porte, Misty et moi avions déjà presque fini de repeindre le couloir.

— On a découvert qui était son père, leur a aussitôt annoncé Misty. Sa mère le dit dans la deuxième lettre. C'était son beau-frère, Alden. Tu avais raison, Jade : il était plus jeune qu'elle. Mais il est mort avant elle quand même. Il s'est tué dans un accident de voiture. Conduite en état d'ivresse, soupira-t-elle.

Elle leur avait tout débité d'une seule traite, sans même me laisser placer un mot. Ne sachant trop quelle attitude adopter, Star et Jade me dévisageaient en silence, attendant manifestement ma réaction. *Qu'est-ce que je suis censée faire ?* me suis-je demandé. *Qu'est-ce que je suis censée ressentir ?* Je ne l'avais pas connu. Je ne me souvenais même pas de l'avoir jamais vu, ni de lui avoir parlé. Comment aurais-je pu éprouver de la tristesse, des regrets ou un quelconque sentiment à son égard ?

— Dès que j'en aurai fini ici, enchaîna Misty. Je vais remonter dans le cagibi. Il y a peut-être des photos de lui dans un des cartons. Et puis, je descendrai aussi le reste pour que Cat puisse choisir ce qu'elle veut mettre dans sa chambre. Depuis le temps ! Ce ne sera pas trop tôt !

— Ravie de voir que tu décides de tout toute seule, comme une grande, persifla Jade avec hauteur.

— On en a discuté ensemble, cette nuit, si tu veux savoir, se rebiffa Misty. Pas vrai, Cat ?

— Si, si.

Mais ma réponse ne sembla pas satisfaire notre présidente.

— Toutes les nouvelles importantes doivent être immédiatement portées à la connaissance générale, aboya-t-elle.

— Qu'est-ce que tu voulais qu'on fasse ? Qu'on t'appelle au beau milieu de la nuit ? lui rétorqua Misty, en brandissant son pinceau à bout de bras.

Nous avions mis des feuilles de papier journal pour protéger le sol. À voir l'état dans lequel nous étions nous-mêmes, l'idée s'avérait excellente : nous avions les vêtements couverts de taches et le visage et les mains barbouillés de peinture, laquelle dégoulinait allégrement du flambeau de notre statue de la Liberté locale.

— Bien sûr que tu aurais dû appeler ! Tu sais parfaitement que nous sommes toutes partie prenante dans cette affaire et donc toutes concernées. Cat avait pour mission de chercher tout renseignement susceptible de l'éclairer sur son passé et de nous en faire un rapport détaillé. As-tu déjà oublié notre serment et l'engagement que nous avons pris chez moi ? la chapitra Jade.

— OK, OK, je suis désolée. Dis donc ! C'est pis qu'à l'école, ici, avec toutes ces punitions et toutes ces règles à respecter !

— Ou nous faisons front commun, ou le C.O.A.P. n'a plus au-cu-ne rai-son d'être, martela Jade.

J'ai jeté un coup d'œil en coin à Star. Elle qui, d'habitude, avait toujours réponse à tout – particulièrement quand il s'agissait de défier l'autorité de Jade –, demeurait étonnamment muette.

— Maudits soient les secrets de famille ! maugréa Jade. Ils nous tombent dessus comme s'il en pleuvait : une véritable hécatombe !

Et, sur ces bonnes paroles, elle se dirigea vers la cuisine au pas de charge.

— Je vais faire du café, lança-t-elle par-dessus son épaule.

— Ben, qu'est-ce qu'elle a ? chuchota Misty en se penchant vers Star. Son mascara a coulé, ce matin, ou quoi ?

— D'après ce que j'ai compris, ses parents sont finalement tombés d'accord pour le divorce, nous expliqua-t-elle en se rapprochant pour parler à voix basse. Son père a subitement décidé de renoncer à tout et d'abandonner la garde à son ex. Il est en train de se faire construire une nouvelle maison et il a rencontré quelqu'un d'autre : une femme qui a déjà une fille de l'âge de Jade et un fils qui est encore au collège. Ils vont emménager tous les trois chez lui. Jade a appris ça tard, hier soir. Pour elle, ça a dû être un véritable coup de théâtre. Mais, en fait, ça devait déjà faire un bon moment que ça durait…

— Oh ! ai-je soufflé en lorgnant vers la cuisine. Pas étonnant qu'elle ait fait cette allusion à propos des secrets de famille. Mais je croyais qu'elle avait horreur que ses parents se disputent à son sujet et qu'elle serait ravie quand cette histoire de garde serait enfin réglée.

— Eh bien, oui et non, me répondit Star avec un regard en coin pour Misty. Ce n'est pas désagréable de sentir que tes parents t'aiment aussi fort l'un que l'autre, même s'ils se battent comme des chiffonniers pour le prouver. Ça devait lui procurer un certain sentiment de sécurité, aussi. Maintenant que c'est fini, elle doit se sentir un peu abandonnée. Sa mère parle de fêter ça, mais Jade ne veut pas en entendre parler.

— Ce n'est pas moi qui vais lui jeter la pierre, compatit Misty. Je ne supporte pas quand ma mère saute de joie parce qu'un truc dans le divorce tourne mal pour papa.

Elle observa Jade un moment, puis se retourna vers Star.

— Désolée de ne pas vous avoir appelées, cette nuit, mais c'est seulement quand Cat a lu cette deuxième lettre que…

— Oh! ça m'est égal, moi. Et je ne crois pas que Jade soit vraiment fâchée à cause de ça non plus. Ne t'en fais pas. Elle est énervée, c'est tout. On n'a qu'à la mettre au boulot, ça ira mieux. C'est une super-idée de transformer complètement la chambre de ta sœur, me dit-elle. Vu l'humeur, ce matin, ça va nous faire du bien de tout virer, ajouta-t-elle en riant.

À son retour, Jade lorgna d'un œil critique les murs du couloir.

— C'est du travail bâclé, cracha-t-elle, cinglante. Vous savez qu'on est censé mettre du ruban adhésif pour protéger les endroits que l'on ne veut pas peindre?

— Tiens! lui rétorqua Misty en lui tendant son pinceau. Tu feras ça beaucoup mieux que moi. Je vais en profiter pour retourner dans le cagibi.

Jade posa les yeux sur le pinceau et recula d'un pas comme si c'était la chose la plus répugnante qu'elle ait jamais vue.

— Je passe, dit-elle avec une grimace dégoûtée, en donnant le pinceau à Star. Surtout avec ce que je porte.

— Tu n'as qu'à emprunter un jean et un sweat-shirt à Cat, lui suggéra Misty.

— Toi, occupe-toi de ce que tu as à faire, lui répliqua Jade. Tu ne crois tout de même pas que tu vas mener tout le monde à la baguette comme cela longtemps, non!

Elle jeta un coup d'œil horrifié au pot de peinture, puis ajouta :

— De toute façon, je prends mon café, pour l'instant.

Et elle s'empressa de regagner la cuisine.

Nous avons toutes éclaté de rire. Star a remplacé Misty, le temps qu'elle aille chercher l'escabeau pour l'installer dans l'arrière-cuisine, puis elle l'a aidée à descendre les cartons que nous avons transportés dans le salon.

— Non mais, regardez ça ! s'est exclamée Misty, qui tenait à la main la poupée à la tête défoncée. Quelqu'un a dû passer ses nerfs dessus.

— Tiens donc ! On se demande qui…, lâcha Jade, tout en fouillant dans le carton de vêtements. Certains articles ont encore leur étiquette. Aucun n'a jamais été porté.

— Elle m'a dit qu'elle n'avait pas voulu me les donner pour ne pas entrer dans le jeu de ma mère, leur ai-je expliqué. Elle m'a dit que ma mère essayait tout simplement d'acheter mon affection.

— C'est exactement ce qu'ils essaient de faire, approuva Jade, en plissant ses beaux yeux verts, qui prenaient des reflets dorés quand elle se mettait en colère. Et nous nous laissons faire, la plupart du temps. Mon père a décidé de m'acheter une nouvelle voiture avec l'argent de son compte personnel – ce qui est censé faire passer en douceur sa décision de vivre dorénavant avec une autre femme et une autre famille, je présume. Peut-être Géraldine a-t-elle eu raison de cacher toutes ces prétendues preuves d'affection au grenier, en définitive…

— Je ne trouve pas, moi, dit doucement Misty. Cat en aurait sûrement eu bien besoin…

Je n'ai pas pris part au débat. Assise dans mon coin, la boîte à cigares sur les genoux, je regardais fixement le couvercle en silence. Lentement, très lentement, je l'ai ouverte et j'ai sorti la première photo. Elle représentait Géraldine assise devant un piano. Un homme se tenait debout à côté d'elle. Il souriait.

— C'est sûrement Alden, mon père, ai-je murmuré.

Elles se sont aussitôt regroupées autour de moi.

— D'après ma mère, il donnait des leçons de piano à Géraldine.

— Dis donc, il était plutôt pas mal ! s'exclama Misty. Tu as son nez et sa bouche.

J'ai regardé les autres photos. La plupart représentaient Géraldine et mon père. L'une d'entre elles était déchirée. On avait manifestement fait disparaître quelqu'un.

— Pas besoin de se creuser pour savoir qui était à côté de lui, ironisa Star.

— Pourquoi n'en ferais-tu pas autant ? me suggéra Jade. Choisis la meilleure photo de lui et découpe-la pour faire disparaître Géraldine. Après, tu pourras la mettre dans un joli cadre, sur ta table de chevet, par exemple.

— Bonne idée ! applaudit Misty.

J'ai dévisagé cet homme qui était soi-disant mon père, l'amant de ma mère. Il était beau, avec ses yeux rieurs et ses cheveux châtain clair, juste assez longs pour lui donner un petit air romantique.

— Charmant sourire, commenta Jade. Tu devrais sourire plus souvent, Cat. Tu aurais ce sourire-là. Ma pauvre Cat ! ajouta-t-elle en posant la main sur mon épaule. Tu viens enfin de retrouver ton père, mais c'est pour apprendre que tu l'as déjà perdu.

J'ai senti son corps se raidir à côté de moi. J'ai levé les yeux vers elle.

— C'est mieux comme cela, crois-moi, soupira-t-elle. C'est moins pénible que de devoir le perdre des années plus tard.

— N'exagère pas : tu n'as pas perdu ton père, Jade, lui fit gentiment remarquer Misty. Tu vas pouvoir le voir de temps en temps. Je suis sûre que tu passeras encore de super-moments avec lui, tu verras.

— Oh ! certes. Des moments privilégiés, et de qualité, je n'en doute pas, lui répondit-elle avec aigreur. Je connais la chanson. Il aura ses jours de visite et il essaiera d'y concentrer l'équivalent d'une semaine, voire même d'un mois d'absence, sans cesser pour autant de regarder sa montre, en se demandant ce que sa nouvelle femme et sa nouvelle petite famille peuvent bien être en train de faire sans lui. Merci, mais je crois que je préférerais encore être dans la situation de Cat. Elle, au moins, elle a dépassé le stade des larmes : on ne peut pas pleurer sur ce que l'on n'a jamais eu.

— N'empêche qu'il fallait vraiment être vache pour lui avoir caché ça, tout ce temps, insista Misty.

Jade haussa les épaules. Elle était si amère que rien ne semblait devoir lui redonner le sourire.

Star me prit les photos des mains pour les ranger dans leur boîte.

— Assez de nostalgie pour aujourd'hui ! lança-t-elle. Je crois que, maintenant, on est toutes dans l'état d'esprit idéal pour refaire à neuf la chambre de Géraldine. Prêtes ?

— Prête, répondit Jade, en se redressant vaillamment.

— Tout à fait de ton avis, renchérit Misty. Allons-y !

J'ai commencé à secouer la tête, mais Star m'a arrêtée d'un geste.

— Il est trop tard pour reculer, maintenant, Cat, m'a-t-elle prévenue. Remonte tes manches et suis-nous. En avant !

Elles sont sorties du salon en rang serré. Je leur ai emboîté le pas, sans trop savoir à quoi m'attendre, mais avec la désagréable impression d'être comme un train lancé sur des rails : condamné à ne jamais s'en écarter, où qu'ils dussent le mener.

Les filles ont commencé par s'attaquer aux rideaux et à la literie de Géraldine. Moins de cinq minutes plus tard, fenêtres et matelas étaient à nu. Puis elles ont débattu de la couleur idéale pour repeindre la pièce.

— Ou rose ou bleu ciel, décréta Misty. Ça ne peut être que l'un ou l'autre.

— Eh bien, moi, je dis qu'on va la peindre en noir, annonça subitement Jade.

— Quoi ? s'écria Star. En noir ? Non mais, tu es malade ! Une pièce tout en noir ! Où tu as vu jouer ça, toi ?

— Ce sera notre temple, notre sacristie, l'antre de nos rituels, s'exaltait Jade en arpentant la pièce. Que pourrions-nous bien faire d'une chambre à coucher, de toute façon ? Nous allons la vider de tous ces meubles bon marché et acheter des gravures et d'autres objets symboliques de notre ordre.

— Du genre ? lui demanda Star.

— J'ai déjà ma petite idée sur la question, lui répondit Jade d'un ton mystérieux. Petite mais excellente, au demeurant. Faites-moi confiance.

Elle s'immobilisa soudain pour nous faire face.

— Eh bien ? Vous ne voulez donc pas que nous ayons un sanctuaire : un endroit sacré où nous tiendrons nos assemblées extraordinaires et nos entretiens privés, un lieu où, en dehors de nous, personne ne sera admis ? Oui, personne d'autre n'y sera admis. C'est une nouvelle règle du C.O.A.P., une règle capitale.

— Toi et tes jardins secrets ! railla Star.

Jade la fusilla du regard sans mot dire, attendant sa réponse. Elle n'allait pas tarder à perdre patience.

— D'accord, d'accord, capitula Star.

— Misty ?

— Ça me semble… intéressant.

— Cat ?

— Qu'est-ce qu'on va faire des meubles ? lui ai-je timidement demandé.

— Nous les donnerons à l'Armée du Salut ou à je ne sais qui. Peu importe. C'est le cadet de nos soucis. Si nous voulons vraiment expurger cette maison de la présence de Géraldine, alors, il faut le faire et le faire bien, insista-t-elle.

Elle parcourut la pièce des yeux, un petit sourire aux lèvres.

— Parfait, murmura-t-elle avec un hochement de tête satisfait. Le rendez-vous secret idéal. Mettons-nous à l'ouvrage ! Misty, tu vas aller chercher la peinture avec Star. De la peinture noire mate, basique, des litres. Et des pinceaux et des rouleaux en plus, ordonna-t-elle. Cat et moi allons vider tiroirs et placards et mettre les vêtements de Géraldine dans des sacs pour les donner au Secours populaire, sauf ceux dont nous pourrions avoir besoin pour une raison ou pour une autre. Je suis d'accord avec toi, Misty : l'une d'entre nous se trouvera peut-être amenée à jouer le rôle de Géraldine, de temps en temps.

200

« Eh bien ? s'impatienta-t-elle, en constatant notre manque de réaction. Qu'est-ce que vous attendez ? Un autre référendum ?

Misty se tourna vers moi. J'ai regardé le lit de Géraldine. Les murs peints en noir ? Tous les meubles dispersés ? Ce serait un peu comme si elle n'avait jamais existé... J'ai hoché la tête.

— Je ne sais pas ce que tu mijotes, Jade, mais ça n'a pas intérêt à être un truc louche, sinon je ne marche pas, la prévint Star.

Jade s'esclaffa.

— Comme si nous n'avions rien fait de louche jusqu'à présent !

Elle se rembrunit subitement.

— Nous devons continuer à nous construire, à développer notre confiance en nous-mêmes, à nous souder, à cimenter notre union. À nous quatre, nous valons mieux que les familles dans lesquelles nous sommes nées. Ensemble, nous serons plus fortes.

— Ça me plaît, ça, s'enthousiasma Misty. Ensemble, nous serons plus fortes. Super-slogan ! Je vais nous faire imprimer des T-shirts.

Jade hocha la tête.

— Bravo, Misty ! Maintenant, tu penses vraiment comme une O.A.P. Eh bien, Miss Star ?

Star secoua la tête en riant.

— Vas-tu nous aider à repeindre, Miss Beverly Hills, ou vas-tu te contenter de nous regarder travailler ?

Jade prit la blouse de Géraldine, qui était pendue à l'intérieur de la porte du placard. Elle l'enfila par-dessus ses vêtements et se tourna vers nous.

— Quand vous voulez, nous dit-elle.

— OK. Viens, Misty, dépêchons-nous avant qu'elle ne se rende vraiment compte de ce qu'elle vient de dire.

Elles se précipitèrent dans l'escalier en riant.

Géraldine avait porté cette blouse si longtemps que je ne me souvenais pas de l'avoir vue sans. Je n'aurais jamais osé la mettre, ni même seulement envisager de la lui emprunter. Mais Jade n'avait aucune raison d'éprouver les mêmes réticences que moi.

— Commençons par les tiroirs, décréta-t-elle. Ce serait dommage de jeter par mégarde un objet de valeur.

Comme, déjà, elle ouvrait le premier tiroir de la commode, je me suis finalement décidée à joindre mes efforts aux siens. À la façon dont elle se mit alors à piocher dans les vêtements de Géraldine, on aurait dit qu'elle plumait un poulet. Elle les jetait pratiquement aussitôt, comme s'ils étaient infectés par quelque maladie contagieuse, et une pile commençait à se former sur le sol. Quand elle arriva au troisième tiroir, elle se figea et se tourna vers moi.

— Tss, tss, tss ! fit-elle. Mais qu'avons-nous donc là ?

— Qu'est-ce que c'est ?

Avec une lenteur délibérée, elle sortit du tiroir un ravissant balconnet à armatures en fine soie brodée.

— Voilà qui a dû faire des merveilles pour sa poitrine quasi inexistante, railla-t-elle en soulevant le soutien-gorge du bout de l'index.

J'ai secoué la tête.

— Elle... Elle n'a jamais pu porter une chose pareille ! ai-je bredouillé, complètement ahurie.

Jade me l'envoya à la figure en riant, avant de se replonger dans le tiroir.

— Oh ! mais il y a mieux, dit-elle en me présentant un body de velours et de satin noirs avec un soutien-gorge ampliforme à armatures, des épaulettes amovibles et un string. J'ai dû voir ce genre de petites choses dans le catalogue de Victoria's Secret, à moins que ce ne soit chez Chantal Thomass.

Elle me le lança comme le précédent et piocha un autre soutien-gorge, réduit à sa plus simple expression, plusieurs strings et un élégant maillot en lycra pain brûlé à pois. Il y avait aussi deux bodies sans manches avec une taille en filet résille. Un gris perle et un noir.

— Comment aurait-elle pu porter ça ? me suis-je exclamée. Je ne comprends pas ce que ça fait là, ni comment ça a pu arriver ici.

— Voilà qui explique peut-être pourquoi elle tenait tant à fermer la porte de sa chambre, à toute heure du jour et de la nuit, conjectura Jade, tout en vidant le tiroir. Il faut croire qu'elle avait ses propres fantasmes…

Ses yeux se plissèrent en apercevant la table de chevet, derrière moi. Elle me jeta un coup d'œil, puis me contourna pour aller ouvrir le tiroir. Mais elle eut beau tirer sur la poignée, il ne bougea pas d'un pouce.

— Zut ! Tu as une idée de l'endroit où elle aurait pu cacher la clef ?

— Je ne sais pas. Peut-être dans son sac ?

Je suis allée prendre le sac de Géraldine pour en renverser le contenu sur le plateau de la commode. Pas trace de clef – hormis celles de la maison, bien sûr.

— Oh ! après tout, fit Jade en haussant les épaules.

Elle se dirigea vers le placard et, après avoir fouillé quelques instants, en sortit un chausse-pied métallique qu'elle alla planter entre le tiroir et la traverse pour tenter de forcer la serrure. Pendant qu'elle s'y échinait, je fouillais dans la boîte à bijoux de Géraldine et tout ce qui me tombait sous la main et qui aurait pu contenir la fameuse clef. Je me suis retournée, en entendant Jade maugréer qu'elle n'y arriverait jamais. Elle tenait le chausse-pied à la main. Il était presque plié en deux. Elle s'assit par terre, découragée.

— Je vais devoir descendre chercher un marteau ou un tournevis, me dit-elle, s'apprêtant déjà à se relever.

C'est alors qu'elle se figea subitement. Un petit sourire malicieux illumina son visage.

— Qu'est-ce qu'il y a ?

— Tiens, tiens, tiens ! Regardez ce que nous avons là, chantonna-t-elle en passant la main sous le lit. Une charmante petite clef qui se balance au bout d'une ficelle accrochée aux ressorts du sommier.

Elle tira sur la ficelle qui, comme par hasard, était juste assez longue pour atteindre la serrure du tiroir. Elle y introduisit la clef et la tourna. Elle me jeta alors un coup d'œil par-dessus son épaule. J'ai secoué la tête en signe d'ignorance.

— Je ne vois pas ce qu'elle pouvait bien avoir à cacher, lui ai-je avoué, répondant à son regard interrogateur.

Elle a ouvert le tiroir. Cédant à la curiosité, j'ai claudiqué jusqu'à elle.

— Ah! évidemment! lâcha-t-elle d'un air consterné, en secouant la tête.

— Qu'est-ce que c'est?

— Tu ne t'en doutes pas?

— Pas du tout.

Elle plongea la main dans le tiroir et en ressortit une pile de magazines et de livres.

— De la littérature pornographique, m'annonça-t-elle. Et des manuels d'éducation sexuelle.

Comme je haussais les sourcils avec effarement, elle ajouta:

— Illustrés.

J'ouvrais des yeux comme des soucoupes.

— Géraldine! Géraldine lisait ces... cette...

C'était si choquant que j'en perdais mes mots. Je me demandais si je n'avais pas changé de dimension. Le réel devenait par trop irréel, tout à coup.

— Non! ai-je soufflé, abasourdie.

— Si! s'exclama Jade avec un petit sourire sarcastique. Notre vertueuse sainte Géraldine menait une double vie. Alors même qu'elle refusait que tu aies un maillot de bain et que tu portes un short ou des vêtements ajustés qu'elle jugeait trop suggestifs, derrière cette porte close, elle était Madame X en personne. Quelle hypocrite! conclut-elle, en jetant magazines et livres qui allèrent rejoindre le tas de lingerie fine.

— Plus rien ne pourra me surprendre, désormais, ironisa-t-elle en ouvrant la penderie.

Quant à moi, j'étais demeurée clouée sur place, trop stupéfiée pour être capable du moindre mouvement. *Mais qu'est-ce que ça veut dire? Qu'est-ce que ça veut dire?* me répétais-je intérieurement.

— Viens voir là, m'interpella Jade.

Elle avait poussé tous les vêtements et se tenait dans le coin de la penderie.

204

— Viens voir ! s'impatienta-t-elle, alors que je la rejoignais déjà.

Je me suis penchée. Là, dissimulé derrière manteaux, vestes et robes, apparaissait un petit coffre encastré dans le mur.

— Je suppose que tu ne connais pas la combinaison, me dit-elle.

— Je ne savais même pas qu'il était là.

— Cela ne va pas être commode à ouvrir, ce genre de petite chose, grommela-t-elle en s'agenouillant pour inspecter le pourtour du coffre.

Je me suis encore approchée pour l'examiner de plus près.

— Va donc jeter un œil à l'intérieur du tiroir de la table de nuit, m'ordonna-t-elle. Cherche une série de chiffres écrits quelque part. Puisqu'elle le fermait à clef, ce tiroir, ce serait l'endroit rêvé. Enfin, on peut toujours essayer.

J'ai sorti tout ce que je trouvais à l'intérieur, étudiant un à un chaque objet. Il y avait là une petite lampe de poche ; quelques boîtes de médicaments contre les refroidissements et les maux de tête – de ceux qui sont délivrés sans ordonnance ; une boîte de pastilles pour la toux ; un stylo ; des lunettes ; une paire de ciseaux et un gratte-dos télescopique, mais ni bout de papier ni calepin. Il n'y avait rien d'écrit sur le bloc-notes à côté du téléphone non plus. Je suis retournée inspecter le contenu de son sac sur le dessus de la commode.

— Rien, ai-je annoncé à Jade, comme elle sortait de la penderie.

Elle resta un moment immobile, les mains sur les hanches, réfléchissant en silence.

— Il faut absolument que nous trouvions la combinaison, s'entêta-t-elle.

— Autant chercher une aiguille dans une botte de foin.

— C'est possible, mais nous devons la trouver. Il faut penser comme elle. J'ai vu ce film, un jour, où le détective essayait de se mettre dans la peau du tueur, de penser comme lui, pour le retrouver.

J'ai dû réprimer un sourire. On aurait dit Misty. En tout cas, elle semblait tellement captivée par nos découvertes qu'elle en avait oublié ses tracas. L'expression d'amertume et de dépit qui assombrissait son beau visage avait disparu. En l'admirant à la dérobée, je me suis dit : *C'est déjà ça.*

— Elle était sûre que tu ne viendrais pas fouiller ici : cette porte n'a même pas de verrou, analysa-t-elle, en la désignant d'un hochement de tête. Cela dit, telle qu'elle t'avait dressée, ce seuil était aussi infranchissable qu'une porte blindée. Pourtant, elle fermait le tiroir de sa table de chevet à clef. Pourquoi ? Peut-être à cause de ton père adoptif, hasarda-t-elle, faisant, comme Géraldine, les demandes et les réponses. Il est fort probable qu'il ne connaissait pas la combinaison du coffre non plus.

— Crois-tu qu'il était au courant pour le reste ? lui ai-je demandé, en agitant la main vers le tas de magazines et de sous-vêtements.

Elle réfléchit brièvement, puis secoua la tête.

— Non, je ne crois pas. Surtout après ce que tu nous as dit à propos de leur relation…

Elle parcourut la pièce des yeux et soupira.

— Tu as raison : si elle l'a écrit quelque part, ce peut être n'importe où. Dans une autre pièce, même, qui sait ? On ne peut pourtant pas rendre les armes sans avoir combattu, s'obstina-t-elle en commençant à regarder derrière les meubles et sous le lit.

Elle enleva même tous les tiroirs de la commode pour en examiner le fond et les côtés. J'ai fait autant de recherches que j'ai pu, de mon côté. Au bout de plus d'une demi-heure à tout retourner dans tous les sens, nous nous sommes effondrées sur le matelas de Géraldine, découragées.

— Ce doit être dans un endroit qui crève les yeux, songea Jade à haute voix.

Elle balaya du regard les appliques, le plafonnier, les fenêtres, les murs.

— Un jour, à l'école, j'ai eu tellement peur d'oublier la combinaison du cadenas de mon casier de vestiaire que je suis allée l'écrire en tout petit sur le mur, dans les toilettes des filles, au-dessus de la cuvette du premier box, en entrant. Et si nous inspections les murs ? proposat-elle en se levant pour se mettre au travail, sans même avoir attendu ma réponse.

Je me suis chargée du mur opposé. Nous avions pratiquement le nez collé à la paroi.

— Qu'est-ce que vous fabriquez toutes les deux, là, exactement ? nous demanda Star.

Nous étions si concentrées que nous n'avions pas entendu Misty et Star rentrer, ni même monter l'escalier. Elles étaient plantées sur le pas de la porte, les bras lestés de gros sacs, et nous regardaient, bouche bée.

— Nous cherchons la combinaison du coffre que j'ai découvert dans la penderie, leur répondit Jade. Je pensais que Géraldine aurait pu l'inscrire sur le mur.

— Un coffre ? s'écria Misty.

— Oh ! ce n'est pas la seule découverte que j'ai faite, renchérit Jade, en désignant du menton la pile de lingerie, par terre.

Star s'en approcha à pas lents, s'agenouilla, puis examina un à un les sous-vêtements. Elle souleva ensuite un magazine, puis un des livres et laissa échapper un long sifflement.

— Est-ce que je me trompe ? C'est bien ce que je crois ? demanda-t-elle à Jade.

— Absolument, lui répondit Jade. Géraldine était Madame X en personne. Dans l'intimité, bien sûr.

— Ouah ! s'exclama Misty, les yeux écarquillés.

Elle se tourna vers moi, incrédule.

— Je n'en savais rien, me suis-je aussitôt défendue.

— Et qu'est-ce qui te fait penser qu'elle aurait écrit la combinaison du coffre sur le mur ? s'enquit Star.

Jade lui exposa sa théorie. Elle avait à peine terminé que nous nous retrouvions toutes les quatre, le nez collé au mur, à chercher des numéros inconnus. Après environ vingt minutes de recherche infructueuse, Star déclara forfait.

— Ça ne rime à rien, conclut-elle. On ne pourrait pas le forcer, plutôt ?

— Va voir par toi-même, lui répondit Jade.

Star s'exécuta sans rechigner.

— Impossible, à moins de le dynamiter, soupira-t-elle en secouant la tête. Tu as une petite idée sur ce qu'il contient ? me demanda-t-elle.

— Je ne savais même pas qu'il y en avait un. Alors, comment veux-tu que je sache ce qu'il y a dedans ?

— La seule façon de le savoir, c'est de l'ouvrir, trancha Jade.

— Non ? Comment j'ai fait pour ne pas y penser plus tôt ? lâcha Star, en se tournant vers Misty pour la prendre à témoin.

La pauvre Misty se racla la gorge, ses yeux allant de l'une à l'autre avec un regard incertain.

— Et si on le laissait tomber de la fenêtre sur un gros rocher, peut-être qu'il s'ouvrirait tout seul ? suggéra-t-elle.

— J'en doute fort, maugréa Jade.

— Bon. On ne peut pas passer des heures à chercher des numéros, s'impatienta Star. On ferait mieux d'avancer un peu dans nos travaux de peinture. Tu n'as pas oublié que tu dînes à la maison et que tu restes dormir après ? me dit-elle.

— Non, non.

Je lui ai souri.

Jade grogna de frustration et se planta devant la table de chevet, examinant le contenu du tiroir. Elle fouilla dans les boîtes de médicaments, scrutant la liste des composants, décortiquant les notices.

— Où aurait-elle bien pu noter une combinaison ? marmonnait-elle.

— Délaie la peinture, Misty, ordonna Star. On t'a acheté un beau rouleau tout neuf, Miss Jade.

Mais, trop occupée à passer le contenu du tiroir au peigne fin, Jade ne se retourna même pas. Elle avait pris la lampe de poche et l'examinait sous toutes les coutures.

— Quand Miss Beverly Hills voudra bien se décider à nous aider, nous serons ravies de faire ce qu'elle nous a demandé, chantonna Star avec un sourire faussement serviable et une lueur ironique dans les prunelles.

Jade pointa la lampe sur elle.

— Tais-toi, félonne, ou je te fais disparaître d'un coup de rayon laser ! déclama-t-elle en allumant la torche… qui ne s'alluma pas.

Elle la secoua, essaya de nouveau – sans plus de succès – et la jeta sur le lit en soupirant.

— Tu as de la chance que mon arme mortelle ne fonctionne pas.

— Géraldine était bien trop méticuleuse pour supporter le moindre appareil en panne. Souvenez-vous de son obsession des inventaires, leur ai-je alors fait remarquer.

Jade me regarda fixement un moment, puis, un petit sourire malicieux sur les lèvres, plongea sur le lit pour récupérer la lampe de poche. Elle en dévissa le culot et jeta un coup d'œil à l'intérieur. Son sourire s'élargit. Elle y glissa le petit doigt et en ressortit un minuscule rouleau de papier qu'elle brandit tel un trophée.

— Voilà pourquoi elle ne fonctionnait pas ! exulta-t-elle.

Elle le déroula dans un silence haletant : chacune retenait son souffle.

— C'est la combinaison, nous annonça-t-elle avec un calme olympien. Pas bête !

D'un signe de tête, elle m'invita à la suivre dans la penderie. Je m'exécutai aussitôt, Star et Misty sur les talons. Elle s'agenouilla devant le coffre et commença à tourner les molettes en composant les chiffres inscrits sur le bout de papier. Il y eut un déclic. Elle leva vers moi un regard triomphant, puis tira doucement sur la petite porte blindée. Je me suis rapprochée.

Elle a d'abord sorti une grosse liasse de billets de banque retenus par un élastique.

— Que des coupures de cinquante, déclara-t-elle en examinant la liasse. Voilà qui fait beaucoup d'argent… des milliers de dollars, sans doute.

— Tant mieux, lâcha Star. J'avais peur qu'on soit obligées d'augmenter les cotisations du club.

Misty s'esclaffa. Pendant ce temps, Jade avait replongé la main dans le coffre pour en extraire une pochette de velours noir. Elle en vida le contenu sur le sol : des bagues, des bracelets, des pendants d'oreilles et deux luxueuses montres de femme, le tout scintillant de diamants, d'émeraude et de rubis.

— Ça devait appartenir à ta mère, me dit Misty.

— Je suppose. Géraldine ne portait jamais de bagues et elle avait horreur des montres. Je ne l'ai jamais vue avec des boucles d'oreilles non plus.

— C'est à toi, maintenant, affirma Star.

— Il y a des papiers, aussi, nous informa Jade, qui feuilletait un épais paquet de documents. Acte de propriété de la maison, certificat de mariage, quelques bons du Trésor... Et d'un montant tout à fait honorable...

— Bon, OK. Cat est riche. Et maintenant, au boulot ! nous intima Star. C'est qu'on doit partir dans moins de trois heures, Cat et moi.

— Attendez ! s'écria Jade. Il y a encore quelque chose tout au fond.

Elle allongea le bras et sortit une grande enveloppe de papier kraft d'allure officielle. Elle me décocha un petit coup d'œil interrogateur et, comme je hochais la tête, la retourna pour l'ouvrir et en extraire plusieurs feuilles imprimées.

— Alors ? s'impatienta Star.

— Ce sont des papiers d'adoption.

— Bon ben, rien de neuf sous le soleil. On sait bien que Cat a été adoptée.

— Ah oui, mais là. Pour une surprise, c'est une surprise ! souffla Jade en secouant la tête d'un air incrédule.

Elle nous tendit les documents.

— Ce ne sont pas les papiers d'adoption de Cat, nous dit-elle.

— Hein ? lâcha Star.

— Non, ce sont ceux de Géraldine. D'après ce qui est écrit là, Cat, non seulement elle n'était pas ta mère, mais elle n'était même pas ta demi-sœur. Ta mère l'avait adoptée.

— Quoi ?

Jade poursuivit sa lecture.

— Elle a été adoptée ici, en Californie.

Elle leva de nouveau les yeux vers moi.

— Officiellement, renchérit-elle, elle n'a aucun lien de parenté avec toi.

— Tant mieux ! se réjouit Star. C'est aussi bien qu'elle n'ait pas une seule goutte de sang en commun avec cette maudite sorcière. Tu es d'accord, Cat, hein ? me demanda-t-elle, en me prenant par les épaules.

Je ne savais que lui répondre. Toutes ces révélations, assenées coup sur coup, m'avaient littéralement assommée. C'était comme si, à chaque nouvelle découverte, j'avais fait plusieurs tours sur moi-même, tant et si bien que j'avais le vertige : tout tournait autour de moi. Le monde me semblait sens dessus dessous.

— Je ne comprends pas. On a dû faire une confusion ou une erreur quelconque. Quelqu'un s'est trompé de ligne ou de nom. Ça aurait dû être le mien.

Star prit les papiers des mains de Jade et les inspecta minutieusement, avant de me les présenter.

— Tu n'as qu'à regarder, me dit-elle. C'est tamponné et signé. Son nom et la date apparaissent en plein d'endroits différents. Personne ne s'est trompé.

J'ai à mon tour étudié le document : aucun doute n'était permis.

— Mais elle n'a jamais… même pas la moindre allusion… ai-je bredouillé, complètement désorientée. Personne… jamais…

— Et rien n'aurait pu t'y faire penser, dans les lettres que tu as lues jusqu'à maintenant, corrobora Misty.

Je l'ai regardée, l'œil hagard, hochant mécaniquement la tête d'un air absent.

— C'est peut-être dans les suivantes, hasarda Jade. Cela n'a plus beaucoup d'importance, maintenant, de toute façon, affirma-t-elle. Elle est morte. Il faut que tu oublies tout cela, Cat, que tu tires un trait sur tous les cauchemars de ton passé.

— Je n'ai jamais vu la moindre ressemblance entre vous, de toute façon, m'assura Star.

— Ô mon Dieu ! s'écria Misty en écarquillant les yeux. Nous nous sommes toutes les deux regardées.

— Mais elle aurait pu épouser Alden ! Ce n'était pas vraiment son oncle. Pas étonnant qu'elle en ait fait une maladie !

— Oui, lui ai-je répondu d'une voix songeuse. Oui, oui. Je commençais à comprendre tant de choses, à présent.

— Tiens, voici l'argent, me dit Jade en me donnant la liasse de billets. Et les bijoux de ta mère. Autant que tu les gardes dans ta chambre, maintenant.

J'ai pris ce qu'elle me tendait, parcouru encore une fois les documents officiels que je tenais toujours à la main, puis je les lui ai rendus pour aller m'asseoir sur le matelas de Géraldine. Elle referma le coffre et tourna les molettes.

Elles sont toutes venues se planter devant moi, sans mot dire. J'ai jeté un coup d'œil à la pile de lingerie sexy, et je les ai regardées.

— Je me suis trompée sur tout le monde, ai-je murmuré. Personne n'était qui il était. Tout le monde m'a menti.

— Nous sommes toutes dans le même cas, me fit remarquer Jade. La seule différence, c'est que, pour toi, c'est fini.

Elle lança à Misty et à Star un coup d'œil sinistre.

— Pas pour nous.

Chacune demeura un long moment plongée dans ses mornes pensées. Star fut la première à reprendre ses esprits. Comme d'habitude, elle se servait de sa colère, y puisant son énergie pour la canaliser dans l'action.

— Bon. On la repeint cette pièce ou on reste là, à se plaindre et à se lamenter sans rien faire ? Je croyais qu'on n'avait besoin de personne, de toute façon.

— Exact, approuva Misty.

Jade hocha fermement la tête.

— Exact, répéta-t-elle.

— Eh bien, allons-y, Princesse Jade, lui dit Star en lui mettant d'office un rouleau dans la main.

— Il nous faut de la musique! s'écria tout à coup Misty, avant de se précipiter dans le couloir pour aller allumer la chaîne hi-fi.

Quelques minutes plus tard, les basses faisaient vibrer toute la maison. Star pirouetta, en brandissant son rouleau dans les airs, et Misty jerka à ses côtés, toutes les deux chantant en play-back avec le disque. Nous nous sommes regardées, Jade et moi, et nous avons éclaté de rire.

Les secrets nous tombaient dessus comme s'il en pleuvait, avait-elle dit. Peut-être qu'elle avait raison : peut-être que mes tempêtes à moi étaient finies.

Ou peut-être ne faisaient-elles que commencer...

11

Vulnérable

Avec la découverte de tous ces secrets de famille, dans lesquels nous avions toujours vécu, et de tous ces mensonges, qui avaient jusqu'alors constitué notre seule réalité, le sol que nous foulions devenait de plus en plus instable. C'était comme si, à chaque pas, la terre menaçait de s'ouvrir sous nos pieds pour nous précipiter dans le vide. Nous tomberions alors, dans un concert de hurlements et de sanglots, chute vertigineuse qui ne cesserait que lorsque nous toucherions le fond, dans un heurt violent avec ce roc rude et froid qu'est la vérité quand il nous faut la regarder en face, la vérité sur ce que l'on est réellement et sur ce que l'on a fait de sa vie. Même entourés, aimés, soutenus par une famille unie, les jeunes de notre âge se débattaient déjà avec les questions qui nous tourmentaient toutes : qui suis-je ? que suis-je censé devenir ? Alors, nous qui ne pouvions nous fier à nos propres parents...

Quand on en est enfin quitte – quand on est enfin sorti de l'enfance ; débarrassé des anniversaires avec bougies, pile de cadeaux et, en fond sonore, ces voix familières qui chantent les louanges du petit prodige promis à un bel avenir ; délivré des années de scolarité à se coincer les jambes sous un bureau de taille croissante et à apprendre par cœur, réciter, obéir et faire le singe devant un jury de professeurs, de conseillers d'éducation et d'administratifs de tous poils... –, on ne s'en sent pas moins inadapté, seul, vulnérable et nu, dans un monde aussi impitoyable que terriblement exigeant.

Parfois, on se raccroche à ses parents, comme un naufragé à une bouée de sauvetage. Mais quand on les regarde dans les yeux, c'est leur impatience que l'on voit et tous ces espoirs qu'ils fondent en nous. On les entend presque penser : *Tu devrais nager tout seul, maintenant. Tu ne feras que nous entraîner avec toi vers le fond, sinon.*

Si on a de la chance, beaucoup de chance, on trouve quelqu'un que l'on aime et qui nous aime en retour. Alors, la solitude et la peur reculent dans les cintres, en coulisse. Mais souvent, semble-t-il – d'après ce que nous avions toutes vécu, du moins –, on fait le mauvais choix et juste quand on croyait être suffisamment en sécurité pour lâcher prise, on se retrouve ballotté, tournoyant sans fin, à deux doigts de couler à pic, une fois de plus.

Mais que se passe-t-il quand vous n'avez jamais eu de famille aimante pour vous épauler ? Quand tous vos anniversaires n'ont été, pour vos parents, que de mauvais moments à passer ? Quand tous vos cadeaux ne vous ont été donnés qu'à contrecœur – quand vous en avez eu ? Quand toutes vos bougies ont été mouchées un peu trop vite ? Quand, alors que vous tendiez la main pour attraper la bouée, on ne vous a lancé qu'un boudin tout dégonflé, en vous laissant vous débrouiller tout seul ?

Et si, émergeant enfin des ténèbres, en quête de lumière, d'espoir et d'un avenir meilleur, vous n'aviez trouvé, pour vous guider, qu'un prisme de mensonges tournoyant indéfiniment jusqu'à vous étourdir et vous projeter, comme une toupie, dans un tourbillon de souvenirs dont vous saviez, désormais, qu'ils n'étaient qu'autant d'illusions ? Dans quel fleuve vous laver les mains ? À quelle source puiser l'eau qui nettoiera votre visage souillé de larmes pour lui redonner l'éclat de la joie ? Où aller pour de nouveau entendre la chaleureuse mélodie d'un rire ? Où chercher, jusqu'en quels tréfonds creuser, pour trouver, en vous-même, quelque moment de bonheur à partager – pour peu que vous ayez déjà réussi à trouver quelqu'un avec qui le partager ?

Comment faire la différence entre vous et cette vague silhouette sans nom que vous croisez, parfois, dans le reflet d'une vitrine ? Pourra-t-on vous blâmer, après cela, d'arrêter tout le monde, d'interroger chaque passant, chaque relation, si lointaine soit-elle, chaque inconnu même, avec ces mots toujours identiques : Savez-vous qui je suis ? Savez-vous où aller pour trouver la réponse à cette question ?

Je n'avais pour mère qu'une petite pile de lettres jaunies. Je n'avais pour père qu'un fantôme capturé sur de vieilles photographies, un visage sans voix, une main sans chaleur, des yeux qui ne m'avaient jamais vue, des oreilles qui ne m'avaient jamais entendue. Je n'avais pour toute famille que des lambeaux d'illusion, des écheveaux emmêlés qui s'étaient même trompés mutuellement.

Mes amies et moi avions commencé à défaire tous ces nœuds et à lever le voile sur ces douloureuses découvertes : ma mère n'était pas ma mère, mais ma demi-sœur ; ma demi-sœur n'était pas ma demi-sœur, mais une parfaite inconnue sans plus de passé que moi... Que se serait-il passé si, un jour, lorsque j'étais encore enfant, elle avait soudainement interrompu ce qu'elle était en train de faire pour se tourner vers moi et me dire : « Cathy, il est temps que tu connaisses enfin la vérité. Il est temps que nous cessions de marcher sur un lac gelé qui menace constamment de nous engloutir pour retourner sur la terre ferme. »

Que serait-il arrivé si elle avait consenti à me faire le plus beau cadeau qui se puisse imaginer : mon nom, ma véritable identité, la chance d'être une personne et de savoir faire la différence entre une silhouette anonyme et mon propre corps ? Qu'est-ce qui l'en avait empêchée ? Qui avait-elle voulu punir ? Ou était-elle tout simplement si pleine de haine que tout acte d'amour, si ténu soit-il, ait été au-dessus de ses forces ?

Bâillonnée, pieds et poings liés par la mort, elle gisait sous la terre froide et noire, au fond de notre jardin, comme quelque pièce à conviction ensevelie : n'aurait-elle pas pu facilement prouver, par son existence même, la culpabilité de tous ceux qui avaient fait d'elle ce qu'elle était devenue ? Mais il valait mieux ne pas y penser. *Oh ! ne pense pas à elle, Cathy. Passe-toi la main sur le front et chasse ces pénibles souvenirs, comme on lave une tache infamante. Fais comme si tu venais de renaître. Allume de nouvelles bougies, Cathy, et refoule les ténèbres.*

Telles étaient mes réflexions tandis que je travaillais aux côtés de mes chères sœurs de miséricorde. Quant à elles, elles bavardaient, plaisantaient, chantaient et riaient, s'emplissant constamment les yeux et les oreilles pour tenir leurs propres démons en respect. Géraldine disait toujours : « Tu n'as qu'à travailler d'arrache-pied. Comme ça, tu ne penseras plus à tes problèmes. » Elle n'avait pas tort, quoiqu'elle n'eût assurément jamais imaginé être du nombre.

— Eh bien voilà ! s'écria Jade, interrompant brusquement mes méditations.

Elle tournait lentement sur elle-même, examinant le résultat de notre ouvrage. Toute la chambre, y compris le plafond, était d'un noir uni. Avec Star et Misty, elle avait tout déménagé : elles avaient démonté les lits, les étagères et même ôté tous les tiroirs de la commode, de la coiffeuse et des tables de chevet. La pièce était complètement vide. Tous les meubles et tous les vêtements étaient entassés sur le palier, en haut de l'escalier.

— Demain, j'appellerai l'Armée du Salut, déclara-t-elle d'un ton résolu.

Elle se tourna vers moi.

— Y a-t-il quoi que ce soit qui lui ait appartenu et que tu voudrais garder ? me demanda-t-elle.

— Non, lui ai-je répondu sans hésiter.

— Bon.

Elle examina la porte avec attention.

— Ne peut-on pas la fermer à clef ?

— Pourquoi ? me suis-je étonnée.

— Cette pièce sera notre sanctuaire, notre temple : il est hors de question que quelqu'un entre ici, même par accident.

Star vint à son tour inspecter la porte.

— Tu n'as qu'à changer la poignée pour en mettre une qui se bloque toute seule, diagnostiqua-t-elle.

— Très bien. J'en achèterai une en venant demain.

— Eh bien, on peut y aller alors. C'est qu'il est déjà tard, nous fit remarquer Star.

Nous nous sommes toutes lavées et je me suis changée pour aller chez sa grand-mère, sans oublier de préparer un petit sac pour la nuit. J'avais beau me raisonner, je ne parvenais pas à calmer mon angoisse : je n'avais jamais dormi chez des gens, pas même chez mes « grands-parents ».

Jade a commandé sa limousine, en précisant au chauffeur où il devait nous conduire, Star et moi, après les avoir ramenées, Misty et elle. Je ne pouvais pas m'empêcher de trembler en fermant à clef la porte d'entrée.

Jade fut la seule à s'en rendre compte, je crois.

— Ce sera de plus en plus facile, tu verras, me chuchota-t-elle à l'oreille, en m'étreignant fugitivement la main. Sous peu, tu ne penseras même plus à elle du tout.

Nous sommes toutes montées dans la limousine. Je serrais mon sac sur mes genoux, comme un parachute, et je regardais droit devant moi, dans l'attente du grand saut.

— J'espère que vous allez suivre les règles du C.O.A.P. et faire, toutes les deux, attention à ce que vous mangez, nous dit Jade en regardant Star avec insistance.

— Quand tu l'inviteras chez toi, tu t'occuperas du menu, lui rétorqua Star. Soit dit en passant, ton buffet ne faisait pas particulièrement dans l'allégé. En tout cas, je te remercierais de ne pas nous dire, à Mamie et à moi, ce que nous devons ou non avoir à souper.

Elle me lança un regard excédé et secoua la tête.

— Je voulais juste… reprit Jade.

— Tu voulais juste quoi ? Régenter la vie de tout le monde ?

— Oh ! Et puis, à quoi bon ? On ne peut aider que celui qui veut l'être, soupira-t-elle en quêtant du regard l'assentiment de Misty. Tu sais que tu n'as pas enlevé toute la peinture que tu avais sur le visage, j'imagine, enchaîna-t-elle sans transition. Tu as du noir sur la tempe gauche. Comment diable t'y es-tu pris pour te salir ici ?

Misty haussa les épaules.

— Si ma mère me pose des questions, je lui dirai que j'ai aidé à repeindre une niche ou un truc comme ça. Cesse donc de te faire du souci pour tout, tout le temps !

— Tel que c'est parti là, grommela Jade, il semblerait que personne ne soit décidé à se soucier de quoi que ce soit, sauf moi, dans ce club. Enfin ! À quelle heure rentrerez-vous demain ? demanda-t-elle à Star.

— Voyons, voyons… lui répondit l'intéressée d'un air songeur. Quand on aura fini de se faire faire les ongles des pieds, après notre soin du visage, notre massage et notre manucure, on ira déjeuner au Polo Club et, ensuite, on…

— OK, OK. Cesse de faire l'idiote et dis-moi plutôt à quelle heure vous voulez que je vienne.

Star me lança un coup d'œil indécis, haussa les épaules et répondit :

— Disons vers midi.

Jade fixa ensuite un rendez-vous avec Misty pour passer la chercher, puis chacune des deux fut déposée chez elle, comme prévu. C'est quand nous nous sommes retrouvées seules dans la limousine, Star et moi, que j'ai vraiment senti l'anxiété me gagner.

— Est-ce que ta grand-mère va me poser des questions ? lui ai-je demandé.

— Sans doute. Et n'essaie pas de lui mentir : elle a un détecteur de mensonges dans la tête.

— Oh ! formidable ! ai-je grogné. Et qu'est-ce que je vais faire, si elle m'interroge sur Géraldine ?

— Tu n'as qu'à lui dire la vérité, sauf sa bienheureuse disparition et son enterrement un brin expéditif, bien sûr, me conseilla-t-elle. Ne t'inquiète pas. Elle n'est pas du genre à fourrer son nez dans les affaires des autres. Elle se sent juste concernée. Dieu merci ! ajouta-t-elle, en se mettant subitement à regarder par la vitre de la portière. Sans elle, je ne sais pas ce qu'on serait devenus. Rodney aurait sans doute fini dans un orphelinat et moi, sur le trottoir.

— Tu ne parles pas sérieusement, j'espère ?

— Cat, quand il ne te reste plus que ça, tu n'as pas vraiment le choix. Mais laisse tomber. On a tout ce qu'il nous faut, maintenant. Je t'ai, toi, et tu m'as, moi, et c'est pareil pour Misty et Jade.

— Oui, c'est vrai. Nous avons cette chance-là.

La grand-mère de Star possédait un appartement au rez-de-chaussée d'un immeuble de Venice Beach. Cet emplacement lui permettait d'avoir accès à un petit lopin de terre recouvert d'une pelouse anémique – souvent jonchée d'ordures de toutes sortes, au dire de Star.

— Mamie se charge de l'entretenir comme elle peut. Ça m'est même arrivé de la voir passer avec des vieux pneus qu'elle allait jeter je ne sais trop où. Je me demande où elle trouve encore la force de les porter. Et inutile de chercher à l'en dissuader : on s'esquinte la voix pour rien. Elle se contente de secouer la tête en disant : « Fais ce que tu dois, advienne que pourra. » Elle est comme ça, Mamie !

Au même moment, la limousine se rangea le long du trottoir. Star habitait un quartier pauvre de Venice, un endroit triste et misérable où tout avait l'air vétuste, insalubre, à l'abandon. La plupart des maisons auraient eu besoin d'un bon ravalement. Le ciment des allées était lézardé, s'effritait par endroits ou tombait même en morceaux. Les barrières étaient cassées ; les murets, éboulés, et certaines portes d'entrée pendaient lamentablement sur un seul gond rouillé. De temps en temps se dressait pourtant une maison, si ce n'est pimpante, du moins bien entretenue. La grand-mère de Star n'était donc pas la seule à tenter de garder son carré de pelouse et ses quatre murs en état.

— Mamie dit qu'on est trop près de l'océan, ici. L'air de la mer ronge tout.

Quel contraste avec la propriété des Lester ! ai-je pensé. Star avait raison : nous avions beau nous efforcer de faire clan, nous ne venions pas de la même planète.

Nous sommes descendues de voiture pour entrer dans l'immeuble. Un énorme graffiti balafrait le mur d'entrée.

— Ah ! encore un nouveau ! s'exclama Star. Demain

matin, Mamie sera encore là à frotter comme une malade. Ne lui en parle pas maintenant. Ce sera autant de temps de gagné.

Elle appuya sur la sonnette.

— J'ai oublié ma clef, m'expliqua-t-elle.

Quelques instants plus tard, Rodney venait nous ouvrir. Star avait traité son frère de «grande perche». Elle n'avait pas tort: bien qu'il fût de huit ou neuf ans son cadet, il était presque aussi grand qu'elle. Il avait le même nez et les mêmes yeux. S'il avait conservé quelque innocence ou un reste d'enfance, il le cachait bien: son regard était aussi noir, aussi méfiant et provocateur que celui de sa sœur. Il tordit la bouche en coin et tourna la tête pour crier:

— C'est juste Star et sa copine.

— On dit bonjour, Rodney, le tança Star. C'est ce qu'on fait en premier, au lieu de brailler qui est là dans tout l'immeuble. Et on se présente, ajouta-t-elle avec une telle sévérité et d'un ton si cinglant que j'en ai tressailli.

— Pardon, a-t-il soufflé. Bonjour. Je m'appelle Rodney.

— Et voici Cathy.

Il a hoché la tête et je l'ai salué à mon tour. Mais j'ai parlé si bas que je n'ai même pas entendu le son de ma voix. Ma timidité a dû le rassurer un peu: il a souri.

— Tu t'es cassé la jambe? m'a-t-il demandé.

— Non, je me suis seulement fracturé la cheville.

— Oh!

Il avait l'air déçu. Il a brusquement tourné les talons pour remonter le petit couloir en sautillant et s'encadrer dans la porte de la cuisine.

— Star est rentrée, a-t-il annoncé en s'écartant pour nous laisser passer.

Mamie Anthony s'est essuyé les mains sur un torchon et s'est détournée de son évier pour nous accueillir. Les effluves de sa cuisine m'ont chatouillé les narines. Meubles, revêtement de sol, appareils ménagers… tout avait l'air usé jusqu'à la corde. Mais la pièce était d'une propreté étincelante. Notre hôtesse nous a adressé un sourire radieux.

— Bienvenue à la maison, mon p'tit! m'a-t-elle dit.

La grand-mère de Star avait une peau lisse et veloutée avec juste quelques petites rides au coin des yeux et de la bouche. Le regard chaleureux de ses grands yeux ronds me fit fondre.

Elle ne mesurait pas plus d'un mètre soixante, mais elle se tenait bien droite et avait un port de reine. Ses cheveux gris étaient coiffés en un chignon serré sur la nuque.

— Merci de m'avoir invitée, lui ai-je répondu.

— Oh! Tu n'as pas mal, au moins? s'écria-t-elle en voyant mon plâtre.

— Non, non. Je vais très bien.

— Bon. Fais comme chez toi. Y a du poulet, des pommes de terre, des haricots, des épis de maïs et une tourte aux pêches que Rodney m'a aidée à préparer.

— Même pas vrai! glapit Rodney en coulant vers moi un regard embarrassé.

— Tu as coupé les pêches en morceaux, mon chéri, insista-t-elle.

— Oh! c'est rien, ça! se défendit-il en se tordant les pieds.

— Sans se couper, renchérit Star. Ça, c'est un exploit!

— Oh! il n'se coupe jamais, Star. Ne le taquine pas comme ça, voyons!

— D'accord, Mamie. Viens, me dit-elle. Je vais te montrer où poser tes affaires. Je reviens tout de suite pour mettre la table, Mamie.

— C'est déjà fait. Rodney s'en est chargé.

— Pas tout, protesta Rodney.

Manifestement, aider aux tâches ménagères n'était pas, à ses yeux, des plus flatteurs: il n'y avait vraiment pas là de quoi se vanter.

— Merci, frangin, lui lança Star en lui passant la main dans les cheveux.

Mais il recula d'un bond et elle éclata de rire.

En les regardant, je me disais: *Elle a beau le faire marcher et lui faire la morale, il est clair qu'ils s'adorent*. Déjà, j'étais jalouse. L'affection qui existait entre ces trois-là était presque palpable et je me réjouissais de pouvoir m'y immerger, comme on se glisse dans un bon bain chaud, ne serait-ce que le temps d'un dîner.

La chambre de Star était toute petite et si encombrée que les meubles se touchaient. On ne pouvait atteindre son lit que d'un côté parce que l'espace qui restait entre la commode et le pied du lit était trop étroit. Le lit pliant de Rodney était de l'autre côté, contre le mur. Il avait punaisé un poster de Michael Jordan au-dessus de sa tête. Avec les quelques photos découpées dans des magazines sportifs, c'était là la seule décoration de la pièce. *Même ses rêves sont rationnés, dans cette chambre*, ai-je songé avec tristesse. Je me suis aussi dit qu'il devait commencer à dépasser de son lit.

— Tu n'as qu'à poser ton sac sur la commode, me conseilla Star.

Elle ouvrit un petit placard, fouilla quelques instants à l'intérieur et en sortit une robe sans manches en coton marron qui devait lui arriver à mi-mollet.

— Je vais juste passer ça. Mamie m'en voudrait, sinon, m'expliqua-t-elle à mi-voix.

— Oh! peut-être que j'aurais dû mettre quelque chose de plus habillé, me suis-je écriée, confuse.

— Mais non, tu es très bien comme ça. Pourquoi tu n'en profiterais pas pour te laver les mains, pendant que je me change? me proposa-t-elle en m'indiquant la salle de bains, dans le couloir.

Quelques minutes plus tard, je l'entendais frapper.

— Je peux entrer? me demanda-t-elle.

— Bien sûr. J'étais juste en train de me coiffer, lui ai-je répondu, en lui ouvrant la porte.

— Excusez cette intrusion: notre manoir ne comprend qu'une seule salle de bains, plaisanta-t-elle, avant de commencer à refaire ses tresses.

— J'aurais peut-être dû mettre un peu de ces trucs de maquillage que Jade m'a apportés, ai-je murmuré d'un air pensif.

— Pas de ça avec Mamie! Elle a horreur des gens qui se la jouent, et elle le leur fait savoir, tu peux me croire!

Elle se lava les mains et s'accorda un dernier coup d'œil dans la glace, avant de m'entraîner dans le salon où Rodney regardait la télévision. En nous entendant arriver, il leva les yeux vers nous, puis retourna à son émission.

— Qu'est-ce que tu as fait de ta journée, aujourd'hui, Rodney ? lui demanda Star.

— Rien. Juste deux trois parties de croquet avec Sandy, derrière l'école.

— Et ce Cockey, là, il est revenu ?

Rodney sembla hésiter.

— Qu'est-ce qui s'est passé ? insista-t-elle, avant qu'il n'ait eu le temps d'inventer une réponse acceptable.

— Com'd'hab', maugréa-t-il sans la regarder.

— Ce maudit gamin n'a pas l'âge de Rodney qu'il est déjà à la solde d'un dealer. Il essaie tout le temps de harponner ses potes.

— De l'âge de Rodney ?

— Ouais. Il les appâte avec sa liasse de billets. Pas vrai, Rodney ?

— Chais pas, grommela Rodney.

— Mais Rodney est plus malin que lui. Pas vrai, Rodney ?

— Ouais, s'empressa-t-il de répondre.

— Parce qu'il sait que si jamais je l'attrape avec cette cochonnerie sur lui, je le conduis moi-même au poste de police. Pas vrai, Rodney ?

— J'en ai pas pris, se défendit-il d'un ton agressif, avant de se replonger dans son feuilleton.

— J'espère bien que non, marmonna Star. J'espère bien que non, répéta-t-elle dans un souffle, en me regardant dans les yeux.

La terreur que j'y lus me fit frissonner.

Nous avons abandonné Rodney à sa passionnante série télévisée pour aller voir dans la cuisine si nous pouvions nous rendre utiles.

— Tout est déjà prêt ou presque, nous annonça Mamie Anthony. J'espère que t'as bon appétit, mon p'tit, me dit-elle en m'invitant d'un geste à prendre place à table.

— Oh! je n'ai pratiquement rien mangé au déjeuner, alors.

— Ah bon? Comment ça s'fait, ça?

— J'ai été tellement occupée aujourd'hui. On fait des travaux à la maison. Nous-mêmes, ai-je ajouté. Vous savez, ça arrive, quelquefois. On est complètement pris par ce que l'on fait et on en oublie de manger.

Mamie Anthony s'esclaffa.

— Ça, c'est bien vrai. Bon, Star, apporte donc le saladier d'purée.

— Est-ce que je peux vous aider? lui ai-je demandé.

— Oh, non, non! s'écria-t-elle. Tu as déjà bien assez à faire comme ça avec ces béquilles. Rodney Fisher!

L'intéressé s'encadra aussitôt dans la porte.

— On a besoin d'un p'tit coup d'main ici, mon garçon.

Il s'empressa de l'aider à apporter les plats sur la table.

Mon nez ne m'avait pas trompée: les mets étaient aussi savoureux que tous ces délicieux effluves le promettaient. J'avais pourtant du mal à croire qu'un poulet pût avoir autant de goût. Quand Mamie Anthony m'a proposé d'en reprendre, j'ai été incapable de résister. J'ai quand même coulé un petit coup d'œil coupable vers Star. Elle a tout de suite compris que je pensais à Jade et à son sermon sur l'hygiène alimentaire.

— Ne t'inquiète pas pour ça, me chuchota-t-elle.

— Alors, comment ça va ta maman, en c'moment? me demanda Mamie Anthony. Le plus gros est passé?

— Oui, lui ai-je répondu, en espérant que ma voix ne chevrotait pas trop.

— Vous n'avez pas eu la vie facile jusqu'à présent, toutes autant qu'vous êtes, d'après c'que Star m'a dit. Mais elle dit aussi que tout ça va s'arranger. Quand on est jeune, on a l'dos large: on peut en supporter, des choses, si on veut bien. Souviens-toi juste de ça, mon p'tit: après la pluie vient le beau temps et, parfois, après l'orage, on voit apparaître un bel arc-en-ciel. Regarde devant toi, ma fille, et tu verras que rien n'te paraîtra plus si difficile que ça.

— Et il est où, ton arc-en-ciel, Mamie? lui rétorqua Star.

Mamie Anthony lui tapota affectueusement la main.

— Il va venir, mon enfant. Il va venir.

— Mais oui, Mamie ! Et le Père Noël aussi.

— Ne t'en va pas t'décourager comme ça, Star. La moitié du temps, c'est nous qu'on fait s'accumuler nos propres nuages noirs au-dessus d'nos têtes et, après, on s'étonne quand il pleut. Ta mère travaille, Cathy ?

— Non, madame.

— Mais vous avez tout c'qu'il vous faut ?

— Oui, madame.

— C'est déjà la moitié du boulot d'fait. La moitié d'fait, oui. Rodney, tu n'es pas en train d't'essuyer les mains sur ton pantalon, j'espère ?

— Non, Mamie, répondit Rodney en roulant des yeux comme des billes.

— Ou sur ma belle nappe ?

Il secoua la tête.

— Pourtant, tu t'essuies bien les mains sur quelque chose. Et ta serviette n'est même pas dépliée.

— Je ne m'essuie sur rien, Mamie.

— Il s'est tellement léché les doigts qu'ils sont tout propres, railla Star, venant au secours de son frère. Grâce à tes talents de cuisinière, Mamie.

— Oh ! c'est juste un repas bien ordinaire, protesta notre cordon-bleu avec modestie.

Elle se cala contre le dossier de sa chaise, l'air songeur.

— Quand j'étais beaucoup plus jeune, j'ai fait quelques dîners d'première classe, oui. Mon mari était encore vivant, à c't'époque-là, et la maison n'désemplissait pas. C'étaient de vrais festins qu'on avait, en c'temps-là. De vrais festins.

— En ce qui me concerne, c'est un vrai festin, ce soir, lui ai-je assuré.

Elle a souri, et puis elle est devenue grave, tout à coup.

— Est-ce que ta mère sait faire la cuisine ? me demanda-t-elle.

— Elle ne nous a jamais fait de plats compliqués, lui ai-je répondu, contournant, une fois de plus, la difficulté.

— Même du temps d'ton père ?

— Cathy n'aime pas qu'on parle de cette époque-là, Mamie, intervint Star.

— Oh! bien sûr, bien sûr. Je comprends. C'est honteux, quand même. Tous ces malheureux enfants qui n'ont jamais eu d'vraie vie d'famille, comme vous. C'est bien dommage, oui.

— On s'en remettra, marmonna Star.

— Oh! bien sûr, bien sûr, que vous vous en remettrez. Et pourquoi non? Encore un peu d'purée, mon p'tit?

— Oh non, merci. Je suis pleine comme un œuf.

Elle s'esclaffa.

— Tu commences à déteindre sur elle, à c'que j'vois, dit-elle en se tournant vers Star. J'aurais bien voulu avoir de quoi mieux vous coucher, enchaîna-t-elle. Mais les choses étant c'qu'elles sont, Rodney couchera sur le canapé pour cette nuit.

— Ah bon? glapit ce dernier.

— Tu n'peux pas dormir dans la même chambre que les filles, voyons!

— Oh! souffla-t-il en plongeant le nez dans son verre.

— Je ne voudrais surtout pas chasser qui que ce soit, me suis-je affolée.

— Oh! ce n'est pas ça qui va déranger Rodney, me rassura Mamie Anthony. Il aime bien dormir sur le canapé. Parfois, ça lui arrive de s'endormir là. J'n'ai pas l'cœur de l'réveiller.

Nous avons toutes éclaté de rire, mais Rodney a détourné la tête, gêné.

Quel bonheur d'être là, parmi eux; de partager, en si agréable compagnie, ce festin de roi; de sentir autour de moi toute cette affection, cette chaleur qui émanait d'eux et qui m'enveloppait comme un cocon douillet! Quand nous étions arrivées, j'avais d'abord éprouvé un sentiment de pitié pour Star: j'avais presque honte pour elle. Mais, maintenant, c'était plutôt sur moi que je m'apitoyais; sur moi, sur Misty et sur Jade: nous n'avions pas cette chance.

— Cette maison n'ressemble pas à grand-chose quand j'la compare à certains endroits où j'ai vécu quand j'étais jeune, nous dit Mamie Anthony, avant de se lancer dans le récit de tous les voyages qu'elle avait faits avec ses parents, des années auparavant.

Elle avait une façon si vivante de les raconter, un vocabulaire si imaginé aussi, que je pouvais presque revivre ses aventures avec elle.

Nous passions vraiment une excellente soirée. J'avais même réussi à laisser les événements des derniers jours derrière moi : je n'avais pas pensé une seule seconde à Géraldine, aux lettres, ni aux révélations qu'elles contenaient. Je me disais : *Si je pouvais emménager aujourd'hui ici, je le ferais sans hésiter, et je serais trop contente qu'on me laisse dormir sur le canapé, toutes les nuits s'il le fallait.*

Mamie Anthony nous a fait mourir de rire en nous racontant l'histoire d'un de ses cousins dont le père était entrepreneur de pompes funèbres. Un jour qu'il faisait une petite sieste dans un des cercueils, son père avait amené un couple de clients pour leur vanter la qualité de ses services. Quand ils s'étaient penchés sur le cercueil, réveillé en sursaut, le jeune garçon avait brusquement ouvert les yeux. La dame s'était évanouie et le monsieur avait poussé des hurlements, avant de s'enfuir en courant, tandis que le père flanquait à son fils une correction dont, nous affirma-t-elle, il devait se souvenir encore !

J'avais mal au ventre ; Rodney pleurait de rire et Star rayonnait de joie. Soudain, au beau milieu de cette hilarité générale, on sonna à la porte. Nous nous sommes tous figés. Star et sa grand-mère se sont regardées sans mot dire.

— Je vais voir, se dévoua Rodney, jouant son rôle d'homme de la maison à la perfection.

Nous sommes toutes restées immobiles et muettes, attendant en silence la résolution du mystère.

— Bonté divine ! s'écria une voix de femme nasillarde. C'est bien toi ? Regarde-moi ça comment qu't'as grandi !

— Oh non ! lâcha Star avec un air accablé. C'est elle.

— Qui ça ? lui ai-je demandé.

— Ma mère, me répondit-elle d'une voix d'outre-tombe, avant de se retourner vers la porte.

Mamie Anthony et moi avons suivi son regard.

Je fus très surprise de voir entrer une aussi jolie femme. Non seulement elle était jolie, mais, en plus, elle avait une ligne à en faire pâlir plus d'une, et de beaucoup plus jeunes qu'elle. Elle avait l'air de sortir de chez le coiffeur le plus huppé et portait ce qui, à première vue, pouvait passer pour un élégant tailleur de luxe – ce n'est que plus tard que j'ai remarqué les taches et les bords élimés –, avec des escarpins dernier modèle, mais complètement éculés.

Elle avait à la main une petite valise si cabossée qu'elle avait dû tomber de l'avion en route.

— Eh ben, si c'est pas d'la veine : juste à l'heure pour dîner ! s'exclama la nouvelle venue, avec un sourire radieux.

Star et sa grand-mère la dévisageaient sans desserrer les dents.

— Y a donc personne pour m'dire bonjour et comme il est content d'me r'voir ?

— On ne savait pas qu'tu venais, lui répondit Mamie Anthony, en fronçant les sourcils. On est un peu étonnés.

— Moi aussi : encore hier, j'étais pas au courant, s'esclaffa-t-elle. Quelle expédition !

— On te croyait avec Lamar, le cousin d'Aaron. Il est où ? lui demanda Star.

C'était la première parole qu'elle adressait à sa mère. Ni « Bonjour », ni « Comment tu vas ? », pas même un sourire, rien.

— Qu'est-c'j'en sais, moi ? J'm'en contrefiche. Ce type est un looser et j'ai pas d'temps à perdre avec les loosers. J'meurs de faim, m'man, enchaîna-t-elle sans transition, en s'approchant de la table. Tu m'donnes pas une assiette ? dit-elle en se tournant vers sa fille.

Star me lança un coup d'œil excédé et se leva de mauvaise grâce.

— Qui tu es, toi ? me demanda la nouvelle venue.

— C'est une amie à moi, lui lança Star, depuis la gazinière où elle était occupée à remplir une assiette.

— Ça, merci, j'l'avais d'viné, lui rétorqua sa mère.

— Je m'appelle Cathy, lui ai-je répondu.

— Qu'est-ce qui t'est arrivé ? s'enquit-elle en pointant l'index sur mon plâtre.

— J'ai fait une mauvaise chute et je me suis fracturé la cheville. Rien de grave.

— Mmmm. J'suppose que ma fille t'a raconté plein d'vacheries sur mon compte, poursuivit-elle en jetant un regard noir vers l'intéressée.

— Tu es revenue pour de bon ? lui demanda Mamie Anthony, pour changer de sujet.

— Pour sûr que j'suis revenue, m'man. J'suis là, non ?

Son visage se crispa alors en une grimace douloureuse, comme si elle retenait ses larmes à grand-peine.

— Mais j'en ai bavé, oui. J'en ai bavé, se lamenta-t-elle.

— Han, han, fit Mamie Anthony, en hochant la tête.

Ses grands yeux ronds se rétrécissaient de plus en plus.

— Ça oui. J'ai fait d'mon mieux, pourtant. J'ai vraiment essayé d'nous faire un foyer, pour moi et les gosses. J'étais prête à les faire venir. Mais on m'a roulée dans la farine, oui. On m'a fait des promesses, mais on les a pas t'nues. N'empêche, j'aurais essayé. J'aurais vraiment essayé.

Star revint avec une assiette et des couverts qu'elle posa devant sa mère.

— Merci, ma chérie. C'est qu't'es très jolie. Mamie a dû prendre bien soin d'vous, pendant qu'j'étais partie.

— Mieux que toi, en tout cas, lui rétorqua Star d'un air renfrogné.

— C'est ça, fit sa mère, en se calant contre le dossier de sa chaise. Vas-y. Tape-moi d'ssus pendant qu'je suis par terre. Profite que j'suis au bout du rouleau, va !

— Tu as toujours été au bout du rouleau, m'man.

— Vous entendez ça ? Et d'vant sa copine, en plus ! C'est comme ça qu'tu parles à ta mère, toi ? me demandat-elle.

— Laisse-la tranquille, lui intima Star.

— Ben, qu'est-ce que j'lui fais d'mal ?

Elle m'a adressé un regard interrogateur, mais j'ai détourné la tête.

— Je vais faire la vaisselle, annonça brusquement Star, en commençant à débarrasser la table.

— Tu pourrais p't-être attendre que j'aie fini, non ? lui répliqua sa mère.

— Laisse ça, ma chérie, lui dit sa grand-mère. Va avec ton amie. Ta mère et moi, on a des tas d'choses à s'raconter depuis l'temps. Rodney, tu peux quitter la table. Va regarder la télévision avec les filles.

— Viens, me dit Star.

Elle m'entraîna dans sa chambre. À peine avait-elle fermé la porte qu'elle se confondait en excuses.

— Je ne pouvais pas deviner qu'elle allait nous tomber dessus comme ça, se justifia-t-elle.

— Ce n'est pas grave.

— Le problème, c'est qu'elle va devoir dormir avec nous.

— Oh ! Eh bien, peut-être que je ferais mieux de rentrer, dans ce cas.

Elle réfléchit un instant en silence.

— On va y aller toutes les deux. Si jamais on me laisse toute seule dans cette pièce avec elle, je ne sais pas ce que je ferais. Je serais capable de l'étouffer avec son oreiller, au beau milieu de la nuit.

Ses paroles étaient cruelles et son ton vindicatif, mais son visage était un masque de tristesse.

— Je suis tellement désolée, s'excusa-t-elle encore.

— Ce n'est rien. J'ai passé un moment formidable avec ta grand-mère.

Elle hocha la tête.

— Tu as assez d'argent pour prendre un taxi ?

— Oui.

— Bon. Je vais en appeler un. Mais je n'aime pas l'idée de laisser Mamie faire toute la vaisselle, alors je vais essayer de l'aider un peu avant de partir. Tu veux rester ici un moment, ou tu préfères rejoindre Rodney dans le salon ?

— Je vais t'attendre ici. Mais j'aimerais bien aider un peu aussi.

— Elle ne voudra jamais : tu es son invitée, me dissuada-t-elle, avant de disparaître derrière la porte.

Je me suis assise sur le lit et j'ai commencé à examiner la pièce. Je me disais : *Qu'est-ce qu'il fait sombre dans cette chambre ! Aussi sombre qu'a dû être la vie pour Star. Pas étonnant qu'elle soit toujours si agressive. Je le serais sans doute autant qu'elle, à sa place.* Dix minutes plus tard, elle était de retour.

— J'ai appelé un taxi. M'man n'est pas fâchée qu'on lui laisse la chambre pour elle toute seule. C'est mieux comme ça.

— Et Rodney ?

— Il va dormir dans le salon, ne t'en fais pas pour lui. Tel que c'est parti là, il y a de grandes chances pour que ça devienne sa chambre. Je ne compte pas vraiment sur ma mère pour trouver un job à peu près correct et nous louer un appart. Mais je suis déjà assez furieuse comme ça. Il ne vaut mieux pas que j'y pense maintenant. Fichons le camp d'ici.

— Ta grand-mère n'est pas trop contrariée ?

— Elle s'en sortira. M'man a encore peur d'elle.

Un curieux petit sourire illumina soudain son visage.

— C'est Misty qui va être contente : à mon tour de dormir avec le fantôme ! On va les appeler, Jade et elle, en arrivant chez toi.

Et elle ajouta avec un soupir :

— Je suis vraiment désolée que les choses se soient passées comme ça.

— Ça n'a vraiment aucune importance. Ne t'inquiète pas pour moi.

Quand nous sommes revenues dans la cuisine, la mère de Star avait troqué son air d'arrogance satisfaite contre une expression de petite fille coupable : Mamie Anthony avait dû lui faire la leçon.

— Je r'grette pour les séances chez le psy qu't'as été obligée d'aller voir, dit-elle à Star, en nous voyant apparaître sur le seuil. M'man m'a raconté.

— Eh bien, je ne regrette pas, moi, lui rétorqua Star. Au moins, j'aurais appris comment m'y prendre avec toi.

— J'croyais qu'on pourrait r'devenir amies, toi et moi, ma chérie, chevrota sa mère.

— Et depuis quand on a déjà été amies, m'man ? J'ai toujours été un fardeau pour toi.

— Eh bien, mais j'ai changé, ma chérie. J'suis différente, maintenant, tu verras.

— Mais oui, soupira Star, avant d'embrasser sa grand-mère pour lui dire au revoir.

Quant à moi, je l'ai chaleureusement remerciée en lui serrant la main.

— De rien, mon p'tit, m'a-t-elle répondu. Soyez prudentes, hein ?

— Oui, madame.

J'ai fait une pause dans le salon pour dire bonsoir à Rodney. Il faisait son âge, tout à coup : le brusque retour de sa mère l'avait tellement choqué qu'il était redevenu un petit garçon.

— Contente-toi de l'éviter, lui recommanda Star. Et aide bien Mamie.

Il a hoché la tête sans quitter l'écran des yeux. Mais je ne pense pas qu'il ait entendu un traître mot de ce que sa sœur lui disait. Il avait le regard flou et les prunelles agrandies par l'effroi.

Le taxi nous attendait déjà dehors. Star courut devant pour le faire patienter, puis donna mon adresse au chauffeur.

— Plus vite je serai loin d'elle et mieux je me porterai, soupira-t-elle, dès que je fus assise à ses côtés.

Quelques instants plus tard, nous avions quitté son quartier. Mais ce qu'elle voulait fuir ne se laissait pas si facilement distancer : elle emmenait ses soucis avec elle et, plongée dans ses mornes pensées, elle demeurait tendue et étrangement silencieuse. *Les mauvais souvenirs, avec leur cortège de souffrances, peuvent resurgir du passé en une fraction de seconde, comme une lame jaillissant de l'océan*, ai-je songé, attristée par la détresse de mon amie. Rien n'aurait pu empêcher cette déferlante

233

de la submerger, l'abandonnant à la furie des flots et la laissant se débattre dans une mer déchaînée de cauchemars.

Pendant tout le trajet du retour, elle n'a cessé de grommeler contre sa mère, revivant, malgré elle, ces terribles événements qu'elle nous avait racontés lors de notre deuxième séance de thérapie. Quant à moi, je me suis contentée de l'écouter sans mot dire, attendant calmement qu'elle réussît enfin à surmonter sa colère. Juste avant que nous arrivions à la maison, elle s'est tue et elle a appuyé le front contre la vitre.

— Je suis désolée, Star, lui ai-je dit, en lui posant la main sur le bras.

Elle m'a pris la main sans se retourner. Je crois bien qu'elle pleurait.

La maison était dans le noir complet : j'avais oublié de laisser une lampe allumée. D'habitude, on laissait au moins le couloir éclairé pour dissuader les voleurs. L'odeur de peinture fraîche nous prit aussitôt à la gorge. *J'aurais dû ouvrir une fenêtre*, ai-je songé.

— Je vais boire quelque chose de frais, m'annonça Star, comme j'allumais le couloir. Ça me fera du bien. Et puis, après, on appellera Jade et Misty pour leur dire qu'on est là.

— D'accord.

Je l'ai suivie dans la cuisine. À peine avais-je abaissé l'interrupteur, que nous nous figeâmes, pétrifiées de stupeur. La porte du jardin était ouverte. À voir les copeaux de bois par terre, il était évident qu'on l'avait forcée. Star se tourna vers moi.

— Non, ce n'est pas possible, souffla-t-elle en secouant la tête. Non, non.

Mon cœur cognait si fort dans ma poitrine qu'elle aurait dû exploser. J'étais muette de terreur. Ma gorge était tellement nouée que je ne pouvais même plus déglutir et j'avais les pieds cloués au sol.

Star fut la première à réagir. Elle me jeta un coup d'œil, puis avança la main vers la clenche et ouvrit la porte en grand.

— Va chercher la torche, m'intima-t-elle. Allez, Cat. Vas-y.

Je crois que je geignais comme un chaton qui a perdu sa mère.

— Cat !

J'ai claudiqué aussi vite que j'ai pu vers le tiroir, j'ai sorti la torche et je la lui ai brandie sous le nez. Elle s'en est aussitôt emparée, l'allumant dans le même mouvement, puis elle a dirigé le faisceau lumineux vers le fond du jardin, balayant consciencieusement la tombe de Géraldine. Je me suis approchée pour regarder par-dessus son épaule. Rien n'avait bougé. Nous avons toutes les deux poussé un tel soupir qu'au moins une tonne d'air a dû sortir de nos poumons.

— Pendant un instant, j'ai cru qu'on était dans un film de Stephen King, lâcha Star, avant d'examiner la porte avec un peu plus d'attention, faisant courir ses doigts le long du chambranle. Celui qui a fait ça n'a pas pris de gants, conclut-elle. Tu t'es fait cambrioler, ma vieille.

— Mais qu'est-ce qu'ils ont bien pu prendre ? me suis-je demandé à haute voix.

Nous nous sommes alors lancé un regard entendu. Nous venions de penser à la même chose en même temps: le coffre, bien sûr.

— Jade l'a refermé, mais on avait déjà sorti les bijoux et l'argent, lui ai-je rappelé. Heureusement que j'ai tout emporté dans mon sac, chez toi ! Tout ce qui restait dans le coffre, c'étaient les documents officiels et les papiers de la banque.

Star m'entraîna sans tarder au premier, dans ce qui avait été la chambre de mes parents. Nous nous sommes immobilisées devant la penderie, le temps de trouver la ficelle qui permettait d'allumer le néon intérieur. Nous nous sommes de nouveau figées en découvrant le spectacle: le coffre avait disparu !

— Nos voleurs n'ont pas pu l'ouvrir et ont décidé de l'emporter. Peut-être pour dynamiter la serrure ailleurs, supposa Star.

— Mais c'est lourd.

— Oui, mais pas tant que ça.

Elle jeta un regard circulaire dans la pièce vide.

— Qu'est-ce qu'ils ont bien pu emporter d'autre ?

— Je ne sais pas. Il n'y a pas grand-chose de valeur, ici.

Nous sommes tout de même allées jeter un coup d'œil dans ma chambre. Cette fois, quand j'ai ouvert la porte, nous avons toutes les deux poussé un cri de stupeur. Tout était sens dessus dessous : les tiroirs avaient été ouverts et vidés de leur contenu ; mon couvre-lit était par terre ; mes draps et mes couvertures gisaient en tas, à côté ; mon matelas avait été retourné et jeté à bas du sommier ; mon armoire, ouverte, et mes vêtements, entassés pêle-mêle sur le tapis.

— Qui peut bien mettre un lit dans un état pareil ? Pas un voleur, en tout cas, me fit remarquer Star, avec un regard alarmé.

J'ai écarquillé les yeux, terrifiée. Elle a hoché la tête. C'était comme si elle pouvait lire dans mes pensées.

— Tu crois que c'est lui ?

Je n'ai pas pu retenir mes larmes, des larmes glacées comme la peur qui me tordait le ventre.

— Il a dû passer devant la maison, voir que tout était éteint et essayer d'entrer. Géraldine avait fait changer les serrures après l'avoir jeté dehors : elle craignait qu'il n'ait conservé un double quelque part.

— Alors, il a fracturé la porte du fond et il est monté ici, probablement pour chercher l'argent, enchaîna Star. Quand il a vu qu'il ne pourrait pas ouvrir le coffre, il l'a tout bonnement emporté.

Son regard parcourut de nouveau ma chambre dévastée.

— Mais pourquoi mettre ta chambre dans cet état ? Qu'est-ce qu'il pouvait bien chercher d'autre ?

Je commençais déjà à secouer la tête quand, tout à coup, une idée m'est venue à l'esprit : j'avais compris. J'ai détourné précipitamment les yeux.

— Quoi ? s'écria Star. Bon sang, Cat ! Tu ne vas pas faire des cachotteries, maintenant ! Pas à moi ! Pas après tout ce qu'on a fait ensemble !

236

J'ai opiné en silence, essayant de trouver en moi assez de courage pour parler. Elle attendait en tapant du pied.

— Tu te souviens quand je vous ai raconté qu'il m'avait emmenée passer deux jours à Santa Barbara ?

— Tu parles ! Bien sûr. Et alors ?

— Je n'ai pas osé vous dire pour les photos. J'avais trop honte. C'était déjà assez dur comme ça. J'ai pensé que ce n'était pas la peine d'entrer dans les détails.

— Quelles photos ?

— Des photos de… de moi. Il m'a fait poser. Il avait apporté un de ces appareils à développement instantané. Après, il… il n'a pas voulu les garder sur lui ni dans sa chambre de peur que Géraldine ne les trouve. Alors, il m'a demandé de les cacher dans la mienne, en me faisant promettre de les lui rendre quand il voudrait les regarder. Il me disait que c'étaient de belles photos et qu'il en était très fier.

J'ai secoué la tête avec une telle véhémence que j'ai arrosé le tapis de mes larmes.

— OK, OK, tu ne vas pas me faire une crise d'hystérie, tout de même, me supplia Star. Et elles sont où, ces photos ? Est-ce qu'il les a trouvées ?

— Je ne sais pas. Elles sont dans la salle de bains, dans le placard, sous le lavabo. Géraldine faisait le ménage, pendant que j'étais en cours, mais je savais pertinemment que, s'il y avait un endroit où elle ne regarderait pas, ce serait bien celui-là, lui ai-je répondu en me dirigeant vers la pièce voisine.

Les portes du placard étaient ouvertes.

— Alors, est-ce qu'il les a trouvées ? répéta-t-elle en m'emboîtant le pas.

J'ai posé mes béquilles contre le lavabo et je me suis penchée pour attraper ma boîte de serviettes périodiques.

Quand je me suis redressée, Star m'a adressé un petit sourire ironique.

— Géraldine n'aurait jamais regardé là, hein ? railla-t-elle, caustique.

J'ai compté les serviettes. Les photos étaient coincées entre la troisième et la quatrième. Je les ai brandies, avec un sourire triomphal.

— Ça lui apprendra à ne pas raisonner comme une femme, jubila Star.

Mais son sourire s'évanouit aussitôt.

— Et maintenant, débarrasse-toi de ça. Déchire-les et jette-les dans les toilettes. C'est tout ce qu'elles méritent.

— Tu as raison, lui ai-je répondu, en faisant exactement ce qu'elle me conseillait. Même après, même quand Géraldine a réussi à lui faire interdire notre porte et tout ça, j'avais tellement peur de les regarder que j'ai préféré faire comme si elles n'existaient pas.

— Il ne faut pas être bien pour venir faire un pareil saccage rien que pour ça.

Elle sembla réfléchir un instant.

— Il avait peut-être peur qu'on s'en serve comme pièces à conviction contre lui ? C'est probablement ce que nous dirait Jade, si elle était là.

— Tu crois qu'il faut en parler aux autres ?

— Pas si ça te dérange. Mais, Cat, je commence à croire qu'on doit se faire vraiment confiance entre nous. Une confiance absolue.

— Oui, tu as raison. Ça fait du bien de ne plus mentir, au moins à ses amies.

J'ai laissé mon regard errer sur le désastre qui m'entourait.

— Je ferais mieux de commencer à remettre un peu d'ordre. Il faut bien qu'on dorme quelque part, cette nuit.

Star s'esclaffa.

— Je vais passer un coup de fil aux filles et, après, on verra ce qu'on peut faire pour la petite porte du jardin.

Comme elle s'apprêtait déjà à quitter la pièce, je l'ai interpellée :

— Star ?

— Oui ?

— Tu crois qu'il va revenir ? lui ai-je demandé d'une voix mal assurée. Je veux dire : il doit se demander pourquoi son ancienne chambre est peinte en noir et pourquoi tous les meubles sont sur le palier.

Elle médita sa réponse en silence.

— Oui. Il reviendra, affirma-t-elle. Il faut qu'on en discute pour décider ce qu'on peut faire pour régler le problème. Mais, pour le moment, il n'est pas en position d'en parler à qui que ce soit. Après tout, il n'est pas censé être venu ici ; il est entré par effraction et il a volé le coffre. Je suis sûre qu'il ne sait plus très bien où il en est et qu'il ne sait pas quoi penser de tout ça. Le temps travaille pour nous. Pour l'instant, on est tranquilles.

— Oui, mais, ce qui m'inquiète, c'est après. Je veux dire : on ne peut plus appeler la police ni rien, maintenant.

Elle hocha la tête, mais n'eut pas une parole pour me rassurer, avant de quitter la pièce.

Je me suis retournée vers le spectacle désolant que m'offrait ma chambre.

Quelle rage, quelle folie s'était emparée de lui pour qu'il en vienne à faire une chose pareille ? me suis-je demandé.

Et quand reviendrait-il ?

12

Demoiselles d'honneur

À peine Star leur avait-elle ouvert que Misty et Jade déboulaient dans la cuisine. Après avoir dûment constaté les dégâts sur la porte du fond, elles montèrent quatre à quatre l'escalier pour se précipiter dans ma chambre. Je m'étais efforcée de remettre un peu d'ordre. J'étais en train de faire le lit.

— Qu'est-ce qui s'est passé, ici ? me demanda Jade, après avoir examiné la pièce avec force hochements de tête consternés. Pourquoi a-t-il tout mis sens dessus dessous ?

J'ai lancé un coup d'œil désespéré à Star qui venait d'entrer à leur suite. Elle m'a adressé un petit signe qui semblait dire : « Allez, vas-y, Cat. Je suis avec toi. » Alors, j'ai pris mon courage à deux mains et je leur ai parlé des photos.

— Je les ai déchirées et je les ai jetées dans les toilettes, ai-je conclu.

— Tu as bien fait, me félicita Jade. Mais ce n'est quand même pas pour ça qu'il a fracturé la porte, si ?

— Peut-être qu'il surveillait la maison et qu'il m'a vue partir avec Star, hier soir. Je n'aurais pas dû laisser la maison dans le noir. Il a probablement sonné et, n'obtenant pas de réponse, il a décidé de pénétrer à l'intérieur. Pour récupérer l'argent, sans doute.

— Star nous a dit qu'il avait emporté le coffre ?

— Oui, le coffre a disparu. Il n'a pas dû réussir à l'ouvrir.

240

— Ou c'est le coffre qui a décidé de changer d'air, ironisa Star.

— Encore une chance que nous ayons retiré l'argent et les bijoux. Tu les as toujours, j'espère ? s'affola subitement Jade.

— Oui. Je les avais mis dans mon sac, avant de partir chez la grand-mère de Star. Ils y sont toujours.

Misty fut la première à réagir.

— Mais je croyais que vous deviez dormir là-bas, toutes les deux. Comment ça se fait que vous êtes rentrées ?

— Ma mère, lui répondit Star.

Et elle leur raconta comment cette dernière avait fait irruption chez sa grand-mère dans la ferme intention de revenir s'installer définitivement avec eux.

— En fait, je crois que j'ai fui ce qui m'attendait là-bas plutôt que je ne suis venue voir ce qui nous attendait ici, conclut-elle.

— Seigneur ! lâcha Jade, en se laissant tomber sur mon lit. Et juste au moment où tout était en train de s'arranger.

— Qu'est-ce qu'on va faire ? glapit Misty. Son père a tout vu, maintenant.

— Pas tout, heureusement…

— Qu'est-ce que tu en sais ?

— S'il le savait, il aurait déjà appelé la police à l'heure qu'il est, non ?

— Mais les transformations dans la maison, tout ce qu'on a fait… Il pourrait le dire à quelqu'un.

— Non, il ne peut pas. Premièrement, il n'était pas censé mettre les pieds ici. Deuxièmement, il a fracturé la porte pour entrer et, troisièmement, il a volé le coffre.

— C'est vrai, ai-je confirmé. C'était même une condition sine qua non dans le jugement du divorce : il lui était formellement interdit de revenir ici.

— Oui, mais il l'a fait quand même. Et rien ne l'empêche de le refaire, nous fit remarquer Star.

— Ou de téléphoner et de vouloir parler à Géraldine, renchérit Misty. Il doit se demander ce qui se passe.

— Et après ? Cat n'a qu'à lui dire que c'était une idée de Géraldine, lui rétorqua Jade.

— De repeindre sa chambre en noir ? objecta Star avec une grimace sceptique.

— Et alors ? Géraldine est un peu spéciale, non ?

— Était, la reprit Misty.

— D'accord, était. De toute façon, il faudra bien qu'il le croie. Il n'aura pas le choix.

— Et s'il demande à lui parler ? s'enquit Star.

— Pour quoi faire ? Lui avouer que c'est lui qui a fracturé sa porte ? Que c'est lui qui l'a volée ? Non. À mon avis, il va garder ses distances et peut-être même quitter l'État pour ne plus jamais revenir, lui répondit Jade, mais sur un ton qui tenait davantage de la prière que de la déduction.

Personne n'a pourtant osé la contredire. Par superstition, peut-être. En tout cas, nous avons toutes gardé le silence. Chacune semblait plongée dans ses propres pensées. Quand j'ai jeté un coup d'œil à Star, elle regardait fixement le tapis. J'étais tellement obnubilée par mes propres problèmes que j'avais complètement oublié les siens.

— Qu'est-ce que tu vas faire pour le retour de ta mère ? lui ai-je demandé.

— Qu'est-ce que tu veux que je fasse ? Je verrai bien ce qu'elle mijote, en rentrant demain. Ce qui est sûr, c'est qu'elle ne voudra pas se mettre des gosses sur le dos, si elle peut l'éviter. En tout cas, j'y compte bien. Je préférerais encore qu'on se retrouve à la rue, Rodney et moi.

— Ta grand-mère ne laissera jamais ta mère s'installer chez elle, après tout ce qu'elle a fait, je suppose, avança Jade.

— Comme si elle avait le choix ! soupira Star avec un haussement d'épaules désabusé. On est encore ses enfants devant la loi, Rodney et moi. Toi qui aimes tant jouer les conseillers juridiques, tu devrais savoir ça, Jade.

— Laisse faire les événements, lui conseilla Misty. Tout finit toujours par s'arranger, au bout du compte.

— Tu es sûre que tu n'as pas un gros trou plein de vide à la place du cerveau, Misty? grogna Star en secouant la tête.

— J'essaie seulement de ne pas déprimer, se disculpa Misty.

— Oh! ça va, hein, ça ne doit pas être trop difficile pour toi. C'est plutôt tranquille pour vous, les Beverly, en ce moment.

— Qu'est-ce que tu en sais? riposta aussitôt Misty.

— Je sais que tu auras toujours un toit au-dessus de ta tête et que, ce soir, tu dormiras bien au chaud, gronda Star entre ses dents. Je sais que tu peux tout demander à tes parents et que tu es sûre de l'obtenir. Tout comme notre chère princesse Jade qui va avoir une belle voiture toute neuve offerte par papa.

— Et je t'ai déjà dit ce qu'il pouvait en faire de sa voiture, lui rétorqua Jade.

— Oui, mais tu la prendras quand même, lui répliqua sèchement Star.

Jade ne chercha pas à le nier.

— Tu crois toujours tout savoir, Star, mais tu as tout faux, s'emporta subitement Misty. Ce n'est pas parce que tu as entendu ces trucs sur nous, chez le docteur Marlowe, que tu sais tout.

Ses yeux s'embuèrent de larmes.

— J'en sais bien assez comme ça, merci.

— Non! hurla Misty, en trépignant et en se martelant soudain les cuisses avec les poings. Mon père va épouser sa nouvelle copine, Ariel Boule-à-facettes, samedi prochain, et il veut que j'assiste au mariage. Ma mère est dans tous ses états et m'interdit d'y aller. Qu'est-ce qu'il faut que je fasse? Que je me coupe en deux et que j'envoie une moitié à l'église et l'autre… l'autre… au diable!

Tétanisée, aucune de nous trois n'osait bouger.

Misty séchait ses pleurs à grands gestes rageurs.

— Je vous avais dit que, ce mois-ci, c'était leur vingtième anniversaire de mariage. Ils devaient fêter leurs noces de je ne sais plus quoi – faïence, porcelaine, ou un truc comme ça – et on allait tous célébrer ça en famille, cette merveilleuse petite famille qui devait encore durer des années et des années, jusqu'à la fin des temps ! Eh bien, papa va bel et bien fêter ça, mais avec une nouvelle femme !

— Je suis désolée, souffla Star.

— M... zut de zut de zut ! jura soudain Jade. C'est la série ! Quand allons-nous nous en sortir ? Quand allons-nous enfin voir le bout du tunnel ?

— Jamais, lui répondit Star d'un ton morne. Tu n'as toujours pas compris ? Ça ne s'arrête jamais, à moins qu'on ne décide de leur tourner le dos et de ficher le camp... pour de bon.

Misty hocha la tête en reniflant.

— Allons prendre un café et réfléchir un peu à tout ça à tête reposée, décréta Jade. Nous devons trouver des solutions. Nous devons nous entraider, sinon...

— Sinon quoi ? l'interrompit Star.

— Sinon, lui répondit Jade en me regardant, ce n'était pas la peine d'enterrer Géraldine.

Le front bas et le regard soucieux, nous sommes toutes redescendues dans la cuisine à la queue leu leu. Comme je me mettais à faire le café, Star vint me prendre le paquet des mains.

— Assieds-toi, Cat. Je vais m'en occuper. Les Beverly ont l'habitude de se faire servir, ajouta-t-elle, sans qu'on puisse savoir si elle revenait à la charge ou si elle plaisantait pour essayer de nous remonter le moral. Pas moi.

— Tu sais, je suis sincèrement désolée que ta mère ait brusquement refait surface, murmura Jade. Mais ce n'est pas une raison pour t'en prendre à nous. En outre, cela ne t'avancera à rien.

— Merci du conseil, docteur Marlowe, lui rétorqua Star du tac au tac.

À en juger par son petit sourire ironique, elle avait préféré l'humour à la colère.

J'ai risqué un coup d'œil discret vers Misty. Elle avait les yeux tout rouges et elle regardait fixement le mur, comme si elle ne voyait et n'entendait plus rien. Je me suis dit : *Ah ! la fine équipe que voilà ! Non mais, regardez-*

nous ! Nous sommes en train de tomber en miettes. Qu'est-
ce qui a bien pu nous faire croire que nous pouvions nous
entraider ? Géraldine avait raison : une éclopée ne peut rien
pour une autre éclopée.

Pendant un moment, personne n'a parlé. Le silence était même si pesant que c'en devenait gênant. Tout à coup, Misty sortit de sa mélancolie pour braquer sur moi un regard perçant.

— Je n'ai pas vu tes lettres, là-haut, me dit-elle. Je me souviens que tu les avais posées sur ta table de chevet.

Star et Jade se tournèrent d'un même mouvement vers moi. Je sentais leurs yeux rivés sur mon visage tandis que je réfléchissais, repassant mentalement en revue tout ce que j'avais rangé dans ma chambre.

— Moi non plus, lui ai-je finalement répondu, en secouant la tête. Il a dû les prendre aussi.

— Pourquoi les aurait-il prises ? Il n'est tout de même pas pervers à ce point ! s'indigna Jade.

— Plus que ça encore : il est complètement cinglé, renchérit Star. Je vais monter vérifier.

— Je viens avec toi, décréta Misty, en se levant d'un bond.

Pendant qu'elles gravissaient les marches, Jade nous servit un café et sortit le lait du réfrigérateur. Elle essayait de me changer les idées en me décrivant les tenues que sa mère leur avait achetées en prévision de la grande réception qu'elle projetait. Elle parlait avec cette espèce de vivacité un peu fébrile qui ne l'avait pas quittée pendant nos séances de thérapie et qui me rappelait, surtout, comment elle était quand elle nous avait raconté sa tentative de suicide aux barbituriques. En entendant Misty et Star redescendre, elle se leva pour remplir leurs tasses. Au premier coup d'œil, j'ai compris qu'elles n'avaient rien trouvé.

— Peut-être qu'il prend son pied en fourrant son nez dans les affaires des autres, soupira Star.

— Peut-être qu'il n'était au courant de rien, lui non plus, suggéra Misty en m'interrogeant du regard.

— J'ignore ce qu'il savait ou non. Il ne m'en a jamais parlé.

— Bon. De toute façon, nous ne pouvons plus rien y changer. Concentrons plutôt nos efforts sur ce que nous pouvons faire, nous ordonna Jade avec fermeté.

— C'est-à-dire ? lui demanda Misty.

— Il faut continuer dans la direction que nous nous étions fixée. Par exemple, demain matin, j'irai acheter quelques petites choses pour le sanctuaire. Si tu veux, je passerai te chercher, proposa-t-elle à Misty.

— D'accord.

— Et puis, nous avons encore beaucoup à faire, ici. Je viendrai dormir, demain soir, comme prévu, me dit-elle.

Elle se tourna vers Misty.

— Quand as-tu dit que ton père se remariait ?

— Samedi prochain. Et à l'église, en plus, et avec toute une foule d'invités !

— Nous irons avec toi.

— Vraiment ?

— Et pourquoi pas ? Star ?

— Pas de problème. Mais je n'ai rien d'habillé à me mettre.

— J'ai justement la robe qu'il te faut. Je l'apporterai ici demain. Cat, tu auras besoin d'une tenue de circonstance. Demain après-midi, je demanderai à mon chauffeur de nous emmener chez Camelot, sur Sunset Boulevard, et nous te trouverons quelque chose qui fera sensation.

— C'est super-gentil, la remercia Misty, recouvrant aussitôt sa bonne humeur coutumière.

— Je ferais mieux de m'occuper un peu de la tombe de Géraldine aussi, déclara Star. Encore une chance qu'il soit venu de nuit. Mais on pourrait avoir d'autres visiteurs. Ça ressemble un peu à trop à ce que c'est, si vous voulez mon avis. Je m'en chargerai demain matin, avant de partir.

Elle but quelques gorgées de café, puis ajouta :

— Si jamais vous ne me voyez pas arriver dans la soirée, ne m'attendez pas.

— Ne pouvons-nous pas faire quelque chose pour toi ? s'enquit Jade. Nous pourrions peut-être aller chez ta grand-mère ?

— Non. Ça la mettrait dans tous ses états. Elle n'a vraiment pas besoin de ça en ce moment, croyez-moi. Elle en serait malade que maman fasse n'importe quoi ou sorte un truc qu'il ne faut pas, devant vous. Ne vous en faites pas pour moi. De toute façon, ça ne sert à rien. On verra bien…

Le silence retomba, de plus en plus profond, de plus en plus lourd. Nos regards se croisaient par-dessus le bord de nos tasses. La tension était palpable. Quant à moi, j'avais l'impression de me ratatiner à vue d'œil. Je pensais : *Où est donc passée notre belle assurance ?* Comme elle s'était laissé facilement ébranler ! Dans mon esprit, cette incertitude était comme une brèche ouverte sur le gouffre noir d'où Géraldine pouvait surgir, un affreux rictus aux lèvres, et, à la place des yeux, deux tisons rougeoyant de haine. La fureur fusait de ses doigts raidis par la mort, tels des éclairs jaillissant de terre pour venir foudroyer la maison, zébrant et crépitant dans toutes les pièces, pour me rappeler qu'elle était là, tout près, qu'elle ne serait jamais très loin.

— Cat ? Tu ne te sens pas bien ? s'inquiéta soudain Jade. Cat ?

— Pardon ? Oh ! si, si. Ça va.

— Bon. Et si nous finissions de tout remettre en ordre ? suggéra-t-elle. Que faisons-nous pour la porte du jardin ?

Star inspecta le vantail et le chambranle, puis alla chercher des outils dans le garage. Nous la regardions faire, intriguées.

— Un des mecs de ma mère a fracturé la porte de la maison comme ça, une nuit, expliqua-t-elle, tout en réparant le loquet tant bien que mal – suffisamment, du moins, pour verrouiller la porte.

— Cela ne me semble pas très solide, commenta Jade.

— Il faut regarder les choses en face, lui rétorqua Star. Si quelqu'un est décidé à entrer ici, il entrera, quoi qu'on fasse.

— N'as-tu pas de système d'alarme ? me demanda Jade.

— Non. Sans doute que Géraldine n'en voulait pas.

— Peut-être qu'elle était trop avare pour en faire installer un.

— Ou trop bête, cracha Star avec mépris.

Misty et Jade restèrent encore une heure à tirer des plans sur la comète, décrivant ces fantastiques balades et ces grandes fêtes que nous allions organiser, se creusant la tête pour repousser coûte que coûte l'angoisse et la peur qui nous étreignaient toutes. Après leur départ, Star et moi avons fini de ranger ma chambre, puis nous nous sommes couchées, sans même regarder la télévision. *Le truc, avec les chocs émotionnels, c'est que c'est seulement quand on cesse de s'activer qu'on se rend compte à quel point on a été secoué,* me suis-je dit en posant la tête sur l'oreiller. *On est vidé, épuisé. On a l'impression que plus jamais on ne pourra se relever.*

— Dis, Star, tu ne crois pas qu'il reviendra cette nuit, hein ? ai-je murmuré dans le noir.

— Nan ! Il ne doit pas être très clair dans sa tête, en ce moment, tu sais. Je parie qu'il a ouvert une bouche comme un four en voyant tous les meubles dans le couloir et son ancienne chambre peinte en noir. Cette Jade ! Tu parles d'une allumée ! Qui sait ce qu'elle mijote encore pour son fameux sanctuaire ? Ce qui est sûr, c'est qu'elle ne fera pas dans la déco Beverly Hills. Elle et ses jardins secrets !

— On en a tous besoin.

Elle a réfléchi un long moment en silence.

— Je suppose. Le problème, c'est qu'il y a toujours quelqu'un pour faire irruption et tout flanquer par terre.

— Peut-être qu'on y échappera, cette fois.

— Peut-être.

Elle n'avait pas l'air très convaincue.

— Bonne nuit, ai-je chuchoté.

— Tu sais, je suis vraiment désolée que tu n'aies pas pu dormir à la maison, ce soir. Une autre fois, peut-être ?

— Bien sûr. Il y aura plein d'autres occasions.

Elle n'a pas répondu.

Nous avions beau tout faire pour rester optimistes, l'avenir s'annonçait plutôt incertain.

Le lendemain matin, Star sortit ratisser le rectangle de pelouse fraîchement ensemencée, au fond du jardin, et faire en sorte qu'il ressemble de moins en moins à ce qu'il était : une tombe. Ensuite, j'ai appelé un taxi et donné à Star assez d'argent pour payer les deux courses, en espérant qu'elle serait de retour dans l'après-midi.

— Je vais essayer de revenir, mais je ne te promets rien, me dit-elle avant de partir.

Depuis que mon père était revenu saccager la maison et prendre le coffre, j'appréhendais par-dessus tout de me retrouver seule. Je me suis pourtant efforcée de me raisonner et de faire comme si de rien n'était. Ce qui ne m'a pas empêchée de passer mon temps à la fenêtre pour guetter l'arrivée de Misty et de Jade. Le temps était incertain, lui aussi : dès que le soleil réussissait à percer, il fallait qu'un nuage s'empresse de venir le cacher. Ma solitude ne m'en paraissait que plus lourde à porter. Quand la longue voiture noire s'est enfin profilée au coin de la rue, j'ai poussé un gros soupir de soulagement et je me suis précipitée dans l'entrée pour accueillir mes amies. Elles avaient les bras chargés de paquets et le chauffeur de Jade les suivait, portant un grand miroir ovale.

— Vous pouvez le mettre ici, merci, lui dit Jade en désignant le pied du mur, juste derrière la porte.

Il posa son fardeau par terre et ressortit sans un mot. Dès qu'il eut regagné son véhicule, Jade se tourna vers moi.

— Tout va bien ? me demanda-t-elle. Pas de visite impromptue, cette nuit ?

— Non. Il ne s'est rien passé de particulier. Star a dit qu'elle essaierait de revenir en fin d'après-midi.

— Bien.

Le chauffeur réapparut avec un tapis roulé sur l'épaule. Il l'appuya contre le mur, à côté du miroir, et s'en alla. À peine Jade avait-elle fermé la porte qu'elle s'écriait :

— Allez, au travail !

Misty l'aida à monter leurs emplettes au premier. Je dus, quant à moi, me contenter de les accompagner jusqu'à l'ancienne chambre de Géraldine.

— Qu'est-ce que vous avez acheté ? leur ai-je aussitôt demandé.

— Tu verras, me répondit Misty avec un sourire malicieux.

Elles redescendirent chercher le tapis et le miroir, puis se mirent à l'ouvrage. D'abord, elles déroulèrent le tapis et le placèrent au centre de la pièce. C'était un tapis de laine noir à rayures rouges. Jade accrocha le miroir sur le mur de droite, assez bas pour que nous puissions nous voir quand nous serions assises sur le tapis. Ensuite, elle déballa deux candélabres de bronze qu'elle disposa de part et d'autre du tapis. Misty les orna de longues bougies noires.

Jade avait également fait l'acquisition de CD de ce qu'elle appelait de la « musique de méditation New Age ». Elles décidèrent d'en passer un pendant qu'elles s'employaient à redécorer la pièce. C'était… spécial. Elles avaient aussi choisi des posters et des gravures représentant d'étranges paysages irréels, certains avec des nuages et de vastes étendues d'eau, d'autres avec des étoiles et de grands rais de lumière. Des bâtons d'encens et un genre de mobile tintinnabulant, avec des petits tuyaux de métal façon flûte de Pan, complétaient l'ensemble. Jade le suspendit juste au-dessus de la porte. Misty s'occupa de changer la clenche : une poignée qui se verrouillait à volonté et qui ne se débloquait qu'avec une clef.

— Il nous manque encore quelques ornements. Je n'ai pas voulu trop m'attarder, me dit Jade en finissant de punaiser les posters aux murs. Alors ? Qu'en penses-tu ?

— C'est… différent, lui ai-je répondu, en laissant errer mon regard du tapis aux chandeliers et des chandeliers aux fenêtres.

Elles avaient même peint les vitres en noir.

— Attends un peu que Star voie ça ! s'enthousiasma Misty. Moi, ça me colle un peu le frisson, mais j'aime bien.

— Il faut que ce soit un endroit propice à la méditation et à la spiritualité, nous expliqua Jade.

— Pourquoi avez-vous peint les vitres ? lui ai-je demandé.

— Nous devrons laisser le bruit, la fureur et la folie de ce monde pourri au-dehors, quand nous nous réunirons ici.

« Ma mère a donné dans le trip New Age, pendant un moment. Peu de temps après que mon père et elle ont commencé à s'affronter pour le divorce, elle s'est inscrite à un de ces groupes de méditation qui fleurissent dans toute la Californie. Apparemment, elle y a trouvé un certain réconfort. Mais l'organisation en question a commencé à lui demander des dons de plus en plus exorbitants et elle a découvert que son guide spirituel utilisait l'argent des adeptes pour acheter de luxueuses propriétés à Westwood. Alors elle a laissé tomber. Mais j'aimais bien les CD qu'elle mettait et j'ai lu les brochures qu'on lui avait données. J'en ai sans doute retiré plus de bénéfice qu'elle, d'ailleurs.

« Une fois enfermées ici, nous n'aurons plus peur de partager nos sentiments les plus intimes, nos émotions les plus secrètes. C'est ce qui fait de cet endroit un lieu sacré. Voilà pourquoi tu devras toujours veiller à ce qu'il soit fermé à clef pour que personne ne puisse jamais y pénétrer. D'accord ?

— D'accord.

Je me disais : *Peut-être que ça peut marcher ? Peut-être que nous réussirons à avoir un vrai jardin secret rien qu'à nous, une sorte d'issue de secours pour échapper à tous nos problèmes, un refuge.*

C'est alors que la sonnerie du téléphone a retenti. J'ai soulevé le combiné. – nous avions laissé le poste de Géraldine par terre. C'était le docteur de l'hôpital qui se demandait pourquoi je n'étais pas venue faire ma radio de contrôle. Il voulait parler à ma mère.

— Oh ! je suis désolée. Elle n'est pas là, lui ai-je répondu. Mais j'arrive tout de suite.

— C'est très important de vérifier comment s'opère le processus de calcification, insista-t-il. Je pensais que ta mère l'avait compris.

— Oh! Elle l'a bien compris, docteur. C'est juste qu'elle est malade, ai-je prétexté, sautant sur la première excuse qui me venait à l'esprit.

Après avoir raccroché, j'ai expliqué aux filles ce qui se passait.

— Ne t'inquiète pas, me rassura Jade. Nous allons t'y emmener immédiatement.

— Je vais conduire, se dévoua Misty.

Nous sommes descendues aussitôt. Jade eut la bonne idée d'appeler Star, avant de partir, pour lui dire où nous allions, au cas où elle reviendrait pendant ce temps-là. Elle resta un long moment silencieuse, avant de raccrocher, songeuse.

— Elle n'a pas l'air très en forme. Elle a dit qu'elle n'avait pas l'intention de revenir avant ce soir, de toute façon. Rodney n'était pas bien. Sa mère l'a emmené, en lui promettant de faire les magasins avec lui, et il s'est retrouvé assis dans un bar au beau milieu d'une bande d'ivrognes du quartier.

— Peut-être qu'elle finira par mourir d'un coma éthylique. Comme ça, ce sera tout de suite réglé, grommela Misty.

Jade et moi avons échangé un même regard navré. Je suis presque sûre que nous avons pensé la même chose : c'était tout de même dramatique que le bonheur de Star et de son petit frère – leur sécurité, même – dépende de l'absence de leur mère, voire de sa disparition.

Nous sommes montées dans la voiture et nous avons pris la direction de l'hôpital. Il s'est écoulé deux heures avant que quelqu'un ne vienne me chercher pour faire une radio, puis qu'un médecin ne les examine. Il était manifestement contrarié que Géraldine ne soit pas venue. Je lui ai dit qu'elle avait de la fièvre.

— Mais je croyais qu'elle était sortie, me rétorqua-t-il.

— Elle était partie chez le médecin. Il lui a prescrit des médicaments et lui a dit de rester à la maison pour se reposer.

Il n'en a pas perdu son air soupçonneux pour autant. Mais il m'a dit qu'en ce qui concernait ma cheville tout allait bien.

— Je veux te revoir la semaine prochaine. Et dis à ta mère de m'appeler la veille, m'ordonna-t-il en inscrivant son numéro de téléphone sur une petite carte de visite.

Je l'ai remercié et nous sommes parties.

— Comment je vais faire, la semaine prochaine ? me suis-je aussitôt inquiétée.

— Il ne se souviendra pas de la voix de Géraldine. J'appellerai et je me ferai passer pour elle, me répondit Jade. Tout ira bien. Le principal, c'est que ta cheville guérisse. Et maintenant, allons chez Camelot te trouver une tenue pour le mariage du père de Misty. Je ne connais pas de meilleur remède que le shopping pour se débarrasser de ses soucis.

— C'est bien d'une Beverly, ça, chantonna Misty.

Elle eut un petit rire étouffé, puis ajouta :

— C'est marrant, mais quand Star n'est pas là, je me sens presque obligée de parler pour elle.

— C'est que le phénomène d'osmose s'opère et que chacune commence à s'approprier une part de l'autre, lui expliqua Jade. Espérons seulement que nous n'avons droit qu'aux bonnes parts !

Nous avons toutes éclaté de rire. J'avais commencé à craindre que nous n'en ayons perdu la faculté. Mais, en fait, nous avons passé un excellent après-midi. Ce que nous ignorions, Misty et moi, c'était que Camelot n'était pas une boutique de vêtements ordinaire. En fait, c'était un magasin où l'on vendait des « Tenues mystiques ». Je n'invente rien : c'était écrit sur la devanture. Il régnait, à l'intérieur, une forte odeur d'encens et la musique d'ambiance n'était pas sans rappeler les CD que Jade avait achetés.

La première robe que Jade voulut à tout prix me faire essayer avait été baptisée « La Vestale ». C'était un long fourreau noir, en velours extensible, gansé d'un ruban métallique or, avec des manches qui se rétrécissaient en pointe, sur le dos de la main, et s'achevaient par un anneau que l'on passait au médium. Je trouvais que j'avais l'air déguisée, mais ce n'était rien à côté du reflet que m'a renvoyé le miroir quand j'ai passé « La Déesse » : une robe de soie entièrement plissée, d'un blanc immaculé, et ceinturée d'une torsade de métal doré. Ensuite, j'ai essayé « La Fée » : un ensemble en mousseline diaphane lavande clair, entièrement brodée de paillettes translucides aux reflets arc-en-ciel, avec une longue jupe aérienne faite d'une multitude de carrés de soie virevoltant à chaque mouvement et une tunique à col foulard qui se nouait aux épaules et aux poignets. Jade et Misty tombèrent toutes les deux d'accord pour me la faire acheter. Devant cette image de moi dans le miroir, je ne pouvais pas m'empêcher de rire en pensant à la fureur de Géraldine, si jamais elle m'avait vue porter une pareille tenue.

— Tu es vraiment jolie, Cat, me dit Jade en me passant le bras par-dessus les épaules pour venir poser sa tête contre la mienne.

Nous regardions cette fille en robe de conte de fées dans la glace. Je n'en croyais pas mes yeux.

— Bientôt, tu briseras plus de cœurs que moi, me chuchota-t-elle à l'oreille.

Moi ? Vraiment ? ai-je songé en contemplant mon reflet avec incrédulité.

— Prenons « La Déesse » pour Star, décréta Jade. Et puis, après tout, pourquoi ne pas toutes nous habiller ici ? Je jouerai les « Vestales ». Qu'en penses-tu, Misty ?

— OK. Ce sont tout à fait les tenues qui s'imposent pour le remariage de papa.

Elle inspecta les autres portants et se choisit un haut de soie bleue froissée avec une encolure en V brodée de dauphins d'or et une jupe assortie, courte devant, mais qui s'achevait en traîne derrière, parsemée de petites étoiles de mer dorées. Elle était parfaite en « Néréide ». Je me disais : *Non mais, imagine un peu le spectacle quand nous entrerons toutes les quatre dans l'église !* Mais j'étais sûre que faire un scandale et voler la vedette aux mariés était très exactement ce que Misty escomptait.

Nous nous en sommes tout de même sorties pour plus d'un millier de dollars.

Je me disais : *Géraldine doit sûrement se retourner dans sa tombe*. Et je m'attendais presque à voir la terre éventrée au fond du jardin, en rentrant. Sur le chemin du retour, nous nous sommes arrêtées chez Misty pour qu'elle prenne sa clarinette. Elle voulait nous offrir un petit échantillon de ses talents de musicienne après le dîner. Nous étions fermement résolues à passer une bonne soirée et à chasser de notre esprit les sinistres événements des derniers jours.

À ma grande surprise, Star adora la robe que Jade lui avait choisie. Nous la lui avons montrée dès son arrivée et avons unanimement décidé d'enfiler sur-le-champ nos nouvelles acquisitions. Ainsi vêtues, nous nous sommes baladées à travers toute la maison, comme à la parade.

— C'est la tenue idéale pour notre première séance, affirma soudain Jade.

Et elle nous entraîna au premier, dans notre « sanctuaire » où, selon ses instructions, nous devions allumer les bougies, mettre la musique, nous asseoir sur le tapis, nous tenir la main et « entrer en communion spirituelle ».

— Si le docteur Marlowe nous voyait ! s'exclama Star.

Nous nous sommes toutes esclaffées. Le rire était encore notre meilleure défense : un grand soleil pour repousser tous les orages.

Jade nous donna donc notre première leçon de méditation. Était-ce mon imagination ? J'ai pourtant bel et bien eu l'impression de me délivrer de mes angoisses. J'ai vraiment senti tout mon corps se détendre. Après, nous avons participé aux préparatifs d'une soirée pâtes, avec une salade d'épinards en entrée. Jade avait pris chez elle une bonne bouteille de vin qu'elle s'empressa de nous faire goûter. C'était un grand cru français : une pure merveille qui devait valoir une fortune. Nous nous sommes ensuite confortablement installées autour de la table de la salle à manger et nous avons dîné en bavardant et en plaisantant, goûtant avec une joie manifeste le simple bonheur d'être ensemble.

Jade nous assura que nos «tenues mystiques» nous avaient toutes changées en déesses et demanda à chacune de décrire le pouvoir magique qu'elle possédait. Misty était invisible et pouvait espionner qui elle voulait quand elle voulait. Star pouvait voler aussi haut et aussi loin qu'un aigle. Jade transformait tous les hommes en esclaves assoiffés d'amour rampant à ses pieds. Quant à moi, je leur ai dit que j'aurais aimé vivre dans un château dont les murs pouvaient repousser la maladie et le malheur.

— C'est exactement ce que sera cette maison, s'exalta Jade.

Le repas terminé, Misty alla mettre un CD et nous avons débarrassé la table en musique. Ensuite, nous sommes passées au salon et Misty nous a joué de la clarinette.

Les morceaux qu'elle a exécutés portaient autant à la méditation que les CD New Age de Jade. Star, Jade et moi avions fermé les yeux et nous laissions complètement aller. J'avais l'impression d'être sur un petit nuage : je flottais.

Misty cessa de jouer, s'assit en tailleur en face de nous et, pendant quelques instants, personne ne parla.

— Je suis contente que vous veniez toutes avec moi, samedi, nous dit-elle, rompant enfin le silence. J'ai beau me raisonner, je n'arrive pas à imaginer mon père marié à une autre. Je n'arrive pas à penser qu'il sera là, debout devant l'autel, en train de promettre à une autre qu'il l'aimera pour toujours. Ça me fait comme si... comme si je n'existais plus, comme s'il effaçait son passé et tout ce qu'il y avait dedans, y compris moi.

Star lui prit la main, puis celle de Jade. J'en fis aussitôt autant de mon côté. Nous étions unies et tout était dit.

Nous nous sommes levées en même temps.

— Demain, décréta Jade, nous nous remettrons au travail pour donner à cette maison un véritable air de fête : il s'agit de la préparer pour notre prochaine soirée. Peut-être faudrait-il des effets de lumière ou même quelques nouveaux meubles ? Et plus de posters, plein de choses, en fait !

— Demain, nous retournons faire le siège des magasins ! s'enthousiasma aussitôt Misty, en tendant le bras comme si elle brandissait une épée.

— Ça, c'est bien d'une Beverly ! soupira Star. Comme si le shopping pouvait résoudre tous les problèmes !

Nous nous sommes regardées, Misty, Jade et moi, et nous avons explosé de rire.

— Ben quoi ? s'étonna Star.

— Tu nous l'as déjà dit, lui ai-je répondu.

— Hein ? Quand ça ?

— Par la bouche de Misty, lui expliqua Jade.

Devant sa mine perplexe, nous avons ri de plus belle, si fort que nous nous tenions les côtes.

— Vous êtes toutes carrément déjantées ! s'exclama Star.

Elle sembla réfléchir un instant, puis ajouta :

— Dieu merci !

Le reste de la semaine passa à toute vitesse. Cette nuit-là, Jade coucha à la maison. Le lendemain, Misty prenait sa place. Le jour suivant, l'Armée du Salut venait chercher les meubles et les vêtements de Géraldine. C'était encore loin de suffire à me faire entrer dans la tête que Géraldine était partie pour de bon, mais il faut reconnaître que cela y a tout de même contribué.

Chaque soir, après notre séance de méditation quotidienne, nous cuisinions, plaisantions et dînions ensemble, en écoutant de la musique : nous passions des moments fabuleux. Star supportait mal de devoir rentrer dormir chez sa grand-mère à cause de Rodney. Sa mère avait trouvé un travail dans un bar de plage et, déjà, elle commençait à rentrer à des heures impossibles. Comme elle réveillait Rodney toutes les nuits, en butant dans les meubles, Mamie Anthony avait réussi à la convaincre de coucher sur le canapé du salon. Rodney avait donc retrouvé son lit de camp et dormait de nouveau dans la même chambre que sa sœur. Pour rien au monde elle n'aurait voulu le laisser seul.

Finalement, le samedi tant attendu arriva. Le chauffeur de Jade vint nous chercher avec la limousine. Misty nous raconta, dans la voiture, que sa mère était furieuse que nous soyons allées jusqu'à acheter de nouvelles toilettes pour assister à la noce, comme si c'était l'événement mondain de l'année. Elle ne pouvait assurément pas imaginer ce que nous allions porter. Si elle nous avait vues dans nos « tenues mystiques », elle aurait sans doute révisé son jugement.

À l'instant où nous avons franchi le portail de l'église, toute l'assistance s'est retournée. Jade avait acheté une baguette magique à piles dont l'extrémité en étoile clignotait quand on appuyait sur un bouton. Elle avait également pourvu Misty d'un diadème à paillettes ; Star, d'énormes joyaux de pacotille du plus bel effet et moi, d'une longue chaîne d'argent ornée de faux cabochons de rubis que je portais en sautoir.

Le père de Misty sembla complètement désarçonné en nous voyant remonter l'aile pour prendre nos places au premier rang, avec la famille du marié. Vu sa mine, Misty ne lui avait manifestement parlé de rien. Notre entrée fut saluée par un énorme brouhaha, fort déplacé en un tel lieu. De toute évidence, les amis du père de Misty ainsi que la famille et les amis d'Ariel ne savaient pas trop sur quel pied danser. Leurs expressions étaient des plus comiques. Mais nous nous gardions bien de les dévisager et plus encore de rire.

Jade nous avait donné nos instructions avant d'entrer :

— Regardez droit devant vous et n'ayez d'yeux que pour les mariés. Vous devez avoir l'air grave. C'est très sérieux, vous savez : nous sommes là pour jeter un sort.

— Un sort ? Quel sort ? lui avait demandé Star. Qu'est-ce que c'est encore que ces délires ?

— Un sort pour protéger Misty de tout malheur ultérieur, lui avait répondu Jade, sans l'ombre d'un sourire.

— Oh ! c'est génial ! s'était écriée Misty, aux anges.

Même si elle savait parfaitement que ce n'était qu'un jeu, cette comédie lui permettait de réaliser ses fantasmes et d'empêcher la souffrance et la détresse de prendre trop d'emprise sur elle.

— Et on est censées faire ça comment, au juste ? s'était enquise Star.

— Dès que le pasteur commencera à parler, je lèverai ma baguette magique et je la balancerai d'abord à droite puis à gauche. Vous vous pencherez toutes en même temps du même côté, c'est compris ?

— Mais où tu vas chercher tout ça, toi ? avait soupiré Star.

— J'ai eu une vision, cette nuit.

— Oh ! c'est génial ! avait répété Misty.

Mon cœur battait la chamade. Je ne parvenais pas à croire que Jade irait jusqu'au bout. Mais elle l'a fait. Elle a même allumé sa baguette et nous nous sommes penchées toutes les trois en rythme, comme prévu. Le pasteur s'était interrompu pour nous regarder. Le père de Misty et Ariel s'étaient retournés aussi. Leurs sourires s'étaient aussitôt évanouis, mais le père de Misty avait prestement fait volte-face pour demander au pasteur de poursuivre. L'officiant avait alors prononcé les paroles qui consacraient les liens du mariage.

Dès qu'il put se libérer, le père de Misty vint nous trouver.

— Qu'est-ce que ça signifie, Misty ? Qui sont ces jeunes filles ? À quoi riment ces déguisements grotesques ? À quoi jouez-vous exactement ? Ariel est bouleversée. C'est ta mère qui a manigancé tout ça ?

— Non, papa. Mes amies et moi voulions bénir ta nouvelle union pour qu'elle soit plus solide que la première et qu'elle ne se brise pas en rendant tout le monde malheureux autour de toi, récita Misty, comme si elle était en train de lire un conte à un enfant de cinq ans.

Son père est devenu si rouge que je voyais déjà la vapeur lui sortir des oreilles. Et puis il a hoché la tête et il a dit :

— Je croyais que tu ferais preuve d'un peu plus de maturité en de telles circonstances, Misty. Je suis terriblement déçu.

— Moi aussi, je suis déçue, papa. J'ai bien peur que notre magie ne marche pas.

— Très bien. Puisque tu le prends comme ça… Nous en reparlerons plus tard. Je saurai bien à quoi m'en tenir.

Il nous adressa un petit sourire figé et retourna auprès de ses invités.

— J'ai l'impression que ton père ne nous apprécie pas beaucoup, Misty, railla Jade. Séchons la réception et allons plutôt danser au Kit Kat Délir'Club sur Melrose Avenue.

— Bonne idée !

Misty suivit son père des yeux pendant un instant. Son regard s'embua de larmes et elle tourna les talons, nous entraînant dans son sillage vers la sortie. Nous lui avons emboîté le pas, Jade jouant de sa baguette magique en chemin, comme quelque évêque bénissant les foules. À chaque fois qu'elle touchait quelqu'un et que la petite étoile s'allumait, les gens sursautaient ou demeuraient interloqués. Pressée de quitter l'église, je les suivais aussi vite que mes béquilles me le permettaient.

Jade n'avait pas claqué la portière de la limousine qu'elle nous avouait avoir subtilisé chez elle une bouteille de vodka et un pack de jus d'orange qu'elle avait cachés dans le mini-bar.

— Voici de quoi nous mettre dans l'ambiance, déclarat-elle en sortant les verres.

— Ça ne marche pas toujours comme ça, lui fit remarquer Star.

Nous avons toutes saisi l'allusion : elle pensait à sa mère.

— Pour nous si, parce que nous n'abuserons pas, Star. Nous avons juste besoin de nous amuser un peu, insista Jade, en désignant discrètement Misty du menton.

La pauvre Misty s'était faite toute petite dans son coin. Elle regardait les invités du mariage sortir de l'église et avait l'air affreusement triste.

Le regard de Star s'assombrit : elle avait compris. Jade prépara les cocktails et augmenta le volume de la musique. En arrivant à la discothèque, nous nous sentions déjà beaucoup mieux. C'était la première fois que je mettais les pieds dans un endroit de ce genre, mais il ne me sembla pas que nous étions très différentes des autres filles qui dansaient sur la piste : j'avais l'impression que tout le monde était déguisé.

À peine arrivées, Star, Jade et Misty plongèrent dans la lumière et dans le bruit. Je compris alors pourquoi cette boîte de nuit s'appelait le Délir'Club : les gens semblaient complètement pris dans l'ambiance, transportés par la musique, baignant dans une sorte de transe collective. Je pouvais le sentir, même de là où j'étais assise à regarder les autres danser. Jade est venue me chercher. Je me suis efforcée de me débrouiller au mieux avec mes béquilles. Apparemment, cela amusait beaucoup nos voisins. C'était comme si nous avions sauté au beau milieu d'un océan et qu'une énorme vague de joie et de plaisir quasi hystériques nous soulevait. Déjà nous poussions des cris et riions comme des folles. Parfois, je dansais avec un inconnu, parfois avec une des filles. Il en était de même pour chacune d'entre nous. Mais nous n'avons rencontré personne : la musique était trop forte pour pouvoir se parler. Nous avons dansé une bonne heure sans interruption jusqu'à ce que Jade décidât brusquement qu'elle avait soif. Nous sommes alors retournées nous asseoir pour commander des jus de fruits.

— Que dis-tu du repas de mariage de ton père ? hurla Jade, en tapotant le bras de Misty pour attirer son attention.

C'était la seule façon de se faire entendre, même à plus de cinq mètres de la piste.

— C'est génial ! J'ai hâte de voir la pièce montée !

Jade s'esclaffa. Star en fit autant et moi aussi. Mais je n'avais pas l'impression que nous avions envie de rire. En fait, nous avions plutôt envie de pleurer. Les oreilles bombardées de décibels, nous avons bu nos verres en regardant les flashs de lumière multicolore foudroyer la foule compacte des danseurs. Mais la déprime, en bon vieux démon obstiné qu'elle était, avait réussi à se frayer un chemin jusqu'à notre table et à jeter son ombre morose sur ses occupantes. Je la voyais dans chacun des visages qui m'entouraient et je la sentais sur le mien.

— Il faut que je rentre, brailla Star en se penchant vers Jade. Je voudrais donner un coup de main à Mamie, ce soir.

Jade hocha la tête, paya la note et nous entraîna vers sa limousine qui nous attendait sur le parking de la discothèque.

Même enfermée dans la voiture, j'entendais encore les basses syncopées de la boîte de nuit.

— Je crois que je deviens sourde, ai-je gémi, après avoir vainement dégluti pour essayer de me déboucher les oreilles.

Elles se sont toutes mises à rire.

— C'est la première fois que tu vas dans un night-club, je parie, me dit Jade.

J'ai hoché la tête.

— D'habitude, je mets des boules Quiès, m'informat-elle.

Misty avait posé la tête sur l'épaule de Star. Elle avait les yeux fermés. Jade lui passa le bras autour de la taille, puis elle nous lança, à Star et à moi, un regard entendu.

— Les filles, déclara-t-elle. Il est temps que nous cessions de porter le deuil de nos familles mortes. Nous ne devrions penser qu'à nous amuser. À la réunion de demain, je propose que nous commencions la présentation des candidats pour notre première soirée.

Misty se redressa d'un bond.

— Vraiment ? s'exalta-t-elle.

— Je pense que nous sommes prêtes. Star ?

— D'accord. Mais souvenez-vous bien de ce que Jade nous a dit : pas de filles. Nous devons rester prudentes !

— Quand vas-tu donc cesser de me chambrer ? soupira Jade.

— Allons, ne me dites pas que vous êtes sensible, en définitive, Princesse Jade, ironisa Star. Votre cuirasse en or massif aurait-elle quelque défaut ? Consentiriez-vous à l'admettre ?

Jade se rembrunit.

— Je l'ai déjà admis, Star. Nous l'avons toutes admis.

Elle leva sa baguette magique.

— Et maintenant, c'est le moment de nous en débarrasser à tout jamais, dit-elle.

Nous l'avons toutes regardée balancer sa baguette comme si elle cherchait à nous hypnotiser. Star se mit à rire, mais, tout à coup, Misty se redressa.

— Je crois que ça a marché, s'écria-t-elle avec un sourire radieux, comme si elle avait vraiment été touchée par la magie.

— Moi aussi, dit Jade en quêtant l'approbation de Star du regard.

— Je l'ai sentie. Je suis absolument affirmative, renchérit Star.

Elles se tournèrent vers moi.

— Oui. Vous avez raison. Nous voilà débarrassées de nos fêlures à tout jamais. Prêtes pour un nouveau départ ?

13

Nouveau départ

— David Kellerman.

Jade nous montrait une photo qui la représentait à Santa Monica, en compagnie de deux filles de son lycée et de trois garçons. Ils se tenaient tous les six devant le vieux manège de chevaux de bois, sur la jetée. Nous étions installées dans le salon pour une nouvelle session de ce que nous appelions désormais les «assemblées du C.O.A.P.» À l'ordre du jour, cet après-midi-là : l'organisation de notre première soirée.

— C'est lui, dit-elle en pointant l'index sur le grand jeune homme brun que l'on apercevait derrière elle.

Il était mince, mais large d'épaules et très beau garçon. Elle se pencha vers chacune d'entre nous pour lui permettre d'examiner tout à loisir son candidat et se redressa, le regard fier, un sourire satisfait aux lèvres, manifestement convaincue de rallier tous les suffrages.

Star me lança un coup d'œil en coin, puis s'abîma dans la contemplation du papier peint.

— Et alors ? fit-elle avec une indifférence affichée.

— Le père de David est un des propriétaires de l'Ascot Theater ; ce qui signifie entrée gratuite et premiers rangs pour tous les concerts, du 1er janvier au 31 décembre. Il vit à Woodside Village, près de Century City, autrement dit là où nous nous serions probablement installés, si mon père n'avait acquis cet exceptionnel emplacement à Beverly Hills.

— Tu veux donc inviter ce type à notre soirée pour pouvoir entrer sans payer à tous les concerts de l'année, c'est bien ça ? récapitula Star.

— Mais non, voyons ! Ne sois pas bête, s'exclama Jade avec hauteur. J'ai largement les moyens de m'offrir un concert, et aux meilleures places, qui plus est.

— Bon. Alors quoi ?

— Eh bien, il n'est pas mal, vous ne trouvez pas ?

— Remontre-moi cette photo que je vois, lui dit Star, avec un petit geste agacé.

J'ai regardé Misty. Elle avait beau cacher son sourire derrière sa main, ses yeux la trahissaient : elle avait le fou rire. Il était évident que Jade se faisait mettre en boîte. Star n'en examinait le cliché en question qu'avec plus d'attention, comme si elle jugeait effectivement du pouvoir de séduction du dénommé David. Elle haussa les épaules et lui rendit sa photo.

— Il a les sourcils trop rapprochés. Mamie dit toujours qu'il ne faut pas se fier à un homme qui a les sourcils trop rapprochés : c'est un colérique et un jaloux.

— Oh ! Je t'en prie ! s'écria Jade. Il n'a pas les sourcils trop rapprochés ! Et puis, ce sont juste des superstitions de grand-mères.

— Il ne faut pas rire avec ça. Les superstitions, c'est la sagesse populaire : elles sont souvent riches d'enseignement, insista Star, en lui agitant l'index sous le nez, comme une maîtresse d'école chapitrant une élève de six ans.

Découragée, Jade se tourna vers nous.

— Qu'en pensez-vous, vous deux ? nous demanda-t-elle.

— Qu'est-ce que tu peux nous dire d'autre sur lui ? s'enquit Misty.

— Oui, quoi d'autre ? enchaîna aussitôt Star, revenant à la charge.

Bras croisés, lèvres pincées, elle se cala contre le dossier du canapé, tel un juré siégeant dans une véritable cour d'assises pour décider du destin amoureux de notre chère présidente.

— Il a toujours eu un petit faible pour moi, obtempéra Jade. Bon, jusqu'à présent, je ne l'ai jamais encouragé, mais je suis restée très courtoise.

— Tu l'as allumé, quoi, résuma Star.

— Non ! s'indigna Jade. Absolument pas !

— Pourquoi tu n'es jamais sortie avec, alors ? Tu es sûre que tu ne le fais pas marcher ? insista Star, en secouant la tête d'un air réprobateur.

— Non. Je n'ai pas joué au chat et à la souris avec lui, si c'est ce que tu veux dire. Je ne fais jamais ce genre de choses. Enfin... pas très souvent, minauda-t-elle, avec un sourire de sainte-nitouche et un battement de cils des plus convaincants.

Elle s'empressa toutefois de reprendre son sérieux. L'heure n'était pas à la plaisanterie : l'enjeu était de taille.

— Je le trouvais trop immature, si tu veux tout savoir. Mais il a mûri et il s'est bonifié en vieillissant : il est devenu très séduisant, quoi que tu en penses.

— Je n'ai pas dit que c'était un laideron non plus, protesta Star.

— Le fait est qu'il saura apprécier notre invitation – d'autant plus qu'elle viendra de moi –, qu'il l'honorera et honorera ses hôtesses et qu'il saura se tenir, ce qui n'est malheureusement pas le cas de tout le monde : rares sont ceux qui savent rester de parfaits gentlemen d'un bout à l'autre d'une soirée, reprit Jade, qui poursuivait sa plaidoirie. J'envisage très sérieusement de sortir avec lui et je pense que ce serait l'occasion ou jamais de voir si nous nous accordons.

— Si vous vous « accordez » ? répéta Star, en arquant les sourcils. Pourquoi ? Qu'est-ce que tu veux faire avec lui ? Monter un orchestre ?

— Un orchestre de chambre, pouffa Misty.

— Vous pouvez rire. N'empêche qu'il fait un excellent candidat et que c'est sur lui que j'ai arrêté mon choix. Alors ?

Star haussa les épaules.

— Pas d'objection, répondit Misty.

— Cat ?

— Il me semble très bien, ai-je hasardé, en lorgnant vers Star.

— OK, approuva enfin cette dernière.

— Merci, fit Jade en se rasseyant. Et maintenant, à qui le tour ?

— J'avais pensé à Chris Wells, se lança Misty. Mais je n'ai pas de photo de lui.

— Aucune importance. Décris-le-nous, lui intima Jade.

— Il est un tout petit peu plus grand que moi. Il est supermignon, mais très timide. Il a de longs cheveux blonds qu'il rejette tout le temps en arrière pour ne pas les avoir dans les yeux. Bleu des mers du Sud, les yeux, précisa-t-elle, soudain lyrique. Ça fait longtemps qu'il me plaît, mais j'ai toujours eu l'impression qu'il me prenait pour une gamine.

— Pourquoi tu veux l'inviter, alors ? s'étonna Star.

— Eh bien... ces derniers temps, il a changé, répondit Misty en baissant le ton et avec un air entendu qui invitait aux confidences. Il habite tout près de chez moi et, par deux fois au moins, il s'est arrêté devant la maison quand j'étais dehors. La première fois, je lavais la voiture et, la deuxième, je gonflais mon vélo. Il parlait, parlait, parlait, mais sans jamais me quitter des yeux. Il ne me voit plus de la même façon, j'en suis sûre. Vous savez, quand un garçon a ce petit truc dans les prunelles, là, et qu'il a l'air de vous déshabiller du regard ? Eh bien, c'est un peu ça. Je crois que, la dernière fois, il était à deux doigts de me demander de sortir avec lui.

— Pourquoi il ne l'a pas fait, alors ? s'enquit Star d'un ton soupçonneux.

— Je vous l'ai dit : il est timide. Ce qui ne me déplaît pas, d'ailleurs. Il y a tellement de garçons qui se croient tout permis ! Ils sont capables de vous dire n'importe quoi, alors qu'ils ne vous ont jamais vue. Mais Chris... Chris, c'est...

Elle demeura songeuse un long moment.

— Chris, c'est le genre sensible, conclut-elle.

— S'il est si timide et si sensible que ça, tu vas peut-être le terroriser en l'invitant comme ça, franco, à ta soirée ? la prévint Star.

— Ou peut-être pas, intervint aussitôt Jade. Avec quel genre de faune fraie-t-il ? Ses amis sont-ils fréquentables, au moins ?

— Oh oui ! ses copains sont très bien, lui assura Misty. Et ma mère a beaucoup d'estime pour sa famille – si tant est que ce soit une référence…

— Entre snobs… marmonna Star.

— Nous cherchons seulement à prendre un maximum de garanties et à vérifier qu'ils sont d'un bon milieu pour ne commettre aucun impair. Il ne s'agit pas d'inviter des indésirables, pontifia Jade. N'est-ce pas précisément le but de cette réunion ?

— Oh ! excusez-moi, ça m'était complètement sorti de l'esprit ! s'exclama Star, en se frappant le front du plat de la main.

Elle se tourna vers Misty.

— Tu connais son groupe sanguin ? lui demanda-t-elle.

— Quoi ?

— On aura besoin d'un échantillon d'urine, aussi.

— Très drôle ! maugréa Jade. Et qui compte-t-elle inviter, la crâneuse ?

Star éclata de rire, me fit un clin d'œil espiègle, mais reprit sur-le-champ son sérieux.

— Vous vous souvenez quand je vous ai parlé du cousin de Lily Porter, Larry ?

— Non, trancha Jade.

— Ça t'est passé au-dessus de la tête, peut-être ? Très, très au-dessus, alors, lui rétorqua Star en braquant sur elle ses poignards d'obsidienne.

— J'ai oublié, d'accord ? J'ai été occupée ailleurs. Nous ne nous sommes pas vraiment croisé les bras, ces jours-ci, ce me semble, se défendit Jade d'une voix qui déraillait dans les aigus.

— Moi, je m'en souviens, me suis-je promptement interposée. Il est dans l'armée, c'est bien ça ?

— C'est bien ça, Cat. Comment tu as fait pour te le rappeler avec tout ce qui s'est passé, « ces jours-ci » ? me demanda-t-elle, en coulant vers Jade un regard sarcastique. Tu ne penses sans doute pas qu'à te vernir les ongles, toi…

— Ce n'est pas juste ! se récria Jade.

— OK, OK, je suis désolée, s'excusa Star. Enfin bref, il revient mardi prochain et je dois le rencontrer. Et je me disais, ajouta-t-elle avec un sourire en coin, s'il est aussi beau en vrai qu'en photo, je l'inviterais bien.

— Ça m'a l'air d'une bonne idée, s'enthousiasma aussitôt Misty. C'est certainement quelqu'un de très mûr, s'il est dans l'armée et tout ça.

— Tu parles ! s'esclaffa Star. Il a vingt ans.

— Vingt ans ? Mon Dieu, mais il va bientôt être à la retraite ! persifla Jade, saisissant aussitôt l'occasion de prendre sa revanche. Pourquoi diable sortir avec un vieillard qui ne tient sans doute plus debout que par la raideur de son uniforme ?

Star la fusilla du regard, mais finit par recouvrer le sourire.

— OK, un point pour toi. Match nul.

Elles se tournèrent toutes vers moi.

— Et toi, Cat ? Qui aimerais-tu inviter ? me demanda Jade.

— Je ne sais pas. Je ne connais personne.

— Il n'y en a vraiment pas un que tu aurais envie de connaître, justement ? s'enquit Misty.

J'ai secoué la tête.

— Aucun que je puisse inviter à une soirée. Je veux dire : il y a des garçons que j'aimerais bien connaître, mais je ne leur ai jamais adressé la parole.

Il y eut soudain un silence embarrassé.

— Dans ce cas, je suggérerais de demander à David de venir avec son cousin, proposa Jade. Ils sont souvent ensemble et Stuart n'est pas mal non plus. C'est un garçon sérieux et très bien élevé.

— Un rendez-vous mystère ? s'exalta Misty, en battant des mains.

— Cat n'y verrait sans doute aucun inconvénient. N'est-ce pas, Cat ? insista Jade.

— Je ne voudrais pas gâcher la soirée.

— Mais tu ne gâcheras rien du tout. Je sais, de source sûre, que Stuart est assez casanier et qu'il ne sort avec personne en ce moment. C'est exactement le genre de garçon qu'il te faut.

— Tu te prends pour qui ? lui lança Star. Cupidon ?

— Ce n'est que notre première soirée, argua Jade. S'ils ne s'entendent pas, ce ne sera pas la fin du monde.

Elle se tourna vers moi.

— Stuart est presque aussi grand que David. Il a également les cheveux bruns, mais légèrement plus clairs. En fait, il ressemble un peu à Christian Slater dans « *Au Nom de la rose* » – enfin, en plus mûr. Et il a la tête bien faite. Il est même très brillant : le genre qui collectionne les A + dans toutes les matières, si tu vois ce que je veux dire.

— Oh ! Alors, il me trouvera sûrement idiote, me suis-je affolée.

— Mais non. Pourquoi te trouverait-il idiote ? Tu n'es pas un cancre, que je sache, si ?

— J'ai eu de bons résultats scolaires, cette année. Du moins le peu de temps que j'ai passé en cours. Mais j'ai été longtemps absente, comme vous le savez.

— Tu n'es pas en train de chercher un job, Cat. Tu vas juste rencontrer un fils à papa pourri gâté, doté d'un cerveau en état de marche, railla Star. C'est vrai que ça doit être une denrée assez rare, même à Beverly Hills, mais ce n'est pas un entretien d'embauche ! Ce n'est pas comme si tu passais une audition !

— Ne l'écoute pas, Cat. Stuart n'a rien d'un fils à papa, m'assura Jade, avant de braquer sur Star un regard assassin. Tu ne le connais même pas, lui lança-t-elle, acerbe.

— C'est un gosse de riches et il est pourri gâté, s'entêta Star. Mais c'est bon. Ce n'est pas un problème, ajouta-t-elle en levant les mains en signe de trêve. Je commence à m'habituer aux gosses de riches à force de les fréquenter.

— Cela me fait de la peine pour ce malheureux Larry, s'affligea Jade, en hochant la tête. Après t'avoir rencontrée, il regrettera de ne pas être resté en Allemagne.

— Ah oui ? Eh bien, on va voir où il voudra être, après m'avoir rencontrée. Il pourrait même manquer à l'appel rien que pour rester avec moi.

— Oh, Seigneur ! soupira Jade.

Elle dévisagea Star d'un air consterné, puis elles éclatèrent de rire en chœur. Misty me sourit.

— Ça commence à devenir excitant, non ? me dit-elle.

À la perspective de rencontrer un inconnu, mon cœur s'était mis à cogner dans ma poitrine. Et si tout le monde s'amusait, sauf lui ? Je deviendrais, aux yeux de tous, ce poids mort que je craignais tellement d'être et la fête serait gâchée. Et les filles qui attendaient cette soirée avec tant d'impatience ! C'était si important pour elles qu'elle soit réussie.

— OK, nous avons notre liste, dit Jade. Maintenant, passons à l'organisation de la soirée proprement dite. Je tiens absolument à ce que tout se passe bien. Pour nous toutes, mais surtout pour Cat, ajouta-t-elle en m'adressant un regard appuyé.

— Ah ça ! Je dis amen là-dessus, approuva Star.

Nous avons commencé par établir le menu. C'est à ce moment-là que nous avons eu cette petite discussion à propos de l'alcool : Misty et Jade voulaient qu'il y en ait, mais Star s'y opposait. Elle pensait que servir de l'alcool, c'était prendre des risques inutiles et chercher les ennuis.

— S'il y en a une qui boit un peu trop, argua-t-elle, certaines paroles pourraient lui échapper…

— Mais non, lui assura Jade.

— Quand tu t'amuses bien, qu'il y a de la bonne musique, des gens sympas et tout ça, tu te laisses aller. C'est seulement après que tu te rends compte de ce qui s'est vraiment passé. Mais le mal est fait. Il suffit qu'une seule d'entre nous fasse une gaffe et…

— À t'entendre, on pourrait croire qu'il n'y a rien de plus terrible et de plus dangereux que de vouloir s'amuser ici. Mais c'est précisément dans ce but que nous avons fait tout ce travail, Star, plaida Jade, en embrassant l'ensemble du salon d'un large mouvement de bras. Si nous ne pouvons pas nous amuser – nous amuser intelligemment, comme des personnes sensées et responsables –, à quoi bon tous ces efforts ?

— Je voulais juste qu'on n'oublie pas d'être prudentes, c'est tout.

Le silence envahit la pièce. Finalement, c'est Jade qui le brisa pour remonter au créneau :

— Les garçons en réclameront, c'est inévitable. Nous avons la maison pour nous et nous sommes libres comme l'air : ils vont nous prendre pour des demeurées, sinon. Crois-tu donc que ton ancien combattant va se contenter d'un verre de limonade ?

— On pourrait peut-être se limiter à quelques packs de bière ? proposa Star.

— De la bière ? Quelle horreur ! Tu aimes la bière, toi ? me demanda Jade.

— Je n'en ai pas bu beaucoup, lui ai-je timidement répondu.

— Tu vois !

— D'accord, d'accord. Servez de l'alcool, mais ne venez pas vous plaindre à moi après.

— Mais non ! soupira Jade d'un ton excédé.

Elle réfléchit une seconde et ajouta :

— Je ferai ce superpunch dont j'ai le secret et je n'en mettrai pas beaucoup.

— Y a rien de mieux que les cocktails pour être malade, affirma Star.

— Oh, Seigneur !

— Moi, je te préviens, c'est tout. Après, tu fais ce que tu veux. Mais je sais de quoi je parle, malheureusement ! nous rappela-t-elle.

— D'accord, nous serons hypervigilantes, lui promit Jade. Bon. Pour la musique, je me propose d'apporter tous mes derniers CD.

Elle jeta un regard circulaire.

— Il faudrait que nous arrangions un peu cette pièce, aussi : que nous déplacions quelques meubles pour pouvoir danser.

— Tu veux rappeler l'Armée du Salut ? lui demanda Misty, qui semblait prendre goût aux déménagements.

— Non, non. Il ne s'agit pas de nous en débarrasser, seulement de les mettre ailleurs pour la soirée, lui expliqua Jade. Peut-être pourrions-nous en transporter certains dans la salle à manger ?

— Bonne idée, approuva Star.

Elle se tourna vers moi, quêtant mon assentiment du regard. J'ai acquiescé d'un hochement de tête.

— Bien. Nous avons donc fixé la date, l'heure, les boissons, le menu, la liste des participants et le décor, récapitula Jade. Voilà qui me semble prometteur. Ce sera une supersoirée, j'en suis persuadée.

Misty sourit jusqu'aux oreilles et je fis en sorte d'afficher un optimisme de circonstance.

— Encore une chose, intervint Star en se penchant vers nous.

— Quoi ? s'énerva Jade.

— Il faut s'assurer que personne n'ira faire un tour dans le jardin, au cas où je n'aurais pas fait du si bon travail que ça.

— Mais si, tu as fait du très bon travail. Cesse donc de te faire du souci.

Star se cala contre le dossier du canapé.

— Mamie dit toujours qu'il vaut mieux prévenir que guérir.

— Oh ! pitié ! Épargne-moi tes leçons de morale, tu veux ?

— C'est bien ça le problème avec toi, Jade. C'est que quelqu'un l'a déjà fait avant moi.

Misty et moi avons bien failli éclater de rire. Mais un seul coup d'œil à Star et à Jade nous en a dissuadées : aucune des deux ne souriait. Il faudrait bien plus d'une soirée, si super soit-elle, pour nous faire oublier qui nous étions et comment nous nous étions rencontrées. *Peut-être que nous n'y parviendrons jamais, pas même le temps de passer un bon moment ensemble,* me suis-je dit.

En parlant d'oublier, il m'était presque impossible de ne pas penser à mon père. La crainte de son retour imminent me taraudait. Il ne se passait pas une heure sans que j'interrompe ce que j'étais en train de faire pour dresser l'oreille à cause d'un bruit bizarre dans la maison ou parce qu'il m'avait semblé entendre une voiture remonter l'allée. Je regardais si souvent par la fenêtre qu'on aurait pu me prendre pour une prisonnière guettant désespérément son sauveur.

En dépit des nuages qui semblaient s'amonceler toujours davantage à l'horizon, plus la date de la soirée approchait, plus notre impatience et notre enthousiasme grandissaient. La première rencontre entre Star et Larry s'était encore mieux passée qu'elle ne l'avait espéré. Non seulement Larry avait dit qu'il voulait la revoir et qu'il viendrait à notre soirée, mais il l'avait appelée tous les jours depuis et l'avait même emmenée dîner au restaurant. Jade nous avait annoncé que David Kellerman était ravi d'être invité et m'appela ensuite pour m'informer que son cousin, Stuart, était impatient de venir et plus encore de me rencontrer ; ce qui me mit dans tous mes états.

Jade se chargerait de ma « métamorphose », selon sa propre expression. Mais un changement de coiffure, un maquillage personnalisé et une nouvelle robe pourraient-ils jamais faire de moi ce que je n'étais pas : une jeune fille attirante ? Sans compter que je claudiquais toujours avec une jambe dans le plâtre ! Et que dire de mon peu d'expérience des garçons – sans même parler de mes pathétiques mésaventures précédentes ? N'allais-je pas me ridiculiser devant tout le monde et gâcher la fête ?

La veille du jour J, Jade m'emmena chez sa coiffeuse-visagiste, laquelle passa la majeure partie de son temps à égaliser mes cheveux et à critiquer « le massacre » perpétré par son prédécesseur. Je me suis bien gardée de préciser qu'il s'agissait de Géraldine : j'étais déjà suffisamment embarrassée comme cela. Après m'avoir coupé les pointes, elle exécuta une sorte de carré asymétrique avec une raie en zigzag, puis me lissa les cheveux au séchoir soufflant avec une brosse ronde, avant d'ajouter une touche de brillant en vaporisant un nuage d'huile subtilement parfumée. On ne m'avait jamais fait une chose pareille.

— Ah ! s'écria Jade d'un air satisfait. Voilà ce qui s'appelle une coupe !

Quand je me suis regardée dans la glace, j'en ai eu des palpitations.

Était-ce vraiment moi ? Ma nouvelle coiffure me trans-figurait complètement. Je n'avais plus cet air de chien battu et cette lassitude qui m'épaississaient les traits. C'était si nouveau, si difficile aussi, pour moi, de me trouver jolie. Les mises en garde de Géraldine contre le narcissisme et le péché de vanité me résonnaient dans la tête comme un roulement de tambour :

« Qu'est-ce que tu regardes comme ça, Cathy ? Tu ne vas pas tomber amoureuse de ta propre image, non ? » l'entendais-je déjà vociférer.

De retour à la maison, Jade se mit en devoir d'essayer sur moi toute une palette d'eye-liners, d'ombres à pau-pières et de rouges à lèvres, cependant qu'assises en face de moi Star et Misty composaient le jury. Chacune ayant un point de vue différent sur le résultat, la discussion était fort animée et les critiques pleuvaient :

— Ça lui fait des yeux qui lui mangent le visage, ce fard marron. C'est beaucoup trop foncé.

— Ce rouge à lèvres rose avec cette ombre verte ! C'est carnaval !

— Tu lui écrases la bouche, là !

— Ça ne met pas en valeur le dessin de ses lèvres.

On me barbouillait le visage de démaquillant ; on m'essuyait ; on me passait un coton imbibé de je ne sais quoi ; on me remaquillait et on recommençait, tant et si bien que j'avais l'impression d'avoir la peau à vif. Au bout du compte, elles finirent par se mettre d'accord sur un brillant à lèvres légèrement orangé qui mettait mon teint en valeur et reconnurent en chœur que plus mon maquillage serait léger, mieux cela vaudrait.

Misty aurait voulu que nous portions toutes nos tenues mystiques, mais Jade avait fait l'acquisition d'une robe de ce grand couturier parisien qu'elle voulait absolument porter et insista pour que je vienne avec elle choisir une toilette pour la soirée.

— Je m'achète toujours quelque chose de nouveau pour chaque occasion, me dit-elle.

Elle m'assura que j'avais une « allure folle » dans une robe noire à bretelles – même avec ma jambe dans le plâtre. La robe en question avait un décolleté carré assez profond pour que Géraldine l'ait immédiatement classée X, mais Jade m'assura que je ne devais plus « avoir honte de mes atouts ». J'ai fini par me ranger à son avis et par acheter la robe.

Elle avait également emporté toute une sélection de tenues pour Star qui, après essayage, arrêta son choix sur une robe dos nu d'Azzedine Alaïa, encore plus décolletée que la mienne, qu'elle porterait avec un Wonderbra, nous informa-t-elle. Jade réussit à la convaincre qu'une telle longueur exigeait des talons, mais, refusant de se laisser traîner dans les magasins, Star lui jura qu'elle avait exactement les chaussures qui convenaient.

Misty porterait une mini-robe stretch camouflage à emmanchures américaines de Dolce et Gabbana avec de fines bottines. Elle avait une paire de créoles en or qui appartenait à sa mère et qu'elle voulait absolument mettre avec. Jade les trouva quelconques, mais, manifestement, Misty prenait encore exemple sur sa mère – pour certaines choses, du moins – et décida de passer outre.

Le jour J, en fin d'après-midi, Jade insista pour que nous nous réunissions dans notre salle de méditation. Le seul fait de les avoir toutes les trois autour de moi, de les voir courir en tous sens, dompter une mèche rebelle chez l'une, corriger un trait de crayon chez l'autre, de les entendre parler – souvent toutes en même temps – et surtout rire, tandis que nous nous pomponnions pour le grand soir, m'avait suffisamment décontractée et mise de bonne humeur sans avoir besoin, pensais-je, de recourir à la méditation. Mais Jade soutenait que « sous nos dehors lisses et notre sérénité de façade, courait un tumultueux torrent de nervosité fébrile et d'hystérie ».

— Nous avons toutes fait de gros progrès grâce au docteur Marlowe, nous disait-elle. Mais il faudrait être bien bêtes et bien naïves pour croire que nous sommes désormais devenues quatre jeunes femmes parfaitement équilibrées. Chacune d'entre nous est toujours un véritable baril de poudre ambulant dont la mèche peut s'enflammer à tout moment. La chose la plus anodine ou même un truc complètement idiot peut provoquer l'étincelle qui nous fera exploser.

Elle parlait surtout pour elle, mais, en fait, nous pouvions toutes nous reconnaître dans cette description. D'ailleurs, aucune d'entre nous n'osa la contredire. Nous l'avons donc suivie en silence, chacune enroulée dans son peignoir de bain. Nous avions, en effet, acheté la veille quatre peignoirs en épais tissu-éponge blanc destinés à rester au « club-house », comme nous désignions désormais la maison.

Nous nous sommes assises en cercle sur le tapis rouge et noir et Jade a allumé les bougies. Elle a fermé les yeux en tendant la main vers Misty et Star qui en ont fait autant pour moi. Un courant ininterrompu de musique New Age berçait nos pensées. Nous avons d'abord observé un long silence recueilli, puis Jade s'est mise à psalmodier une prière pour que chacune trouve enfin le bonheur et la sérénité, qu'elle soit délivrée de son passé, de ses démons et de ses cauchemars, et pour qu'elle s'épanouisse, l'âme purifiée et le cœur en paix.

Si incroyable que cela puisse paraître, après, j'ai effectivement eu l'impression que toutes mes peurs et mes mauvais souvenirs avaient été repoussés aux confins de quelque sombre et caverneuse crypte, au plus profond de moi, qu'ils avaient été enfermés là à jamais, me laissant libre de recommencer une vie nouvelle, pleine de légèreté, de joie et d'espérance. Tandis que nous nous habillions, je ne pouvais cependant m'empêcher de regarder les aiguilles tourner et l'heure de notre soirée approcher, incapable de refréner la nervosité et la tension qui, lentement mais sûrement, me gagnaient.

— Qu'est-ce qu'un garçon attend d'une fille, quand ils se voient pour la première fois en pareilles circonstances ? ai-je demandé à mes chères sœurs de miséricorde, nettement plus averties que moi en ce domaine.

Chacune suspendit le geste qu'elle était en train de faire pour consulter ses voisines du regard. Elles se retournèrent toutes vers moi. Star fut la première à se dévouer :

— Je n'ai qu'une chose à te dire, Cat : ne te jette pas à sa tête, même s'il ressemble au prince charmant. Plus tu résistes, plus ils te courent après, et plus tu prends de valeur à leurs yeux. Je n'ai même pas embrassé Larry pour lui dire bonsoir, le premier jour. Je l'ai laissé me faire un petit bisou sur la joue, mais pas question de se bécoter deux secondes après le « content de te connaître » de rigueur, me conseilla-t-elle.

— Oh ! je t'en prie ! soupira Jade.

— C'est vrai, se défendit Star. Quand je l'ai enfin embrassé, il a cru décrocher la lune, me dit-elle avec un sourire malicieux. Plus il te plaît, plus tu veux qu'il te respecte. Je me trompe peut-être, Princesse Jade ?

La moue sceptique de Jade s'évanouit et elle hocha la tête avec conviction.

— Elle a raison, reconnut-elle. Mais, tu sais, ne te prends pas trop la tête avec ce genre de choses. Essaie de te détendre et rappelle-toi qu'il sera sans doute aussi nerveux que toi, peut-être même plus. Il faut que tu lui donnes l'impression d'être sûre de toi. Pense à sourire. Un petit sourire discret, mais chaleureux et sincère. Ne ris pas bêtement à tout ce qu'il dit et, surtout, ne glousse pas. Les garçons savent très bien quand on se donne du mal pour leur plaire et, crois-le ou non, les filles qui s'y essaient perdent tout crédit à leurs yeux. Non pas qu'ils n'aiment pas voir une fille rire de leurs plaisanteries, mais ils veulent que ce soit sincère.

— Ne passe pas ton temps à le regarder dans le blanc des yeux non plus, enchaîna Star. Au début, fais-lui croire qu'il ne t'intéresse même pas. Il faut qu'il se batte pour t'avoir.

— L'important, c'est que tu aies l'air parfaitement sûre de toi, même si tu ne l'es pas, répéta Jade. Marche en rejetant les épaules en arrière ainsi, dit-elle en se levant pour me faire une démonstration. J'ai pris des cours de maintien pendant plus d'un an, ajouta-t-elle pour faire passer à Star son envie de rire manifeste.

— Comment veux-tu qu'elle fasse ça avec des béquilles, Jade ? lui fit remarquer Misty, qui écoutait les conseils de ses deux « grandes sœurs » avec autant d'attention que moi, si ce n'est plus.

— Eh bien, fais de ton mieux, m'encouragea l'intéressée. Et baisse les yeux, de temps en temps. Veille à parler lentement et à laisser de longues respirations entre chaque phrase, comme au théâtre, pour ne pas qu'il relâche son attention. Et surtout, surtout, Cat, insista-t-elle en plissant les yeux, une ferme détermination dans les prunelles, s'il ne te plaît pas ou si tu as l'impression qu'il se moque de toi, ne lui laisse pas voir ta déception. Retiens tes larmes. Au reste, ajouta-t-elle avec un petit sourire complice, tu ne voudrais tout de même pas gâcher ton beau maquillage !

— Ça fait tellement de choses à retenir ! me suis-je affolée, provoquant un fou rire général.

— On ne t'a jamais dit qu'il fallait apprendre tout ça par cœur ! s'exclama Star, hilare. Tu ne joues pas dans une pièce : pas besoin de connaître toutes les répliques et les gestes des personnages ! Ne t'inquiète pas, au bout d'un moment, ça te viendra naturellement.

— Eh bien, moi, j'embrasse dès le premier jour, claironna Misty. Si j'en ai envie et si le garçon me plaît, évidemment. Ce n'est pas pour ça que tu baisses dans son estime, tu sais. Je pourrais même aller plus loin.

— Ah oui ? Tu ferais ça, hein ? la provoqua Star.

— Parfaitement. Je ne dis pas que je le ferai ce soir. Mais je pourrais.

— Misty n'a pas tout à fait tort, concéda Jade. En fait, tout dépend du garçon en question, j'imagine. Peut-être n'y a-t-il aucune règle en la matière, juste quelques petites choses qu'il faut garder à l'esprit. Le plus important, c'est de rester honnête.

— Pardon ? fit Star en arquant les sourcils. Tu veux nous faire croire que tu es toujours honnête avec tes petits copains ?

— Eh bien... Il n'est pas interdit de flirter un peu. Mais n'essaie pas de jouer un rôle juste pour le séduire.

Elle regarda Star avec un petit sourire en coin.

— Satisfaite ?

Star hocha la tête en riant.

— Je ne sais pas, mais je crois que ça me paraît encore plus compliqué qu'avant, ai-je soupiré.

Elles ont toutes éclaté de rire.

— Ça ira, Cat, me tranquillisa Star. De toute façon, si tu ne lui plais pas, c'est qu'il ne te mérite pas.

— Ah! enfin une parole sensée! applaudit Jade.

Star lui tira la langue, puis tout le monde se replongea dans les préparatifs. Nous avons parachevé notre tenue de fête, ajoutant la petite touche finale qui change tout. Moins d'un quart d'heure plus tard, on allait sonner à la porte et les garçons commenceraient à arriver. Une fête chez moi! Jamais je n'aurais pu imaginer une chose pareille, pas même dans mes rêves les plus fous. Géraldine non plus, d'ailleurs...

Les morts pouvaient-ils voir et entendre ce qui se passait autour d'eux? La mort était-elle une sorte de prison d'où les trépassés assistaient, impuissants, au spectacle du monde? Géraldine était-elle soumise à un tel supplice, au fond de sa tombe? Était-ce là son châtiment? Je frissonnais en pensant au calvaire que ce serait pour elle. Peut-être nous comportions-nous, sans le savoir, en tortionnaires cruels, malfaisants et impitoyables? Peut-être nos problèmes et notre souffrance avaient-ils fait de nous des monstres, sans que nous nous en rendions compte?

Jade mit la dernière main aux amuse-gueules, puis entreprit de préparer son fameux punch. Nous assistions, toutes les trois, au cérémonial dans la cuisine, jetant, de temps à autre, un coup d'œil anxieux à la pendule.

— Attendez un peu! s'écria tout à coup Star.

Jade releva vivement la tête.

— On ne s'est même pas dit ce qu'on avait raconté aux garçons pour expliquer pourquoi Cat avait la maison pour elle, ce soir.

— Oh non! ai-je soufflé, atterrée.

Je me disais: *Vous parlez d'un moment pour peaufiner les détails! Il est temps!*

— Je me suis contentée de dire que nous avions la maison parce que la mère de notre amie était absente aujourd'hui et qu'elle ne reviendrait que demain, nous informa Jade. Je n'ai pas parlé de la situation de Cat. Et toi?

— C'est ce que j'ai raconté aussi. Mais je crois que j'ai dit « ses parents ». Je ne sais plus si j'ai dit seulement « sa mère » ou « ses parents ». Je ne m'en souviens plus.

— Comment peux-tu avoir oublié une chose pareille ? s'écria Jade d'une voix suraiguë (elle avait presque hurlé). Tu avais bu, ou quoi ?

— Ne dis pas de bêtises.

— Eh bien alors ? Comment peux-tu ne pas t'en souvenir ?

— J'ai dit… j'ai dit « sa mère ». Je n'ai pas dit « ses parents ». Non, je n'aurais pas pu dire « ses parents ».

— En es-tu sûre ?

— Oui, oui, j'en suis certaine.

— Dis donc ! Il faut que tu sois drôlement mordue ! Sûre, pas sûre. C'est le coup de foudre au sens propre ! Et toi, Misty ?

— Je ne lui ai rien raconté du tout. Je lui ai juste dit que nous organisions une soirée chez Cat. Il ne m'a pas demandé de détails et je n'ai pas pensé à lui en donner. Qu'est-ce que je dois lui dire, s'il me pose des questions ?

— La même chose que moi: que sa mère est absente pour la soirée et qu'elle ne rentre que demain.

— Et pour son père, on dit quoi ? s'enquit Misty.

— Quel père ? Pas de père, décréta Jade. Son père… est mort. Tué par un chauffard ivre alors qu'il n'avait même pas trente ans. C'est un peu vrai, en un sens.

— C'est clair pour tout le monde ? demanda Star.

Mon cœur battait la chamade. À quelle monumentale erreur nous venions d'échapper !

— OK. Alors, affaire classée, conclut Jade.

— Minute ! Il faisait quoi, son père ? demanda Star.

— Je ne sais pas, moi ! glapit Jade en m'adressant un regard interrogateur.

— Mon père était musicien, lui répondis-je en repensant à la lettre de ma mère. Il enseignait la musique à… à…

— L'U.C.L.A., acheva Jade.

— À l'U.C.L.A. Ma mère ne s'en est toujours pas remise, même après toutes ces années.

— Où est-elle allée ce soir ? enchaîna Star.

Nous nous sommes toutes creusé la tête.

— Chez sa sœur à... Phoenix, improvisa Misty. J'ai une tante là-bas.

— Parfait, conclut Star. Tout le monde a enregistré ?

— Je suppose qu'aucune de vous n'a parlé de ça, alors ? dis-je en montrant mon plâtre.

— Disons que tu es tombée dans l'escalier, suggéra Jade. Tu passeras peut-être pour une empotée, mais c'est mieux que de raconter ta mésaventure dans la soupente de l'arrière-cuisine. Parce que là, pour le coup, tu te verrais dans l'obligation de fournir quelques petites explications...

Nous étions toutes en train de hocher la tête avec force regards entendus quand le carillon de l'entrée a retenti.

— Il était moins une ! marmonna Star, en allant ouvrir.

Larry arriva le premier.

— Normal ! commenta Star à mi-voix. L'armée, ça vous apprend la ponctualité !

Larry avait un physique de jeune premier. Il faisait plus d'un mètre quatre-vingt-cinq et avait une carrure d'athlète. Il était magnifique dans son bel uniforme militaire et il émanait de lui un calme et une détermination rassurants.

Star nous le présenta. Sa première question fut de savoir ce qui m'était arrivé.

— J'ai descendu les marches un peu trop vite, lui ai-je répondu, un peu trop vite aussi, peut-être.

— Ne t'a-t-on jamais dit que tu ressemblais à Will Smith ? lui lança Jade, pour détourner la conversation.

— Non, mademoiselle. La plupart du temps, on me compare plutôt à Denzel Washington.

— « Mademoiselle » ! Si je n'y prends garde, tu vas bientôt me faire le salut militaire, le doigt sur la couture du pantalon ! Je t'en prie, appelle-moi Jade. Et tu peux te permettre de me tutoyer, tu sais.

— Je suis la seule avec laquelle il peut « se permettre » quoi que ce soit, ce soir, plaisanta Star.

Larry s'esclaffa.

— Viens, je vais te servir un peu du superpunch de Jade, lui dit-elle.

En voyant Star prendre Larry par le bras pour l'entraîner dans la salle à manger, Jade nous lança un coup d'œil entendu.

— Elle nous raconte n'importe quoi, chuchota-t-elle. Ils ont déjà couché ensemble.

À ces mots, j'ai cru que les yeux de Misty allaient lui sortir de la tête.

— Je sais ce que je dis, persista Jade.

David et Stuart arrivèrent juste après. Ils étaient tous les deux en tenue décontractée : pantalons de toile, chemisette Ralph Lauren et blazer. David ressemblait à sa photo, en mieux. Stuart était mignon aussi, mais faisait très sérieux. Il y avait quelque chose en lui qui forçait tout de suite le respect : il faisait plus vieux, plus mûr.

Tout le monde est allé dans la salle et Jade a mis de la musique. Les garçons l'ont complimentée pour son punch. Stuart est parti m'en chercher un verre et nous sommes allés nous asseoir sur le canapé du salon. Misty faisait le planton à la porte : elle attendait Chris. Il suffisait de la regarder pour comprendre qu'elle commençait à se demander s'il allait venir ou pas.

— Ça fait combien de temps que tu as ce plâtre ? me demanda Stuart.

Il avait une voix grave et profonde. *Très virile*, me suis-je dit.

— Pas très longtemps. Une dizaine de jours.

— Je me suis cassé le poignet, quand je devais avoir dix ans. Je suis tombé de vélo et j'ai voulu amortir la chute avec ma main. C'était plutôt douloureux, si je me souviens bien. As-tu encore mal ?

— Non, ça va.

— Jade a dit à mon cousin que tu allais à Saint Jude ?

— Oui.

J'ignorais si elle leur avait dit aussi que j'avais manqué plus d'un trimestre l'année précédente, mais je supposais que non.

— Tu connais Guy Davis ? Il devait être en première, avant les vacances.

— Non. Mais ça ne veut rien dire. Je n'ai pas beaucoup d'amis là-bas.

— Ah ? Comment ça se fait ?

— Je ne sais pas.

J'ai baissé les yeux et je me suis mise à boire mon punch à petites gorgées. Mais j'ai bien vu qu'il souriait. Est-ce que j'avais dit un truc idiot ?

— Je n'ai pas tant de copains que ça non plus, m'avoua-t-il. Je ne fais partie d'aucune équipe de sport et je ne suis inscrit à aucun club. La plupart du temps, je rentre directement après les cours pour m'occuper de mon petit frère Judson, jusqu'au retour de maman.

— Et ton père ?

— Il est mort. Infarctus. Il avait un problème au cœur, une histoire de valvule. Il a fallu opérer. On pensait que ça s'était bien passé. Les docteurs aussi. Mais… en fait, non.

— Je suis navrée. Il y a longtemps ?

— Trois ans. Je me sens un peu obligé d'épauler ma mère, m'expliqua-t-il en regardant son verre. C'est peut-être pour ça que je ne sors pas beaucoup. David est sans cesse après moi : il voudrait toujours m'emmener faire des tas de trucs. Il a la cote au lycée et il fait partie de l'équipe de basket.

Il s'est tu, a bu une gorgée de punch, puis a jeté un regard circulaire. Misty n'avait pas quitté son poste.

— Et tes parents ? me demanda-t-il. Où ont-ils eu la bonne idée d'aller, ce soir ?

— Ma mère est partie chez sa sœur à Phoenix.

— Et ton père ?

Ma gorge se serra. Comment pouvais-je mentir à Stuart, alors que son propre père était vraiment mort ? Le mien aussi, si on s'en tenait aux faits, et on pouvait dire que je ne mentais pas vraiment, en un sens, mais j'allais tout de même lui faire croire que j'avais connu mon vrai père. Star avait dû écouter notre conversation d'une oreille parce qu'elle se retourna juste à ce moment-là, interrompant ce qu'elle disait à Larry pour me jeter un coup d'œil appuyé.

— Mon père est décédé, ai-je répondu. Il est mort dans un accident de voiture.

— Oh! je suis désolé. David ne me l'avait pas dit.

— C'est sans doute qu'il l'ignorait.

On sonna à la porte. Misty se rua pratiquement dans l'entrée. L'instant d'après, elle réapparut avec Chris. Il était très mignon, mais il était évident, à la façon dont il jetait des regards en tous sens et à voir ses petits sourires embarrassés, qu'il était affreusement timide. Misty le dirigea droit sur la jatte de punch.

Jade haussa alors le volume de la musique et commença à danser avec David. Presque aussitôt, Star et Larry vinrent les rejoindre sur la piste improvisée du salon. À peine Chris avait-il goûté au punch que Misty le tirait par la manche pour l'entraîner sur la piste aussi. Stuart et moi sommes restés assis sur le canapé à les regarder.

— J'aurais l'air idiote, si je dansais avec ça, lui ai-je dit, en désignant mon plâtre.

— Aucun problème. De toute façon, avec ou sans plâtre, je ne suis pas très bon danseur.

Nous avons ri, tout en continuant à regarder les autres évoluer sur le parquet.

— Mon cousin danse bien, m'a-t-il murmuré à l'oreille.

— Oh oui, vraiment bien.

— Star ne se défend pas mal non plus.

— À ce train-là, ils vont bientôt avoir besoin de reprendre des forces. Je crois que je devrais commencer à m'occuper du ravitaillement. Nous avons prévu des sandwiches à la viande et il faut bien compter une demi-heure de cuisson.

À ma grande surprise, il m'a répondu:

— Je viens avec toi. À défaut d'être un bon danseur, je commence à savoir me tenir devant un fourneau! Ma mère rentre parfois tard de son travail et c'est moi qui dois faire à dîner.

Il me regarda allumer la plaque et mettre les boulettes de viande dans la casserole.

— Je peux goûter ? me demanda-t-il.

— Bien sûr.

Il prit une petite cuillerée de sauce et demeura un instant pensif.

— Ce n'est pas bon ? me suis-je aussitôt alarmée.

— Si, si, c'est délicieux. Juste ce qu'il faut d'ail.

J'ai éclaté de rire.

— Je me suis contentée de suivre la recette.

— Eh bien, tu l'as très bien suivie, me complimenta-t-il, tout en jetant un coup d'œil circulaire.

Son regard s'arrêta sur la porte du jardin. Star n'avait fait qu'une réparation sommaire. Le bois était entaillé et tout abîmé autour du loquet. J'ai bien vu qu'il fronçait les sourcils et je me suis empressée de détourner son attention :

— Nous devrions retourner avec les autres, lui ai-je dit. Je vais juste laisser mijoter à feu doux.

— D'accord.

Il tourna les yeux vers moi.

— Ça fait combien de temps que tu vis dans cette maison ? reprit-il.

— Depuis toujours.

— Elle est très agréable, mais la déco m'étonne un peu.

— Ma mère et moi venons juste de faire quelques petits aménagements. Nous en avions un peu assez du décor. Mais ce n'est pas encore très au point. Ça n'a rien de définitif.

Quand nous sommes revenus au salon, la musique s'était nettement ralentie et la distance entre les danseurs, singulièrement réduite. Misty semblait aux anges. En m'apercevant, elle m'adressa un petit sourire espiègle et resserra son étreinte autour du cou de son cavalier. Nous sommes restés un bon moment sur le seuil, à regarder les autres danser.

— Comment vous êtes-vous rencontrées toutes les quatre ? me demanda tout à coup Stuart. Vous fréquentez des lycées différents et vous vivez dans des quartiers très éloignés les uns des autres, non ?

286

J'ai de nouveau senti la panique me nouer l'estomac. Me faudrait-il encore mentir ? Nous qui y étions allergiques, nous étions cernées de mensonges. Je les entendais vrombir autour de nous comme un essaim de guêpes. À un moment ou à un autre, l'un d'eux finirait bien par nous piquer, et alors, gare au choc traumatique ! *Reste aussi près que possible de la vérité*, me suis-je dit. *C'est encore la meilleure chose à faire.*

— Nous avons toutes eu la même thérapeute, le docteur Marlowe, lui ai-je répondu.

— Oh ! souffla-t-il, sans manifester la moindre émotion. J'ai vu un psychologue aussi, après la mort de mon père. Est-ce que ça t'a aidée ?

— Oui.

— Moi aussi.

Il m'a souri et a ajouté :

— Ça fait du bien d'avoir quelqu'un à qui parler, quelqu'un qui sache vraiment écouter.

J'ai hoché la tête.

— Tu veux essayer ? me demanda-t-il, en désignant les danseurs du menton.

— Je ne vais pas savoir. Je vais avoir l'air gourde.

— Eh bien, comme ça, on fera la paire !

Il m'a adressé un sourire si désarmant, avec une telle sincérité dans les yeux, que toutes mes barrières sont tombées d'un coup. À croire qu'il pouvait me redonner confiance en moi rien qu'en plongeant ses grands yeux noisette dans les miens. Nos regards se sont rivés l'un à l'autre, comme si nous y cherchions le chemin de nos cœurs. L'émotion qui nous a étreints, en cet instant, a été si profonde, si intense, qu'en reprenant contact avec la réalité, nous étions tout étourdis, comme si on venait de nous arracher brutalement à quelque transe hypnotique.

Il me prit gentiment mes béquilles des mains, les posa contre le mur, puis il m'entoura la taille pour me soutenir. Je n'aurais jamais cru que c'était possible et, pourtant, je suis bel et bien parvenue à oublier que j'avais un plâtre. Nous évoluions dans la pièce avec presque la même grâce et la même aisance que les autres. Je voyais bien que les filles me regardaient. Elles semblaient très contentes pour moi, si j'en croyais les sourires qui illuminaient leurs visages. Aucun, toutefois, ne pouvait rivaliser avec le mien.

Le rythme du morceau suivant était beaucoup plus rapide, mais nous n'en avons pas battu en retraite pour autant. Tout le monde dansait et riait : nous nous amusions comme des fous. J'étais même tellement prise par la danse que j'ai failli oublier la casserole sur le feu. C'est Stuart qui m'y a fait penser.

— Je suis de ces hommes que l'on peut conquérir avec de bons petits plats, me chuchota-t-il à l'oreille.

Cela m'a fait rire. Mais il avait l'air vraiment sérieux. Nous sommes retournés dans la cuisine préparer les sandwiches.

— On fait équipe, me dit-il. Tu les fais, et moi je les dresse sur les assiettes.

Nous avons fini par rejoindre les autres et nous nous sommes tous assis autour de la table basse pour manger, boire et discuter ensemble. David interrogeait Larry sur l'armée, sur l'Allemagne, et même le Chris de Misty posait des questions. En soi, c'était déjà un exploit : il n'avait pas ouvert la bouche de la soirée. Ensuite, nous avons débarrassé, lavé et rangé. Tout le monde s'y est mis. Et puis nous sommes restés à bavarder tranquillement, parlant lycée, musique et cinéma. Je voyais bien, à son expression, que la curiosité de Stuart à mon égard s'aiguisait : il semblait trouver de plus en plus bizarre que je n'aie pas vu tel film, que je ne sois pas allée à tel endroit et que je n'aie pas fait telle ou telle chose, au demeurant très courante. Je pouvais presque l'entendre penser : *Mais où étais-tu donc passée ?*

Où j'étais passée ? Pendant que tous les gens – les gens normaux – étaient là, dehors, à découvrir le monde, à faire des choses de leur vie, Géraldine m'avait pratiquement emmurée vivante dans sa dépression, m'emprisonnant dans un carcan de règles et d'interdits, me cloîtrant dans le donjon de son propre malheur. Dans ces conditions, il n'était pas difficile de comprendre pourquoi j'avais été aussi sensible aux attentions de mon père, trop sans doute pour oser le repousser quand, de tendres caresses, ces mêmes manifestations d'affection s'étaient muées en étreintes perverses.

Jade et David s'étaient remis à danser, et Star et Larry n'ont pas tardé à en faire autant. Pendant un moment, Jade a semblé vouloir surpasser Star qui exécutait un rock endiablé, mais, au bout du compte, tous se sont écroulés sur le canapé, hors d'haleine et trop épuisés pour continuer. Il commençait à se faire tard, de toute façon.

À la fin de la soirée, Star est partie avec Larry et David a décidé d'escorter Jade jusque chez elle, en compagnie de son cousin. Chris s'attardait. Misty devait rester dormir chez moi.

— Si tu es fatiguée, me dit-elle doucement, va te coucher. Ne t'occupe pas de moi. Je monterai plus tard.

Elle lorgna vers Chris, lequel, ratatiné dans le canapé, s'efforçait de ne pas se faire remarquer.

— Oh! bien sûr, lui ai-je répondu avec un grand sourire.

Elle semblait bien éprise, notre petite Misty…

Je suis allée raccompagner Jade, David et Stuart pour leur dire au revoir.

— J'ai vraiment passé une très bonne soirée, me dit Stuart. J'ai bien fait de me laisser fléchir. Pour une fois que mon cher cousin réussit à me convaincre! Eh bien, je suis ravi qu'il y soit parvenu, finalement.

— Moi aussi, lui ai-je répondu.

— Tu es vraiment une fille sympa. On peut parler de tout avec toi. Et puis, au moins, tu as des choses à dire : tu n'es pas comme ces filles qui ne s'intéressent qu'à leur petite personne.

— Merci.

David avait conduit Jade à sa voiture. Ils s'étaient déjà installés à l'intérieur en attendant Stuart. Ils semblaient, cependant, trop seuls au monde pour s'impatienter. Mon cœur s'était mis à cogner dans ma poitrine. Que fallait-il que je fasse? Étais-je censée lui tendre la joue? Lui dire simplement «bonne nuit»? L'encourager à m'embrasser?

Lui serrer la main ? Est-ce qu'une fille serrait la main, en pareilles circonstances, ou est-ce que cela paraîtrait complètement ridicule ?

Avant que j'aie pu m'interroger plus longtemps, Stuart se pencha vers moi et m'effleura les lèvres. Je n'ai même pas eu le temps de fermer les yeux. Mais j'ai bien vu qu'il avait fermé les siens. C'était juste un petit baiser rapide, presque trop rapide pour mériter son nom.

— Bonne nuit, a-t-il murmuré.

— Bonne nuit.

Mais il restait tout près de moi, sans bouger.

— J'aimerais bien te revoir demain. On pourrait peut-être aller faire un tour quelque part, déjeuner sur la plage. Ça pourrait être cool. Qu'est-ce que tu en penses ?

— Oui, ce serait bien.

Plus que bien même ! me suis-je dit.

Il me sourit et tourna les talons pour regagner la voiture. Mais il n'avait pas fait un pas qu'il s'immobilisait brusquement et faisait demi-tour.

— Ça fait si longtemps que ça ne m'est pas arrivé que je crois t'avoir embrassée comme on embrasse sa petite sœur avant son départ pour l'internat ! Tu dois me prendre pour un empoté de première.

— Non, je…

Il m'embrassa de nouveau, mais, cette fois, avec beaucoup plus d'application, me serrant étroitement dans ses bras. J'ai ressenti comme une décharge électrique, un truc qui m'a dégringolé toute la colonne vertébrale jusqu'au creux des reins.

— Voilà qui est mieux, non ?

Ce second baiser m'avait tellement remuée que j'étais incapable de parler. J'ai dû me contenter de hocher la tête. Il m'a fait un merveilleux sourire, m'a étreint la main, puis s'est élancé en direction de la voiture. Avant de monter à l'intérieur, il s'est retourné.

— Je t'appellerai demain, vers dix heures, me promit-il.

J'ai suivi la voiture des yeux. Jade a agité la main par la portière.

— Supersoirée! m'a lancé David.

Je leur ai fait, moi aussi, un signe de la main. Et je suis restée sur le trottoir pour regarder la voiture tourner le coin de la rue. C'est à ce moment-là que, dans la lumière des phares, j'ai remarqué une autre voiture en stationnement.

Mon cœur s'est arrêté.

Elle ressemblait étrangement à celle de mon père, et il y avait quelqu'un à l'intérieur. J'ai aperçu sa silhouette un quart de seconde. J'étais paralysée. Les phares se sont allumés; la voiture a démarré, puis elle s'est éloignée du trottoir pour disparaître dans la nuit, comme quelque brève vision d'horreur dans un film d'épouvante.

J'ai repris mon souffle et je me suis précipitée dans la maison. J'aurais voulu en parler à Misty, mais les lumières du salon étaient éteintes et la chaîne hi-fi jouait en sourdine: elle n'avait certainement pas envie de me voir, maintenant. Elle n'avait sans doute pas envie non plus d'entendre quelque chose de désagréable par une si belle nuit.

Quel que soit le degré d'intimité auquel nous sommes parvenues, certains fardeaux doivent se porter seule, ai-je pensé. J'ai porté celui-là jusqu'à ma chambre et j'ai fermé la porte. J'avais cru m'endormir en pensant aux beaux yeux de Stuart. Au lieu de quoi, en fermant les paupières, ce sont ceux de mon père que j'ai vus apparaître. Ils luisaient dans l'obscurité comme ceux d'un prédateur à l'affût, attendant patiemment son heure et sûr de son fait.

14

Pris sur le fait

Misty n'est pas montée se coucher. J'ai voulu l'attendre, mais je me suis endormie et, quand je me suis réveillée, au milieu de la nuit, sa place était vide. Croyant avoir entendu des voix en bas, j'ai dressé l'oreille : la maison était silencieuse. J'en ai conclu qu'elle était rentrée avec Chris. Mais, en descendant, le lendemain matin, je l'ai trouvée pelotonnée sur le canapé. Elle avait dû s'agiter dans son sommeil parce qu'elle était presque entièrement découverte. Elle avait dormi en slip et en soutien-gorge. Sa robe avait été jetée sur le dossier du canapé. Chris était parti. Je n'ai pas osé la réveiller et je suis allée dans la cuisine préparer mon petit déjeuner. Je venais juste de m'asseoir quand elle est apparue dans l'encadrement de la porte, drapée dans sa couverture. Elle a bâillé à s'en décrocher la mâchoire et m'a lancé un « salut ! » ensommeillé avant d'aller se servir une tasse de café. Ce ne fut qu'après avoir avalé sa première gorgée qu'elle daigna m'adresser la parole. Elle me sourit et lâcha :

— Sacrée soirée !

Comme je ne répondais pas, elle ajouta :

— Tu t'es bien amusée, non ? Oh ! j'ai bien vu, va : vous ne vous êtes pas décollés de toute la soirée, Stuart et toi.

— Il est très gentil.

— Eh bien alors, pourquoi tu fais cette tête ? Tu m'en veux d'être restée avec Chris ?

— Bien sûr que non !

292

— Ben alors ? répéta-t-elle en prenant place en face de moi pour siroter tranquillement son café.

— Je crois que j'ai vu la voiture de mon père garée devant la maison, le long du trottoir d'en face, hier soir. C'était le même modèle, en tout cas, et il m'a bien semblé le reconnaître quand il a démarré. Il est parti juste au moment où la voiture de David tournait le coin de la rue.

— Mais non, mais non, tu dois te faire des idées, me sermonna-t-elle. Tu ne penses qu'à ça, depuis le cambriolage. Enfin, pourquoi viendrait-il se garer devant chez toi, si c'est pour rester dans la voiture et démarrer quand les autres s'en vont ? C'est débile.

— Je ne sais pas. Il a probablement été troublé par ce qu'il a découvert en entrant ici et, maintenant, il surveille la maison. Quand il a compris que je donnais une petite fête, ça a dû aiguiser sa curiosité. Il sait très bien que Géraldine ne m'aurait jamais permis de faire une chose pareille.

Elle réfléchit un instant, puis haussa les épaules.

— Et alors ? Qu'est-ce que tu veux qu'il y fasse ?

— Je ne sais pas.

— Il n'est pas censé avoir le moindre contact avec toi. Il doit avoir peur que tu appelles la police, si tu le vois rôder dans les parages. Cesse donc de t'angoisser comme ça. Tu vas attraper des rides. Méfie-toi : Stuart risque de ne pas aimer ça !

Elle a éclaté de rire en me voyant rougir.

— Tu sais quoi ? reprit-elle en se penchant vers moi, le regard pétillant de malice. Chris n'est pas aussi timide que je le croyais...

Ses yeux étincelèrent de plus belle : elle jubilait déjà en imaginant ma réaction.

— Qu'est-ce que tu veux dire ? lui ai-je demandé, douchant sur-le-champ son enthousiasme.

— Ce que je veux dire ? Je veux dire qu'il n'y a pas une heure qu'il est sorti d'ici, chuchota-t-elle, avant de laisser flotter un silence lourd de sous-entendus, comme si elle venait de me dessiner des points sur une page invisible, attendant que je les relie entre eux pour découvrir le pot aux roses. Je ne l'ai pas précisément enchaîné au canapé, tu sais, insista-t-elle, devant mon manque d'entrain. Tu comprends ?

Elle s'esclaffa et annonça, en se levant :

— Je crois que je vais me faire quelques petits toasts, moi.

Elle sortit le pain de mie et alla se planter devant le grille-pain.

— Alors, reprit-elle, tout en sortant les tranches du paquet. Jusqu'où es-tu allée avec lui ?

— Jusqu'où ?

Elle se retourna vers moi, en haussant les sourcils d'un air incrédule.

— Ben oui, jusqu'où ? As-tu suivi les conseils de nos deux spécialistes ? Est-ce qu'il a « décroché la lune » ? ricana-t-elle, moqueuse.

— Oh ! Il m'a embrassée avant de partir, lui ai-je avoué.

Elle me dévisageait toujours, attendant manifestement la suite.

— Eh bien quoi ? lui ai-je demandé.

— C'est tout ? Vous avez pourtant dansé collés serré, à un moment, et j'ai bien vu que tu étais restée un sacré bout de temps avec lui dans la cuisine.

— On faisait les sandwiches.

— Vous… faisiez les sandwiches ? Han, han, fit-elle, en levant les yeux au plafond. On peut appeler ça comme ça…

— C'est tout, je te jure.

Elle avait toujours l'air aussi sceptique.

— Il doit m'appeler ce matin, ai-je ajouté. Il a dit qu'il voulait m'emmener déjeuner à la mer.

— C'est super. Moi, je dois aller avec Chris à Santa Monica. Il veut que je l'aide à acheter un cadeau d'anniversaire pour sa mère. Je me demande où Star et Larry ont fini la nuit, s'interrogea-t-elle tout à coup, en prenant machinalement les toasts que le grille-pain venait d'expulser avec un clac sonore.

— Larry s'est montré très gentil. Tous les garçons ont été gentils.

— C'est notre nouvelle aura, déclara-t-elle avec emphase. Jade avait raison : nos séances de méditation trans-cendantale nous ont enveloppées d'un halo de charisme qui n'attire que les mecs beaux, cool et intelligents. Tu n'as qu'à voir comment on rayonne ! s'exclama-t-elle en pirouettant devant l'évier, laissant tomber sa couverture dans l'élan.

Elle s'empressa de la ramasser en riant. Je me suis demandé si elle y croyait vraiment ou si elle plaisantait.

Moins d'une heure plus tard, Stuart m'appelait. Nous sommes convenus qu'il viendrait me chercher à onze heures. Nous n'avions toujours aucune nouvelle ni de Jade ni de Star. Misty m'a aidée à finir de nettoyer la maison, sans cesser une seule seconde de critiquer ma maniaquerie.

— On dirait qu'on va passer une inspection, raillait-elle. Géraldine ne va pas revenir, tu sais.

Elle alla se doucher et s'habiller. Quand Chris sonna à la porte, elle était fin prête.

— Veux-tu venir avec nous ? me proposa ce dernier, après m'avoir maladroitement saluée.

Il semblait un peu mal à l'aise.

— Elle ne peut pas : elle a un rendez-vous, claironna Misty. Cathy la chatte va aller ronronner sur la plage, ajouta-t-elle à mi-voix, avant de nous livrer une illustration sonore des plus convaincantes.

Chris et moi avons éclaté de rire.

— Je t'appelle plus tard, me lança-t-elle, avant de claquer la porte derrière elle.

J'ai regagné ma chambre ; je me suis assise à ma coif-feuse et j'ai passé tout le temps qui me restait, avant l'arrivée de Stuart, devant le miroir à essayer de décider si je devais mettre un rouge à lèvres plus foncé, plus de fard à joues ou moins d'ombre à paupières. À la fin, j'étais tellement énervée que j'ai tout enlevé. Je me suis contentée d'une crème de jour et d'une touche de brillant à lèvres, le même que la veille.

J'avais bien une paire de jeans qui passerait par-dessus mon plâtre, mais je me détestais dedans : j'étais trop large de hanches. Je lui ai préféré un des ensembles jupe et chemisier que j'avais achetés avec Jade et j'ai enfilé par-dessus un cardigan que j'ai laissé ouvert. En fouillant dans la pochette à bijoux que Jade avait découverte dans le coffre de Géraldine, j'ai trouvé un fin bracelet et une bague en or, avec trois barrettes en brillants sur le dessus, que je pouvais enfiler au petit doigt. Quand le carillon de l'entrée a retenti, je me suis empressée de mettre deux gouttes d'eau de toilette derrière mes oreilles – un cadeau de Jade, l'eau de toilette – et j'ai descendu les marches, pestant contre mes béquilles et mon plâtre qui me rendaient si empotée. Ce qui ne m'empêchait pas d'être aux anges : je ne me souvenais pas de m'être déjà fait une telle fête de quoi que ce soit. C'était mon premier vrai rendez-vous. Mon premier rendez-vous !

Prenant appui sur ma béquille droite, j'ai ouvert la porte pour me retrouver nez à nez avec un livreur de chez Federal Express. Ma déception a été si flagrante qu'il a froncé les sourcils.

— Géraldine Carson ? m'a-t-il demandé.

J'ai aussitôt senti ma gorge se nouer : impossible d'articuler le moindre son. En une fraction de seconde, j'ai pris ma décision.

— Oui ?

— J'ai un pli pour vous, me dit-il en me tendant une grande enveloppe. Voulez-vous signer ici, s'il vous plaît ?

Il m'a présenté un épais cahier, en pointant une ligne avec son stylo.

J'ai essayé de visualiser la signature de Géraldine et d'en exécuter une copie aussi fidèle que possible. Même prise au dépourvu, je devais pouvoir m'en sortir. Le livreur s'est contenté de hocher la tête, sans même me demander de pièce d'identité, puis il m'a remerciée.

J'ai affiché un sourire contraint, je l'ai remercié à mon tour et j'ai refermé la porte. Pendant quelques instants, je suis restée là, debout, serrant l'enveloppe dans ma main tremblante. J'ai avalé la boule que j'avais dans la gorge et je suis allée m'asseoir sur le canapé du salon pour examiner ce mystérieux pli urgent. Il n'y avait aucune mention de l'expéditeur. J'ai songé : *C'est peut-être seulement l'hôpital, la banque ou le docteur Marlowe ?* J'ai pris une profonde inspiration et j'ai soigneusement décollé le rabat.

À l'intérieur, il y avait une feuille blanche scotchée sur une pochette de carton. J'ai d'abord lu ce qui y était écrit :

Ma chère Géraldine,
Ta pure et chaste fille n'est peut-être pas si innocente que cela, finalement…
Les torts seraient-ils partagés ?

Il n'avait pas signé, mais j'ai parfaitement reconnu l'écriture de mon père. J'ai lentement écarté les deux parois cartonnées de la pochette et la photo m'est tombée sur les genoux. Elle avait manifestement été prise au téléobjectif, la nuit précédente : c'était bel et bien mon père, dans la voiture en stationnement, de l'autre côté de la rue. Le cliché nous avait surpris, Stuart et moi, au moment où nous nous embrassions pour la seconde fois : le long baiser romantique. Nous étions sous la lumière du perron et donc parfaitement identifiables. Sous le coup de l'émotion, je n'avais pas senti la main de Stuart posée sur mon torse, juste au niveau de mon sein droit. Je savais qu'il n'avait eu aucune mauvaise intention, mais les apparences étaient contre lui. C'était juste la position compromettante dans laquelle nous nous étions trouvés quand il était brusquement revenu sur ses pas pour me donner un « vrai baiser ».

Si Géraldine avait encore été en vie et si elle avait vu une telle photo, elle aurait jugé cette preuve accablante. Les rares privilèges qu'elle aurait pu me concéder – si hypothétiques qu'ils fussent – m'auraient été immédiatement retirés. Je pouvais presque l'entendre hurler par-dessus mon épaule :

« Dans la rue ! Tu as osé embrasser quelqu'un comme ça dans la rue ! Et devant la maison, en plus, au vu et au su de tout le monde ! »

Pourquoi mon père avait-il envoyé cette photo ? Que cherchait-il ? Où voulait-il en venir exactement ? J'avais beau me creuser la tête, je ne parvenais pas à comprendre son mobile. Soudain, une idée terrifiante émergea de mon cerveau en ébullition : *Se pourrait-il qu'il soit jaloux ? Qu'il ne supporte pas de me voir avec quelqu'un d'autre ?* Espérait-il que cette photo pousserait Géraldine à interdire sa porte à Stuart et à m'empêcher de le revoir ? Se délectait-il, par avance, du coup de tonnerre et des tempêtes que son geste ne manquerait pas de provoquer à la maison ? Mais oui... il voulait qu'elle me séquestre ! Peut-être espérait-il que, dans ma détresse et parvenue à un tel degré de haine contre elle, j'en viendrais à vouloir me venger et à me tourner vers lui ? Il voulait que je revienne vers lui. Il me voulait, moi...

Quelles qu'aient été ses intentions, une chose était certaine – et cette certitude avait quelque chose d'affreusement angoissant : désormais, il me surveillerait constamment. Peut-être était-il là, dehors, à l'instant même, avec son appareil photo ? Peut-être faisait-il le guet, impatient de me surprendre en flagrant délit pour obtenir davantage de preuves de ma déchéance et pousser ainsi Géraldine à devenir un monstre encore plus malfaisant qu'elle ne l'était déjà ?

Que devais-je faire ? Il fallait que j'en parle aux autres pour leur demander leur avis. Je suis allée dans la cuisine téléphoner à Star. C'est sa grand-mère qui m'a répondu. Star et Larry, m'a-t-elle dit, avaient emmené Rodney au zoo. Je l'ai remerciée et j'ai appelé Jade. J'ai eu son répondeur et j'ai laissé un message urgent. J'ai pensé qu'elle était encore au lit et qu'elle me rappellerait dès son réveil.

Quand on a sonné à la porte, je me suis rendu compte que, dans ma panique, j'avais complètement oublié Stuart. Il était onze heures passées. Sur le moment, j'ai tourné sur moi-même comme une toupie, ne sachant que faire de la photo que j'avais gardée à la main. Je ne voulais pas qu'il la voie. Comme il sonnait de nouveau, je l'ai glissée sous un magazine, sur la table basse du salon, et j'ai claudiqué aussi vite que possible vers l'entrée pour lui ouvrir.

— Bonjour, m'a-t-il dit avec un grand sourire. Je ne voulais pas te bousculer, mais j'avais peur que tu n'aies pas entendu.

— Ce n'est pas grave.

— Tu es prête ?

— Oui.

J'ai jeté un dernier coup d'œil par-dessus mon épaule, comme si je m'attendais toujours à voir Géraldine arriver – surtout après l'envoi de la fameuse photo –, puis je me suis empressée de sortir, claquant la porte avec soulagement.

Cependant, à peine avais-je mis un pied sur le trottoir que je me figeais, en appui sur mes béquilles, pour examiner toutes les voitures garées dans la rue. Celle de mon père n'était pas du nombre, mais il pouvait en avoir changé ou avoir engagé quelqu'un pour me suivre et prendre d'autres photos compromettantes. Toutes sortes de scénarios me venaient à l'esprit. La terreur rend l'imagination fertile.

Stuart a immédiatement perçu mon anxiété.

— Quelque chose ne va pas ? m'a-t-il demandé.

— Non, non, lui ai-je aussitôt répondu. Je regardais juste si Misty était partie. Chris est venu la chercher pour faire du shopping à Santa Monica. Ils sortent d'ici.

Mais je n'ai jamais su mentir. Géraldine avait des yeux qui semblaient lire dans mes pensées et elle avait cette façon de me regarder qui m'avait toujours contrainte à une honnêteté de tous les instants – la plupart du temps, du moins. Et puis, il fallait toujours qu'elle fourre son nez partout, qu'elle contrôle, vérifie et revérifie tout.

— Tu as une heure pour rentrer ? s'est enquis Stuart, en me tenant la portière.

— Non.

— Ta mère est encore absente aujourd'hui, alors ?

— Euh, oui. Elle a téléphoné pour me dire qu'elle restait un jour de plus chez sa sœur, peut-être même deux.

Il a hoché la tête en souriant.

Et quand le sursis de deux jours sera passé, qu'est-ce que tu lui diras ? me suis-je demandé. Décidément, il fallait absolument que je parle à Jade ou à Star. Nous devions trouver une explication rationnelle à cette situation au plus vite. Par chance, Stuart ne m'interrogea plus sur Géraldine.

— Je pensais t'emmener à Laguna Beach, m'annonça-t-il. Ça devrait nous prendre une bonne heure pour y arriver, si tu es d'accord, bien entendu.

— Oui, oui, parfait.

— J'ai vraiment passé une supersoirée, hier, poursuivit-il en mettant le contact.

Il s'est retourné pour faire marche arrière dans l'allée. J'en ai profité pour jeter un coup d'œil à toutes les voitures garées derrière nous, m'attendant à en voir une démarrer pour nous suivre.

— Je crois que je me suis trop longtemps enfermé dans mes responsabilités familiales. J'ai un peu l'impression d'être comme un type qui marche dans le désert en quête d'une oasis et qui vient de la trouver. C'est toi, mon oasis.

À ces mots, je me suis sentie rougir jusqu'aux oreilles. Je ne savais pas quoi dire. Je me suis mise à rire, et puis je me suis souvenue des recommandations de Jade à propos de ces filles qui gloussaient bêtement à tout ce que les garçons disaient et je me suis tout de suite reprise.

— Jade dit que le problème de la plupart des gens, c'est qu'ils ne savent pas équilibrer leur vie entre travail et distractions. Star l'accuse de passer son temps en frivolités et de ne pas savoir ce que travailler signifie.

Stuart s'esclaffa. Est-ce que je parlais trop ? Ne me prenait-il pas déjà pour une espèce de perroquet sans cervelle ?

— Vous avez l'air de bien vous entendre, quoique vous soyez très différentes. C'est cool. La majorité des filles que je connais au lycée préfèrent s'en tenir à leur petit clan et, dans chaque clan, on retrouve le même genre de filles : même attitude, mêmes fringues... On dirait des clones ! J'imagine que vous avez quand même quelque chose en commun.

— Oui.

— Moi, j'ai un peu perdu le contact avec mes meilleurs amis.

— C'est dommage.

— Oh, ça va, maintenant, me rassura-t-il avec un sourire. J'émerge. Je vais m'en faire de nouveaux. J'espère que tu en feras partie, d'ailleurs.

Que fallait-il répondre ? J'étais si touchée que j'en perdais tous mes moyens. Je ne voulais pas lui servir un banal « bien sûr » ni un « J'en serais ravie » de circonstance. Je voulais lui dire quelque chose de sincère et de sensé.

— Il faut du temps pour devenir vraiment amis, ai-je finalement murmuré.

— Tu as raison. Je suis content que tu voies ça comme ça, toi aussi. Ce que je voulais dire, c'est que je crois qu'on pourrait être amis, toi et moi, et que j'espère que tu en as autant envie que moi. Aïe, aïe, aïe ! s'écria-t-il tout à coup, en secouant la tête. Tu dois me prendre pour un débile complet à m'entendre débiter autant d'âneries à la minute ! Je suis désolé.

— Mais non, pas du tout, l'ai-je tranquillisé, amusée, et soulagée aussi, qu'il éprouve les mêmes craintes que moi, qu'il soit aussi peu sûr de lui.

Il a posé sur moi ses beaux yeux noisette pleins de tendresse et de confiance et je lui ai souri.

— Attends un peu la fin de l'après-midi et tu pourras me dire, alors, si tu trouves toujours que je ne suis pas un vrai moulin à paroles, plaisanta-t-il. Mais dis donc, tu es drôlement jolie, comme ça, ajouta-t-il subitement, comme s'il venait seulement de le remarquer.

— Merci.

J'ai détourné les yeux pour regarder la route. Mon cœur battait la chamade. La journée s'annonçait magnifique : le ciel était d'un beau bleu limpide avec juste quelques petites boules de coton blanc qui flottaient dans un coin. Nous avons bientôt aperçu l'océan qui scintillait sous le soleil, comme si des millions de paillettes dansaient à sa surface. Des voiles immaculées glissaient au loin. Un vrai décor de carte postale. Et je me suis dit :

Le monde peut être si beau, parfois. Pourquoi ne pas jouir de ce moment de bonheur ? J'ai bien le droit d'être heureuse, non ? Est-ce que je ne pourrais pas oublier toutes mes terreurs pour quelques heures ? Je t'en prie, ai-je supplié ma conscience aux abois, *oublie-moi un peu, pour une fois.*

Pendant le trajet, Stuart et moi avons appris à nous connaître. Il m'a parlé de ses ambitions : il voulait faire carrière dans la recherche médicale.

— J'ai commencé à y penser sérieusement après la mort de mon père, m'a-t-il expliqué. Un jour, j'aimerais trouver un remède au problème cardiaque qui l'a tué et épargner ainsi à une autre famille le malheur qui nous a frappés. Ça va te paraître idiot, mais, d'une certaine façon, j'aurais l'impression de prendre ma revanche, de régler mes comptes avec le destin.

— Ça ne me paraît pas idiot du tout, lui ai-je assuré. On peut parfois faire de sa colère une force qui permet de se dépasser.

Il a hoché la tête et m'a jeté un regard en coin.

— Tu sais que tu as l'air drôlement intelligente, comme fille ? Je parie que tu cartonnes au lycée.

— Oui et non. Ça n'a pas été très facile, cette année.

— Je comprends. J'ai failli abandonner mes études, à la mort de mon père. Je me disais sans cesse que je ferais mieux de trouver un job pour soutenir ma famille. Ce n'est pas qu'on ait des problèmes d'argent, à la maison, mais je me sentais responsable. Oh ! Bon sang ! Mais qu'est-ce qui me prend de parler de tous mes problèmes, comme ça ? J'ai l'air malin, tiens ! Tu dois me prendre pour un vrai bonnet de nuit, le genre de mec incapable de s'amuser et rabat-joie au possible. Désolé.

— Mais non ! Ce n'est pas désagréable d'avoir une conversation sérieuse, de temps en temps.

— Mouais. Bon. Passons aux choses vraiment sérieuses : est-ce que tu aimes les *wraps*. Je connais un petit stand sur la plage qui en fait de toutes les sortes et…

— Des *wraps* ?

302

— Tu ne sais pas ce que c'est ?

— Non.

Pourquoi avais-je la sensation que chacune de mes réponses lui faisait l'effet d'une bombe ? À voir sa tête, il devait penser que j'avais été pratiquement cloîtrée toute ma vie.

— Oh ! Eh bien, c'est un peu comme des cornets de tortillas dans lesquels on met du poulet, de la salade, des crudités, des bouts de viande, du fromage… enfin, tout un tas de trucs. Tu verras, c'est marrant.

— Je suis désolée de ne pas savoir ce que c'est. C'est idiot.

— Mais non, c'est formidable, au contraire. J'adore l'idée que tu découvres quelque chose avec moi. Je peux partager ta première fois.

J'aimais tellement cette façon qu'il avait de me mettre à l'aise, de toujours voir le côté positif et de transformer tous mes défauts en qualités. Avant même que nous ne soyons arrivés à la plage, j'avais déjà commencé à vraiment me détendre. J'ai même cessé de regarder dans le rétroviseur pour voir si on nous suivait.

Stuart s'est garé aussi près que possible du café de la plage.

— Je ne voudrais pas que tu aies trop de marche à faire, m'expliqua-t-il.

J'ai protesté :

— Ne t'inquiète pas. Ça va aller. Ça ne me dérange pas de marcher. Si ça ne te dérange pas d'aller doucement, bien sûr.

— Je préfère aller doucement, me répondit-il. Plus on va doucement, plus ça dure, et je voudrais que cette journée dure une éternité.

Je me suis de nouveau empourprée. Je rougissais tellement, à chaque fois qu'il me disait quelque chose de gentil, qu'il devait me prendre pour un vrai thermomètre ambulant ! Nous nous sommes arrêtés en chemin pour regarder les vitrines et visiter quelques galeries d'art. C'est alors qu'il s'est subitement entiché d'un collier de minuscules coquillages peints à la main, aperçu dans une devanture. Il voulait à toute force me l'offrir. Quand il me l'a attaché autour du cou, j'ai cru mourir d'un arrêt cardiaque, tant mon cœur s'emballait ! Ensuite, nous sommes allés déjeuner sur la plage. J'ai adoré mon *wrap*.

Nous nous étions trouvé un petit coin tranquille pour regarder les gens jouer au volley et admirer le ballet des voiliers. Pas une seconde je n'ai pensé au temps qui passait. Quel luxe ! Et quel bonheur ! Pendant la majeure partie de ma vie, dès que j'allais quelque part, il fallait que j'aie l'œil rivé à ma montre. Si je ne rentrais pas à l'heure – ou même avant l'heure à laquelle Géraldine m'attendait –, j'étais sûre d'avoir droit à un interrogatoire en règle. Mon plaisir en était gâché d'avance : le jeu n'en valait plus la chandelle. Alors que là, sans cette épée de Damoclès au-dessus de ma tête, je pouvais rire, bavarder, m'amuser : j'étais libre, et cette sensation de liberté ouvrait en moi des portes depuis si longtemps fermées que j'en avais oublié l'existence.

Quand Stuart me parlait de sa jeunesse, de ses goûts, de ses peurs et de ses espoirs, je pouvais désormais en faire autant, sans réticence aucune. Il nous est même arrivé plusieurs fois de nous mettre à parler en même temps. Nous nous taisions alors brusquement, et puis nous éclations de rire en chœur. Stuart insistait toujours pour que ce soit moi qui parle la première. Ce n'étaient pourtant pas les choses à voir et les distractions qui manquaient autour de nous, mais c'était dans les yeux l'un de l'autre que nous plongions le plus souvent le regard et, indifférents au reste du monde, c'est sur nous-mêmes que nous concentrions toute notre attention. Je me disais : *Nous aurions pu tout aussi bien rester chez moi*. Mais, à la réflexion, peut-être fallait-il un long trajet en voiture, un nouveau décor, le soleil, la mer et nos rires s'envolant dans le vent pour réussir à vaincre nos inhibitions ?

Cependant, dès que le silence s'installait, au moindre temps mort dans la conversation, toutes mes craintes resurgissaient et je scrutais les alentours en quête du moindre signe qui aurait pu trahir la présence de mon père ; craintes pourtant injustifiées, puisque je ne vis rien, à aucun moment, qui pût les confirmer. En fin d'après-midi, Stuart se dévoua pour aller nous chercher des rafraîchissements. Nous avions décidé de dîner à la maison et il en profiterait pour appeler sa mère et la prévenir. Il m'avait dit qu'il voulait nous concocter une soirée pâtes et me faire la démonstration de ses talents de cordon-bleu. Nous avions déjà en tête d'inviter les autres : excellent moyen, nous semblait-il, de prolonger la fête, de faire durer le plaisir que nous prenions à être ensemble en le partageant entre gens de bonne compagnie.

J'étais là, assise sur la plage. J'avais chaud. J'étais bien. Machinalement, je traçais des motifs dans le sable avec mon doigt. Je me suis soudain rendu compte que j'avais dessiné un cœur et j'ai souri. C'est à ce moment-là qu'une ombre s'est profilée devant moi. Quand j'ai levé les yeux, mon père me souriait.

— Qu'est-ce que tu t'es fait à la jambe, Cathy ? m'a-t-il demandé.

Il y avait de l'inquiétude dans sa voix.

Il était à contre-jour et je ne pouvais pas discerner son visage. J'ai plissé les yeux et mon cœur s'est mis à cogner contre mes côtes, comme un prisonnier qui se jette contre les barreaux de sa cellule.

— Qu'est-ce que tu fais ici ? lui ai-je rétorqué.

— Je me promène. C'est un lieu public, que je sache. Et toi, qu'est-ce que tu fais ici, Cathy ? me répliqua-t-il d'un ton ironique.

— Laisse-moi tranquille, ai-je gémi en remontant mon genou contre ma poitrine.

— Tu ne m'as toujours pas dit comment tu t'étais blessée à la jambe, insista-t-il.

— Je me suis fracturé la cheville.

— Comment ?

— Je suis tombée.

— Je ne te laisserai jamais tomber, moi, Cathy. Je prendrai bien soin de toi. J'ai toujours pris bien soin de toi, me dit-il avant de tourner les talons en voyant Stuart revenir.

— C'était qui ? s'enquit Stuart en me tendant une petite bouteille de jus d'orange.

— Personne, ai-je lâché dans un souffle.

— Personne ?

— Quelqu'un qui me demandait la direction de je ne sais plus quel endroit. Je n'ai pas pu l'aider, ai-je ajouté, en regardant mon père quitter la plage pour regagner la route.

Stuart l'a suivi des yeux, lui aussi.

— Ça va ? m'a-t-il demandé en s'agenouillant à côté de moi.

— Je crois que je commence à être un peu fatiguée, c'est tout.

— Oh ! Eh bien, rentrons. Je veux juste m'arrêter à l'épicerie, en passant, pour acheter quelques trucs pour le dîner. D'accord ?

— D'accord.

— J'espère que tu as passé un bon après-midi.

— Oh oui ! un excellent après-midi. Merci.

— Super ! s'exclama-t-il, en m'aidant à me relever.

Nous nous sommes dirigés vers la voiture. J'essayais de ne pas regarder mon père qui s'éloignait, mais j'avais vraiment du mal à faire comme si de rien n'était.

Stuart m'a dévisagée avec curiosité en m'ouvrant la portière. Puis il a jeté un coup d'œil soupçonneux vers mon père et il est monté dans la voiture. Nous avons roulé en silence pendant quelques minutes.

— Je me suis vraiment éclaté, aujourd'hui, m'a-t-il dit, finalement.

Il m'a adressé un grand sourire.

— Merci d'avoir accepté de venir te balader avec moi.

— Merci de m'y avoir invitée.

— Oh ça, ça n'a pas été le plus difficile !

Il avait l'art de me réconforter : il lui suffisait de sourire pour que tous mes soucis, mes appréhensions, mon anxiété s'envolent comme par enchantement.

Il m'a pris la main et j'ai posé la tête sur son épaule. Nous avons de nouveau roulé en silence, mais un silence différent, un silence que nous n'osions rompre, ni l'un ni l'autre, de peur de briser la magie de l'instant.

Après avoir fait quelques courses, nous sommes rentrés directement. Je m'attendais à trouver Star ou Jade chez moi, mais la maison était déserte. Je suis montée me refaire une beauté pendant que Stuart préparait le dîner : il voulait nous mitonner une sauce *carbonara* pour les pâtes et un cocktail de crevettes en entrée.

Pendant que j'étais en haut, j'en ai profité pour appeler Jade. Elle était si essoufflée, quand elle a répondu, que j'aurais juré l'interrompre en plein marathon.

— Oh, Cat ! s'est-elle écriée. J'ai essayé de t'appeler toute la journée. Il faut absolument que nous te trouvions un répondeur ou que nous t'abonnions à un service de messagerie vocale. C'est insupportable ! Où étais-tu passée ?

Je lui ai répondu que j'étais allée avec Stuart à la plage. Mais je ne suis pas entrée dans les détails, enchaînant aussitôt sur la photo et ma rencontre avec mon père.

— Laisse-moi réfléchir, me dit-elle. Si tu appelles la police pour porter plainte, ils vont immédiatement demander à parler à Géraldine.

— Je sais. C'est bien là le problème. Qu'est-ce qu'il faut que je fasse ?

Je sentais de nouveau la panique me gagner.

— Garde ton sang-froid. C'est le plus important. J'ai besoin d'un peu de temps pour analyser la situation. Il sait qu'il se met en défaut, en venant te voir, mais il pense probablement que tu en fais autant, en agissant derrière le dos de Géraldine, et que tu ne peux donc pas le trahir ou quelque chose de ce genre. C'est compliqué. Pourquoi ne te laisse-t-il donc pas tranquille ? En as-tu déjà parlé à Star ?

— Non, pas encore. Quand j'ai appelé chez sa grand-mère, elle était sortie avec Larry.

— Mmm. Convoquons une assemblée du C.O.A.P. demain matin.

— Pourquoi pas ce soir ?

— Oh ! J'ai promis à David d'aller avec lui au cinéma et je ne voudrais pas semer le trouble dans son esprit. Au risque d'éveiller ses soupçons, tu comprends, s'empressa-t-elle de préciser.

Mais il était évident qu'elle ne voulait pas gâcher sa soirée.

— Je comprends.

— Et toi, que fais-tu, ce soir?

Je lui ai dit que Stuart était en train de préparer des pâtes en bas.

— On espérait d'ailleurs vous avoir tous à dîner, ai-je ajouté.

— Euh! C'est très gentil. Une autre fois, peut-être. David m'invite dans un de mes restaurants préférés sur Melrose Avenue. Mais demande à Misty et à Star. Elles seront sans doute ravies de venir. Préviens-les pour l'assemblée de demain, par la même occasion. Et ne te fais pas trop de souci. Tout ira bien.

Si seulement il suffisait de le dire... ai-je pensé.

À peine avais-je raccroché que je composais le numéro de Mamie Anthony. Ce fut Rodney qui me répondit. Il me souhaita poliment le bonsoir et me demanda de patienter pendant qu'il allait chercher sa sœur.

— Désolée de ne pas t'avoir encore rappelée, s'excusa aussitôt celle-ci. Je me suis pris la tête avec ma mère. Elle nous est tombée dessus, quand on est rentrés, hier soir. Elle avait bu, comme de bien entendu, et, quand elle a vu Larry, elle a commencé à le draguer d'une de ces façons... J'ai cru que j'allais gerber. J'en étais malade de honte. Et je ne me suis pas gênée pour le lui dire, quand elle s'est réveillée. Je l'ai incendiée au saut du lit. Quand Mamie est rentrée du supermarché, ça a fait une scène épouvantable. M'man est partie en claquant la porte. J'espère qu'elle ne reviendra pas de sitôt. Et moi qui suis invitée chez les parents de Larry, ce soir!

Elle pleurait tellement que je n'avais pas vraiment le cœur à lui parler de mes problèmes. Il le fallait pourtant.

Elle m'a écoutée et, après un long moment de silence, elle m'a dit:

— Je savais bien qu'il allait encore faire des siennes, celui-là. Je pourrais essayer de passer plus tard, me proposa-t-elle. Mais ce ne sera pas évident, vu que je dois aller chez Larry et tout ça.

— Je comprends. Ce n'est pas grave.

Je lui ai parlé de la réunion que Jade avait prévue pour le lendemain matin. Elle m'a assuré qu'elle viendrait.

— Misty voudra peut-être venir passer une deuxième nuit chez toi ? hasarda-t-elle, avant de raccrocher – pour conclure sur une note positive, sans doute.

Quand j'ai téléphoné chez Misty, je n'ai eu que son répondeur. Je lui ai laissé un message urgent et je suis enfin allée dans la salle de bains me rafraîchir un peu. Je tentais de conserver mon calme, mais, à l'intérieur, c'était la panique. En voyant mon père apparaître, tout à coup, sur la plage ; en entendant sa voix et ce qu'il m'avait dit, j'avais été saisie de violents tremblements qui m'avaient parcourue de la tête aux pieds. En y repensant, ces tremblements me reprenaient. Un kaléidoscope d'images intolérables, montage de mes plus abominables souvenirs, me bombardait le cerveau. J'en avais les larmes aux yeux. À tel point que, pendant un long moment, j'ai été incapable du moindre mouvement. Je suis restée assise sur le rebord de la baignoire, m'étreignant de toutes mes forces, comme si j'étais deux personnes à la fois, l'une tentant vainement de consoler l'autre.

Je ne me suis rendu compte du temps que j'avais passé en haut qu'en regardant ma montre. Cela faisait plus d'une heure. Je me suis changée et je me suis efforcée de camoufler, avec un peu de fard à paupières et de fond de teint, mes paupières gonflées et les rougeurs que j'avais sous les yeux, puis j'ai tenté de me composer un visage calme et une attitude décontractée. J'avais mis une autre de mes jupes neuves et un de mes nouveaux chemisiers, un de ceux que Jade m'avait aidée à choisir. Après un dernier coup de peigne et une petite touche de brillant à lèvres, je me suis précipitée au rez-de-chaussée – aussi vite que mes béquilles me le permettaient, du moins.

Quand j'ai pris conscience du silence pesant qui régnait en bas, j'ai cru que Stuart en avait eu assez d'attendre et qu'il était parti.

— Stuart ? Stuart ? Désolée d'avoir été si longue…

En entrant dans le salon, je me suis figée. Il était assis sur le canapé dans une posture que j'ai trouvée bizarre : il avait la tête légèrement penchée sur le côté et le regard flou, comme s'il était frappé de stupeur ou comme si, confronté à un problème qui le dépassait, il se perdait en conjectures.

— Désolée, ai-je répété. J'étais au téléphone, et tu sais combien les filles sont bavardes. Il semble qu'aucune de la bande ne puisse venir ce soir. Peut-être Misty. Je n'ai pas encore réussi à la joindre. Je lui ai juste laissé un message. Je peux t'aider à faire quelque chose ?

— La sauce mijote gentiment, m'a-t-il répondu. Le dîner est en bonne voie. Mais il y a tout de même quelque chose que tu peux faire pour moi.

— Ah ! me suis-je exclamée, en m'avançant dans la pièce, un grand sourire aux lèvres.

J'étais un peu mal à l'aise, malgré tout.

— Quoi ? lui ai-je demandé.

— Tu peux m'expliquer ça ? me dit-il en me tendant la photo que j'avais laissée sous le magazine.

J'ai eu l'impression d'avoir avalé une bille de plomb qui se mettait à jouer au yo-yo, tombant comme une pierre au fond de mon estomac pour remonter en flèche et retomber de plus belle. Les mots se bousculaient dans ma tête, tandis que j'essayais de trouver une réponse sensée. Mais ma bouche s'est ouverte et refermée, sans avoir émis le moindre son.

— Qui a bien pu faire un truc pareil ? a-t-il insisté.

Je me suis demandé si je pouvais rationner la vérité, comme un homme perdu en plein désert rationne ses réserves d'eau. Une partie de moi ne voulait rien rationner du tout et l'autre aurait préféré tout simplement avaler la couleuvre et s'étouffer avec pour ne plus avoir à faire semblant de croire que je m'en sortirais toujours quoi qu'il arrive.

— Je n'avais pas l'intention de fouiller, ni de fourrer mon nez dans ce qui ne me regarde pas, poursuivit-il, de plus en plus embarrassé par mon mutisme. Je t'attendais et, pour m'occuper, je feuilletais ce magazine, quand la photo est tombée à mes pieds.

— Je suis désolée, ai-je enfin réussi à articuler. Je ne t'ai pas tout dit sur ma famille.

— Je ne voudrais pas devenir indiscret. C'est juste que... Cette photo... Ça m'a fait une drôle d'impression de voir ça.

— Je comprends.

Je commençais à pouvoir rassembler mes idées, comme des quilles qui se redressent après le passage du projectile qui les a renversées. J'ai hoché la tête et je me suis assise en face de lui.

— Ma mère vient de divorcer, lui ai-je expliqué. J'ai un beau-père. C'est lui qui a pris cette photo. Il l'a envoyée ici, aujourd'hui, par Federal Express.

— Pour quoi faire ?

Je me suis remémoré la bataille que s'étaient livrée les parents de Jade, au cours de leur divorce.

— Ma mère et lui se battent pour prouver qui, d'eux deux, est le plus responsable, le mieux à même de veiller à mon éducation et à ma sécurité. Il a juste voulu lui montrer que la façon dont elle m'élevait n'était pas aussi irréprochable qu'elle le pensait. Ils se sont lancés dans une véritable bataille juridique pour obtenir le droit de garde exclusif.

— Il a trouvé ça si épouvantable que ça ? s'est-il étonné, en brandissant la photo.

— J'imagine. Je n'ai pas dit à ma mère pour la soirée.

— Oh ! Alors, il pense t'avoir prise en flagrant délit, pendant que tu batifolais derrière son dos, et il rejette la faute sur elle parce qu'elle t'a laissée toute seule. C'est ça ?

— Quelque chose comme ça. Je suis désolée que tu te retrouves pris dans la mêlée. Tu n'y es pour rien.

— Oh ! ça n'a aucune importance.

Il avait l'air rassuré : j'ai recommencé à respirer.

— Ça m'a juste fait un drôle d'effet quand je suis tombé là-dessus. Tu le revois encore ? Ton beau-père, je veux dire.

— Non. Enfin, si. Je l'ai vu aujourd'hui, lui ai-je avoué, décidant subitement de profiter de l'occasion pour rétablir un peu la vérité dans tout ce tissu de mensonges.

— Quoi! Quand ça? Où? Avant que j'arrive, ce matin?

— Non. C'était lui, sur la plage. Je suis désolée de ne pas te l'avoir dit.

— Tu crois qu'il s'est trouvé là par hasard?

— Non, je ne pense pas que ce soit vraiment un hasard.

Stuart se rembrunit brusquement et serra les mâchoires. Son regard s'était assombri. Il jeta un coup d'œil par la fenêtre.

— Il t'espionne, c'est ça?

— Oui. Si tu préfères en rester là et rentrer chez toi, je comprendrai.

— Non, bien sûr que non. Ce serait idiot. C'est lui qui fait n'importe quoi. Combien de temps ta mère a-t-elle attendu, après la mort de ton père, pour se remarier?

— Pas très longtemps.

— Et ça faisait combien de temps qu'ils étaient mariés, avant le divorce?

— Pratiquement depuis toujours, en ce qui me concerne. Je n'ai jamais connu mon père.

— Oh! souffla-t-il en hochant la tête.

— Je suis désolée de ne pas t'avoir dit tout ça avant.

— Non, non. Tu n'as pas à me faire d'excuses. Pourquoi m'aurais-tu raconté ta vie? J'étais un parfait étranger pour toi, après tout.

— Oui, mais ça ne me dérange pas de t'avouer tout ça maintenant. Et j'ai vraiment des scrupules de ne pas t'avoir dit la vérité.

Il m'a souri.

— Je suis content que tu me fasses confiance. Ne t'inquiète pas pour ton beau-père. Quand ta mère reviendra, si elle a le moindre doute, je me fais fort de la rassurer sur la conduite irréprochable de sa fille.

J'ai ri, mais, en même temps, je me suis dit: *Comment je vais bien pouvoir m'en sortir, quand il verra que Géraldine ne revient pas?* Je n'aurais jamais pu imaginer que j'allais rencontrer quelqu'un et que cette rencontre allait compliquer les choses à ce point. Je n'aurais jamais pu imaginer que je m'attacherais si vite à un inconnu, jusqu'à vouloir le sentir constamment auprès de moi, et que je finirais donc par être obligée de justifier l'absence de Géraldine. Combien de mensonges allais-je encore devoir inventer ? Quand ce fragile château de cartes biseautées allait-il s'effondrer, me laissant une fois de plus brisée et abandonnée ?

— Bon, fit-il en frappant dans ses mains. Je ne sais pas ce que tu en penses, mais moi, je meurs de faim.

Il jeta un coup d'œil à la photo et ajouta :

— Et puis je l'aime bien, moi, cette photo, finalement. Ça t'ennuierait si je la gardais ?

— Non, lui ai-je répondu avec un sourire.

— On va plutôt bien ensemble, tu ne trouves pas ? On dirait une scène d'amour dans un film. Peut-être qu'on pourrait recommencer sous un meilleur éclairage pour qu'il puisse faire un cliché plus net ? Il n'y a pas de mal à embrasser quelqu'un pour qui on éprouve quelque chose de très fort. Il a bien dû le faire, lui aussi, non ?

— Quoi ? me suis-je écriée, le souffle coupé, comme si je venais de recevoir un coup de poing à l'estomac.

Stuart parlait de tout autre chose, bien sûr, mais, sur le moment, ses mots m'avaient vraiment fait un choc.

— Embrasser quelqu'un qu'il aimait beaucoup. Il a bien dû aimer ta mère et l'embrasser, avant. Et puis, j'imagine qu'il a eu des petites amies, comme tout le monde. Ce n'est pas un moine tout de même, si ?

— Oh non ! Loin de là.

— Bon. Alors, n'en parlons plus. Oublions tout ça et ne pensons plus qu'à nous régaler. Du moins, j'espère que tu vas te régaler.

— J'y compte bien.

— Madame, me dit-il en se levant et en me faisant la révérence. Puis-je vous escorter jusqu'à la salle à manger ?

— Avec plaisir, merci, lui ai-je répondu en riant.

Il m'a aidée à me redresser et m'a accompagnée jusqu'à ma chaise, en posant sa main sur mon épaule. Il avait mis la table et même allumé une bougie au milieu.

— Ouah ! me suis-je écriée. J'ai dû rester drôlement longtemps là-haut !

— Pas une minute qui n'ait été utilisée à bon escient ici, cependant, me rassura-t-il, jouant les majordomes empressés. Mais prenez place, je vous en prie.

Il tira une chaise pour m'inviter à m'asseoir.

— Je dois pouvoir aider un peu, tout de même, ai-je protesté.

— Pas ce soir, insista-t-il.

Je me suis assise et il est aussitôt parti dans la cuisine. L'instant d'après, il revenait avec deux assiettes de salade verte avec, au centre, un demi-pamplemousse garni de crevettes nappées d'une sauce rose.

— J'ai trouvé une bouteille de vin dans l'arrière-cuisine. Est-ce que tu crois qu'on peut l'ouvrir ? me demanda-t-il, tandis que je m'extasiais sur son entrée.

— Oui, bien sûr.

Je l'ai regardé tandis qu'il la débouchait et remplissait lentement nos verres.

— Au début de quelque chose de merveilleux ! lança-t-il en levant le sien. Et je ne parle pas seulement du dîner…

Nous avons trinqué, puis porté nos verres à nos lèvres pour boire une gorgée, les yeux dans les yeux.

En moi-même, j'ai adressé une prière muette à la vérité :

Oh ! par pitié ! reste à l'écart encore un peu, et je te promets que, le moment venu, je t'appellerai. Je t'appellerai, je le jure.

15

Vérité ou mensonge ?

Stuart et moi étions en train de faire la vaisselle quand Misty a enfin téléphoné.

— Désolée de ne pas t'avoir rappelée plus tôt, me dit-elle, d'un ton que j'ai trouvé un peu trop enjoué pour être honnête. Je viens juste de rentrer et d'avoir ton message.

Vu la vitesse à laquelle elle parlait et l'excitation que je percevais dans sa voix, quelque chose me disait qu'elle n'allait pas s'éterniser.

— Qu'est-ce qui se passe ? me demanda-t-elle.

Étant donné les circonstances, je me suis efforcée de rester évasive :

— J'ai plein de choses à te raconter. Mes doutes de ce matin étaient fondés, ai-je ajouté à mi-voix.

— Quels doutes ?

Elle semblait distraite.

— Tu es toute seule ?

— Non, a-t-elle gloussé.

— Moi non plus.

— Oh ! Qui est avec toi ?

— Stuart, lui ai-je répondu, en lançant un coup d'œil à l'intéressé qui m'adressa un large sourire.

— Ah ! Je suis bien contente pour toi. Et Star et Jade sont là aussi ?

— Non.

— Oh oh ! Deuxième partie de « sandwiches » dans la cuisine ? me taquina-t-elle.

— Tu as écouté ce que je t'ai dit, ce matin ? ai-je insisté, déjà passablement agacée. Eh bien, j'avais raison.

— Je ne me souviens plus de ce que tu m'as dit, ce matin. Je ne peux pas vraiment me concentrer, là, tu vois. Je suis un peu occupée… Ma mère est encore sortie, m'expliqua-t-elle. Ça m'arrange bien, tu penses…

Sentant pointer la crise de nerfs, j'ai renoncé à lui rafraîchir la mémoire.

— On doit se réunir toutes les quatre, demain matin, lui ai-je annoncé. Jade m'a demandé de te prévenir.

— OK. Je te verrai demain, alors. Sois prudente, ajouta-t-elle d'un ton grave, tout à coup. Il ne faudrait surtout pas que qui tu sais apprenne quoi que ce soit à propos de ce que tu sais.

— Exactement.

— Je me demande ce qui a bien pu me faire croire que Chris était timide, conclut-elle, avant de raccrocher en riant.

— Tout va bien ? me demanda Stuart.

— Oui. C'était Misty. Elle est en train de tomber amoureuse, ai-je bougonné, en levant les yeux au ciel.

Stuart s'esclaffa.

— C'est dans l'air du temps, on dirait, chantonna-t-il, en faisant des vagues avec l'éponge autour de sa tête.

Cela m'a fait rire et mes soucis se sont envolés comme par enchantement.

La vaisselle terminée, nous sommes allés regarder la télévision dans le salon. Mais aucun programme ne nous intéressait vraiment : nous parlions tout le temps, sans rien écouter de l'émission. Comme je recommençais à le complimenter sur l'excellence de son dîner, il m'a interrompue, au beau milieu d'une phrase, avec un baiser. Une brusque bouffée de chaleur m'a submergée de la tête aux pieds et j'ai perdu le fil de ce que je disais. Nous nous sommes de nouveau embrassés, puis il s'est détaché de moi et il a commencé à entortiller une mèche de mes cheveux autour de son doigt.

— Parfois, m'a-t-il soufflé, quand je te regarde, je crois voir une toute petite fille. Il y a quelque chose de si pur, de si candide en toi... une telle innocence. Et puis, je t'écoute parler, ou je surprends cette gravité dans tes yeux, et je me dis que tu es bien plus vieille qu'il n'y paraît.

— Bien plus vieille ? me suis-je inquiétée.

Il a souri.

— Plus mûre, si tu préfères. Et ne va pas croire que ça me déplaise, Cathy. Ça m'attire, au contraire. Tu es pleine de mystère, pour moi. Tu es imprévisible. Tu... m'intéresses.

— Je t'intéresse ?

— Oui, beaucoup. Même tes baisers sont intrigants. Par exemple...

Il m'embrassa, puis se cala contre le dossier du canapé, l'air songeur.

— Celui-là était encore plein de surprises, s'extasia-t-il dans un soupir. Je peux presque sentir ton indécision.

— Mon indécision ?

— Oui. Es-tu censée m'embrasser aussi intensément, aussi longtemps, ou non ? On dirait que tu en as envie, mais tu es toujours la première à arrêter. Et puis...

Il m'embrassa une nouvelle fois, doucement, d'abord, et, ensuite, à pleine bouche, presque goulûment. J'ai senti tout mon corps s'embraser. J'avais l'impression de m'épanouir comme une fleur au soleil.

— Et puis, chuchota-t-il, tu me bouleverses complètement. Qui es-tu ?

Il avait les yeux si près des miens et me regardait si fixement que j'étais incapable d'aligner deux pensées cohérentes.

— Je veux apprendre à te connaître, Cathy. Je veux te connaître profondément, totalement. J'espère que tu ressens la même chose pour moi.

— Oui, ai-je répondu dans un murmure.

Il m'a encore embrassée, mais, cette fois, ses lèvres n'ont quitté les miennes que pour descendre dans mon cou, tandis que ses mains remontaient de ma taille jusqu'à mes seins. J'ai senti qu'il commençait à déboutonner mon chemisier. Sa bouche explorait ma peau dénudée, se perdait dans mon décolleté.

« Ça, c'est une belle caresse », ai-je entendu mon père susurrer à mon oreille. Je me suis brusquement raidie.

— N'aie pas peur, Cathy, m'a chuchoté Stuart. Je ne suis pas en train de jouer avec toi, tu sais. Je t'aime vraiment beaucoup.

— Moi aussi.

Il a reposé ses lèvres dans mon décolleté, tout en continuant à défaire, un à un, tous les boutons de mon chemisier. Puis il m'a soulevée pour faire glisser mes manches, lentement, m'effleurant les bras au passage. J'avais fermé les yeux. Je ne sentais plus que le feu de ses baisers qui m'incendiaient, pendant qu'il dégrafait mon soutien-gorge.

« Ses caresses doivent être douces, agréables, professait mon père. Pas de ces tripotages malsains d'animal en rut. Chaque caresse doit être passionnée, mais pleine de respect. Comme ça, tu vois ? Tu vois la différence ? »

— Oui, ai-je répondu à haute voix, au moment où Stuart ôtait mon soutien-gorge et m'embrassait les seins.

Il a dû y voir un encouragement, mais, en fait, j'étais ailleurs. Ma mémoire s'était rembobinée, comme une bande magnétique et, l'esprit dans le passé et le corps dans le présent, je revivais les leçons de mon père, confondant souvenirs et réalité en un même instant.

— Oh ! Cathy, comme tu es belle ! soupira Stuart. Un rêve devenu réalité. Est-ce que tu m'aimes un peu, Cathy ? Un peu beaucoup ?

— Oui, beaucoup.

— Est-ce que tu as confiance en moi ? C'est important, Cathy. Avant toute chose, il faut que nous nous fassions confiance. Tu me fais confiance ?

— Oui.

— Tu peux, Cathy, parce que je ne te décevrai pas. Je ne te laisserai pas tomber, Cathy, jamais. Je te le promets.

« Méfie-toi de leurs promesses, me prévenait mon père. C'est comme si, pleine d'espoir, tu tirais sur une corde, impatiente de voir toutes ces merveilles qui t'attendent à l'autre bout. Mais il n'y a rien, au bout, Cathy. Rien, absolument rien. *Je t'aimerai toujours, je te le promets*, voilà ce qu'ils te diront, Cathy. Mais ce ne sont que des mots, des paroles en l'air. »

— Nous nous entendons bien, Cathy, me dit Stuart. À tous les niveaux. C'est quelque chose qui se sent tout de suite. Tu ne le sens pas, Cathy ?

— Si.

Mais, en même temps, je me disais : *Les caresses de mon père m'ont toujours sécurisée. Quand j'étais petite, je n'avais que ça. C'était mon unique source d'affection. Comment aurais-je pu ne pas m'y soumettre, ne pas les attendre, ne pas les accueillir avec plaisir ? Je ne suis pas coupable. On ne peut pas m'accuser, n'est-ce pas ? Cesse donc de me regarder avec ces yeux pleins de reproches, Géraldine ! Même maintenant, même à cinq pieds sous terre, tu me regardes encore, je le sais.*

J'ai détourné la tête, fuyant caresses et baisers.

— Ça ne va pas ? s'est alarmé Stuart.

— Je préférerais… Pas ici, ai-je balbutié.

— Oh ! je comprends.

Mais, au lieu de battre en retraite, comme je l'avais espéré, il a passé un bras sous mes genoux, l'autre sous mes épaules et il s'est redressé, me soulevant avec douceur pour me blottir contre lui, comme une enfant.

— Mais je suis bien trop lourde ! ai-je protesté.

— Légère comme une plume ! s'est-il exclamé, avant de recommencer à m'embrasser.

Il s'est dirigé vers l'escalier, ma tête posée contre son épaule.

Mon père me portait ainsi, parfois, quand j'étais petite. Il enfouissait son visage dans mes cheveux et me mordillait l'oreille pour me chatouiller. Et il se mettait à rire, en m'entendant couiner comme une souris. Il lui était arrivé de le faire aussi plus tard. Mais j'étais déjà beaucoup plus grande…

« Tu te souviens, quand je faisais ça, Cathy ? » me demandait-il. Et je ne pouvais pas m'empêcher de pouffer. Alors, il faisait courir sa langue dans mon cou jusqu'à mes seins naissants, en s'attardant sur le point le plus sensible. « Ça, c'est une belle caresse, me susurrait-il. Tu sens comme c'est agréable, comme c'est doux ? »

— C'est quelle porte ? m'a demandé Stuart, en arrivant sur le palier.

Je l'ai regardé sans comprendre.

— La porte de ta chambre, Cathy, a-t-il insisté.

Je la lui ai indiquée d'un hochement de tête. Il l'a ouverte et m'a déposée sur le lit. Puis il s'est prestement dévêtu et s'est allongé à côté de moi. Nous nous sommes embrassés : un très long baiser, où nos langues se sont mêlées. La seule lumière dans la pièce provenait du couloir et ses yeux brillaient dans la pénombre.

Il a descendu la fermeture Éclair de ma jupe pour pouvoir me l'ôter. Comme si chaque centimètre de ma peau les aimantait, il a alors fait glisser ses lèvres chaudes depuis mon cou jusqu'à l'élastique de mon slip.

— Stuart ! ai-je soufflé, en sentant ses doigts passer en dessous.

— Ne t'inquiète pas, m'a-t-il dit. Je suis un vrai boy-scout.

Et il s'est penché pour prendre son portefeuille, dans la poche arrière de son pantalon, et en sortir un préservatif.

J'ai secoué la tête, mais il m'a muselée d'un geste.

— Il n'y a pas de mal à ça, Cathy, m'a-t-il assuré. Surtout quand deux personnes vivent quelque chose d'aussi spécial que nous. Moi, j'ai envie de toi. Et toi, as-tu envie de moi ?

« Quand il te touche là, c'est une tout autre histoire, chuchotait mon père. Tu deviens incapable de penser, de réfléchir. Tu es emportée par les vagues. La fameuse petite voix devient plus forte, irrésistible, n'est-ce pas ? N'est-ce pas ? »

— Oui, ai-je gémi.

Stuart enleva mon slip. En une fraction de seconde, il fut là, nu, se frayant un chemin en moi à force de baisers torrides. J'avais gardé les yeux fermés et je pensais : *Et si je ne pouvais pas faire l'amour à cause de mon père ? Il faut que je le fasse. Il faut que je sache. Je dois me détendre et vaincre ma peur. Je dois me prouver que je peux le faire.*

— Cathy, Cathy, Cathy, soupirait Stuart.

J'ai ouvert les yeux.

Elle était là, dans l'encadrement de la porte, les mains sur les hanches, défigurée par l'immense dégoût que lui inspirait la scène à laquelle elle assistait. Elle hochait la tête.

« Ça ne fait pas une semaine que je suis morte et voilà ce que tu fais, cracha-t-elle. C'est répugnant ! »

— Ferme la porte ! me suis-je écriée.

— Quoi ?

— Je t'en prie, ferme la porte, Stuart.

— Mais il n'y a personne dans la maison.

— S'il te plaît.

— Bien sûr, bien sûr.

Il s'est levé. Elle était toujours là, les yeux pleins de haine et de mépris jusqu'à ce qu'il lui ait fermé la porte au nez.

Quand Stuart est revenu se coucher près de moi, j'ai laissé ma tête aller contre l'oreiller. Il était de nouveau contre moi, se pressant contre mon ventre, le sexe dur. Soudain, il fut en moi. Pendant un instant, nous sommes restés immobiles, agrippés l'un à l'autre, les yeux dans les yeux. Il m'a embrassé les cils.

C'est différent. C'est réel. C'est de l'amour, n'est-ce pas ? me suis-je demandé. *Oui, oui, c'est de l'amour. C'est bien. C'est bien.*

Un torrent de « oui » s'échappait de mes lèvres. Stuart gémissait de plaisir et mêlait soupirs et serments enflammés. Mais je n'entendais que mes cris de bonheur. Je me disais : *Je peux aimer ! Je suis capable d'aimer !* J'avais les yeux grands ouverts sur l'obscurité de la chambre, tandis que nous nous rejoignions dans un flux et reflux incessant, abîmés dans un tourbillon de passion. La voix de mon père était noyée sous mes cris de plaisir et le visage de Géraldine s'était peu à peu évanoui.

Cette nuit, ai-je pensé, *je vous enterre tous les deux !*

Nous sommes restés longtemps enlacés, après. Nous ne voulions, ni l'un ni l'autre, rompre le charme, ni même penser qu'il puisse y avoir un lendemain : qu'il faudrait bien, tôt ou tard, cesser de se regarder, de se toucher, de se respirer. C'est Stuart qui s'est levé le premier. Il est allé prendre une douche, puis il est revenu s'habiller dans la chambre.

— Ça va ? m'a-t-il demandé. Je ne t'ai pas fait mal à la jambe, j'espère ?

— Non, lui ai-je répondu en riant. C'est plutôt moi qui ai dû te faire mal avec mon plâtre.

— Je n'ai rien senti. Enfin, rien qui ait à voir avec ton plâtre, en tout cas, s'est-il repris, avec un petit sourire complice. Il commence à se faire tard. Il faut que je rentre. Est-ce qu'une des filles vient dormir ici, cette nuit ?

— Non.

— S'il n'y avait que moi… J'aimerais bien, mais…

— Ce n'est pas grave.

— Peut-être que je pourrai demain, m'a-t-il proposé, tout en boutonnant son polo. Si ta mère n'est pas encore rentrée, du moins.

Il a suspendu son geste, penchant la tête de côté, comme s'il réfléchissait.

— Est-ce qu'elle a appelé aujourd'hui ?

— C'est moi qui lui ai téléphoné. Quand je suis montée, tu sais ?

— Ah oui. Et ?

— Elle ne rentrera pas demain non plus.

— Cool. Je te passerai un coup de fil dans la matinée pour te dire à quelle heure je viens, d'accord ?

— D'accord.

— Ça me désole de te laisser, se lamenta-t-il. Oh, mais, au fait ! C'est moi qui t'ai portée jusqu'ici. Tes béquilles sont restées en bas. Je vais les chercher.

— Je peux me déplacer sans, tu sais.

— Non, non. Ne t'avise pas de faire quoi que ce soit qui pourrait retarder ta guérison, me prévint-il, en agitant l'index, comme un maître d'école gourmandant son élève. J'ai prévu un jogging sur la plage, un de ces prochains jours, je te signale. Alors, tu as intérêt à te remettre, et vite fait, si tu ne veux pas rester à la traîne.

J'ai éclaté de rire. J'ai profité qu'il soit parti chercher mes béquilles pour me lever et enfiler ma robe de chambre. Deux minutes plus tard, il était de retour. Je l'ai accompagné jusqu'à la porte. Au moment de l'ouvrir, il s'est tourné vers moi.

— J'ai passé une journée formidable, m'a-t-il dit. Je ne sais pas si c'est le plus beau jour de ma vie, mais ça y ressemble.

— Pour moi aussi.

— Tu es sûre que ça va aller ?

— Oui, oui, tout ira bien.

Il m'a embrassée et il est parti. Je l'ai regardé monter dans sa voiture et je lui ai fait un signe de la main quand il a démarré. J'ai suivi la voiture des yeux, puis j'ai inspecté la rue. Tout semblait paisible. J'avais pourtant la sensation de ne pas être seule. Je me suis empressée de rentrer et j'ai fermé la porte, en mettant le verrou de sûreté. Puis je suis allée me chercher un verre d'eau dans la cuisine. Je franchissais le seuil lorsque le téléphone a sonné. Je l'ai regardé fixement, prise d'une subite angoisse. Il sonnait, sonnait, sonnait dans le silence de la nuit.

C'est peut-être Star, ai-je pensé. Elle m'avait bien dit qu'elle essaierait de me rappeler plus tard. J'ai décroché.

— Allô ?

— Passe-moi Géraldine, a-t-il dit. Pourquoi ne répond-elle jamais quand j'appelle ? J'ai essayé de la joindre toute la journée. Où est-elle ?

— Tu n'es pas censé appeler ici, lui ai-je répondu. Elle m'a dit qu'elle te l'avait interdit.

— Passe-la-moi.

Mon cœur battait si vite que j'en avais le souffle coupé.

— Nous savons que c'est toi qui as forcé la porte du jardin pour voler le coffre. Et puis, pourquoi as-tu aussi pris mes lettres ? Tu n'avais pas le droit. Elles m'appartiennent. Je veux les récupérer.

— Qu'est-ce que tu racontes ? Quelqu'un a cambriolé la maison ? s'est-il exclamé.

Je pouvais presque deviner son sourire.

— Je sais que c'est toi.

— Pourquoi Géraldine n'a-t-elle pas appelé la police, alors ?

Il attendit ma réponse, en vain : je n'en avais aucune à lui donner.

— Qu'est-ce qui se passe, Cathy ? me demanda-t-il d'un ton soupçonneux. Elle ne te laisserait jamais recevoir un garçon à la maison, surtout à une heure pareille. Où est-elle ?

— Laisse-moi tranquille ! ai-je hurlé. Laisse-moi tranquille ou j'appelle la police.

— Passe-la-moi. J'ai des problèmes juridiques à régler avec elle. J'ai tout à fait le droit de l'appeler pour ça. Allez. Va la chercher.

Ô mon Dieu ! ai-je songé, en regardant autour de moi comme une bête traquée. *Qu'est-ce que je dois faire ?* Je me suis même physiquement tournée d'un côté et de l'autre, cherchant désespérément une issue.

— Elle n'est pas là, lui ai-je finalement répondu.

— Pas là ? À cette heure-ci ? Ridicule ! Où est-elle ? Tu mens, Cathy. Passe-la-moi. Je te préviens que je ne vais pas cesser d'appeler jusqu'à ce que je réussisse à lui parler, me menaça-t-il. Je vais même venir. J'en ai le droit, étant donné la situation. Et je n'aurai pas besoin de fracturer la porte, cette fois.

— Elle… Elle est à l'hôpital, ai-je subitement bredouillé. C'est pour ça qu'elle n'a pas appelé la police. Je ne lui ai pas encore dit ce que tu avais fait.

— Comment ?

Il a paru hésiter.

— Qu'est-ce que tu veux dire ? Pourquoi serait-elle à l'hôpital ?

— Elle a eu un problème cardiaque et le docteur a voulu la garder en observation quelques jours. Elle m'a dit que, si tu venais, je devais immédiatement avertir la police.

— Quel hôpital ?

— Je ne suis pas censée te le raconter. Son docteur a interdit les appels et les visites. Même moi, je n'ai pas le droit de la voir quand je veux.

Il est resté silencieux un long moment.

— Si elle apprend ce que tu fais en son absence, elle ne s'en relèvera pas.

— Laisse-nous tranquilles ! ai-je crié, avant de raccrocher brutalement.

J'ai retenu mon souffle, persuadée qu'il allait rappeler aussitôt. Il ne l'a certes pas fait, mais je pensais qu'il pouvait mettre sa menace à exécution et venir directement à la maison. Je me suis alors précipitée pour éteindre toutes les lumières et je me suis postée devant l'une des fenêtres qui donnaient sur la rue pour surveiller les voitures. Je suis restée des heures assise là, si longtemps même que mes yeux se fermaient tout seuls. J'ai dû dormir parce que je me suis réveillée plusieurs fois en sursaut.

Comme mon père ne semblait apparemment pas décidé à me rendre visite dans l'immédiat, je suis montée me coucher – non sans m'être préalablement assurée que la porte de ma chambre était bien fermée et l'avoir ensuite bloquée avec une chaise. Je n'ai pas mis longtemps à m'endormir, mais je me suis agitée toute la nuit, me tournant et me retournant dans mon lit, me réveillant régulièrement, en nage, tous les sens en alerte, cherchant à identifier le moindre bruit, puis retombant dans un sommeil de plomb, comme on perd connaissance. Au matin, j'étais épuisée. Je n'aurais probablement pu être plus fatiguée si j'avais veillé toute la nuit.

Je me suis lavée, habillée et je suis descendue prendre mon petit déjeuner. Mais j'étais dans un état léthargique, exécutant tous ces gestes de la vie quotidienne comme un automate mal remonté : au ralenti. Je n'avais pas très faim. Je me suis néanmoins forcée à grignoter un toast, en buvant mon café. Stuart a appelé pour savoir si j'avais bien dormi, depuis combien de temps j'étais réveillée, comment j'allais…

— Je suis juste un peu fatiguée, lui ai-je répondu. Mais, à part ça, ça va.

— J'ai hâte de te voir. J'ai juste quelques courses à faire pour la maison et, après, je suis à toi toute la journée. Et même toute la nuit, si tu veux. J'ai déjà prévenu ma mère.

— Qu'est-ce qu'elle a dit ?

— Oh ! Elle ne me prend plus pour un gamin, tu sais. Mais c'est toujours ma mère, et elle ne peut pas s'empêcher de me dire encore des trucs comme : « Tu es vraiment sûr de savoir ce que tu fais ? » ou « Tu es prudent, au moins ? ». Elle n'a aucune crainte à avoir : je sais ce que je fais et je suis prudent.

Qu'est-ce que ça fait du bien de s'entendre dire des choses comme ça ! ai-je pensé. *Et comme il a de la chance d'avoir une mère qui le comprend et qui lui fait confiance !*

— Alors, je t'attends, lui ai-je promis. À tout à l'heure.

Je venais de nettoyer la table de la cuisine et de laver la vaisselle du petit déjeuner quand Jade, Star et Misty sont arrivées. Indifférentes à l'orage qui grondait et aux gros nuages qui s'amoncelaient au-dessus de nos têtes, elles sont entrées dans la maison comme un ouragan : aussi enjouées et débordantes d'énergie que d'habitude – si ce n'est plus –, parlant toutes en même temps, trop impatientes de me raconter comment s'était terminée leur soirée de la veille pour s'embarrasser des salutations d'usage.

L'excitation des retrouvailles passée, nous nous sommes toutes assises autour de la table de la cuisine pour prendre un café. Misty a sorti quelques *bagels* du congélateur pour les faire griller, avant de les tartiner de confiture.

— Ma mère s'est dégoté un nouveau compagnon de beuveries, nous annonça Star. Un nullard, comme les autres, bien sûr. Ce matin, elle parlait de partir vivre avec lui. Vous voyez ça ? nous dit-elle en levant les mains pour nous montrer qu'elle croisait les doigts. Eh bien, je vais les garder comme ça toute la journée.

— J'ai cru comprendre que tu avais rencontré les parents de Larry, insinua Jade d'une voix sirupeuse.

— Et alors ?

— C'est exactement ce que je voulais te demander.

— Ils sont très gentils. Larry a un grand frère qui est ingénieur dans une boîte de logiciels, à Silicon Valley. C'est un fou d'informatique, lui aussi. Il pense faire le même job que son frère, quand il aura fini son armée. Et, dès qu'il aura fait son trou, il veut se marier et fonder une famille.

— Oh, oh! Il semblerait que ce soit du sérieux. Des projets dans l'air, peut-être?

— C'est possible.

— Vraiment? Ouah! s'écria Misty.

Star s'empressa de tempérer son exaltation:

— Ne me faites pas dire ce que je n'ai pas dit. Il n'y a rien de sûr. On a juste parlé comme ça, en général. Vous avez toutes fait ça aussi, j'imagine.

— Pas sur de tels sujets, en tout cas, non, lui rétorqua Jade, avec un petit sourire ironique. De toute façon, je ne sais pas si j'ai vraiment envie de me marier et d'avoir des enfants, ajouta-t-elle d'un ton lourd de sous-entendus.

— Eh bien, moi, avec Chris, je crois que c'est bien parti. C'est même parti pour durer longtemps, si vous voulez savoir, peut-être même pour toujours, déclama Misty. Il me ressemble beaucoup.

— Alors, c'est perdu d'avance, trancha Jade. On doit se compléter, dans un couple. Il te faut un garçon qui t'apporte quelque chose, pas un clone.

— Mais il m'apporte beaucoup! s'insurgea Misty.

— Quoi, par exemple?

— C'est fini, oui? ai-je soudain hurlé à pleins poumons.

Saisies de stupeur, elles se sont tournées vers moi avec des yeux ronds.

— Je suis ravie que vous vous soyez bien amusées et que vous ayez toutes trouvé l'amour de votre vie, mais nous avons un gros problème à régler, là.

— Je ne vois toujours pas de quoi tu veux parler, s'offusqua Misty.

— J'ai essayé de te le dire, hier, au téléphone, mais tu étais tellement engluée dans ton roman-photo à la guimauve que tu n'as rien compris, lui ai-je rétorqué, surprise par l'acidité de mes propos et par ce ton cinglant qui me ressemblait si peu.

Toutefois, compte tenu des milliards de nœuds que j'avais dans le ventre, dans la gorge et dans tous les muscles imaginables, sans même parler de la difficulté que j'avais à respirer, j'estimais avoir déjà fait preuve de trésors de patience et d'un sang-froid plus que remarquable.

— Ce n'est pas juste! se rebiffa Misty. Et puis, toi non plus tu n'étais pas toute seule, hier soir. Je suppose que tu n'as pas exactement passé la nuit à jouer aux échecs avec Stuart, hein?

— Suffit! Laisse-la parler, Misty! lui intima Jade. Je suis navrée, Cat. Nous avons toutes été tellement éprouvées, et si souvent déçues, que, lorsqu'un moment de bonheur passe à portée de la main, nous ne pensons qu'à le saisir et oublions tout le reste. C'est une réaction excessive et probablement immature, je le crains, mais nous avons essuyé tant de tempêtes affectives que c'est un peu compréhensible.

— Bon. Alors, qu'est-ce qu'il y a? me demanda Misty.

— C'est à propos de mon père. Je vous ai déjà dit qu'il m'avait espionnée, le soir de notre petite fête ici. Eh bien, il a pris une photo de Stuart et de moi, quand nous étions en train de nous embrasser, et il l'a envoyée à Géraldine par Federal Express.

— Il a fait ça!

— Et, hier, il nous a suivis jusqu'à la plage et il m'a abordée, pendant que Stuart était parti me chercher une boisson.

— Stuart l'a-t-il vu? A-t-il posé des questions? s'enquit aussitôt Jade.

— Non, pas à ce moment-là. Mais je lui ai dit quand même, plus tard.

— Tu lui as dit! Mais pourquoi? s'exclama Star.

— Parce qu'il avait trouvé la photo sous un magazine. Je l'avais cachée précipitamment, quand il était venu me chercher pour aller déjeuner. Il a été très choqué. Il a voulu savoir qui avait pris une telle photo et pourquoi.

— Que lui as-tu révélé d'autre? me demanda Jade, avec un tel calme que c'en devenait presque inquiétant.

Elles avaient toutes l'air de retenir leur souffle.

Je leur ai raconté l'histoire que j'avais inventée. Jade hochait la tête, tout ouïe. Ensuite, je leur ai parlé du coup de fil de mon père et de ce que j'avais été obligée de lui dire pour qu'il cesse d'appeler Géraldine.

— Parfait, me félicita Jade. Tu as fait exactement ce qu'il fallait. Tu as montré de belles capacités d'improvisation, aussi. L'art du mensonge n'aura bientôt plus aucun secret pour nous, j'en ai bien peur. Il faut dire que nous sommes toutes allées à bonne école : nous pouvons remercier nos parents d'avoir été d'aussi brillants professeurs.

— Mais qu'est-ce que je dois faire, maintenant ? me suis-je lamentée.

Personne ne me répondit.

— Il va rappeler et rappeler, ai-je insisté, jusqu'à ce qu'il obtienne ce qu'il veut. Et il finira par venir ici ! Venir, vous comprenez ?

— Elle a raison, murmura Misty. Qu'est-ce qu'on va faire ?

— Cette situation devient inextricable, reconnut Jade. Je savais bien que nous n'aurions pas dû l'enterrer. Je le savais.

— Et alors ? Qu'est-ce que tu veux qu'on y fasse, maintenant ? lui rétorqua Star. Qu'on la déterre ?

— Peut-être.

— Non mais, tu es complètement cinglée ! Et puis, c'est bien toi qui nous as prévenues que Cat allait se retrouver en famille d'accueil, non ?

— C'est toujours mieux qu'en prison.

— On va toutes nous arrêter, s'affola Misty.

— Doucement, Misty, la raisonna Star. On ne s'emballe pas.

— Mais qu'est-ce que je vais bien pouvoir dire à Stuart pour expliquer l'absence de Géraldine, demain ? Et après-demain ? ai-je gémi. Il va se demander pourquoi elle n'est jamais à la maison.

Elles sont demeurées muettes un long moment. Et puis, soudain, Misty a levé la tête vers moi.

— Peut-être que tu devrais le laisser tomber, suggéra-t-elle.

— Pardon?

— C'est ça! s'enthousiasma-t-elle aussitôt. Ça réglerait tous les problèmes. Tu n'as qu'à prendre n'importe quel prétexte pour te disputer avec lui et tu le mets à la porte. Comme ça, tu n'auras plus besoin de t'inquiéter de ce qu'il sait ou pas.

— Mais je ne veux pas, moi, le mettre à la porte! me suis-je rebiffée. Qu'est-ce que tu dirais, si je te conseillais de te débarrasser de Chris, maintenant?

— Ce n'est pas la même chose: je n'ai rien à lui cacher, moi, me répliqua-t-elle.

— Ça, ce n'est pas cool, Misty, la tança Star.

— Mais qu'est-ce qu'elle peut faire? Qu'est-ce qu'on peut faire? s'écria l'intéressée, en jetant des regards alarmés en tous sens. Peut-être que je devrais aller demander conseil à mon père, aussi? Ou peut-être que tu devrais demander au tien, Jade? Ou toi, à ta grand-mère, Star?

— Du calme! lui ordonna Jade. Laisse-nous réfléchir deux minutes.

— Stuart va venir tout à l'heure, leur ai-je annoncé. Il veut passer la nuit ici.

— Il ne manquait plus que ça! grommela Misty, en fronçant les sourcils.

Cette fois, c'en était trop. J'ai vu rouge.

— Pourquoi avoir organisé une soirée ici, alors? Pourquoi avoir invité des garçons et m'avoir trouvé un cavalier?

Elle me dévisagea en silence, puis, ne sachant manifestement à quel saint se vouer, se tourna vers Jade.

— Nous sommes en train de perdre pied, analysa cette dernière en se levant. Tout le monde là-haut.

— Quoi? s'écria Star. Qu'est-ce que ça va bien pouvoir y changer?

— Contente-toi de faire ce que l'on te dit, aboya Jade. Nous avons besoin de nous reprendre. Et c'est un excellent moyen d'y parvenir.

Star roula des yeux comme des billes, prit une profonde inspiration et se leva.

— Venez! Princesse Jade a parlé, nous dit-elle.

Misty me lança un coup d'œil en coin et l'imita. Je lui ai emboîté le pas.

Tandis que nous nous asseyions en cercle, Jade alluma la bougie et mit un de ses CD, puis elle s'assit à son tour, ferma les yeux et prit la main de ses voisines. J'en fis immédiatement autant.

— Chassez le trouble de votre esprit, nous commanda-t-elle. Concentrez-vous sur la régularité de votre respiration.

Deux minutes plus tard, Misty se mit à gémir :

— Ça ne marche pas. Je n'arrive pas à penser à autre chose. Je me vois déjà en prison.

— Tu ne fais aucun effort, la rabroua Jade. Tais-toi et respire profondément. Inspiration, expiration. Inspiration, expiration.

Au bout d'un long moment de silence, Misty geignait de nouveau :

— Oh ! c'est nul ! C'est trop nul !

— Bon, se résigna Jade. Quels sont nos problèmes et comment pouvons-nous les résoudre ? Et pas de crises d'hystérie, s'il vous plaît.

— On doit décider de ce qu'il faut faire avec Stuart, lui répondit Star. S'il doit continuer à venir ici, il va forcément vouloir savoir où est passée Géraldine.

— Il n'y a que deux solutions, affirma Jade. Soit nous laissons Cat lui dire la vérité, soit Cat rompt sa relation avec lui avant même qu'elle n'ait commencé.

— Mais elle a déjà commencé ! me suis-je écriée.

— Comment peux-tu sérieusement penser qu'elle lui dise un truc pareil ? s'insurgea Misty. Et si elle le laisse tomber dans deux jours ? Il pourrait aller raconter tout ça à n'importe qui. Et qu'est-ce qui se passerait, alors ?

— Elle a raison, approuva Star.

— Mais je n'ai pas du tout l'intention de le quitter ! me suis-je insurgée.

— Tu ne peux pas prévoir ce genre de chose. Ça arrive, c'est tout. Ce n'est pas vrai, Jade, peut-être ? demanda Misty, en se tournant vers notre présidente.

— C'est vrai.

Jade me dévisagea sans mot dire.

— Que veux-tu faire, Cat ? s'enquit-elle enfin.

— Je veux lui dire.

— Mais imagine deux secondes que ça lui fiche la trouille ou qu'il te prenne pour une folle. Qu'est-ce que tu feras ? me demanda Misty.

— Là aussi, elle a raison, répéta Star.

— Cat est bien trop inexpérimentée pour s'engager, du jour au lendemain, avec un garçon. On n'aurait pas dû laisser ça arriver, affirma Misty. C'est ton premier flirt, me dit-elle en me regardant droit dans les yeux. Tu ne devrais pas t'attacher comme ça, surtout si vite.

— Je crois qu'à cet égard, aucune de vous n'a de leçons à donner à personne, lui ai-je calmement répondu.

— On en sait plus que toi là-dessus, Cat, insista-t-elle. Dis-lui que ça devient trop sérieux et que tu as besoin de faire le point. Il va te rappeler trois ou quatre fois, et puis il va se lasser et il ira voir ailleurs.

— Mais je ne veux pas qu'il aille voir ailleurs, moi !

— Tu dois faire ce sacrifice pour le bien de toutes, au nom du C.O.A.P.

— Quoi ?

— Tu as voulu notre aide ? Nous te l'avons donnée. Nous t'avons acceptée parmi nous. À ton tour, maintenant, de faire quelque chose pour nous.

J'ai regardé Jade, incrédule. Mais elle n'a pas réagi. Star plissait les yeux, comme si elle se concentrait pour réfléchir, mais elle n'a pas protesté non plus.

— On a toujours le problème de son père à régler, a-t-elle dit, à défaut de plaider en ma faveur, comme je l'avais escompté.

— Nous pourrions appeler la police, suggéra Jade. Il suffira que Misty joue le rôle de Géraldine, comme nous en avions parlé. Elle n'aura qu'à se montrer à l'une des fenêtres qui donnent sur la rue. Il sera grugé. Et, quand la police l'appellera pour répondre des plaintes de harcèlement déposées par sa femme, il prendra peur et il se tiendra tranquille.

— Ça pourrait marcher, songea Misty à haute voix. Où est la robe ?

— Nous l'avons laissée dans la penderie, lui répondit Jade, en hochant la tête dans cette direction. Aura-t-elle besoin de la perruque ? me demanda-t-elle.

— Pas si on opère de nuit et à bonne distance.

— Bon, alors c'est décidé, conclut Misty. Tu vois, si tu te montrais un peu plus coopérative, tout irait bien. On pourrait continuer comme avant sans problème. Dans une semaine ou deux, on organisera une autre petite fête et on te trouvera un autre cavalier, me promit-elle – pour me consoler, sans doute ! Si ce garçon te plaît, on pourra raconter que Géraldine est partie pour une semaine, ou même quinze jours, si tu veux.

— Tu ne parles pas sérieusement, j'espère. Non, ce n'est pas possible, ai-je soufflé en secouant la tête.

— Au nom du C.O.A.P., je propose que Cat se débarrasse de Stuart aujourd'hui, pour notre bien à toutes, déclara Misty.

J'ai jeté un regard affolé vers Star et Jade. Aucune ne s'y est opposée.

— Vous ne pensez qu'à vous, toutes autant que vous êtes ! ai-je explosé. Vous ne cherchez qu'à vous protéger et à protéger vos amours pour garder votre nouveau petit ami.

— Ce n'est pas tout à fait vrai, me répondit posément Jade. Nous n'avons pas vraiment le choix, en l'occurrence.

— Je veux lui dire la vérité. Il saura se taire. Il saura garder notre secret, ai-je insisté.

— Ce n'est pas seulement notre secret qui est en cause, Cat, me fit remarquer Misty. C'est nous. C'est le C.O.A.P. au grand complet. Nous sommes toutes impliquées et toutes à la merci d'un mot de lui. Tu n'as pas le droit de décider toute seule. C'est une décision que le C.O.A.P. doit prendre à l'unanimité, hein, Jade ?

L'intéressée hocha la tête en silence.

— J'ai fait une proposition, s'entêta Misty. J'attends vos votes.

— Pourquoi crois-tu pouvoir lui faire confiance, Cat ? me demanda Jade.

— J'attends vos votes ! glapit Misty.

— Une proposition de loi est débattue avant d'être votée. Et c'est justement ce que nous sommes en train de faire : nous débattons, lui rétorqua Jade, cinglante. Cat ?

J'ai baissé les yeux et j'ai essayé de rassembler mes idées.

— Vous savez toutes la vie que j'ai menée avec mon père et Géraldine. Vous savez toutes ce qui s'est passé, ce qu'il m'a fait. La première fois que Stuart m'a touchée, je me suis repliée sur moi-même. Il l'a senti, mais il ne s'est pas mis en colère, ni découragé pour autant. Il s'est montré encore plus doux, plus compréhensif.

Les larmes me brûlaient les paupières, mais je les ai refoulées.

— J'avais beau faire tout ce que je pouvais, pendant que j'étais avec Stuart, je ne parvenais pas à m'ôter les souvenirs de mon père de la tête. Sa voix couvrait même celle de Stuart. Je me suis dit que ce serait comme ça toute ma vie, que j'étais une marchandise avariée dont personne ne voudrait jamais.

J'ai relevé les yeux. Même Misty semblait émue.

— Mais il s'est passé quelque chose, cette nuit, quelque chose d'extraordinaire, d'exceptionnel. Soudain, la voix de Stuart a réussi à étouffer celle de mon père et j'ai senti qu'il le chassait hors de mon corps, hors de ma tête. Je pouvais aimer et être aimée ! Et ça, c'est peut-être plus important que de cacher la vérité sur la mort de Géraldine et tout le reste. Je crois que, s'il le fallait, je serais prête à aller en prison, maintenant. Je dirais que c'est moi qui ai tout fait toute seule. Aucune d'entre vous n'a à s'inquiéter. Je ne vous trahirai pas.

Pendant un long moment, ce fut le silence complet.

— Je crois qu'on devrait se fier à l'instinct de Cat, là-dessus, décida finalement Star, en hochant la tête. Laissons-la parler à Stuart. Qu'est-ce que tu en dis, Jade ?

— Il ne servirait à rien de faire tout ce que nous faisons, si nous ne nous autorisons pas mutuellement à changer, à grandir et à prendre de nouvelles directions. Le docteur Marlowe serait même sans doute ravie de nous en savoir capables, ajouta Jade en souriant.

Nous nous sommes tournées vers Misty.

— D'accord, capitula-t-elle. Peut-être que j'ai été trop égoïste, que je ne pensais qu'à mon histoire d'amour à moi. Excuse-moi, Cat.

Nous sommes tombées dans les bras l'une de l'autre.

— Tu veux le lui dire aujourd'hui ? s'enquit Jade.

— Il vaudrait mieux. Je ne sais plus quel mensonge inventer pour expliquer l'absence de Géraldine.

— Peut-être qu'on devrait toutes être là, suggéra Star.

Jade me lança un regard interrogateur.

— Ce n'est pas une mauvaise idée, Cat, argua-t-elle. Ensuite, nous nous échapperons pour te laisser seule avec lui.

— D'accord.

Mais, maintenant qu'elles avaient accepté, je commençais à appréhender ce qui m'attendait. Jade a dû le sentir.

— Tenons-nous la main, a-t-elle ordonné.

Nous avons obéi. Elle a baissé la tête.

— Respirez profondément. Chassez toute pensée de votre esprit. Faites le vide. Nous devons entrer en contact les unes avec les autres et nous communiquer force et confiance.

La musique flottait dans la pièce. La bougie brûlait. Les minutes passaient et la tension se dissipait.

— Tout se passera bien. Tout ira bien, conclut Jade.

Avant que nous ne quittions le sanctuaire, Misty essaya la robe de Géraldine et marcha dans la pièce pour me montrer l'effet produit.

— Qu'en penses-tu ? me demanda Jade. N'oublie pas que ce sera à distance.

— Elle est à peu près de la taille de Géraldine. Mais nous devrons lui attacher les cheveux pour qu'elle soit coiffée comme elle. Et il faudrait que tu te tiennes plus droite, en rejetant les épaules en arrière, ai-je conseillé à Misty.

— Bien. Tu joueras ta première représentation ce soir, lui annonça Jade.

— C'est flippant, avoua Misty. J'ai l'impression d'être un de ces personnages tordus à la Stephen King.

— C'est que tu es déjà Géraldine, lui ai-je répondu.

Elles ont toutes éclaté de rire.

Misty ôta la robe. Jade souffla sur la bougie et coupa la musique. Comme nous nous dirigions d'un même pas vers la porte, elle se retourna.

— Vous voyez, dit-elle. Ici, c'est un endroit spécial, un lieu sacré qui a une valeur particulière à nos yeux, tout comme chacune d'entre nous occupera toujours une place particulière dans le cœur des autres. Toujours et à jamais.

J'ai pensé : *Si seulement ce pouvait être vrai !*

16

Les chaînes du destin

— Salut ! claironna gaiement Stuart, en entrant en coup de vent.

Il avait déjà parcouru la moitié du couloir que je n'avais pas encore refermé la porte.

— Je me suis dit que tu aimerais peut-être aller voir un film, ce soir, m'annonça-t-il aussitôt, avec une volubilité de gamin surexcité. On pourrait dîner chez Yin-Yang, juste à côté du cinéma, et…

Il s'interrompit en apercevant les filles assises dans le salon.

— Oh, oh ! une nouvelle réunion du patronage, peut-être ? plaisanta-t-il.

Devant le silence et la gravité de son auditoire, il se tourna vers moi, surpris.

— Quelque chose qui ne va pas ? s'enquit-il.

— Nous voudrions te parler, Stuart, lui annonça Jade. Veux-tu venir t'asseoir avec nous, s'il te plaît ?

— Qu'est-ce qui se passe ? Dis donc, tu n'avais pas rendez-vous avec mon cousin, toi ? Il m'a vaguement parlé de t'emmener dîner au Beach-club, ce soir, non ? Salut, Star ! Salut, Misty ! lança-t-il, en pénétrant dans la pièce.

Il me jeta de nouveau un coup d'œil incertain et s'assit.

— Alors ? C'est quoi le problème ? railla-t-il, avec un sourire en coin. L'organisation d'une prochaine soirée ?

— C'est au sujet de nous, lui répondit Jade d'un ton sec. De nous et de Cat.

Elle se tourna vers moi. Nous n'avions pas discuté de la façon de procéder, mais je supposais que chacune aurait droit à la parole.

Sans mot dire, je me suis assise à la droite de Stuart, de biais, pour lui faire face.

— Nous n'avons rien d'un cercle de dames patronnesses, poursuivit Jade, sans un sourire. Mais nous formons effectivement une sorte de club.

— Même qu'on l'a baptisé le C.O.A.P., fanfaronna Misty.

— Le C.O.A.P. ? Qu'est-ce que c'est que ça ? demanda Stuart en riant.

— Le Club des Orphelines Avec Parents, lui expliqua-t-elle.

Le sourire de Stuart s'évanouit. Il semblait de plus en plus déconcerté.

— Pardon ? Il y a un truc que je ne pige pas, là : comment peut-on être orphelin et avoir des parents ?

Après chaque phrase, il m'adressait un regard hésitant, comme s'il cherchait à se rassurer.

— Sans vouloir entrer dans les détails, Stuart, lui répondit Jade, nous nous sommes toutes rencontrées dans le cabinet d'une psychiatre et...

— Oui, je sais, l'interrompit-il. Cathy me l'a déjà dit.

— Oh ? lâcha Star d'un air offusqué.

Elle me toisa comme pour déceler en moi quelque perfidie insoupçonnée.

Je me suis empressée de me disculper :

— C'est tout ce que je lui ai dit.

— Elle n'a pas commis la moindre indiscrétion sur qui que ce soit, si c'est ça la question, confirma Stuart.

— Non, ce n'est vraiment pas la question, aujourd'hui, lui répondit posément Jade. En outre, ce n'est un secret pour personne que nous avons eu des problèmes avec nos parents. Les miens, comme tu le sais, sont en instance de divorce. Ceux de Misty sont divorcés et son père vient de se remarier. Le père de Star a abandonné sa famille et sa mère a suivi son exemple peu de temps après.

— Elle a rappliqué l'autre jour, intervint Star. Mais pas pour très longtemps, j'espère.

— Et les parents de Cathy sont divorcés aussi, enchaîna Stuart. Ils se battent encore pour savoir qui, des deux, aura le droit de garde. Je comprends que ce ne soit pas évident à supporter tous les jours. Ça doit être génial d'avoir des amies dans le même cas et de pouvoir s'entraider. Le C.O.A.P... fit-il d'un air songeur, en se tournant vers Misty. OK. J'imagine que ça prend tout son sens dans un tel contexte familial.

— Et ça veut dire bien plus que ça encore, renchérit Misty.

— Les parents de Cathy ne sont pas exactement en instance de divorce, reprit Jade. Ce n'est pas ce qui nous préoccupe, ni ce qui préoccupe Cat, au premier chef, pour l'instant, de toute façon.

— Hein?

Il me jeta un regard dans lequel se lisait la plus totale incompréhension.

— Mais elle m'a dit que...

— Cathy, pourquoi ne lui expliques-tu pas? l'interrompit Jade.

Je me suis exécutée sans délai :

— Mes parents ne sont pas encore légalement divorcés. À vrai dire, pour commencer par le commencement, ma mère n'est pas ma mère. Elle est, en fait, ma sœur. Nous avons toutes les deux été adoptées. Mon père et elle m'ont adoptée parce que ma vraie mère m'avait eu en dehors des liens du mariage, et à un âge un peu trop avancé.

Stuart avait les yeux rivés sur moi, l'air complètement éberlué, comme si mes mots étaient des sortes de poissons qui lui passaient devant le nez, trop vite pour qu'il puisse les attraper.

— Je n'ai découvert tout ça que très récemment et seulement après le départ définitif de mon père. Il lui est, désormais, formellement interdit d'avoir le moindre contact avec moi.

— Mais je croyais qu'ils se battaient pour avoir ta garde et que...

— Je ne t'ai pas dit toute la vérité.

— Pourquoi? Et puis, pourquoi lui a-t-on interdit d'avoir le moindre contact avec toi, d'abord?

— Pourquoi interdirait-on à un père d'avoir le moindre contact avec sa propre fille? lui rétorqua Jade.

— Je ne sais pas.

— Eh bien, réfléchis! Fais fonctionner ton imagination!

C'est ce qu'il a fait. Son brusque changement d'expression nous a informées qu'il venait de parvenir à une conclusion. Il m'a lancé un regard incrédule.

— Tu veux dire qu'il a abusé de toi?

Même maintenant, même après toutes mes séances de thérapie avec le docteur Marlowe, il m'était encore impossible de faire plus qu'un simple signe de tête.

— Sa sœur – qui s'est fait passer pour sa mère pendant des années – n'était pas franchement facile à vivre non plus, intervint Star. Elle ne s'est jamais vraiment occupée de Cat et n'a pas été là quand elle a eu le plus besoin d'elle.

— « N'était » pas facile à vivre? releva Stuart. Pourquoi? Elle n'est plus là pour assumer son rôle de mère?

— Elle est morte, lui annonça Jade.

Chacun des mots qu'elle prononçait semblait faire l'effet d'une bombe en plein cessez-le-feu.

— Morte?

Il me regarda de nouveau, puis dévisagea Jade en silence et secoua la tête.

— Mais je croyais qu'elle était partie rendre visite à sa sœur, ou un truc comme ça. Je n'y comprends plus rien. Qu'est-ce qui se passe là, exactement, Cathy? Tu peux m'expliquer?

— Avant de t'en dire davantage, nous avons besoin de certaines garanties de ta part, lui déclara Jade, me muselant d'un geste de la main. Tu dois nous promettre – ou, plutôt, tu dois promettre à Cathy – que tout ce que nous allons te révéler ne sortira pas d'ici. Tu devras garder le secret aussi longtemps qu'il le faudra. Si tu sens que tu n'en es pas capable, ou si tu estimes que tu en as assez entendu, nous comprendrons. Même Cat. N'est-ce pas, Cat ?

— Oui. Je suis désolée, Stuart. J'aurais préféré te dire tout ça autrement, mais... nous sommes toutes impliquées, maintenant, ai-je plaidé, en désignant les autres de la main. J'avais besoin de leur consentement pour pouvoir te parler.

Il se laissa retomber contre le dossier de son fauteuil. Et, soudain, je vis dans ses prunelles la confusion faire place à l'horreur. Il se redressa d'un bond.

— Attendez un peu, là ! s'écria-t-il, les yeux exorbités. Vous ne voulez pas me faire croire que... que vous avez tu... que vous avez une part de responsabilité dans la mort de sa sœur, hein ?

— Non, le rassura Star avec fermeté.

Il poussa un énorme soupir et se détendit d'un coup.

— Dieu merci !

— Mais nous avons tout de même fait quelque chose qui n'est pas tout à fait légal, après, enchaîna Jade.

— Après ? Comment ça ? Comment est-elle morte, d'ailleurs ?

— Elle a fait une crise cardiaque et elle est morte ici même, dans cette pièce, lui répondit Star.

— Bon. Alors, il y a eu des funérailles et tout ça. Et puis quoi ?

— Il y a eu des funérailles, oui, acquiesça Star en coulant vers nous un regard éloquent. Mais pas exactement ce que tu pourrais imaginer.

Il secoua la tête.

— Je ne comprends toujours pas. Qu'est-ce que je suis censé imaginer, au juste ?

— Cat n'a aucun parent, Stuart. Elle vient juste d'avoir dix-sept ans et elle n'a pas été émancipée. Par conséquent, légalement, elle doit toujours être sous tutelle, lui expliqua Jade. L'absence de famille proche, outre un père adoptif abusif, fait d'elle une candidate idéale pour le placement en famille d'accueil. Nous avons donc pensé que, si nous parvenions à cacher la mort de sa mère jusqu'à ce qu'elle ait atteint la majorité légale, cette épreuve lui

341

serait épargnée. Elle a des fonds propres, mais elle n'en héritera que lors de son dix-huitième anniversaire. Pour l'instant, elle a toutefois accès aux comptes de sa mère et assez d'argent pour s'assumer à tous égards. En outre, nous sommes là pour l'y aider et nous sommes bien décidées à le faire.

— Cacher la mort de sa mère ? Qu'est-ce que tu racontes ? Que personne, sauf vous quatre, ne sait que sa mère est morte ? lui demanda Stuart, en se penchant en avant.

— Absolument. Et maintenant, toi, ajouta Jade, en me lançant un coup d'œil à la dérobée. Cat a voulu te mettre au courant. Tu devrais être flatté : il n'y a pas beaucoup de gens en qui elle a pu placer sa confiance, jusqu'à présent. Aucune d'entre nous ne l'a fait, d'ailleurs. Mais, pour des raisons qui lui sont propres, elle a décidé de remettre son sort entre tes mains.

— Je vois, souffla-t-il, en s'enfonçant lentement dans son fauteuil.

Il sembla réfléchir un moment. Son regard s'arrêta sur Jade, puis sur moi, et il se redressa de nouveau.

— Mais, si sa mort est encore tenue secrète, où est-elle exactement ? Pas dans le congélateur, j'espère ?

— Elle est dans le jardin, lâcha Star.

— Elle a eu droit à un enterrement en règle, avec lecture de la Bible et tout et tout, précisa Misty.

Stuart haussa les sourcils.

— Vous l'avez enterrée dans le jardin !

— Absolument, lui répondit Jade. Et cela n'a pas été facile, tu peux me croire !

— Mais êtes-vous absolument sûres qu'elle était morte ?

Combien de fois n'avais-je pas fait ce cauchemar ? Et, à voir la tête des autres, combien de fois ne l'avaient-elles pas fait, elles aussi ?

— Oui, absolument sûres, affirma Star d'un ton catégorique. Son cœur ne battait plus ; elle était bleue, raide et froide : même Jésus n'aurait pas pu la faire marcher.

— Dans le jardin ! répéta-t-il, en tournant les yeux dans cette direction.

— Oh! mais ça n'a plus rien d'une tombe, s'empressa de le rassurer Misty. Star s'est donné assez de mal pour ça. Tu n'as qu'à aller voir par toi-même, si tu veux. Je parie que tu ne seras même pas capable de nous dire où elle est, le provoqua-t-elle fièrement.

Il la regarda comme si elle était complètement folle, puis, penchant la tête de côté, ébaucha, soudain, un petit sourire espiègle.

— Est-ce que vous ne seriez pas en train de me monter un méga bateau, là?

— Pas vraiment, non, le détrompa immédiatement Jade d'une voix glaciale. Cat t'a déjà dit la vie d'enfer que lui fait mener son père, non?

— Mais alors, il… il ne sait pas que… que sa femme est morte?

— Non, lui ai-je répondu. Il a appelé, hier soir, pour lui parler. Je lui ai dit qu'elle était à l'hôpital.

— Il a cambriolé la maison, aussi, pépia Misty. Il a fracturé la porte du jardin.

— Quoi! Quand ça? Pourquoi? s'écria Stuart, aux cent coups.

— Il y a quelques jours. On pense qu'il en avait après l'argent caché dans le coffre de sa femme.

— Entre autres, murmura Star, en me lançant un regard lourd de sous-entendus.

— Il a pris le coffre, mais nous avions déjà retiré l'argent, lui précisa Jade.

— Alors c'est pour ça que cette porte est dans un tel état, souffla-t-il, plus pour lui-même qu'à notre intention. Qu'est-ce que tu vas faire, quand il découvrira la vérité sur… je ne sais pas comment l'appeler : ta mère? ta sœur?

— Pour elle aussi, ça a été un problème, marmonna Star.

— Je l'appelle simplement Géraldine, maintenant, lui ai-je répondu. Nous espérons qu'il gardera ses distances parce qu'il craindra qu'elle n'appelle la police. Il a encore peur d'elle, heureusement.

— Mais tu lui as dit qu'elle était à l'hôpital. Qu'est-ce qui pourrait l'empêcher de venir ici ? Tout de suite, même, s'il le voulait…

— Nous allons lui faire croire qu'elle est rentrée. Misty va jouer le rôle de Géraldine. Cat dit qu'elles sont à peu près de la même taille. Et puis, nous avons conservé ses vêtements, lui expliqua Jade.

— Vous voulez dire qu'elle va se faire passer pour elle ?

— Absolument. Il fera sombre et nous pensons que c'est réalisable.

Stuart secoua la tête, me décocha un coup d'œil alarmé, puis dévisagea les autres.

— C'est complètement délirant.

— C'est ce que nous devons faire pour la protéger. Es-tu prêt à nous aider ?

— Qu'est-ce que vous voulez que je fasse ?

— Que tu la boucles, pour commencer, lui répondit Star. Tu crois que tu en es capable ? Cat en est sûre. C'est elle qui a une confiance aveugle en toi. C'est elle qui a voulu te mettre dans la confidence. Elle, pas nous.

Il se tourna vers moi.

— Si c'est pour elle et si c'est ce qu'elle veut, bien sûr.

Je lui ai souri.

— À dire vrai, reprit Jade, c'est une très bonne chose que tu sois avec nous dans cette affaire. Tu seras d'un grand réconfort pour Cat : ta présence la rassurera.

— Avec vous ? répéta-t-il, comme s'il était pris à la gorge. Mais il n'y a donc personne qui ait appelé pour elle ou qui soit venu lui rendre visite ?

— Non. Elle n'avait aucun ami et gérait ses comptes par téléphone. Elle détestait sortir de chez elle, lui ai-je répondu.

— Et elle n'avait pas de famille ?

— Juste des cousins éloignés qui n'appellent et n'écrivent jamais. Il faut dire, aussi, qu'elle ne les a jamais appelés et ne leur a jamais écrit non plus.

— Mais il y a ton père, là, dehors ! s'affola-t-il.

— Comme nous te l'avons déjà expliqué, lui rétorqua patiemment Jade, il n'est pas censé venir ici. Et puis, s'il venait, tu n'aurais qu'à le chasser, le menacer d'appeler la police, par exemple.

— Mais oui, bien sûr, railla Stuart d'un air sceptique. Je lui flanquerai la trouille de sa vie, hein ? Mais qu'est-ce qu'il fait, ce type ? Il ne travaille donc pas ?

— Il est cadre supérieur dans une société de placement en Bourse et il peut faire pratiquement ce qu'il veut, l'ai-je informé. Il est souvent à l'extérieur pour rendre visite à ses clients.

Stuart fit la grimace.

— Ça ne va pas être facile, commenta-t-il.

— C'est vrai que, jusqu'à maintenant, pour nous, ça a été de la gnognote, lui rétorqua Star avec une ironie grinçante.

Il y eut un coup de klaxon dans l'allée. Stuart tourna vivement la tête, les yeux soudain agrandis par l'effroi.

— Ce n'est que ma limousine, lui dit Jade. Nous avons toutes différentes choses à faire aujourd'hui, mais Misty reviendra ici en début de soirée. Toute seule, ajouta-t-elle. Tu comprends, Cat ramène sa mère de l'hôpital, ce soir.

— Pardon ?

— Je vais mettre ses vêtements, me coiffer comme elle... enfin tout faire pour être pratiquement méconnaissable, lui expliqua Misty.

— Nous pensions que tu aurais pu prendre le volant, lui proposa Jade.

— Qui ? Moi ?

— Tu partiras avec Cat et tu reviendras avec sa sœur.

— Tu peux même jouer les parfaits gentlemen et l'aider à franchir la porte, renchérit Star. Au cas où vous seriez surveillés.

— Tu n'es pas obligé, si tu ne veux pas le faire, me suis-je empressée d'ajouter, voyant la panique le gagner.

— Je pourrais les y conduire aussi, reconnut Jade. Mais cela permettrait de faire croire à son père que Géraldine accepte ta présence ici, pour que tu puisses venir comme tu veux après.

— Vous croyez qu'il sera là, ce soir ? demanda Stuart, en lorgnant nerveusement vers la fenêtre.

— Cat croit qu'il observe fréquemment la maison, acquiesça Jade. De plus, tu sais déjà qu'il vous a suivis jusqu'à la plage, hier.

Il se laissa retomber dans son fauteuil, l'air sinistre.

— Bon. Alors? le pressa Star. Tu marches ou pas, Stuart?

Il releva vivement les yeux.

— J'ai déjà dit que si c'est ce que Cat veut...

Mais il semblait songeur et extrêmement troublé.

— Bien, fit Jade en se levant.

Elle regarda sa montre.

— Il faut que j'y aille. J'ai rendez-vous avec...

— Attends! l'interrompit Stuart. Si Misty est censée jouer le rôle de la sœur de Cathy, elle ne peut pas venir ici. Je veux dire: on ne peut pas la voir entrer ici, pas plus qu'on ne peut la voir aller à l'hôpital avec nous, dans la voiture. Deux personnes doivent partir et trois doivent revenir, nécessairement.

— C'est vrai, ça, approuva Star. Il a raison.

— Je rentrerai en douce par la porte du fond, suggéra Misty. Et je me cacherai à l'arrière de la voiture, quand vous partirez pour l'hôpital.

— Tu n'auras qu'à entrer en marche arrière dans l'allée, lui conseilla Star. Misty montera à l'arrière, par la porte du garage.

— À vous entendre, on croirait que vous avez passé votre vie à décortiquer les films d'espionnage, railla Stuart.

— Nous faisons ce qui doit être fait pour nous entraider, lui rétorqua Jade, sans se départir de cette gravité qu'elle avait adoptée depuis le début. Nous nous y sommes toutes solennellement engagées: nous avons fait un pacte.

— Un pacte? s'esclaffa-t-il.

Il se reprit en voyant Jade se rembrunir.

— À nos yeux, les promesses n'ont aucune valeur, qu'elles soient faites sous serment, la main sur la Bible, devant un pasteur, un juge ou un notaire. Mais il en va tout autrement des engagements que nous prenons les unes

346

envers les autres, affirma-t-elle avec une telle solennité et une telle assurance que Stuart sembla impressionné.

Star arborait un petit sourire goguenard et Misty était aux anges.

— Voilà comme nous sommes, nous, les O.A.P., poursuivait-elle fièrement. Le C.O.A.P. est une union sacrée et j'en suis la présidente. Pour l'instant, tu peux te considérer comme membre honoraire.

— Pour l'instant, répéta Star tout bas. Il devra d'abord faire ses preuves.

— Bon, allons-y, reprit Jade. J'ai des trucs importants à faire avant que David ne vienne à la maison piquer une tête, cet après-midi.

Elle marqua un temps et dévisagea Stuart.

— Tu n'as pas le droit de le lui dire. Ni à lui ni à personne d'autre, le prévint-elle. Personne d'autre ne le sait.

— J'ai compris, lui assura Stuart.

— À plus tard, Cat, me lança Misty en se levant. Ne t'inquiète pas. Je ferai une parfaite Géraldine.

— Je t'appellerai pour savoir comment ça s'est passé, me dit Star.

— Merci.

Nous nous sommes toutes embrassées et je les ai raccompagnées jusqu'à la porte, avant de les regarder monter dans la limousine. Par habitude, j'ai jeté un coup d'œil dans la rue. Je ne l'ai pas vu. Mais je n'en avais pas besoin : je sentais sa présence.

Quand je suis revenue dans le salon, Stuart était toujours assis à la même place, la tête baissée, les mains pressées l'une contre l'autre, comme un pêcheur en prière.

— Je suis désolée, Stuart. Je ne voulais pas t'impliquer dans cette histoire. Mais je n'avais pas vraiment le choix : ou je te le disais ou…

— Ou quoi ? dit-il en relevant brusquement les yeux vers moi.

— Ou j'aurais été obligée de provoquer une dispute pour te pousser à partir et m'éloigner de toi. Je ne pouvais pas constamment inventer des excuses pour justifier l'absence de Géraldine.

— Eh bien, soupira-t-il. Je n'arrive toujours pas à croire que vous ayez fait un truc pareil ! Et dans le jardin, en plus ?

J'ai hoché la tête.

— Il faut que j'aille voir ça par moi-même.

Il s'est dirigé sans attendre vers la cuisine. Je lui ai emboîté le pas. Il a ouvert la porte du jardin, puis il est sorti, s'immobilisant à quelques mètres pour examiner le terrain. Le temps était couvert, avec quelques petits rayons de soleil, juste de quoi nimber tout ce qui nous entourait d'une pénombre lugubre.

— Les semis et les nouvelles plantations, hein ? fit-il, en désignant la tombe du menton.

— Oui, mais, dans quelque temps, ça ne se verra presque plus.

— Peut-être.

— Tu aurais dû nous voir, ce soir-là ! Ce n'est pas facile de creuser une tombe, tu sais.

— J'imagine, répondit-il sombrement, en secouant la tête.

Il tourna alors vers moi un regard incertain.

— Ainsi tu es vraiment seule au monde ? Tu n'as vraiment plus personne ?

— J'ai les filles. Et j'espère que je t'ai, toi, maintenant.

Il examina de nouveau la tombe.

— C'est complètement dingue, cette histoire, Cathy. J'ai dit ce que tu attendais de moi devant les autres, mais, maintenant que je vois ça et que je réalise vraiment ce qui s'est passé... Vous ne pouvez pas continuer comme ça. C'est une faute très grave au regard de la loi. Je ne pense pas que vous ayez pris pleinement conscience de ce que vous avez fait.

— Mais tu leur as dit que tu nous aiderais, Stuart.

— En admettant que vous réussissiez – je ne sais comment – à tenir jusqu'à ta majorité, comment comptes-tu expliquer ça, quand tu voudras reprendre une vie normale ? Tu sais, ils la sortiront de là. Ils voudront faire une enquête pour voir si elle est bien morte de mort naturelle. Si jamais il y a le moindre doute, la moindre possibilité que ce ne soit pas le cas, vous serez toutes les quatre suspectées de meurtre.

— Suspectées de meurtre ! Mais elle est morte comme ça, Stuart. Elle a eu une crise cardiaque.

— Qu'est-ce que tu en sais ? Aucune de vous n'est docteur en médecine, que je sache. Sais-tu comment on détermine ce genre de chose ? Moi, oui. Rappelle-toi, je t'ai dit que je voulais travailler dans la recherche. Ils font une autopsie et ils examinent le cœur. Ils peuvent parfaitement déterminer s'il était endommagé au moment du décès ou non. Et s'il ne l'était pas ?

— De quoi veux-tu qu'elle soit morte, sinon ?

J'aurais préféré que nous n'ayons pas cette conversation à moins de dix mètres de la tombe de Géraldine. Je pouvais presque la voir ricaner sous terre.

— Ce ne sont pas les causes de décès qui manquent, me rétorqua-t-il.

Il réfléchit un instant en silence, puis il se tourna vers moi pour poser les mains sur mes épaules.

— Et si elle était dépressive et s'était suicidée, Cathy ? Et si elle avait avalé des cachets ou un truc comme ça ? Tu ne comprends donc pas ? Quelqu'un pourrait penser que c'est toi qui l'as empoisonnée, et que tes copines – des filles à problèmes tellement perturbées, elles aussi, qu'elles ont dû suivre une psychothérapie –, que tes petites copines, donc, l'ont enterrée pour te protéger.

— Mais non ! mais non ! me suis-je écriée, en secouant la tête. Ce n'est pas du tout ce qui s'est passé. Je n'aurais jamais pu faire une chose pareille !

— Je parie que tu l'as secrètement souhaité.

— Peut-être, ai-je avoué dans un souffle.

— Alors quelqu'un qui ne te connaît pas pourrait très bien penser que tu en as été capable…

Il recula.

— Non, répéta-t-il, maintenant que j'ai vu ça et que j'ai réfléchi un peu à cette histoire, je me rends compte qu'il ne te reste plus qu'à rentrer bien gentiment chez toi et à appeler la police pour leur dire ce que vous avez fait.

— Non, Stuart, lui ai-je répondu, les joues inondées de larmes. Je ne pourrais jamais faire ça. Ce sont mes amies, mes meilleures amies. Je ne peux pas les trahir. Nous sommes toutes impliquées dans cette affaire.

— Oui, je sais. Le C.O.A.P.! Mais vous n'êtes plus des enfants, bon sang! Il ne manquerait plus que tu me dises que vous avez un club-house aussi, pendant que tu y es!

Je me suis brusquement raidie.

— Oh, je vois. C'est cette maison qui vous sert de club-house?

— Oui, en quelque sorte, ai-je murmuré.

— Cathy, tu nages en plein délire. Cette histoire est complètement insensée. Vous allez toutes avoir de sérieux ennuis.

— Tu leur as promis, Stuart, me suis-je obstinée, en secouant la tête. Tu as dit que tu nous aiderais.

— Je sais, je sais. Mais le fait est que vous ne pourrez jamais réussir à cacher un pareil secret pendant des mois et des mois. Il va forcément se produire quelque chose qui va tout faire capoter. Ton père va finir par se rendre compte qu'il y a quelque chose qui cloche. Non mais, tu ne le vois donc pas? Il faut que tu les appelles et que tu les persuades de venir avec toi au commissariat. Et, si elles ne veulent pas, tu dois y aller toute seule. C'est ta sœur qui est enterrée là, bon sang!

Je secouais la tête avec de plus en plus de véhémence.

— Non, ce serait une abominable trahison.

— Qu'est-ce qui importe le plus? me demanda-t-il. Être loyale envers tes copines ou faire ce qui est juste et bien.

— Être loyale envers mes amies, lui ai-je répondu avec fermeté, en m'écartant brusquement de lui.

— Ça ne marchera pas, Cathy, insista-t-il.

Il se retourna pour regarder la tombe et secoua la tête.

— Tu as promis, ai-je gémi à travers mes larmes. C'est moi qui les ai convaincues de te faire confiance. Je croyais que tu tenais vraiment à moi, que tu voulais rester avec moi.

— Mais je tiens vraiment à toi, Cathy. C'est bien pour ça que j'essaie de te raisonner.

Il se mit à regarder fixement le sol.

— Un pacte, un club-house, des Orphelines Avec Parents ! Seigneur ! marmonna-t-il, en secouant la tête.

C'est alors que j'ai senti une lame de colère froide me submerger.

— N'y pense plus. Tu peux rentrer chez toi, maintenant, Stuart, lui ai-je dit en ravalant mes larmes.

J'ai séché mes joues et je me suis redressée sur mes béquilles.

— Oublie tout ce que nous t'avons dit et rentre chez toi, ai-je répété. Tu n'es pas obligé de nous aider, de m'aider et de prendre les mêmes risques que nous.

— Je n'ai pas dit que je ne voulais pas t'aider, Cathy, grommela-t-il. C'est justement ce que je suis en train de faire. Pense à toi. Préserve-toi.

— Je rentre. J'ai froid, lui ai-je annoncé, en tournant les talons.

J'ai traversé la maison aussi vite que j'ai pu pour aller dans le salon et m'asseoir dans ce qui avait été le fauteuil de Géraldine. Quelques instants plus tard, le dos voûté, les yeux baissés, Stuart s'encadrait dans la porte.

— Je veux vraiment t'aider, Cathy. C'est sincère. Et je ne veux pas te quitter. Je t'aime beaucoup, mais je dois penser à ma mère et à ce que ça lui ferait, en plus de tout ce qu'elle a déjà enduré. Et puis, il y a mon petit frère, aussi.

— Retourne auprès de ta mère et de ton petit frère, Stuart.

Il a relevé la tête.

— Je veux dire : je serais ravi de rester avec toi et même de t'accompagner au commissariat, si tu veux.

Je lui ai adressé un sourire contraint.

— Merci, Stuart. Si je me décide à faire ça, je t'appellerai.

— Cathy, tu ne mesures pas bien les conséquences, insista-t-il, revenant à la charge. Tu ne te rends pas compte de…

— Ah non ? Quelles conséquences, Stuart ? Crois-tu qu'elles seront pires que celles auxquelles j'ai dû me soumettre tout simplement parce que j'étais née dans ce cauchemar vivant qu'était ma famille ? Jade t'a demandé de te servir de ton imagination, mais, si fertile soit-elle, tu ne pourras jamais comprendre. En dépit de tout ce que mon père m'a fait et me fait encore subir aujourd'hui, ces derniers jours ont été pour moi les premiers où j'ai senti, où j'ai cru que je pourrais être une personne entière avec sa propre identité, quelqu'un qui pouvait aimer et qui pouvait être aimé. Mes amies, toutes « perturbées » qu'elles soient – comme tu l'as dit toi-même –, m'ont aidée à y parvenir, et sans jamais penser une seule seconde aux risques qu'elles prenaient. Nous sommes vraiment spéciales, Stuart. Tu peux rire et te moquer de nous autant qu'il te plaira, mais nous sommes le C.O.A.P. et rien ne pourra nous séparer.

— Cathy...

— Ce n'est pas grave, Stuart. Je comprends. Je vois bien qu'il ne serait pas juste d'exiger de toi un tel sacrifice. Je ne t'en veux pas. Tu as effectivement une mère et un petit frère à prendre en compte.

Il a paru soulagé.

— Je veux dire : je serais ravi de rester avec toi et, si tu voulais faire ce que j'ai dit, de t'aider à le faire. Mais, quoi qu'il en soit, je jure, fit-il en levant la main droite, comme s'il se croyait dans une cour de justice, je jure que je ne parlerai de tout ça à personne. S'il arrive quoi que ce soit plus tard, je dirai que je n'y avais pas vraiment cru, ou un truc du genre. Mais, si je prends part au jeu de rôles de ce soir et que je vous couvre, ce ne sera plus possible.

— Je comprends. Je comprends parfaitement.

Il m'a dévisagée un moment en silence.

— On peut encore aller au ciné, si tu veux, me proposa-t-il.

— Non, ça va. Je crois que je vais plutôt me reposer un peu.

— Et penser à ce que je t'ai dit. J'espère que tu vas revenir à la raison et que tu vas convaincre les autres d'en faire autant. À ce moment-là, appelle-moi et je viendrai ici ventre à terre, Cathy. C'est vrai. Je te le promets, jura-t-il en levant une fois de plus la main droite.

Dieu que je haïssais ce mot !

— Merci, Stuart, lui ai-je cependant répondu.

Il est venu vers moi et m'a embrassée sur le front, comme si, en m'embrassant sur la bouche, il avait peur que je ne lui jette un mauvais sort ou je ne sais quelle malédiction. Puis il a tourné les talons et il est sorti. J'ai entendu la porte d'entrée s'ouvrir et se refermer. Le silence qui a suivi m'a semblé assourdissant.

Misty avait tellement raison ! ai-je songé. J'avais sauté sur la première occasion qui s'était offerte à moi et je m'étais jetée à la tête d'un inconnu, me raccrochant de toutes mes forces à cette chance inouïe, à mes yeux, d'être enfin aimée. Je désirais si ardemment quelque chose qui n'était pas là, en réalité, que j'avais refusé de voir les signaux d'alerte et de tenir compte de tous les avertissements. J'avais désespérément besoin de me prouver que j'étais capable d'aimer, en dépit de ce que mon père m'avait fait, et cette détresse et mon inexpérience m'avaient aveuglée. Je me sentais affreusement mal, non seulement parce que j'étais cruellement déçue, mais aussi parce que en me leurrant j'avais aussi leurré mes fidèles amies. J'appréhendais le coup de fil que j'allais devoir leur passer...

Au bord des larmes, je suis montée au premier pour m'enfermer dans notre «jardin secret». Je me suis assise sur le tapis et j'ai allumé les bougies. Puis j'ai fermé les yeux. Stuart avait-il raison ? Aurions-nous dû avouer à la police ce que nous avions fait ? Nous étions-nous mises dans une situation si dramatique que chacune aurait à payer d'horribles souffrances l'aide qu'elle m'avait si généreusement prodiguée ? J'avais tellement soupiré après cette liberté et cette belle amitié ; j'avais tellement rêvé de mener une vie normale, que j'aurais fait n'importe quoi, cru en n'importe quoi et tenté n'importe quoi pour l'obtenir. Comme j'aurais aimé avoir quelqu'un de plus âgé et de plus expérimenté à qui parler, quelqu'un qui aurait su m'écouter ! J'avais très envie d'appeler le docteur Marlowe, mais faire quoi que ce soit, sans demander d'abord aux filles leur accord, me semblait une faute plus grave encore.

Le « sanctuaire » ne fonctionnait pas pour moi. Sans la présence des autres, mêlant leur énergie à la mienne, sans leurs esprits entrant en communion avec le mien, la magie n'opérait pas. J'ai soufflé sur la flamme des bougies et je suis ressortie, encore plus déprimée que je n'y étais entrée. La sonnerie du téléphone me fit sursauter. Peut-être la magie avait-elle marché, finalement ? Ce devait être Misty, Jade ou Star. Elles avaient senti mon désarroi. J'avais réussi à leur faire entendre mon cri de détresse et, maintenant, l'une d'entre elles répondait à mon appel. Avec un peu de chance, c'était Jade. C'était elle qui se montrerait la plus raisonnable et qui saurait probablement donner les plus pertinents conseils, en pareilles circonstances.

— Allô ?

Au ton de ma voix, elle allait tout de suite percevoir mon anxiété.

— Tu m'as menti, dit-il. J'ai appelé tous les hôpitaux de Los Angeles et son nom ne figure sur aucun registre. Où est-elle ?

J'ai voulu parler, mais c'était comme si les parois de ma gorge s'étaient soudées, me laissant à peine assez d'air pour respirer.

— C'est elle qui t'a demandé de me raconter cette histoire à dormir debout ?

— Je n'ai pas menti, ai-je fini par lui répondre. Tu n'as pas dû appeler le bon hôpital. Et puis, je t'ai déjà dit qu'elle ne voulait ni te parler au téléphone ni te voir. Je vais la chercher, ce soir. Elle sort aujourd'hui. Je vais lui dire que tu n'as pas cessé d'appeler et que tu as fracturé la porte. Je vais lui dire que tu m'as espionnée et que tu me suis partout. Je vais tout lui dire, tout. Alors, laisse-nous tranquilles ! ai-je hurlé.

Et j'ai claqué le combiné avec une telle violence que j'ai bien cru le pulvériser. Pendant un moment, je suis restée là, à le regarder fixement, le cœur battant, le souffle court. Puis je me suis effondrée en sanglots et j'ai appelé Jade.

Elle a répondu en gloussant.

— Tais-toi, l'ai-je entendue chuchoter. Ce que tu peux débiter comme bêtises ! Oui ? demanda-t-elle, avant d'éclater de rire au bout du fil.

— Jade.

— Cat ? Qu'est-ce qui se passe encore ? grommela-t-elle.

— Par… don, par… pardon, ai-je bredouillé, entre deux sanglots.

— Je ne comprends rien à ce que tu dis. Qu'est-ce qu'il y a ? Oh mais, tu pleures ? Cat ?

— Je… je suis désolée, Jade. Je me suis… trompée. Stuart ne… ne veut plus… Il ne veut pas… être… impliqué… Il est parti.

— Oh, bravo ! Je me doutais que cela se terminerait de cette façon. Nous n'aurions pas dû t'écouter.

Elle lâcha un juron.

— Je suis tel… tellement désolée… Mais je le… crois quand il dit qu'il… ne racontera rien à personne.

— Tu parles ! Les mecs, tous des ordures !

J'ai ravalé mes larmes en silence.

— Cat ?

— Nous avons un… un autre problème à régler, Jade : mon père vient d'appeler. Il voulait encore parler à Géraldine. Il a dit qu'il avait interrogé tous les hôpitaux de Los Angeles. Je lui ai quand même annoncé que j'allais la chercher ce soir et je lui ai raccroché au nez.

— Seigneur !

— Je suis désolée. Qu'est-ce que je dois faire ?

— Rien. Il va juste falloir que tu conduises. Encore une chance que tu ne te sois pas fracturé la cheville droite ! Je vais envoyer Misty chez toi, comme prévu, mais un peu plus tard, de façon que l'obscurité vous facilite les choses. Tu suivras à la lettre le plan initial et, avec un peu de chance, cela suffira à le décourager. C'est Cat, l'ai-je entendue dire à quelqu'un à côté d'elle. Stuart a refusé de vous accompagner.

— C'est Misty? lui ai-je demandé.

— Oui, elle est là, avec Chris. David et lui nous attendent au bord de la piscine. Il va falloir qu'elle se trouve une excuse pour se débarrasser de lui quelques heures. Crois-tu que ton père soit devant chez toi, en ce moment?

— Je ne sais pas. Oh! Jade, je suis morte de peur. Stuart dit que nous pourrions être suspectées de meurtre. Je ne veux pas que vous ayez des ennuis à cause de moi. Je suis montée dans notre sanctuaire. C'est de là que je t'appelle. Mais ça ne marche pas pour moi.

— Comment? Tu es dans le sanctuaire?

— Ça ne marche pas, Jade.

— Allons, Cat. Calme-toi. Tu ne vas pas nous faire une crise d'hystérie!

— J'ai allumé les bougies. J'ai essayé de méditer, de faire le vide et...

— OK, OK. Je t'envoie Misty tout de suite. Elle sera chez toi aussi vite que possible.

J'ai entendu Misty grogner.

— Elle va me détester. Je suis sûre qu'elle veut rester avec Chris.

— Ne t'occupe pas de cela. Je vais lui parler. Elle sera fidèle à sa parole, ajouta-t-elle, avant de baisser la voix pour prendre un ton de conspirateur. Elle va passer par la porte du fond. Laisse-la ouverte et attends-la. Et, Cat, essaie de garder ton sang-froid. C'est le plus important, pour l'instant. D'accord?

— Je suis désolée C'est ma faute.

— Non, ne fais pas cela!

Elle avait presque hurlé.

— Ne commence pas à culpabiliser, s'il te plaît. C'est exactement ce qu'ils cherchent à faire: à rejeter la faute sur nous. Ne tombe pas dans leur piège, Cat. Attends là, calmement, d'accord? Maudits soient-ils!

Je n'étais pas très sûre de savoir qui était ce «ils» dont elle parlait, mais elle s'était mise dans une telle fureur que, craignant de mettre de l'huile sur le feu, j'ai préféré acquiescer.

— D'accord, lui ai-je répondu dans un murmure.

Et j'ai raccroché.

Tremblant de tous mes membres, j'ai dû me cramponner à mes béquilles pour quitter la pièce. Je ne savais pas où aller : tout à coup, descendre au rez-de-chaussée et me retrouver toute seule en bas me terrifiait. J'ai préféré aller dans ma chambre et fermer la porte derrière moi. C'était là que j'étais toujours venue me réfugier quand j'avais peur. Je me pelotonnais dans mon lit, remontant mes genoux contre ma poitrine en les entourant de mes bras, et je fermais les yeux, en attendant que mon angoisse et mon agitation veuillent bien s'apaiser. Parfois, l'effet était presque immédiat. D'autres fois, il fallait des heures et des heures avant que je ne parvienne à me calmer. Il m'arrivait même de m'endormir et de me réveiller, le corps toujours aussi tendu et parcouru de tremblements irrépressibles.

Géraldine ne s'était jamais inquiétée de savoir ce qui se passait, quand je m'enfermais ainsi, des heures durant, dans ma chambre. Même quand j'étais toute petite. À tel point que, lorsqu'il arrivait que mon père veuille bien se donner la peine de frapper à ma porte pour me demander si tout allait bien, je lui aurais sauté au cou. Pas étonnant, après cela, que j'aie accueilli si facilement ses caresses.

« Là, là, disait-il. Voilà une petite fille qui a bien besoin de câlins. Voyons si nous allons savoir la consoler. »

Tous mes cris muets, ces hurlements jamais libérés, étaient enfermés dans cette pièce. Je les imaginais, bouillonnant sous la surface lisse. Les murs les avaient absorbés comme une éponge. Il me semblait qu'ils pouvaient, à tout moment, exploser en un cri si puissant que la maison entière volerait en éclats. Alors le vent se lèverait et la balaierait. Et ce serait comme si tout cela n'avait jamais existé. Moi, ma sœur, mon père, nous serions tous effacés, par la même occasion. *Le monde ne s'en porterait que mieux*, me disais-je.

J'ai essayé de fermer mes oreilles comme j'avais fermé les yeux. J'entendais des bruits qui montaient à travers le plancher. J'aurais juré que l'aspirateur vrombissait dans le salon. Géraldine était là, faisant son ménage, chassant avec une rage vengeresse la saleté et la poussière, marmonnant quelques phrases entendues ou lues accréditant sa sombre et déprimante vision des choses et des gens. Je n'aurais peut-être pas dû la détester autant, finalement. On l'avait trahie, elle aussi. Je comprenais, maintenant, ce qui l'avait rendue si dure et si amère. En qui aurait-elle pu avoir confiance ? En quoi aurait-elle pu croire ?

N'était-ce pas là le clapotis d'un seau que l'on remplissait ? Était-elle en train de lessiver le carrelage, de nettoyer la table, de faire les carreaux ? Et ce bourdonnement ? N'était-ce pas la télévision qui marchait en sourdine, allumée sur une de ses émissions religieuses, avec un de ces prêcheurs cathodiques qui lui dépeignaient ce monde hostile dans lequel elle vivait ? Et là, n'étaient-ce pas ses pas dans l'escalier ? J'ai serré les paupières et refermé plus étroitement encore l'étreinte de mes bras. Elle me chuchotait quelque chose derrière la porte :

« Je te l'avais bien dit. Et, maintenant, tu récoltes ce que tu as semé, tu vois ? Tu as couché avec lui. Tu l'as laissé te tripoter. Tu es sale, sale jusqu'au tréfonds de l'âme. Tu auras beau tremper des heures dans la baignoire, te frotter jusqu'au sang sous la douche, tu ne pourras jamais enlever cette crasse qui t'imprègne. Tu es souillée. N'importe qui peut le voir, dès qu'il pose les yeux sur toi. Tu as le péché dans le cœur et ça se voit dans tes yeux. Tu l'as laissé te tripoter. Tu es souillée, souillée à jamais ! »

De qui parlait-elle ? De Stuart ou de mon père ?

Le murmure devint inintelligible. Ce n'était plus que le sifflement vipérin de l'air sortant de ses lèvres desséchées. Je me suis concentrée de toutes mes forces sur l'image d'une bougie et j'ai regardé la flamme vaciller, vaciller jusqu'à ce qu'elle s'éteigne, en laissant une petite spirale de fumée noire.

Une salve de coups violents me sortit de ma torpeur. J'ai ouvert les yeux et j'ai dressé l'oreille, le cœur battant. Étais-je toujours dans mon cauchemar ? Ou n'était-ce pas un cauchemar ? Il y eut un cliquetis à ma fenêtre, puis un choc contre le mur. Je me suis levée. Terrifiée, l'esprit en déroute, je me suis dirigée vers la fenêtre et j'ai jeté un coup d'œil à l'extérieur. Misty était en bas. Elle ramassait des cailloux pour les lancer contre mes vitres. Je me suis empressée d'ouvrir la fenêtre.

— Qu'est-ce que tu fabriques ? Tu n'as pas enlevé le loquet de la porte du jardin ! me houspilla-t-elle à voix basse.

— Oh ! je suis désolée. Je me suis endormie.

— Dépêche-toi. On dirait qu'il va pleuvoir.

Je la vis courir vers la porte du fond.

J'ai fait aussi vite que j'ai pu pour descendre lui ouvrir. Elle est entrée comme une furie et a aussitôt refermé la porte derrière elle.

— Qu'est-ce qui s'est passé ? Tu as oublié notre plan ou quoi ?

— Non. Je suis désolée. Je ne me suis pas rendu compte du temps qui passait. Je dormais.

— Jade m'a tout raconté. J'étais sûre qu'on n'aurait pas dû lui faire confiance. Vous avez cassé ?

— Je suppose que oui. Je ne pense pas qu'il reviendra.

— Bon débarras ! Jamais je ne ferai confiance à un homme, pas même à celui que j'épouserai, si je me marie un jour. À quoi bon les promesses et les serments, même avec la main d'un prêtre au-dessus de ta tête ? Tiens ! Je plains Ariel : mon père va sans doute lui briser le cœur, à elle aussi.

« Est-ce qu'il a rappelé ? me demanda-t-elle soudain.

— Mon père, tu veux dire ?

Elle hocha la tête.

— Non.

— Bon. Au travail, qu'on en finisse. J'ai dit à Chris que je le retrouverais à sept heures et demie. Ce qu'il y a de bien avec Chris, c'est qu'il ne pose jamais de questions. Où est la robe ?

— En haut, là où tu l'as laissée la dernière fois.

Elle a gravi les marches quatre à quatre. Une fois habillée et coiffée, conformément aux instructions que je lui avais données, elle est montée à l'arrière de la voiture et j'ai pris le volant. Elle s'est couchée par terre, entre la banquette et les sièges avant.

— Tu es sûre de pouvoir conduire avec ton plâtre?

— Oui, oui.

Mais je n'en étais pas sûre du tout. Je ne parvenais pas à faire cesser le tremblement qui m'agitait intérieurement. Je me suis un peu calmée, quand j'ai agrippé le volant, mais je respirais si vite que j'avais peur de m'évanouir et de provoquer un accident.

— Vas-y, allez, allez! me pressa Misty. Ce n'est pas vraiment le confort quatre étoiles, ici.

— OK.

J'ai mis le contact et ouvert la porte du garage avec la commande infrarouge.

— Oh non! me suis-je exclamée. Il pleut des cordes!

— Tant mieux. Il n'en aura que plus de mal à nous voir.

Sans doute, ai-je pensé, *mais je n'en aurais que plus de mal à conduire aussi.* J'ai démarré doucement. En quittant l'allée, j'ai jeté un coup d'œil circulaire. Une voiture qui ressemblait à celle de mon père était garée à mi-chemin du pâté de maisons.

— Je crois qu'il est là, ai-je annoncé à Misty dans un murmure. Il va probablement nous suivre.

— Essaie de le semer, me conseilla-t-elle.

J'ai regardé dans le rétroviseur.

— Alors? me demanda-t-elle, au bout d'un instant de silence.

— C'est difficile à dire. Je n'y vois rien. Je ne sais pas si la voiture derrière nous est bien la sienne.

— Ne t'occupe pas de ça, Cat. Contente-toi de me conduire à l'hôpital.

— Quel hôpital? Mon Dieu, quelle horreur! Nous n'en avons jamais parlé! me suis-je écriée, prise de panique.

— Du calme, du calme, me dit-elle.

Et elle m'indiqua l'itinéraire à suivre pour aller à l'hôpital Saint John.

Durant tout le trajet, à aucun moment je n'ai pu savoir si mon père me suivait ou non. J'ai multiplié les détours et emprunté tout un tas de petites rues. Quand je suis arrivée à l'hôpital, je me suis garée sur le parking et nous avons attendu le temps que nous estimions nécessaire pour remplir les formalités d'usage en de telles circonstances. Je surveillais constamment les alentours, mais je ne l'ai pas vu. Après ce qui nous a paru un délai suffisant, Misty est passée à l'avant et j'ai fait demi-tour.

Il pleuvait à torrents, mais seulement par intermittence : chaque averse était suivie d'un intervalle de bruine tiède. C'est souvent comme cela, à Los Angeles. Il peut pleuvoir des cordes, à dix rues de là, et ne pas pleuvoir du tout, là où vous êtes. Quand nous sommes arrivées à la maison, j'ai fermé la porte du garage avant qu'aucune de nous ne descende. Puis nous sommes allées dans le salon et Misty a pris place dans le fauteuil de Géraldine. Je l'avais fait asseoir dos à la fenêtre et j'avais ouvert les volets roulants juste assez pour qu'on puisse distinguer sa silhouette.

— Je vais faire celle qui te prépare du thé, ai-je annoncé.

— Ne fais pas semblant. Une grande tasse de quelque chose de chaud me ferait le plus grand bien.

Après avoir avalé quelques gorgées de thé parfumé, elle me regarda et me sourit.

— Alors ? De quoi j'ai l'air ?

— Je ne sais pas trop. Depuis l'autre côté du trottoir, j'imagine qu'on peut te prendre pour elle.

— Je vais rester là encore une vingtaine de minutes, et puis je vais sortir par-derrière. Enfin, je vais me changer d'abord, évidemment ! ajouta-t-elle en riant. C'est un peu flippant comme situation, mais, si ça marche, il te fichera la paix.

— Espérons-le.

— Et ne t'en fais pas pour Stuart. Je ne te donne pas une semaine pour en retrouver un autre. J'ai déjà ma petite idée sur la question. Jade veut qu'on ait une assemblée demain soir à ce sujet-là.

— OK, mais ne te mets surtout pas en peine pour moi.

Je ne cessais de surveiller la rue à travers les volets. Peut-être n'était-il pas là ? Peut-être que nous nous donnions tout ce mal pour rien ? *Nous n'allons pas tarder à le savoir…*, ai-je pensé.

— Je vais me faire un peu de soupe, lui ai-je dit. Je reviens tout de suite.

— Oh! ne t'occupe pas de moi. Je suis très bien là où je suis, me répondit-elle.

Au moment de passer la porte, je me suis retournée. Elle sirotait son thé, les yeux perdus dans le vague. D'où j'étais, elle ressemblait vraiment à Géraldine. Combien de fois l'avais-je vue assise là, à boire son thé à petites gorgées, en regardant dans la rue? À quoi pensait-elle donc? Que regardait-elle? Cherchait-elle un moyen d'échapper à son désespoir ou scrutait-elle la muraille qui l'emprisonnerait à jamais dans le cachot de ses terribles désillusions?

Je pouvais encore la voir, l'entendre, la sentir même. *Les gens ne meurent pas*, ai-je songé. *Pas tant que les souvenirs que nous avons d'eux vivent encore*. Fallait-il que j'aie été idiote pour croire qu'il suffisait de la rouler dans un linceul et de la recouvrir de terre pour être délivrée d'elle à jamais!

Nous partagions les mêmes silences et entendions les mêmes voix. À l'instant même, j'étais avec elle dans ce jardin de douleur qui était notre lot commun. Géraldine et moi demeurerions liées pour l'éternité.

17

Papa est rentré !

Peut-être que cela avait marché? Les heures passaient et mon père n'avait toujours pas rappelé, pas plus qu'il n'était venu sonner à ma porte. Moins réjouissant, je n'avais toujours aucune nouvelle des filles. Il était près de dix heures quand Jade s'est enfin manifestée. Il y avait de la musique et des rires derrière elle. Elle m'a expliqué qu'elle était dans un club «très très privé» de Malibu avec David.

— Star t'a-t-elle téléphoné? me demanda-t-elle.

— Non.

— J'ai essayé de la joindre. Je voulais la mettre au courant de ce qui t'était arrivé. Mais elle est partie je ne sais plus où avec Larry et je ne pouvais pas laisser le message à sa grand-mère. C'est fou, elle passe de plus en plus de temps avec lui...

— Alors, elle ne sait pas pour Stuart?

— Non. À moins que Misty n'ait réussi à la joindre depuis. Je voudrais que nous nous réunissions demain soir. Misty t'en a parlé, non?

— Oui.

— Encore une cellule de crise, soupira-t-elle. Enfin, pour nous, c'est presque la routine.

— Tu sais, Jade, peut-être que Stuart a raison: peut-être que nous avons vraiment commis un délit et que nous allons avoir de graves ennuis avec la justice.

— Tss tss tss! Il ne faut pas te laisser abattre, Cat! Nous allons trouver une solution. Nous trouvons toujours une solution. Bon, il faut que j'y aille: David doit s'impatienter. En tout cas, Stuart ne lui a parlé de rien, apparemment. Je t'appellerai dès que je serai debout, demain matin. Enfin, plutôt demain après-midi, tel que c'est parti là, s'esclaffa-t-elle, avant de raccrocher.

Je venais de reposer le combiné quand Misty a appelé. Elle m'a dit qu'elle et Chris sortaient du cinéma et qu'ils s'étaient arrêtés pour manger une pizza.

— Rien d'neuf? me demanda-t-elle, avalant ses mots dans sa précipitation.

À en croire sa voix étouffée, elle devait avoir mis la main sur le combiné pour ne pas que Chris pût entendre ce qu'elle disait.

— Non. Jade vient d'appeler. Elle n'a pas encore eu Star. Et toi?

— Non. Mais ce n'est pas grave: on l'appellera demain matin. Ça va, toi?

— Ça va.

Je n'aurais pas voulu leur gâcher leur plaisir. Je me disais: *Après tout, si je n'avais pas insisté pour tout raconter à Stuart, je serais probablement en train de passer la soirée avec lui et de m'amuser, moi aussi. J'aurais au moins eu une nuit de bonheur en plus, peut-être même deux. En fait, c'est moi qui suis ma pire ennemie. Géraldine me le disait souvent. Peut-être qu'elle n'avait pas tort, pour une fois...*

— J'ai un service à te demander, me dit Misty.

— Quoi?

Je ne voyais pas ce que j'aurais pu faire pour elle.

— Je comptais rentrer avec Chris, ce soir, mais figure-toi que ma mère a organisé une petite fête à la maison! Quand j'ai vu ça, ça m'a sciée. Elle a bien choisi son moment! Enfin, elle s'est trouvé un nouveau petit copain, elle aussi, apparemment. Depuis le remariage de papa, elle ne pensait qu'à ça. Rien que pour se venger, je parie.

— C'est quoi, ce service?

— Je voudrais venir avec Chris au club, dans une petite heure. Est-ce que tu crois que ça poserait un problème? Enfin, je veux dire, comme tu n'as personne avec toi et tout ça…

— Je ne sais pas. Que j'aie ou non un petit ami, peu importe : là n'est pas la question. Mais, si mon père surveille la maison et s'il a vraiment cru que Géraldine était rentrée, il trouvera ça bizarre. Géraldine ne recevait jamais de visites et, même si elle m'avait autorisée à en avoir, elle n'aurait jamais laissé personne mettre les pieds chez elle après dix heures du soir. Or, avec un peu de chance, nous avons réussi à lui faire croire qu'elle est bel et bien revenue. Est-ce que ça ne va pas anéantir tous nos efforts ?

— Il n'est tout de même pas assis dans sa voiture, vingt-quatre heures sur vingt-quatre, à t'espionner, me rétorqua-t-elle.

— Je ne croyais pas qu'il serait là, la nuit où il a pris la photo, quand Stuart m'a embrassée, lui ai-je fait remarquer.

— On pourrait entrer par la porte de derrière, suggéra-t-elle.

— Comment vas-tu expliquer ça à Chris ?

— Je lui dirai simplement que tu as eu des problèmes avec les voisins, qu'ils se sont plaints à cause de la soirée et que tu ne veux pas que ta mère sache qu'on vient, que tu lui as promis qu'il n'y aurait plus ni soirée ni copains à la maison, ou un truc comme ça. Comme je te l'ai déjà dit, Chris ne pose pas de questions. On restera dans le salon. Inutile de nous attendre. Tu n'as qu'à enlever le verrou.

À cette seule idée, mon sang n'a fait qu'un tour. Mais, à la réflexion, je me suis dit que, s'il voulait entrer, mon père pouvait très bien forcer la porte, de toute façon.

— D'accord.

— Et… Cat ?

— Oui.

— N'en parle pas à Jade, ni à Star. Ça ne les regarde pas.

Nous étions censées n'avoir aucun secret les unes pour les autres. Mais je savais pourquoi elle ne voulait pas qu'elles soient au courant : elles auraient très bien pu lui en vouloir de prendre un tel risque, un risque qui nous exposait toutes.

— Si elles m'interrogent, je ne mentirai pas, l'ai-je avertie.

— Je ne t'en demande pas tant. Évite juste de donner une réponse à une question qu'elles ne poseront peut-être pas. OK ? Mais, si ça te dérange, je comprendrai, ajouta-t-elle.

— Non, non.

En fait, la perspective d'avoir une présence amicale à la maison me réconfortait un peu, même si les amis en question étaient follement amoureux l'un de l'autre et trop occupés à se le prouver pour se rappeler que j'existais.

— Ne nous attends pas, répéta-t-elle, avant de raccrocher.

J'ai donc ôté le loquet de la porte du jardin et je suis allée regarder la télévision dans le salon. Mais je n'ai pas vu grand-chose. L'écran clignotait, tantôt sombre, tantôt plus clair ; des taches de couleur apparaissaient, se mélangeaient ; des gens s'agitaient, disparaissaient, et les voix se fondaient en un brouhaha inintelligible. À un moment, mon regard s'est détaché du poste et, quand j'ai regardé autour de moi, je me suis soudain sentie affreusement seule. J'ai alors pensé à toutes ces personnes âgées qui passent leur temps assises dans leur fauteuil, de jour comme de nuit, à regarder le monde à travers leur fenêtre cathodique. Au bout d'un moment, quand elles tournent la tête pour voir ce qu'il se passe dehors, elles ne font même plus la différence : il leur devient difficile de distinguer ce qui est réel de ce qui ne l'est pas.

J'ai fermé les yeux et j'ai essayé de penser à Stuart, de me souvenir de notre journée idyllique à la plage, de notre merveilleuse nuit aussi. Mais, déjà, son visage, sa voix sombraient dans le trou noir des souvenirs perdus. Nous n'avions pas eu le temps de nous construire un endroit assez sûr pour y entreposer nos plus précieux trésors, en toute sécurité. Avais-je imaginé ce sourire, ces paroles si douces à mon oreille, ces caresses, ces baisers ? Qu'avais-je vraiment vécu ? Qu'avais-je inventé ? Peut-être que rien de tout cela n'avait existé ? Peut-être qu'à force d'aspirer à cet hypothétique amour, j'avais fini par prendre mes désirs pour des réalités ? Peut-être avais-je tout simplement rêvé ?

Inquiète à l'idée que Misty et moi n'ayons pas été crédibles, ou que mon père n'ait rien vu du spectacle spécialement monté pour lui, j'ai essayé de rester debout jusqu'à ce qu'elle arrive. Mais, j'ai eu beau lutter pour garder les yeux ouverts, j'avais une terrible envie de dormir. Telle une gigantesque vague, le sommeil a fini par me submerger, m'emportant dans les profondeurs abyssales du plus ténébreux des cauchemars : je courais dans un couloir plein de toiles d'araignée géantes. Chaque fois que j'en déchirais une, une autre lui succédait. Et je courais, je courais à perdre haleine, fuyant devant des pas qui, sans cesse, se rapprochaient. Mon angoisse grandissait à mesure que le bruit s'amplifiait. Les toiles d'araignée devenaient de plus en plus épaisses et de plus en plus difficiles à déchirer. Déjà, je devais me débattre pour passer au travers. Les fils gluants s'enroulaient autour de mes bras et de mes jambes. Je sentais la fatigue me gagner et mes forces s'amenuiser. Je titubais, à présent, et chaque pas était un véritable supplice. Tant et si bien que j'ai fini par tomber dans une énorme toile d'araignée. Je suis restée là, écartelée, inerte, incapable du moindre mouvement.

Quand j'ai baissé les yeux, je me suis aperçue que j'étais nue. L'ombre qui me poursuivait grandissait, grandissait, de plus en plus noire. Elle se rapprochait, se rapprochait et... je me suis réveillée, en hurlant. Le son de ma propre voix m'a terrifiée. J'ai agité les bras et je suis retombée contre le dossier du fauteuil, hébétée, stupéfiée de découvrir que tout cela n'avait été qu'un mauvais rêve. J'étais trempée de sueur ; mon cœur tambourinait dans ma poitrine et il m'a fallu quelques minutes pour reprendre haleine.

La maison était silencieuse : Chris et Misty n'étaient toujours pas arrivés. Rien de vraiment étonnant à cela : je ne m'étais assoupie que quelques minutes. *Misty aimerait autant ne pas me trouver ici, de toute façon,* ai-je songé. *Elle a assez insisté pour que je ne l'attende pas.* Je me suis levée et j'ai gravi péniblement les marches. J'allais prendre un bon bain et essayer de dormir. Je me répétais: *Demain sera un autre jour. Demain, elles seront toutes là et nous repartirons de zéro. Demain, nous réglerons tous nos problèmes, comme d'habitude.*

Pendant que je me prélassais dans l'eau chaude, j'ai entendu de la musique en bas. J'ai écouté un peu. Je les imaginais dansant un slow, étroitement enlacés, ou s'embrassant sur le canapé. Misty était tellement fière d'avoir enfin un petit copain, si heureuse aussi de voir ses sentiments partagés. Je l'enviais. Mais je n'étais pas jalouse. Chacune de nous méritait bien un petit moment de bonheur, après tout. J'avais vaguement espéré que Stuart reviendrait sur sa décision, que je serais devenue trop importante à ses yeux pour qu'il accepte de rompre aussi brutalement, même s'il avait un excellent motif pour cela. *Peut-être que demain il m'appellera et me dira exactement ces mots-là,* me suis-je prise à penser. Et puis, j'ai imaginé Star me traitant d'incorrigible rêveuse: «Misty commence à déteindre sur toi», me dirait-elle.

Mais qui ne rêve pas? Qui ne nourrit pas de secrets espoirs? Qui ne vit pas dans ses fantasmes, de temps à autre? Dieu! qu'elle doit être étrange et morne la vie de ces gens-là! Même Géraldine devait avoir caressé d'impossibles rêves, s'imaginer que l'homme qu'elle avait aimé – mon vrai père – viendrait un jour lui dire qu'elle était la femme de sa vie, la seule qui ait vraiment compté. Dans sa tête, elle avait dû vivre un conte de fées. Comme elle avait dû me haïr, moi qui incarnais la mort de tous ses désirs inavoués, moi qui, en venant au monde, avais mis brutalement un point final à tous ses «Il était une fois…».

C'était curieux comme, maintenant, après sa mort, il me semblait la comprendre de mieux en mieux; assez, du moins, pour compatir à sa douleur. Oui, j'en venais même à la plaindre. Une fois de plus, je me disais que, si elle avait eu la sagesse de me dévoiler la vérité assez tôt, nous aurions pu, elle et moi, devenir de véritables sœurs et peut-être même connaître ensemble quelques éphémères moments de bonheur.

La chaîne marchait toujours quand je me suis couchée. Je suis restée allongée dans le noir à écouter la musique. J'ai cru percevoir des voix étouffées, des rires. Puis la musique s'est tue et le silence a envahi la maison. Je me suis tournée sur le côté, j'ai fermé les yeux et je me suis endormie.

Quand je me suis réveillée, le lendemain matin, je comptais trouver Misty et Chris endormis sur le canapé. Mais quand je suis descendue, ils étaient déjà partis. *Soit ils sont restés très tard, soit ils se sont levés très tôt,* me suis-je dit. Il y avait deux verres avec un fond de jus d'orange sur la table basse. Quand je me suis penchée pour les prendre, j'ai cru reconnaître l'odeur de la vodka. Il y avait aussi une couverture en boule sur le canapé. Je l'ai pliée et je l'ai rangée dans le placard, puis j'ai emporté les verres dans la cuisine. Je n'avais pas très faim : j'ai juste grignoté un toast et bu un peu de jus de fruits.

La journée s'annonçait magnifique : il n'y avait pas un nuage dans le ciel et tout juste un soupçon de vent, une petite brise rafraîchissante. Je suis sortie dans le jardin et j'ai regardé la tombe de Géraldine. La pluie de la nuit précédente avait tassé la terre et l'avait rendue plus visible : le sol semblait s'être un peu affaissé. Mais quelques graines avaient commencé à germer. *Bientôt, elle sera complètement recouverte de gazon : ça se verra moins,* ai-je pensé.

C'est à ce moment-là que le carillon de l'entrée a retenti. Pendant quelques minutes, j'ai été totalement incapable de bouger. Il était beaucoup trop tôt pour que ce fût Jade ; Misty devait encore dormir et nous n'avions pas réussi à joindre Star. Qui pouvait bien venir sonner à ma porte de si bonne heure ? Et avec une telle insistance aussi – cela faisait déjà quatre fois que le carillon retentissait ? Le cœur battant, je suis rentrée par la porte du jardin pour aller jeter un coup d'œil dans la rue. Je n'ai pas reconnu la voiture garée dans l'allée, mais, comme il reculait pour examiner les fenêtres du premier, j'ai aperçu un beau jeune homme en uniforme. J'ai poussé un gros soupir de soulagement et je me suis empressée d'aller ouvrir. C'était Larry.

— Désolée, me suis-je excusée en lui tenant la porte. J'étais dans le jardin.

— Dans le jardin ? Pour quoi faire ? me demanda Star, qui s'était figée sur le seuil, les bras chargés de provisions.

— Juste pour prendre l'air.

— Ah bon ! Tu as raison : ça fait du bien de s'aérer, le matin, affirma-t-elle avec le plus grand sérieux. On vient livrer le petit déj'.

— Bonjour, Cathy, me dit Larry.

— Bonjour. Vous apportez le petit déjeuner ?

— Oui. On a passé la nuit sur la côte, mais on n'avait pas très faim en se levant. Alors, je me suis dit qu'on allait acheter quelques *bagels* tout frais et tout ça et qu'on s'arrêterait ici, en rentrant, pour prendre le petit déj' avec toi. J'ai pensé que tu serais peut-être toute seule et que ça te ferait plaisir. À moins que tu n'aies de la compagnie ? me demanda Star avec un petit sourire malicieux.

Je me suis alors souvenue qu'elle n'était pas au courant de ce qui s'était passé la veille.

— Non, non. Je suis toute seule.

— Ça t'embête si je mets la télé pour les infos ? me demanda Larry.

— Non, non, vas-y.

Il se dirigea vers le salon, tandis que Star et moi allions nous installer dans la cuisine.

Avant que j'aie eu le temps d'ouvrir la bouche, Star se débarrassait de ses sacs, les balançant sur la table, pour me sauter au cou.

— Oh, Cat ! s'écria-t-elle. J'ai tellement de trucs à te raconter ! Je commence vraiment à croire que la chance a tourné pour moi.

Sans même reprendre son souffle, elle enchaîna :

— Je n'ai jamais cru à toutes ces histoires de coup de foudre et tout ça. C'est bien dans les films et dans les bouquins, mais, dans la vraie vie, les gens peuvent s'estimer heureux s'ils se respectent encore un peu, après des années et des années de vie commune. Je veux dire : qui, à part une accro aux mélos et aux romans à l'eau de rose, pourrait avaler qu'il suffit de croiser le regard de quelqu'un que tu vois pour la première fois pour que ton cœur se mette à palpiter, que ton sang se mette à bouillonner et que tu n'aies plus qu'une seule envie : te jeter dans ses bras et y rester jusqu'à la fin des temps, hein ?

Moi, ai-je eu envie de lui dire, mais j'ai eu peur de la couper dans son élan.

— Eh bien, c'est exactement ce qui vient de m'arriver, Cat ! Tu te rappelles, quand je vous ai parlé de cette photo de Larry, au début ? Eh bien, déjà, il s'était passé quelque chose. Je n'ai pas voulu en faire tout un fromage, hein. Combien de fois ma mère n'est-elle pas tombée amoureuse, après le départ de papa ! À chaque fois qu'elle couchait plus d'une nuit avec un mec, c'était l'homme de sa vie. Et, à chaque fois, son beau prince charmant se transformait en affreux crapaud !

Elle secouait la tête avec une grimace dégoûtée.

— Alors, quant à faire confiance à quelqu'un, surtout à un type qui commence à t'embobiner avec ses serments d'amour et ses belles promesses comme un vieux beau emballe sa jeunette dans des fourrures de luxe, je me disais : *Tu peux toujours courir pour que je me fasse prendre à ce jeu-là ! Si je me marie un jour, ce ne sera certainement pas pour cette tarte à la crème qu'ils appellent l'amour. Moi, je garderai la tête froide et peut-être qu'alors, un beau jour, je regarderai mon mari et je me dirai : Au moins, nous, on a construit quelque chose de solide, pas vrai ?*

« Eh bien, non : tout faux ! trancha-t-elle, avant même que j'aie eu le temps d'acquiescer.

Elle prit enfin une grande inspiration, me sourit et leva les yeux au ciel en joignant les mains sur son cœur.

— Larry et moi, reprit-elle, ça tient de la magie, Cat. Tu sais comme on se sent bien, quand on se glisse dans un bon bain chaud ? Et je ne parle pas des bains parfumés grand luxe façon Jade Lester, hein. Juste cette sensation de bien-être qui t'envahit quand tu es là, à te prélasser dans ta baignoire remplie d'eau bien chaude.

— Oui.

— Eh bien, à chaque fois que je suis avec lui et aussi longtemps qu'il reste à côté de moi, c'est comme ça. Je me sens… bien au chaud, comme dans un cocon douillet. Et surtout, surtout, je me sens en sécurité. Oh! je sais bien ce que Jade va dire, s'empressa-t-elle d'ajouter, en faisant une grimace hautaine – censée imiter notre chère présidente, je présume. Elle va dire que c'est après l'uniforme que j'en ai, que c'est ça qui me rassure. Mais crois-moi, Cat, me dit-elle avec un petit sourire complice, je l'ai vu sans son uniforme et ça ne change absolument rien. Au contraire, même, c'est encore plus fort. Tu comprends?

— Oui.

— Je savais bien que tu comprendrais. De nous quatre, je savais que ce serait toi qui me comprendrais le mieux. Et, maintenant, il faut que je t'annonce la bonne nouvelle, poursuivit-elle en prenant une chaise pour s'asseoir. On n'a pas fait que s'embrasser, Larry et moi, pendant ces dernières vingt-quatre heures. On a bien réfléchi; on a discuté et on a fait des projets. Je vais d'abord terminer mes études secondaires, pendant que lui finira son armée. Il a déjà un bon job qui l'attend avec son frère et, ce qu'on va faire, c'est qu'on va se marier dès que j'aurai mon bac et qu'il aura quitté l'armée. Le plus cool de l'histoire, c'est qu'il veut qu'on prenne Rodney avec nous. Ça enlèvera un sacré poids à Mamie. Pauvre Mamie! Elle n'est plus si solide que ça, tu sais. Enfin, pas assez pour se remettre à élever une deuxième fournée de gamins, en tout cas. C'est maintenant qu'elle devrait profiter de se reposer. Et c'est un repos bien mérité, tu peux me croire. Des soucis, elle en a déjà eu plus que sa part. Larry l'a bien compris. Il est aussi généreux qu'il est beau et je crois bien qu'il m'aime plus qu'aucun homme ne pourra jamais m'aimer, conclut-elle.

Elle poussa un soupir de contentement et attendit ma réaction.

— Ouah! me suis-je exclamée. C'est formidable, Star. Je suis vraiment contente pour toi.

— Formidable, hein? Et tu peux me considérer comme fiancée, même s'il ne m'a pas encore offert la bague. C'est comme si c'était fait. Et, quand il le fera vraiment – très bientôt, ne t'en fais pas –, eh bien, on fera la fête pour célébrer les fiançailles. On pourra même faire ça ici!

J'ai hoché la tête. Mais je n'ai pas dû manifester assez d'enthousiasme à son goût.

— Qu'est-ce qui ne va pas? m'a-t-elle finalement demandé. Il s'est passé quelque chose, hein?

— Oui, ai-je soupiré, en m'asseyant à mon tour.

Elle a patiemment attendu la suite, mais un seul regard lui a suffi pour la deviner.

— C'est Stuart, hein?

— Je suis désolée, lui ai-je dit. Vous aviez toutes raison. Vous n'étiez pas parties qu'il se défilait. Il a voulu que j'appelle la police et que j'avoue tout ce que nous avions fait. Il a dit qu'il ne pouvait pas nous aider, qu'il ne voulait pas s'impliquer. Il a quand même promis qu'il ne dirait rien à personne, ai-je ajouté.

— Ben voyons!

— Je ne peux pas lui en vouloir, Star. Il s'inquiète pour sa mère et pour son petit frère.

À ces mots, elle arqua les sourcils.

— Tu sais bien que son père est mort et qu'il se sent responsable d'eux, maintenant, ai-je insisté.

— Hum, c'est possible... maugréa-t-elle en hochant la tête. Bon. On ne l'a pas attendu et on n'a pas besoin de lui, de toute façon. S'il la boucle, c'est le principal.

Elle sembla réfléchir un moment et ajouta :

— Vous avez quand même mis le plan à exécution avec Misty?

— Oui.

— Qui a conduit?

— Moi. Nous avons fait l'aller et retour jusqu'à l'hôpital et elle s'est assise dans le fauteuil devant la fenêtre, comme prévu.

— Tu crois que ton père vous a vues ?

— Je ne sais pas. Il n'a pas rappelé, en tout cas.

— C'est que ça a marché, alors, conclut-elle.

— J'espère. Mais rien ne prouve qu'il était en train de me surveiller à ce moment-là. On en parlera sans doute à la réunion de ce soir.

— Ce soir ?

— Oui, Jade a décidé de nous réunir en assemblée extraordinaire.

— À quelle heure ?

— Je ne sais pas. Vers dix-huit heures, je suppose.

— Vacherie ! C'est la dernière soirée de Larry. On avait prévu d'aller au restaurant pour fêter ça, maugréa-t-elle.

— Eh bien, peut-être qu'on pourrait demander à Jade de modifier son planning.

— C'est ça. Je vais la faire venir à trois heures. J'irai la chercher et je la ramènerai ici, à coups de pied aux fesses, s'il le faut.

— Je suis désolée, Star. Je ne voudrais pas gâcher ta dernière soirée avec Larry.

— Mais non, mais non, me rassura-t-elle en secouant la tête. Nous sommes toutes dans le même bateau. Il n'y aura aucun problème.

Elle me sourit et se leva.

— Et si on le préparait, ce petit déjeuner ? me proposa-t-elle d'un ton enjoué.

— J'ai déjà mangé, mais je prendrai une tasse de café avec vous.

— D'accord.

Elle se mit au travail. Je la regardais s'activer, assise là, sans bouger, écrasée de culpabilité, m'en voulant d'être toujours celle qui, de toutes, avait toujours les problèmes les plus graves et qui passait sa vie à gâcher celle des autres. Il fallait toujours que je leur complique les choses et, dès qu'elles jouissaient d'un trop rare moment de bonheur, que je fasse aussitôt retomber leur euphorie comme un soufflé. Je me disais : *Bientôt, elles m'en voudront, elles aussi, et elles finiront par me haïr autant que je me hais moi-même.*

374

Star appela Larry pour qu'il vienne prendre son petit déjeuner avec nous. Je les observais à la dérobée. Ils avaient vraiment l'air de deux tourtereaux. Je n'avais jamais vu de couple d'amoureux plus transis. Ils ne pouvaient pas rester une seconde sans se toucher. Si Star s'approchait assez près de lui, Larry ne ratait pas une occasion de l'embrasser et, quand ils se passaient quelque chose, leurs doigts se mêlaient et leurs regards se rivaient l'un à l'autre. J'avais l'impression de les déranger du seul fait d'être assise à la même table qu'eux. Ils parlaient de leurs projets d'avenir, comme s'ils étaient seuls au monde. Larry envisageait de faire venir Star en Allemagne aux prochaines vacances scolaires.

Au bout d'un moment, ils ont quand même fini par se rendre compte que j'étais là. C'était comme s'ils découvraient ma présence : ils m'avaient manifestement oubliée. Star s'en amusa, mais Larry semblait extrêmement gêné. Star et moi avons débarrassé la table et Larry est retourné regarder la télévision dans le salon.

— Je vais avoir droit à un grand mariage, à l'église et tout et tout, me dit-elle, en passant un coup d'éponge sur la table. Ses parents seraient déçus, sinon. Et je ne vais pas inviter m'man, ajouta-t-elle d'un ton catégorique. Si elle venait, elle réussirait encore à tout flanquer par terre. Et ça, c'est un moment de ma vie qu'elle ne me gâchera pas, non, madame.

— Et si elle vient quand même ?

Elle réfléchit un moment et secoua la tête.

— Elle ne viendra pas. Et puis, si tu crois que je vais l'avertir, hein ! De toute façon, elle est déjà repartie. Pour de bon, cette fois, j'espère. Même Mamie prie pour ça. Et c'est pourtant sa fille. Seulement, elle sait bien que c'est ce qui vaudrait mieux pour tout le monde.

— C'est un peu triste quand même, non ?

— Ce n'est pas sa faute, à Mamie. Elle a fait ce qu'elle a pu pour l'élever comme il faut. Mais, tu sais, Cat, me dit-elle en se tournant vers moi, la mine grave et le regard sombre, certaines personnes ont tout simplement un mauvais fond. Elles sont comme des pommes pourries :

s'il fallait couper toutes les parties gâtées, on se retrouve-rait avec le trognon. Ça n'en vaut pas la peine. Autant faire briller celles qui sont bonnes ! conclut-elle avec un grand sourire, avant de me prendre dans ses bras. Bon. Merci pour le café. Mais il faut que je rentre, maintenant. Je reviendrai vers trois heures, avec les autres. Ne t'in-quiète pas pour Jade. Je m'en occupe.

Larry vint me saluer. Il ne pensait pas me revoir avant son départ pour l'Allemagne. Il m'a embrassée sur la joue, m'a serrée dans ses bras et m'a dit qu'il attendrait avec impatience le moment où nous pourrions tous nous retrouver. J'étais à la fois triste et contente en les regardant partir. Larry semblait assurément avoir redonné un peu de joie de vivre à Star. Je ne me souvenais pas de l'avoir jamais vue si radieuse, si débordante d'énergie. J'étais heu-reuse pour elle, mais, en même temps, je savais qu'un jour Larry et elle s'en iraient de leur côté, que nous nous éloi-gnerions et que le temps finirait par nous séparer.

C'était comme si l'esprit de Géraldine s'était infiltré en moi : à peine avaient-ils tourné les talons que je décidais de passer l'aspirateur, d'épousseter tous les meubles et de lessiver le carrelage. Pour me tenir occupée, peut-être, et pour ne pas penser à toutes ces choses qui, inté-rieurement, me faisaient frémir. Tout en m'activant, je la voyais, penchée par-dessus mon épaule, critiquant mon manque de dynamisme ou de concentration. Après avoir accompli chacune des tâches que je m'étais fixées, j'essayais d'imaginer sa réaction et, le cas échéant, je recommençais à astiquer le même endroit.

Le ménage terminé, je me suis attaquée au linge sale. Je l'ai trié par textile et par couleur et j'ai fait tourner une première machine. Pendant ce temps, j'ai vidé le réfrigé-rateur pour le faire décongeler et je l'ai entièrement désinfecté. Si les filles m'avaient vue, elles m'auraient prise pour une folle. Mais, plus j'en faisais, plus je trou-vais de choses à faire. C'était une façon comme une autre de passer le temps, de tromper mon attente, la façon qui me semblait la plus simple, en tout cas. Peut-être était-ce la raison pour laquelle Géraldine avait limité son existence à l'exécution des tâches domestiques ? Peut-être était-ce le seul moment où elle ne souffrait pas de sa solitude, le seul moment où elle ne pensait plus à ce désastre qu'avait été sa vie ? C'était la première fois que cette idée me passait par la tête. Je ne saurais exprimer à quel point j'en fus troublée.

Avec elle surgissaient de ma mémoire des images que j'avais oubliées. J'y revoyais Géraldine assise dans son fauteuil, regardant par la fenêtre, ou debout, dans le jardin, les yeux tournés vers l'océan, comme si elle pouvait voir quelque chose dans cette direction, quelque chose qui la fascinait et auquel elle aspirait secrètement. Je la revoyais soulever un vase, un cadre, ou tout autre objet usuel ou anodin, pour le faire tourner entre ses doigts et le contempler, comme si elle venait de trouver quelque précieux trésor. Il ne m'était jamais venu à l'esprit que cet objet futile ait pu être chargé de souvenirs et avoir une quelconque valeur sentimentale pour elle. Je me disais toujours qu'elle l'examinait en quête de la moindre trace de doigts ou de poussière sur laquelle assouvir son insatiable vengeance, cette revanche qu'elle prenait sur la vie à grands coups d'éponge et de balai.

Tout ce que j'avais appris sur elle et sur moi-même n'avait servi qu'à me la rendre plus étrangère encore. Et pourtant, je me demandais ce qu'aurait été sa vie sans moi. Je me rappelais le jour où je l'avais forcée à me dire que j'étais une enfant adoptée. Elle ne m'avait avoué qu'une moitié de vérité. Elle m'avait laissé croire que j'étais sa demi-sœur, que nous avions la même mère, alors qu'elle savait pertinemment qu'ayant été elle-même adoptée nous n'avions absolument aucune parenté. Pourtant, elle avait tenu à ce que je croie le contraire. Sans doute avait-elle voulu que, d'une certaine façon, je conserve un lien avec elle. Elle s'était refusée à ce que nous fussions complètement séparées. Se pourrait-il que je lui eusse manqué, sinon ? Que, même quand elle se montrait la plus cruelle et la plus intraitable des mères, elle n'en eût pas moins éprouvé le désir de me garder auprès d'elle ?

On peut mourir de solitude comme on meurt de faim. Sans amour, sans amitié, sans aucune forme d'affection pour nourrir son cœur et son âme, Géraldine avait lentement dépéri. Son esprit était mort bien avant son corps. Peut-être était-ce la raison pour laquelle elle n'avait même pas appelé la médecine à la rescousse pour soigner ce cœur qu'elle savait défaillant, s'en remettant entièrement à ses remèdes à base de plantes, même s'ils ne marchaient pas vraiment.

En fin de compte, Géraldine était devenue une ombre dans cette maison – une de plus –, rasant les murs, fuyant la chaleur, le soleil, se terrant au son d'une autre voix, horrifiée à la vue d'un sourire, comme quelque vampire terrifié par cette lumière qui finirait pourtant par le détruire.

Son cœur s'était arrêté comme un vieux réveil. Elle n'avait pas cherché à le remonter, ni à changer les piles. Au contraire, elle avait accueilli avec soulagement ce silence libérateur et l'immobilité définitive des aiguilles. Puis elle s'en était allée rejoindre son âme en peine dans cette dernière demeure, quelle qu'elle fût, où elle devait reposer pour l'éternité.

À chaque coup de chiffon, chaque pulvérisation de désinfectant, chaque immersion de l'éponge dans le détergeant, ma haine pour elle diminuait un peu plus. Pendant ces quelques heures, je m'étais mise à sa place ; j'avais compris ce qu'elle avait éprouvé, et, tout comme elle, j'avais haï tout ce qui avait fait d'elle la créature malfaisante qu'elle était devenue.

Toutes ces pensées m'avaient épuisée, plus encore que les corvées que je m'étais moi-même infligées et je suis montée me reposer un moment, comptant faire un brin de toilette avant l'arrivée des filles pour notre prochaine assemblée du C.O.A.P. Pendant une petite heure, j'ai plus ou moins somnolé, pour finir par me réveiller brusquement en entendant un bruit de pas au rez-de-chaussée. J'ai regardé le réveil : il n'était qu'une heure et demie. Peut-être Misty avait-elle décidé de venir en avance ?

Je me suis levée et, après m'être aspergé le visage d'eau fraîche, m'être recoiffée et avoir défroissé mon chemisier et ma jupe, j'ai pris mes béquilles pour descendre l'escalier. Il y avait tant de choses dont nous devions discuter ensemble au plus vite, tant de décisions importantes à prendre, tant de mesures à mettre en œuvre. Cette réunion serait, à plus d'un titre, la plus importante de toutes. Je l'appréhendais mais, en même temps, j'avais hâte d'y être.

Quand je suis arrivée en bas, je n'ai trouvé personne. La maison était à présent silencieuse et rien n'avait été dérangé, ni dans la cuisine ni dans le salon. *Bizarre*, ai-je songé. Mais je me suis dit que j'avais dû me tromper ou imaginer ce bruit de pas dans mon demi-sommeil. Il restait encore une bonne heure et demie avant l'arrivée des filles, de toute façon. C'est alors que j'ai de nouveau entendu le bruit de pas. Mais dans l'escalier, cette fois. J'ai retenu mon souffle. Oui, pas de doute : les marches craquaient. Instinctivement, j'ai tourné les yeux vers la porte du jardin. J'avais oublié de remettre le loquet après m'être précipitée pour ouvrir à Larry et à Star.

J'ai eu subitement l'impression d'avoir la poitrine en feu. Mon cœur se racornissait sous l'effet de la chaleur et mes poumons s'asséchaient : je manquais d'air. Tremblant des pieds à la tête, j'ai emprunté le couloir pour aller jeter un œil dans l'escalier. Mon père venait de descendre le dernier degré. Il était là, au pied des marches, tout sourire.

— Alors, qu'est-ce que tu deviens, Cathy ? me demanda-t-il.

Je n'aurais pas cru avoir en moi assez de force pour faire sortir ces mots-là, mais ils me sont brusquement montés aux lèvres, comme un flot de bile.

— Tu n'es pas censé revenir ici. Tu ferais mieux de repartir immédiatement.

Son sourire s'élargit.

— Je crois qu'il faut que nous ayons d'abord une petite conversation, toi et moi, Cathy. Viens, me dit-il, en agitant ses longs doigts en pattes d'araignée. Allons dans le... salon? Il a beau être méconnaissable, ce n'en est pas moins toujours le salon, n'est-ce pas? plaisanta-t-il.

Le visage hâve, les traits creusés, il semblait avoir beaucoup maigri. Ses yeux n'en paraissaient que plus enfoncés dans leurs orbites. Il y avait, par moments, dans son regard, une espèce de vacuité qui mettait étrangement mal à l'aise. Il portait un de ses blazers bleu marine, mais il n'avait pas de cravate et ses pantalons et sa chemise étaient froissés, comme s'il avait dormi dedans. Je n'avais pas remarqué non plus combien ses cheveux étaient longs et désordonnés, quand je l'avais vu, sur la plage, cet après-midi-là, avec Stuart. Le choc avait été trop violent, sans doute, et puis il était à contre-jour et je n'avais pas pu discerner son visage. Cette apparence négligée ne lui ressemblait pas du tout. Il avait toujours été impeccablement habillé et toujours très soigné. Toutes ces anomalies dans son aspect extérieur et dans sa mise ne firent qu'accroître mon angoisse.

— Je te conseille vivement de venir t'asseoir dans le salon pour discuter avec moi, Cathy, insista-t-il, d'un ton extrêmement menaçant.

Comment aurais-je pu faire autrement? J'ai claudiqué jusqu'au canapé. Plus je me rapprochais de lui, plus les battements de mon cœur s'accéléraient. C'était comme si j'avais eu un compteur Geiger dans la poitrine et que mon père n'ait été qu'un concentré de matière radioactive. J'ai posé mes béquilles contre le dossier et je me suis assise. Il est resté un moment dans l'encadrement de la porte, puis il est allé jeter un coup d'œil par la fenêtre.

— Où sont donc tes copines, aujourd'hui? s'enquit-il.

— Elles vont revenir d'un instant à l'autre, lui ai-je répondu. Et elles savent très bien que tu n'as rien à faire ici. Elles alerteront la police.

Il se retourna, le visage fermé et les lèvres pincées.

— J'en doute fort, Cathy. Vraiment. Oui, c'est moi qui ai fracturé la porte, l'autre nuit. Je ne comprenais pas pourquoi ta mère se comportait si bizarrement et j'avais besoin de récupérer quelques petites choses aussi. Imagine ma stupeur quand j'ai vu à quel point la maison avait changé et la métamorphose qu'avait subie la chambre de ta mère. Je suis reparti en me disant qu'elle était peut-être devenue folle et qu'elle avait décidé de tout refaire dans la maison dans un délire dont elle seule comprenait le sens. Quand j'ai vu tous ses meubles dans le couloir, j'ai pensé qu'elle avait enfin eu envie de se débarrasser de toutes ces vieilleries, que peut-être son échelle de valeurs avait changé et qu'elle ne serait plus aussi pingre que par le passé.

«Bon Dieu! ce qu'elle a pu me rendre dingue avec ses: "Les petits ruisseaux font les grandes rivières"! Si j'avais entendu une seule fois de plus son sempiternel: "Il n'y a pas de petites économies", je crois que j'aurais perdu la tête. C'en était arrivé à un tel point que j'en rêvais la nuit! s'écria-t-il, en levant les mains, paumes ouvertes, comme s'il plaidait son cas devant un jury de cour d'assises.

«Je savais qu'elle avait engrangé chaque *cent* que je lui avais donné et tout ce qu'elle avait réussi à grappiller, ici ou là. C'est qu'elle avait un sacré paquet de fric dans ce fichu coffre! Tu sais qu'elle n'a jamais voulu me dévoiler la combinaison? Non mais, à quoi ressemble un couple dans lequel la femme ne donne pas à son mari la combinaison du coffre qui est dans leur propre chambre à coucher, hein?

«Eh bien, je vais te le dire, moi, enchaîna-t-il, faisant les demandes et les réponses, exactement comme Géraldine. À pas grand-chose. Le nôtre n'a jamais valu grand-chose, d'ailleurs. Fallait-il que je sois idiot pour m'être laissé prendre à un piège aussi grossier!

Il me sourit.

— J'ai trouvé des lettres, dans ta chambre. Tu les as lues, je suppose?

— Les deux premières, seulement. Tu n'avais pas le droit de me les prendre.

— Seulement les deux premières? Ah! je vois. Enfin, tu en sais déjà bien assez sur elle et sur toi. Les autres ne sont qu'un écœurant déballage d'excuses, de promesses non tenues et de tout un tas d'autres trucs bidon. Tu n'as pas réussi à ouvrir le coffre, n'est-ce pas ? me demanda-t-il soudain, en plissant les yeux.

— Si, nous avons trouvé la combinaison.

— Oh ! « Nous avons », hein ? Toi et tes petites copines, bien sûr. Alors, tu sais le reste. Tu sais que ta mère a été adoptée, elle aussi.

— Oui.

— Figure-toi que je ne l'ai jamais su ! Oui, oui, ils me l'ont caché. À moi ! Ils ont dû penser que j'aurais réfléchi à deux fois avant de l'épouser. Sait-on jamais, j'aurais pu changer d'avis. J'aurais dû.

« Ne te marie jamais par intérêt, ni pour garantir ton petit confort et ta tranquillité, Cathy. Au bout du compte, tu auras peut-être pas mal d'argent, mais tu ne connaîtras jamais cette tranquillité que tu chérissais tant.

« C'était toi, toi seule, Cathy, qui m'apportais le peu de réconfort que j'aie jamais eu dans cette maison, ajouta-t-il plus doucement, d'un ton qui trahissait une douleur contenue, comme s'il avait des sanglots dans la voix. Quand elle t'a arrachée à moi…

Il se tut brusquement et se détourna. Je vis ses épaules tressauter.

Il sembla se reprendre et, quand il se retourna, toute trace d'émotion avait disparu de son visage.

— Elle n'avait pas le droit, pas le droit ! s'écria-t-il soudain. J'ai toujours été le seul à te manifester de l'affection, à sécher tes larmes, à m'occuper de toi. C'était moi et moi seul qui te donnais des jouets et qui faisais en sorte que tu aies les choses dont tu avais envie. Elle m'en empêchait constamment. Elle était jalouse. Elle l'a toujours été, dès le début. Elle préférait te savoir seule, en train de pleurer, écrasée de chagrin, que de me laisser te choyer. Quelle mère aurait fait ça ? Quelle sorte de mère a-t-elle donc été pour toi ?

Il marqua encore un temps et me sourit de nouveau.

— Oui, Cathy, « a été ». Quand tu m'as dit qu'elle était à l'hôpital, tu as réussi à me faire marcher, un temps, bien que j'aie toujours su combien elle aurait détesté aller à l'hôpital.

Pendant un instant, il me dévisagea en silence. Je ne pouvais détacher les yeux des siens, tandis que je tournais et retournais ses mots dans ma tête. Soudain, je sentis comme une infime crispation glacée au creux de la nuque.

— Géraldine avait une santé de fer. Sans doute un effet de sa méchanceté viscérale : aucun virus, aucun germe ne se serait risqué dans une carcasse aussi inhospitalière. Tu sais combien il était rare qu'elle attrape quoi que ce soit, même un simple rhume. Durant toutes ces années où nous avons été mariés, elle n'est pas allée une seule fois chez le médecin, pas même pour un simple examen de contrôle, comme le font toutes les femmes, plus ou moins régulièrement. Je me disais souvent qu'elle finirait par avoir le cancer et que, ne l'ayant pas fait dépister à temps, elle ne pourrait pas en enrayer l'évolution fatale. Mais non. Non, pas elle. Même le cancer n'a pas osé s'aventurer dans ce corps desséché.

« J'en étais arrivé à croire qu'elle m'enterrerait, peut-être même qu'elle nous enterrerait tous les deux. Et il n'est pas dit qu'elle n'en aurait pas été capable. Tu l'as bien compris, toi aussi, n'est-ce pas ? Crois-tu qu'elle t'aurait jamais laissée avoir une relation normale avec qui que ce soit ? Crois-tu qu'elle t'aurait laissée avoir un petit ami – ou même seulement des amis – et faire ce que tu voulais ?

« Tu te rappelles ? C'est moi qui t'ai offert cette robe pour aller danser ? Tu te rappelles ?

Il s'interrompit de nouveau et jeta un regard circulaire.

— Ah ça, les filles, vous ne manquez pas d'air ! s'exclama-t-il. Ces posters et tout ça, là !

Il hochait la tête en riant.

— Elle doit se retourner dans sa tombe, pas vrai, Cathy ?

J'étais tétanisée, le corps pétrifié de la tête aux pieds. Je ne sentais même plus les battements de mon cœur. À croire qu'il s'était arrêté.

— Mais que faisait-elle donc pour se maintenir dans cette forme éblouissante ? Quel était son secret, à part avoir un appétit d'oiseau et faire le ménage de la cave au grenier en guise d'exercice ? Ses fameux remèdes à base de plantes, tu crois ?

Il plongea la main dans la poche de son blazer et en sortit un petit flacon.

— C'était l'un de ses favoris, celui-là, me dit-il.

Il l'inspecta et lut :

— Pycnogénol. Je me moquais constamment d'elle avec ça. Mais elle s'en accommodait parce que ça signifiait que je ne lui en prendrais pas et qu'elle en aurait plus pour elle toute seule.

— Comment se fait-il que ce soit toi qui l'aies ? lui ai-je demandé, d'une voix si ténue que je ne l'ai même pas reconnue.

On aurait dit que quelqu'un d'autre était avec nous, dans la pièce, et venait de poser la question.

— Oh ! je ne tenais tout simplement pas à ce qu'il reste ici plus longtemps, me répondit-il, imperturbable.

Il marqua un temps et me regarda droit dans les yeux.

— Voilà la raison pour laquelle je suis venu ici, cette nuit-là. Je n'avais pas pensé qu'elle aurait fait changer les serrures. J'ai dû fracturer la porte.

— Pourquoi ?

— Pourquoi ? Parce que j'avais peur qu'elle ne soit finalement parvenue à te convaincre de prendre un de ses trucs de grand-mère, pour commencer. Et, ensuite, parce que je ne voulais pas que quelqu'un d'autre aille y regarder de trop près. Si tu l'avais fait, tu aurais pu remarquer qu'il y avait deux sortes de gélules dans le flacon... quoique je doute que tu aies pu en conclure que certaines contenaient de la strychnine, ajouta-t-il. C'était un peu comme si je jouais à la roulette russe avec elle, attendant le jour où elle prendrait la bonne. J'en avais mis une douzaine là-dedans, assez semblables à ses chers remèdes miraculeux. Je présume ne pas me tromper en avançant qu'elle a fini par la prendre – la bonne gélule, je veux dire. N'est-ce pas, Cathy ?

« Tu as avalé ta langue, Cathy ? Je me souviens qu'elle te demandait ça, parfois.

Il se mit à rire, puis se reprit brusquement.

— Je n'ai eu qu'à passer un coup de fil à notre compagnie d'assurances pour vérifier ta petite histoire à propos de l'hôpital. Elle l'avait conservée parce que c'était moi qui la payais. Pour qu'elle soit complètement prise en charge, dans n'importe quel hôpital, il fallait d'abord qu'elle demande l'accord de notre assureur, même en cas d'admission aux urgences. Or, aucun contact n'avait été pris. Et, comme tu le sais, j'avais déjà appelé tous les hôpitaux, de toute façon. Donc, je savais que tu mentais. Alors, quand tu m'as joué la petite comédie du retour de la mère malade à la maison, j'ai cru mourir de rire. Je dois reconnaître que ta copine s'en est très bien sortie, dans le rôle de Géraldine, assise là, à la fenêtre, habillée et coiffée comme elle. La ressemblance était très convaincante, si, si, vraiment.

« Dis-moi, Cathy, enchaîna-t-il d'un ton de conspirateur. Où est-elle morte ? Avait-elle les yeux grands ouverts ? Son visage exprimait-il une horrible souffrance ? La rigidité cadavérique a dû faire rapidement son travail, n'est-ce pas, Cathy ?

J'avais l'impression de me recroqueviller, comme si j'essayais de m'enfoncer dans le canapé, de me fondre dans le décor, de disparaître. Bouger, parler, respirer même, semblaient inconcevables. J'étais littéralement tétanisée de terreur. Il n'avait pourtant pas l'air de s'en rendre compte. Il remit le flacon dans sa poche et me sourit.

— Quand tu as commencé à faire des choses que Géraldine n'aurait pas manqué de t'interdire formellement, je me suis dit qu'elle était enfin morte. Et puis, j'ai trouvé curieux que la police ne soit pas venue ici. Pourquoi personne ne m'avait-il prévenu, si c'était le cas ? Pourquoi n'avais-je donc reçu aucun coup de fil ?

« Et puis, quand j'ai vu ce que tes petites copines et toi aviez fait, ici, et ce que vous continuiez à faire, l'idée s'est imposée à moi, stupéfiante. Quelle merveilleuse surprise !

« Au début, j'ai pensé que vous l'aviez juste emballée et emmenée quelque part pour la cacher. Ensuite j'ai vu la terre fraîchement retournée dans le jardin et j'ai enfin compris ce que tes amies et toi aviez fait.

— Tu... tu l'as tuée ? ai-je finalement lâché, dans un souffle.

— Mais non, mais non. Comme tu y vas ! Je l'ai juste délivrée. J'ai mis un terme à son calvaire. Car c'était ce qu'elle endurait, Cathy : un véritable calvaire. Et puis, elle n'avait pas le droit de t'arracher à moi, comme elle l'a fait. Pas le droit ! Elle ne cherchait qu'à se venger sur moi de l'existence misérable qu'elle menait, à m'en faire payer le prix, à nous en faire payer le prix. Nous avons pourtant été heureux, tous les deux. Nous avons eu quelques moments de bonheur, avant qu'elle ne vienne tout détruire, n'est-ce pas ?

— Non, lui ai-je répondu.

J'étais tellement terrorisée que je n'avais plus qu'un filet de voix. Je ne sais pas s'il m'a entendue, mais, dans ce cas, il a prétendu le contraire.

— C'est fini, maintenant, de toute façon, reprit-il. Nous pouvons oublier tout ça. Mais nous ne pouvons pas rester ici, Cathy. Ne t'inquiète pas. J'ai une bonne surprise pour toi. Devine quoi. J'ai acheté un bateau. Oui, oui. Je ne sais pas si tu te rappelles quand je t'ai emmenée à la marina, un après-midi. Tu étais tellement intriguée par la mer et par toutes ces coques blanches qui se balançaient au rythme des vagues. Nous sommes allés sur le bateau d'un de mes clients. Tu t'en souviens ? Tu avais trouvé que c'était une idée formidable de vivre sur l'eau et de pouvoir déplacer sa maison quand on en avait envie. Tu te rappelles ?

J'ai secoué la tête, mais je m'en souvenais parfaitement.

— Bien sûr que si, tu t'en souviens. Quoi qu'il en soit, nous en avons un, à présent. Nous allons être tellement bien ensemble ! Juste toi et moi, loin de tout ça. Et, dès que tu en auras envie, nous lèverons l'ancre. Ce n'est pas merveilleux, ça ? s'exclama-t-il en riant.

— Non. Je ne viendrai pas avec toi.

Son sourire s'évanouit. L'horrible expression qui lui succéda me terrifia. Jamais je n'avais vu mon père dans une telle colère.

— Oh si, tu vas venir, Cathy! fulmina-t-il. Sinon, tes petites copines et toi allez avoir de sérieux ennuis. Tes copines, surtout. C'est bien vous qui l'avez enterrée, pas moi. Et quand ils la déterreront et feront une autopsie, ils penseront que c'est vous, toi et tes chères petites copines, qui l'avez tuée aussi. Elles iront toutes en prison, Cathy. C'est ce que tu veux?

Les larmes me brûlaient les yeux. J'ai secoué la tête.

— Bon, fit-il en frappant dans ses mains. Alors, ça n'arrivera pas. Tu vas aller en haut te préparer un sac avec quelques affaires. Prends ce dont tu penses avoir besoin dans l'immédiat. Nous reviendrons chercher le reste dans quelques jours. Et puis, un beau matin, nous prendrons tout ce que nous voudrons dans la maison et nous ferons un beau feu de joie. Pratique, un petit incendie, non? Peut-être que Géraldine sera consumée dedans? Je m'en occuperai, ne t'en fais pas. Et aucune de tes copines ne sera inquiétée. Mais, pour le moment, commençons par profiter de notre beau bateau.

« Oh! C'est un tel bonheur, Cathy! Tu ne peux pas imaginer le plaisir que l'on éprouve à se lever et à sentir l'air de la mer, chaque matin. Et puis, ça vous ouvre l'appétit. Tu pourras me faire mon petit déjeuner. Ce sera fantastique, tu verras. Tout ce que Géraldine aurait détesté! ajouta-t-il avec un grand éclat de rire satisfait.

« OK, reprit-il en se dirigeant vers la porte d'entrée. Maintenant que je sais où nous en sommes, je vais garer la voiture devant la maison. Toi, tu vas aller chercher tes affaires. Je reviens.

Il traversa la pièce pour venir déposer un baiser sur mon front.

— Je suis revenu te chercher, mon ange. Papa est rentré!

Il me caressa les cheveux, puis rebroussa chemin.

Quand il referma la porte, il me sembla qu'un coup de tonnerre venait de secouer toute la maison. J'en ai ressenti la vibration au plus profond de moi, jusqu'aux os.

À quel démon avions-nous donc ouvert la porte en creusant la tombe de Géraldine?

18

Péché en eau trouble

Impossible de bouger : chaque muscle de mon corps était tétanisé. Impossible de respirer : j'avais l'impression d'avoir, sur la poitrine, autant de terre que Géraldine en avait sur le corps tout entier. L'atmosphère me semblait atrocement lourde, chargée d'angoisse, comme avant un gigantesque orage. De minuscules particules électriques crépitaient et explosaient tout autour de moi. J'ai fermé les yeux, priant que tout cela ne soit qu'un énième cauchemar. Mais, quand je les ai rouverts, j'ai bien dû me rendre à l'évidence : c'était la réalité qui était cauchemardesque. Mon père était bel et bien là, en bas. Il était revenu me chercher.

Que devais-je faire ? En une fraction de seconde, différents scénarios m'ont traversé l'esprit : je pouvais tenter de m'échapper en empruntant la porte du jardin pour m'y cacher ou même escalader le mur. Mais où serais-je allée ? Et puis, en quoi cela aurait-il réglé le problème ? Je pouvais suivre les conseils de Stuart et appeler la police. Mais que diraient les filles ? Que leur arriverait-il, si j'avouais ce que nous avions fait ? Je pouvais rester et supplier mon père de me laisser tranquille, peut-être même le menacer. Mais je n'avais jamais été très douée pour ce genre de choses et j'étais, à présent, bien trop fragilisée pour parvenir à l'intimider.

Si je ne faisais pas ce qu'il voulait, il allait lui-même appeler la police et nous allions toutes nous retrouver avec des menottes aux poignets. J'en venais même à imaginer les filles me soupçonnant d'avoir empoisonné Géraldine. Dans le meilleur des cas, il y aurait une longue et pénible enquête. Les filles seraient toutes inquiétées, avec les désastreuses conséquences qui en découleraient. Oh non ! Pas maintenant, pas quand elles commençaient enfin à goûter un peu au bonheur ! Larry risquait de reconsidérer ses projets de mariage avec Star ; David cesserait sans doute de voir Jade et Misty perdrait son petit ami aussi. Voilà ce qui se passerait, sans même parler des dommages causés à leur vie familiale, déjà passablement chaotique.

Ne serait-ce que de penser à la grand-mère de Star, à sa gentillesse, à l'accueil qu'elle m'avait réservé et à tout ce qu'elle avait déjà enduré, j'en frémissais d'avance. Jusqu'où fallait-il donc tester leur capacité d'endurance ? Leurs propres problèmes avaient déjà ravagé leurs vies sentimentale et familiale. Elles n'avaient vraiment pas besoin des miens, en prime.

Je n'avais pas le choix. C'était moi qui les avais entraînées dans cette sordide histoire. Je ne pouvais pas, de surcroît, exiger d'elles qu'elles en assument les conséquences. De toute façon, il était trop tard pour penser à moi. J'aurais dû y réfléchir avant d'appeler Jade pour lui annoncer la mort de Géraldine. J'aurais pu appeler la police, alors. J'aurais dû le faire. « J'aurais dû, j'aurais pu, il aurait fallu... : pleurnicheries d'imbéciles ou faux-fuyants de coupables qui ne l'ont pas volé », disait Géraldine. Et elle ajoutait : « Quand tu es en train de couler parce que tu t'es montrée imprudente ou stupide, essaie donc de te raccrocher à une excuse. Tu verras combien de temps tu réussis à flotter !. »

Elle avait raison. Il était trop tard pour me trouver de bonnes ou de mauvaises excuses. Aucune ne m'empêcherait de couler.

M'appuyant lourdement sur mes béquilles, je me suis relevée pour me diriger vers l'escalier, tel un condamné à mort marchant vers la chaise électrique. Je n'osais imaginer ce qui m'attendait. Les images qui se présentaient à mon esprit me laissaient froide, inerte, comme engourdie: une morte en sursis. J'avançais comme un automate, un pas après l'autre, brave petit soldat au mécanisme fatigué. Quand je suis arrivée dans ma chambre, j'ai jeté un regard circulaire, sans pourtant rien voir.

Pendant quelques secondes, j'ai envisagé de me suicider. J'aurais pu aller dans la salle de bains, fermer la porte à clef et m'ouvrir les veines dans le lavabo rempli d'eau chaude. Je me disais : *Peut-être qu'avec un peu chance je serais morte avant qu'il ne parvienne à forcer ma porte ? Et puis après ? Les filles en seraient-elles plus en sécurité pour autant ? Au contraire, il serait libre de dire tout ce qu'il voudrait. Il n'aurait qu'à raconter à la police que je n'avais pas pu vivre avec l'idée de ce que les filles et moi avions fait. Peut-être réussirait-il même à se faire plaindre. Mais oui ! les gens auraient pitié de lui. Pas de moi, pas de nous : de lui !*

Au bout du compte, il ne me restait qu'un seul espoir : avec un peu de temps, peut-être allais-je réussir à trouver une solution ? Pour l'heure, il n'y avait rien que je pusse faire, si ce n'était obéir aux ordres de mon père. J'ai glissé dans le vanity que nous avions acheté avec les filles les produits de soin que Jade m'avait offerts, autant de reliques du seul réel moment de bonheur que j'avais connu dans toute mon existence. Le seul, et je le leur devais. J'étais en train d'y mettre quelques sous-vêtements, quand j'ai entendu mon père monter l'escalier quatre à quatre.

— Alors ? On en est où ? me demanda-t-il, rouge d'excitation.

— Je ne sais pas quoi prendre, ai-je murmuré d'une voix étranglée.

— Oh ! ne t'en fais pas pour ça ! Nous pourrons revenir prendre tout ce que tu voudras.

Il tapa dans ses mains et se mit à arpenter ma chambre avec un petit sourire satisfait.

— J'aime bien les changements que tu as faits : les nouveaux rideaux, le dessus-de-lit, les posters... Mais attends de voir le bateau. C'est le grand luxe ! Tout ce que Géraldine détestait ! Tout ce qui faisait « trop riche » ou « trop m'as-tu-vu », comme elle disait. Les placards, les lambris… tout est en chêne massif. Même les finitions. Les robinets de la salle de bains sont dorés. Il y a un réfrigérateur, bien sûr, mais j'ai fait mettre aussi un congélateur, une chaîne hi-fi haut de gamme et une télévision 16/9e.

Il éclata de rire.

— Elle croyait savoir où passait tout l'argent de la maison. Mais je ne suis pas aussi stupide qu'elle le pensait : j'en ai planqué un sacré paquet, et dans des endroits qu'elle n'aurait jamais pu trouver. Elle qui se croyait si maligne et qui vérifiait et revérifiait toujours chaque rentrée et chaque dépense, au *cent* près. Mais ça a été sa plus grosse erreur : se croire plus intelligente que moi dans tous les domaines.

Il remarqua alors que je le regardais sans bouger, pétrifiée, et il se ressaisit, clignant des paupières, avant d'examiner une fois de plus ma chambre d'un air approbateur.

— Au fait, qu'est-ce que vous avez bien pu fabriquer dans notre chambre ? reprit-il, une étincelle d'amusement dans les prunelles. À quoi pouvait bien servir cet antre ténébreux, hein ?

Il se pencha vers moi avec une mine de conspirateur.

— Se passerait-il des choses bizarres, ici ? Des choses dont tu devrais me parler ?

— Non, non, rien de bizarre, me suis-je empressée de le rassurer. C'était juste notre salle de méditation, l'endroit où nous allions pour trouver un peu de tranquillité, pour réfléchir et pour être…

— Être quoi ?

— Ensemble.

Il n'aurait jamais pu comprendre la signification du C.O.A.P. et il se serait peut-être même mis en colère, si je lui en avais parlé.

— Han han. Eh bien, tu n'auras plus besoin de ça, maintenant. Allez, ne perdons pas de temps. J'ai encore quelques trucs à prendre dans le garage. Je te rejoins dehors.

Quand il est sorti, j'ai regardé le réveil. Les filles allaient arriver dans moins d'une heure. Qu'allaient-elles faire, quand elles ne me trouveraient pas ? *J'espère qu'elles ne feront rien qui pourrait leur attirer des ennuis !* ai-je songé. Il fallait que je leur laisse un mot. J'étais sûre qu'elles passeraient par-derrière pour entrer : je savais où laisser mon message. En revanche, je ne savais pas vraiment quoi leur dire. J'ai commencé à écrire sans réfléchir :

Chères Jade, Star et Misty,
Je suis désolée, mais je ne peux pas continuer comme ça. Tout ira bien pour moi, si vous vous contentez tout simplement de penser à vous et de tout faire pour être heureuses. Je vous en prie, retournez bien gentiment chez vous et oubliez tout ça. Ne revenez pas ici. N'essayez pas de m'appeler, ni de me chercher. Je vous aime toutes très fort et je vous serai éternellement reconnaissante de tout ce que vous avez fait pour moi. Mais il est temps, maintenant, de faire des choses pour vous-mêmes et pour vos proches. S'il vous plaît, au nom de notre amitié, faites ce que je vous demande.
À vous pour toujours,
Cat.

C'était la première fois que je signais de cette façon : avec le surnom qu'elles m'avaient donné. J'en ai eu les larmes aux yeux. Je me suis hâtée de plier le bout de papier et de descendre au rez-de-chaussée. Je l'entendais qui ouvrait et refermait les placards du garage et j'en ai profité pour me faufiler dans la cuisine, prendre du scotch et coller mon petit mot à l'extérieur, sur la porte du jardin – j'en ai mis deux couches pour être sûre qu'il ne s'envolerait pas avec le vent.

— Cathy ?

J'ai refermé doucement la porte. Je me disais : *Si jamais il trouve mon message, il va être fou de rage.* Essayant de faire le moins de bruit possible avec mes béquilles, je suis retournée dans l'entrée. Il était déjà sur le seuil.

— Où étais-tu ? me demanda-t-il.

— J'avais soif : je suis allée boire un peu d'eau dans la cuisine.

Il scruta mon visage d'un œil soupçonneux.

— Tu n'aurais pas passé un coup de fil, par hasard ?

— Non, non.

— Si tu tentais un truc de ce genre, tu ne ferais que rendre les choses plus difficiles pour tout le monde, m'avertit-il d'un ton menaçant.

— Je n'ai appelé personne, je le jure, lui ai-je assuré.

Il sembla réfléchir un instant, puis me sourit.

— Non, je ne pense pas que tu aies fait ça. Je crois, au contraire, que tu veux venir avec moi, parce que tu es une fille intelligente et que tu t'es bien rendu compte que j'étais le seul qui t'aimait vraiment, n'est-ce pas ? N'est-ce pas, Cathy ? insista-t-il.

— Oui.

Je n'ai même pas pu déglutir tant j'avais la gorge nouée.

— Bien, jubila-t-il en se frottant les mains.

Il jeta un dernier regard à la maison et ajouta :

— Disons adieu une bonne fois pour toutes à cette fichue prison. Et bon débarras ! Besoin d'un coup de main ?

— Non, non, ça va aller.

J'avais les yeux brûlants de larmes, mais je les retenais de toutes mes forces. Je me disais : *Si jamais il me voit pleurer, il va piquer une colère noire.* J'ai baissé la tête et je suis sortie. Il m'a tenu la porte, l'a claquée violemment, puis m'a pris le bras pour me conduire jusqu'à la voiture. Il a posé mon vanity à l'arrière et m'a aidée à m'asseoir. Il a fermé la portière et il a pris place derrière le volant. Pendant une seconde, il s'est contenté de regarder le garage en silence.

— Tu te souviens quand je suis rentré dans la porte en marche arrière, un soir ? me demanda-t-il en hochant la tête en direction de l'impact encore visible, en bas à droite. Elle n'a jamais voulu que je la répare. Et tu sais pourquoi ? Parce que c'était une preuve manifeste que je m'étais planté. Elle voulait la garder pour me rappeler constamment mon échec, comme une cicatrice. J'ai souvent été tenté de recommencer, rien que pour lui faire mal, cracha-t-il d'une voix sourde, en plissant les yeux.

Puis il se détendit et ajouta :

— Mais c'est déjà du passé. Laissons tout ça derrière nous. Imaginons que ce n'était qu'un mauvais rêve. Maintenant, il est temps de se réveiller et d'être enfin heureux !

Il mit le contact et tourna le bouton de la radio.

— Tu te rappelles combien elle détestait que je mette la radio dans la voiture, surtout quand je choisissais une de ces stations qui passent les tubes du moment ? « Comment peux-tu te concentrer sur ta conduite, avec tout ce vacarme, Howard ? Éteins-moi ça ! » m'ordonnait-elle, comme un vrai général.

« Des ordres, des ordres… Elle adorait donner des ordres ! Je parie qu'elle en donne encore en enfer, s'esclaffa-t-il. Satan doit regretter qu'elle n'ait pas été assez bonne pour le paradis. Il doit même se dire qu'elle fait partie de son supplice, qu'on la lui a envoyée pour le tourmenter.

Il passa la marche arrière et démarra.

— Regarde ce ciel, reprit-il. Il est encore plus beau au bord de la mer, Cathy. C'est comme si cette immense étendue d'eau le rendait… je ne sais pas, moi… plus bleu ? J'imagine qu'il doit y avoir une raison, mais je ne la connais pas. Et je m'en fiche ! ajouta-t-il en riant.

Il s'engagea dans la rue. J'ai jeté un dernier coup d'œil à la maison. Elle ne me paraissait plus aussi lugubre, finalement. Au contraire, elle devenait soudain une sorte de vieille amie délaissée, livrée à la décrépitude et à la mort, avec, pour seul réconfort, l'écho de nos voix et de nos pas résonnant dans le vide, avant de faire place au silence et à l'obscurité : une espèce de monument à la gloire de notre sinistre famille qu'elle avait pourtant toujours fidèlement servie, en dépit des cris, des pleurs, des plaintes et des prières qui avaient bercé toute mon existence.

Chaque kilomètre qui nous éloignait de la maison semblait insuffler à mon père un regain d'énergie. Son visage s'illuminait ; il souriait, devenait de plus en plus volubile… : il revivait. Tout le long du trajet jusqu'à la marina, il n'a pas cessé de parler, me décrivant par le menu tout ce qu'il avait fait depuis qu'il avait quitté la maison:

— ... J'ai même eu de bien meilleurs résultats, à la boîte. J'ai gagné beaucoup d'argent, ces derniers mois, tu sais. Et j'ai eu le pot de tomber sur ce bateau: une fameuse affaire! Un de mes nouveaux clients venait de l'acheter. Il a à peine eu le temps de monter dessus: il s'est stupidement ruiné. Comment peut-on être assez bête pour faire des investissements aussi risqués? Enfin! J'ai tout de suite flairé la bonne occasion: une chance unique d'acquérir ce petit bijou à moitié prix. Alors, j'ai foncé. Imagine, la cuisine est plus grande que celle de la maison!

« Il y a aussi un grand salon et deux cabines, chacune équipée d'une salle d'eau avec douche et toilettes séparées – non pas que j'aie l'intention d'inviter qui que ce soit à étrenner la chambre d'ami dans l'immédiat. Au contraire, je veux que nous passions plein de temps ensemble, rien que tous les deux. Il faut que nous réapprenions à nous connaître, Cathy. Le fait est, ma petite chérie, que nous sommes seuls au monde, toi et moi: nous n'avons plus personne, à présent. Tu sais ce que je pense de ma famille: je me suis toujours fichu royalement de leur avis et de ce qu'ils faisaient. Et ce n'est pas près de changer.

« Tu ne seras même pas obligée de retourner au lycée, si tu n'en as pas envie. Je commence à envisager très sérieusement de prendre une année sabbatique. Je peux me le permettre, tu sais. Il me suffira de traiter quelques affaires, de temps en temps, pour ne pas perdre la main. Mais nous pourrons voyager. Nous pourrions remonter toute la côte jusqu'au Canada. Ce ne serait pas génial, ça? Il y a tant de belles choses à voir, tant d'endroits à découvrir et tant de gens passionnants à rencontrer!

« C'est ce qui me plaît, dans ma nouvelle maison – dans notre nouvelle maison –, Cathy. On devrait la baptiser "Liberté". Et Dieu sait combien nous avons besoin de liberté, toi et moi, après toutes ces années passées dans ce maudit cachot sous l'œil noir de notre garde-chiourme attitré!

Il me jeta un coup d'œil interrogateur et hocha la tête.

— Tu dois te sentir un peu désorientée. Tout ça est très nouveau, pour toi. Mais tu vas être surprise de la vitesse à laquelle tu vas t'adapter. Tu vas devenir un vrai marin, tu verras. Et, maintenant, dis-moi un peu pour cette cheville : où en es-tu exactement ?

— Je suis censée retourner passer une radio après-demain. Si je n'y vais pas, le docteur va appeler à la maison.

— Eh bien, nous irons, nous irons. Où est le problème ? Mais, en attendant que vous soyez complètement rétablie, on va vous ménager, mademoiselle. Pas de travaux domestiques, ni de cuisine pour ma princesse. C'est moi qui vais préparer le dîner, ce soir. Je suis devenu un véritable cordon-bleu, tu sais. À vrai dire, j'ai toujours été plus doué que Géraldine pour la cuisine, mais elle ne supportait ni les épices ni même le moindre assaisonnement. Alors, on a dû ingurgiter sa tambouille fadasse pendant des années, en prétendant que tout allait pour le mieux dans le meilleur des mondes.

— Je ne t'ai jamais entendu te plaindre, lui ai-je fait remarquer.

— À quoi ça aurait servi de se plaindre – pour ça comme pour tout le reste, d'ailleurs ? Est-ce que ça l'aurait fait changer ? Est-ce qu'elle en aurait pour autant dévié, ne serait-ce que d'un iota, du programme et des méthodes qu'elle s'était fixés, de toutes ces règles qu'elle respectait avec une observance de moniale ? Non. La moindre réflexion n'aurait fait qu'envenimer les choses. Pour nous deux, mais pour toi surtout. C'est la seule raison pour laquelle je suis resté, la seule raison pour laquelle j'ai supporté toutes ses inepties : toi ! Je savais qu'elle passerait sa colère sur toi. Alors, j'ai préféré me taire.

« Mais tout ça, c'est du passé, Cathy. Allez, promettons-nous de ne plus y penser. Recommençons tout depuis le début, d'accord ? Oui..., fit-il d'un ton pensif, en se laissant lui-même gagner par cette idée qu'il semblait trouver de plus en plus séduisante. Oui, oui, faisons ça. Faisons comme si nous étions, toi et moi, des gens complètement différents. Ne me considère plus comme ton père. Je ne dois plus être, à tes yeux, que l'homme qui veut te protéger, te chérir et te rendre heureuse. D'ailleurs, je veux qu'à partir de cet instant tu m'appelles Howard, là, tout de suite, d'accord ?

Je savais très bien où il voulait en venir. À cette seule perspective, j'avais le ventre vrillé comme une serpillière et plus une once d'air dans les poumons.

Mais ma réponse lui importait peu : il était déjà certain que je me prêterais gracieusement à son petit jeu pervers. Il augmenta le volume de la radio, se mit à chanter en rythme et me sourit.

— Attends un peu de voir notre nouvelle maison ! s'exclama-t-il, radieux. Je meurs d'envie de voir ta tête !

Il avait amarré son « petit bijou » près d'un lieu-dit baptisé Fisherman's Village – soit, littéralement : Village du Pêcheur – à Marina Del Rey. Le bateau était beaucoup plus gros que je ne l'avais imaginé : il mesurait plus de quatorze mètres, au dire de mon père. Tandis que nous sortions de la voiture pour nous diriger vers le quai, il continuait à me le décrire : il possédait deux moteurs in board ; le carré abritait une dînette de trois mètres de long, un poste de navigation intérieur et un bar dans le prolongement duquel s'ouvrait la coquerie, véritable cuisine aménagée avec « toutes les dernières innovations technologiques ». Les larges baies vitrées laissaient entrer des « flots de lumière »…

Il était aussi très fier de la partie extérieure : on pouvait faire le tour complet du bateau, sur le pont principal ; se prélasser dans un transat, sur le pont avant, qui était couvert ; se bronzer, sur l'immense solarium du pont arrière, et jouer les capitaines devant ses invités, depuis la passerelle de pilotage avec ses sièges dos à dos pour les passagers. Il semblait connaître son sujet sur le bout du doigt et me bombardait de tant de détails que la tête me tournait. Mais je n'étais pas dupe : je savais pertinemment qu'il essayait de m'impressionner.

J'avoue que j'ai été surprise par l'espace intérieur : la cabine du capitaine était immense, surtout la chambre qui comprenait une large couchette à deux places, plusieurs rangées de tiroirs et une grande penderie encastrée. Il semblait y avoir là autant de volume de rangement qu'à la maison.

— Fais comme chez toi, me dit-il. Visite, explore, prends possession des lieux. Et, après, monte sur le pont, allonge-toi sur le transat et profite du bon air marin. Pendant ce temps, je vais aller au supermarché. Je me suis dit que j'allais nous concocter un dîner de gala pour ce soir : au menu, filet mignon. Il ne me reste plus qu'à acheter une tourte aux pommes et de la glace à la vanille pour le dessert. Je sais combien tu aimes ça, quoique tu n'aies pas eu souvent l'occasion d'y goûter avec l'autre folle.

Il se plaqua la main sur la bouche.

— Oups ! c'est ma faute. Je sais, je sais. J'ai parlé d'elle et j'ai évoqué le passé, alors que j'avais juré. Mais ça m'a échappé. Il faut que tu m'arrêtes dès que je commence à faire ça, Cathy. D'accord ?

Il s'esclaffa.

— Tu as l'air complètement éberluée. C'est beau, n'est-ce pas ? Oui, oui, je sais. Tu vas voir comme tu vas te plaire ici. Tu vas être heureuse, Cathy, très très heureuse.

« Allez, j'y vais. À tout à l'heure, me dit-il, avant de rejoindre le quai pour monter dans sa voiture.

J'ai fait le tour complet. J'ai été étonnée et même un peu effrayée de voir le nombre de photos de moi qu'il avait affichées un peu partout. Apparemment, il en avait pris beaucoup, avant de quitter la maison, et plus encore, la fameuse nuit du cambriolage. En ouvrant la penderie, dans la chambre de la cabine principale, j'ai découvert le paquet de lettres de ma mère, au fond, derrière ses chaussures. Je me suis dit : *Il ne les a pas détruites. C'est déjà ça.* Je les ai prises et je suis montée sur le pont pour m'allonger sur le transat. De cet endroit, on avait une vue superbe sur la baie. J'ai pris la troisième lettre de la pile. Je pensais : *Plutôt ça que de rester assise à ne rien faire en attendant que le ciel me tombe sur la tête*. Il fallait que je m'occupe l'esprit, sinon j'allais devenir folle de terreur.

Ma fille chérie, disait-elle.

Hier, pour la première fois, j'ai craint d'avoir commis une grave erreur en te remettant entre les mains de Géraldine. Lorsque nous lui avions suggéré l'idée de t'adopter, elle n'avait pas offert la moindre résistance, ni même manifesté la moindre réticence. Pourtant, aujourd'hui, j'ai découvert qu'elle ne t'avait pas encore donné certaines choses que j'avais achetées pour toi. Quand je lui en ai demandé la raison, elle m'a dit que tu étais encore trop jeune pour recevoir de tels présents et que tu ne saurais pas les apprécier.

Ce n'est nullement dans cette intention que je te les ai données. Dès le début, j'ai voulu faire quelque chose pour toi. Je m'étais fait le serment de toujours être là pour toi et de faire tout ce que je pourrais pour toi. Je l'ai expliqué à Géraldine, mais elle a semblé se rebeller contre cette idée. Déjà, elle m'avait paru changée : plus dure, plus renfermée que jamais, comme si elle avait subi une profonde métamorphose psychologique qui aurait complètement modifié sa personnalité. Pour être honnête, elle m'a même un peu effrayée. Ses yeux étaient si sombres, son regard si perçant quand je lui ai parlé…

Ton grand-père pense que ce n'est pas grave. Il dit qu'elle traverse simplement une phase délicate, qu'il lui faut s'habituer à la présence d'un bébé dans son foyer. Certes, il se peut qu'il ait raison. Je l'espère. Mais, si stupide que cela puisse te paraître, maintenant, je tenais à ce que tu connaisses la raison de mes trop rares visites : Géraldine s'ingénie à me compliquer les choses ; elle fait tout pour me décourager, trouve sans cesse une excuse pour que je ne vienne pas aujourd'hui, puis une autre pour que je ne vienne pas demain.

Et cela fait des semaines, des mois, même, qu'elle n'est pas venue ici. Elle a refusé presque toutes nos invitations, invoquant toujours un prétexte qui les empêchait, Howard et elle, de venir déjeuner ou dîner à la maison. Je leur ai même proposé de les emmener en vacances, avec toi bien sûr. Mais elle a préféré jouer les ermites.

Il y a quelques jours, Howard est venu s'en plaindre à moi. Il était passé pour parler affaires avec ton grand-père, mais il s'est arrêté dans le salon pour en discuter avec moi. Il dit qu'il ne peut même plus la convaincre d'aller au restaurant. Je ne sais trop qu'en penser. Mais je suis très inquiète.

Bien sûr, j'essaierai de t'appeler et de venir te rendre visite aussi souvent que possible. Peut-être n'est-ce qu'un mauvais moment à passer. Peut-être Franklin a-t-il raison : peut-être ne s'agit-il que d'une période d'adaptation transitoire, le temps qu'elle s'habitue à avoir un enfant dont elle doit s'occuper, qu'elle doit élever. C'est là une grande responsabilité qui exige des sacrifices que tout le monde n'est pas capable de faire. Confronté à une telle situation, chacun a sa façon de réagir. C'est peut-être la sienne, pour l'instant.

Howard en souffre beaucoup. Je lui ai promis de faire mon possible. Mais il a eu la mauvaise idée de parler de notre conversation à Géraldine et, maintenant – cet après-midi même, en fait –, elle m'accuse de comploter avec lui contre elle. Quoi que je fasse, je semble condamnée à mal faire et à envenimer les choses.

Je tenais à ce que tu saches tout cela. C'est idiot, n'est-ce pas ? Tu n'es encore qu'un bébé et je te parle comme si tu étais capable de comprendre. Oh ! après tout, ces lettres ne sont-elles pas faites pour être lues justement quand tu seras en âge de comprendre ? J'essaie seulement de donner un sens à ton histoire, à notre histoire. Et j'espère que ces quelques lignes y contribueront.

Avec tout mon amour,
Maman.

À chaque fois que je lisais ce mot-là, j'éprouvais une cruelle sensation de manque au fond de moi. J'étais la seule véritable orpheline du groupe : je n'avais pas vraiment eu de mère, ni de père, d'ailleurs. Mais là, j'avais plus encore l'impression de n'être qu'une coquille vide. Peu importait ce qui pouvait m'arriver, désormais. J'étais aussi légère et éthérée qu'un spectre, de toute façon. Il ne me restait plus qu'à essayer de préserver les autres et à leur éviter de souffrir à cause de moi. C'était la seule chose que je pouvais encore sauver de ce naufrage auquel le destin semblait m'avoir condamnée : j'allais tout faire pour y arriver.

Les lettres suivantes décrivaient toutes le fossé qui, peu à peu, s'était creusé entre Géraldine et ma mère. Dans l'une d'elles, elle affirmait avoir obtenu la certitude que Géraldine faisait tout ce qui était en son pouvoir pour la tenir à l'écart et l'empêcher de me voir. Elle décrivait une terrible dispute au cours de laquelle Géraldine l'avait accusée d'un tas d'horreurs, la traitant de tous les noms, y compris de ceux qu'elle avait employés en ma présence : les mots de « traînée » et de « putain ». Ma mère m'assurait qu'elle lui avait même proposé de me reprendre, mais que Géraldine n'avait pas voulu en entendre parler. « Et je vais passer pour quoi, si j'abandonne ma fille comme ça, je te le demande ? » lui avait-elle répondu. Elle reprochait à ma mère de chercher à la détruire, à la priver de tout espoir d'amour et de bonheur futurs. Ma mère commençait même à se demander si Géraldine n'avait pas raison. Plus j'avançais dans ma lecture, plus je m'apercevais qu'elle était en train de sombrer dans une profonde dépression. Ses lettres n'étaient plus qu'une litanie d'excuses et de reproches qu'elle se faisait à elle-même. Je pouvais presque l'entendre gémir et se lamenter tandis qu'elle écrivait ces interminables *mea culpa*. J'étais, peu à peu, devenue la preuve vivante de sa culpabilité et je n'existais plus, à ses yeux, que pour lui rappeler la gravité de sa faute.

Pas étonnant, après cela, qu'elle ait progressivement pris ses distances et que je l'aie si peu vue, à partir d'un certain âge. C'était, certes, le résultat des efforts de Géraldine, mais aussi de cette difficulté qu'elle éprouvait à regarder en face cet être de chair et de sang qu'elle considérait, désormais, comme l'incarnation de tous ses péchés : une constante accusation. Je commençais à regretter d'avoir trouvé ces lettres et de les avoir lues. Mon père m'avait finalement rendu service en me les dérobant. Je ne savais pas ce qui me retenait de les jeter par-dessus bord.

Je me disais : *Un jour, je me jetterai par-dessus bord, moi aussi. Mais pas encore, pas tant que mes amies ne seront pas en sécurité.* Il faudrait laisser passer du temps pour leur assurer une tranquillité, si ce n'est absolue, du moins suffisante pour que je pusse partir la conscience en paix.

J'ai fini par m'endormir. C'est le froid qui m'a réveillée. En ouvrant les yeux, j'ai vu que le soleil était très bas sur l'horizon et que j'étais à l'ombre. J'entendais mon père qui s'activait en musique dans la cuisine. Quelques instants plus tard, il venait m'annoncer que le dîner était prêt.

— J'étais sûr que tu aimerais jouer les figures de proue, me dit-il en me jetant un coup d'œil par-dessus son épaule, tandis qu'il me précédait dans le carré. De cet endroit, on domine toute la baie. On a l'impression de régner sur l'océan. C'est une place de roi, ou plutôt de reine : c'est pour toi que j'ai installé ce transat.

C'est à ce moment-là qu'il aperçut les lettres que je tenais à la main.

— Oh ! Tu les as retrouvées ? Je voulais les jeter, mais je me suis dit que je te laisserais décider ce qu'il fallait en faire. Elles t'appartiennent et Géraldine n'avait aucun droit de te les cacher. Tu vois, ajouta-t-il, je te traite comme une adulte, maintenant. Mais c'est normal, puisque tu es une adulte.

— Je regrette que tu ne les aies pas jetées, ai-je marmonné à mi-voix.

Il s'écarta alors avec une révérence, m'invitant d'un geste cérémonieux à contempler le spectacle qu'il me désignait : il avait dressé une table de fête, avec des bougies, une salade composée servie dans de petites assiettes, une baguette de pain frais et une bonne bouteille de vin, probablement français lui aussi.

— Qu'est-ce que tu dis du service ? Géraldine n'aurait jamais même imaginé qu'on puisse dépenser autant pour de la vaisselle ! s'esclaffa-t-il. Joli, n'est-ce pas ?

Il souleva une assiette pour m'en faire admirer la finesse et les motifs.

— Oui.

Il tira une chaise.

— Si Mademoiselle Cathy veut bien se donner la peine...

Je lui ai jeté un coup d'œil à la dérobée. Il était tout sourire, le visage radieux, rayonnant de bonheur, excité comme un écolier à la veille des vacances, oublieux de tout ce qu'il avait fait et de tout ce qu'il y avait d'anormal et d'obscène dans ce que nous nous apprêtions à faire. Il était complètement immergé dans ses propres fantasmes et je craignais de faire quoi que ce soit qui aurait pu briser ses illusions.

Je me suis assise. Il m'a immédiatement servi du vin.

— Non mais, tu l'imagines, assise là, en train de me regarder te verser un verre de vin? Moi oui. J'imagine ça très bien, très très bien même, renchérit-il avec un étrange petit sourire cynique.

Il désigna du menton la chaise adossée au mur.

— Elle est là, bâillonnée, pieds et poings liés, et dans un tel état de fureur que les yeux lui sortent de la tête. Tu la vois? Tu la vois?

Que pouvais-je faire? J'ai tourné les yeux vers la chaise. Il hochait la tête en la regardant.

— Elle a le visage écarlate et les veines du cou saillantes, si gonflées qu'elles semblent prêtes à éclater, comme toujours quand elle se met dans une colère noire. Elle se débat, lutte contre les cordes. Ça suffit, Géraldine! hurla-t-il.

J'ai eu tellement peur que j'ai sursauté. Il rivait sur la chaise un regard de dément et son visage était un masque de fureur qui aurait pu rivaliser avec celui de Géraldine, si elle s'était vraiment trouvée là.

— Tu ne peux plus rien y changer, maintenant, alors autant t'installer confortablement et jouir du spectacle! ricana-t-il.

Il se tourna vers moi.

— Elle a de la bave au coin des lèvres et sur le menton comme un chien enragé, me dit-il, en m'adressant un doux sourire. Mais ça ne va pas nous empêcher de manger, ni même nous perturber le moins du monde, n'est-ce pas? Tu comprends, plus nous nous amuserons, plus ce sera pénible pour elle.

« Bien, fit-il d'un ton enjoué, en se frottant les mains – geste qui semblait lui être devenu un peu trop familier, ces derniers temps.

Il s'assit en face de moi.

— C'est du fromage de chèvre frais sur la salade, là, m'annonça-t-il en désignant mon assiette de l'index.

Il planta sa fourchette dans une feuille de laitue et la porta à ses lèvres.

— Vas-y, m'encouragea-t-il. Mange.

J'avais l'impression d'avoir un sac de nœuds en guise d'estomac, mais je me suis obligée à ouvrir la bouche et à mâcher.

— Ce n'est pas de la piquette, hein ? reprit-il, après s'être gargarisé d'une gorgée de vin. C'est un grand cru français que m'a recommandé un de mes clients les plus distingués. C'est ce qu'il y a de bien, dans la haute finance, Cathy : on a affaire à des gens très riches et on apprend beaucoup, sans avoir besoin de dépenser des fortunes pour recevoir une éducation et faire des voyages réservés à l'élite.

Il hocha la tête en direction de la chaise.

— Elle méprisait mon travail. Elle disait que faire de l'argent avec l'argent des autres, ce n'était pas un travail honnête. Quand elle était de mauvaise humeur ou en colère contre moi, elle me traitait de « maquereau de la finance », ricana-t-il. Un maquereau qui l'a quand même libérée de tout souci financier, ajouta-t-il d'un ton menaçant, en fusillant la chaise du regard.

Il garda les yeux rivés sur son fantôme imaginaire pendant de longues minutes, puis les tourna vers moi avec un grand sourire.

— Tu n'as pas encore goûté le vin. N'aie pas peur. Goûte ! Elle ne peut plus te faire de mal.

J'ai trempé les lèvres dans mon verre.

— Alors ?

— Il est très bon, lui ai-je répondu.

Mais, dans l'état où j'étais, j'aurais bien été incapable de distinguer ce qui était bon de ce qui ne l'était pas.

— De première classe, hein ? Comme tout ce que nous allons faire à partir de maintenant. Nous allons vivre sur un grand pied, Cathy, comme des princes. Comme des princes ! hurla-t-il à l'intention de la chaise.

Puis il se figea subitement, les yeux vitreux, tel un robot qu'on aurait brusquement débranché.

Je n'osais pas bouger un cil. Son visage semblait pétrifié. Le voir ainsi, comme une statue, devant moi, me remplit d'effroi. On n'entendait plus que le crépitement de la viande sur le gril.

— Il faudrait peut-être que j'aille surveiller les steaks ? lui ai-je simplement demandé, incapable de supporter plus longtemps ce silence terrifiant.

— Pardon ? Oh, non, non ! Je vais le faire. Détends-toi. Repose-toi. Récupère, m'enjoignit-il, en se levant d'un bond. Tu l'aimes à point, n'est-ce pas ? Exactement comme moi !

Il mit la viande sur les assiettes et disposa, de part et d'autre, des petites pommes de terre nouvelles et des haricots verts en fagots.

— J'ai veillé à ce qu'ils nous donnent le meilleur morceau, se rengorgea-t-il, en les posant sur la table. Vas-y. Regarde s'il est assez cuit pour toi.

Je me suis exécutée, j'ai goûté la viande et j'ai hoché la tête.

— Excellent, hein ? Eh bien, tout sera comme ça, à partir de maintenant. Nous allons voyager en grand équipage, ma chère, plastronna-t-il. Je parie qu'elle a faim, dit-il tout à coup, désignant la chaise du menton.

Il cligna des yeux, en voyant que je le dévisageais sans répondre.

— Enfin, elle aurait faim, si elle était vraiment là. C'est ce que je voulais dire, bien sûr, m'assura-t-il, avant de laisser échapper un petit rire embarrassé. Je suis tellement heureux que je me laisse emporter, parfois. Mais ne fais pas attention, ma chérie. Je suis dans une forme éblouissante. Je n'ai jamais été mieux.

Il enfourna un gros morceau de viande et le mâcha férocement, le savourant avec voracité, tout en vantant le privilège de pouvoir se payer les meilleurs morceaux.

J'ai mangé parce que je savais qu'il serait très contrarié, si je ne faisais pas honneur à sa cuisine. Vu cette façon qu'il avait de passer sans transition de la plus totale félicité à des moments de rage monstre, j'avais très peur de le perturber. Je me disais qu'il valait mieux le laisser suivre tranquillement les hauts et les bas de son parcours émotionnel et rester aussi discrète, aussi détachée, aussi extérieure à son délire que possible.

Cela faisait longtemps déjà que mon cœur cognait dans ma poitrine, tant et si bien que je ne m'en apercevais même plus. Parfois, un regard de mon père, un frôlement de sa main, un geste un peu trop brusque et il se remettait à donner de grands coups contre mes côtes. Je ne crois pourtant pas qu'il aurait été possible de faire circuler mon sang plus vite : il devait bouillonner dans mes veines. J'étais obligée de prendre de toutes petites inspirations, non seulement parce que j'étais terrorisée et que je craignais de m'évanouir, mais aussi parce que ma poitrine semblait prise dans un étau qui ne cessait de se resserrer de minute en minute.

J'ai mangé tout ce que j'ai pu me contraindre à avaler, puis j'ai déclaré que mon ventre allait éclater.

— Mais tu as gardé une petite place pour le dessert, j'espère ? me demanda-t-il, avec l'expression du gamin qui attend la récompense promise et qui serait terriblement déçu si on la lui refusait.

J'ai hoché la tête.

— Il reste toujours une petite place pour les bonnes choses, déclara-t-il, avant de se retourner vers la chaise, en fronçant les sourcils. On aurait dit qu'elle s'était instituée gendarme des menus plaisirs : elle semblait toujours prête à se ruer sur tout ce qui pouvait nous procurer le moindre réconfort, le plus fugitif instant de bonheur, si infime fût-il, pour le confisquer ou pour nous l'interdire. Sais-tu que c'est la seule personne que je connaisse qu'on ne puisse pas chatouiller ? Ce n'est pas faute d'avoir essayé, pourtant, rien que pour la faire enrager. Mais ça n'a jamais marché. Elle n'avait pas le moindre point sensible : ce n'était pas un corps de femme, c'était du béton armé. Elle avait tellement de cals sur la main qu'elle aurait pu poncer le bois avec. De la véritable toile émeri !

Il commença à débarrasser la table. Par réflexe, je me suis levée pour l'aider.

— Non, non. Tu ne touches à rien, ce soir. L'aurais-tu oublié ? Je vais te dire ce qu'on va faire, ajouta-t-il en défiant la chaise vide du regard. Laissons tomber le dessert pour l'instant. On le prendra plus tard. Beaucoup plus tard… En attendant, tu vas aller dans la chambre. Une surprise t'y attend.

— Une surprise ?

— Oui. Vas-y. Je finis ça et je te suis. Allez, allez ! me pressa-t-il, en m'indiquant du doigt la direction de sa cabine.

Je tremblais tellement que j'avais du mal à manier mes béquilles. J'ai pourtant fait demi-tour pour me diriger vers sa chambre. Là, sur le lit, était étendue une nuisette de dentelle noire. Quand je l'ai soulevée, je me suis rendu compte qu'elle ne cacherait pratiquement rien de mon anatomie. Elle ne m'arrivait même pas à mi-cuisse.

— Mets-la ! me cria-t-il. Je suis sûr que tu vas être magnifique avec ça. Je l'ai achetée depuis plusieurs jours déjà et j'ai hâte de te voir dedans.

Je la regardais fixement, tétanisée. La vision de mon propre corps outrageusement exposé dans le tissus arachnéen avait fait resurgir en moi tout un flot d'images, le souvenir de ses longs doigts en pattes d'araignée explorant chaque millimètre de ma peau et de son souffle brûlant murmurant des mots d'amour à mon oreille. Mes jambes se dérobèrent et je dus m'asseoir sur le lit, le souffle court. J'ai fermé les yeux, essayant de reprendre haleine et de recouvrer mon sang-froid.

— Hé ! fit-il en s'encadrant dans la porte. Elle ne te plaît donc pas ? Elle m'a coûté une fortune, tu sais. Vas-y, mets-la. Allez ! répéta-t-il d'une voix plus ferme. À moins que tu ne préfères que je t'aide à la mettre ? me proposa-t-il d'un ton suggestif. C'est ce que tu veux ? Ça ne me déplairait pas...

— Non, non. Je peux y arriver toute seule, lui ai-je précipitamment répondu.

— Bien sûr que tu peux y arriver toute seule, dit-il d'une voix doucereuse. Elle en aurait une attaque si elle te voyait là-dedans ! ricana-t-il, en retournant dans la cuisine.

Je me suis lentement déshabillée et j'ai enfilé la nuisette. Je me sentais si exposée, si nue ! J'ai refermé les bras sur ma poitrine. Je tremblais de tous mes membres. Quand je l'ai entendu revenir, je me suis retournée. Il avait dans les mains la chaise de la salle à manger.

— J'aime bien l'imaginer ici, avec nous, assistant au spectacle, impuissante et folle de rage, pas toi ? me demanda-t-il, en posant la chaise contre la paroi de la chambre. Dis donc, ça te va encore mieux que je ne le pensais, me complimenta-t-il. Tu es vraiment une belle fille, Cathy. Je sais qu'elle a tout fait pour te faire croire le contraire, mais tu es vraiment très sexy.

« Eh bien, maintenant que nous sommes installés dans notre nouvelle maison, enchaîna-t-il en commençant à déboutonner sa chemise, je propose que nous fêtions ça. Et comment pourrions-nous mieux célébrer nos retrouvailles... ? ajouta-t-il, en rivant sur moi un regard brûlant.

Il allait dégrafer sa ceinture quand il se figea soudain, dressant l'oreille. Avec le sang qui me battait les tempes et les coups de boutoir de mon cœur, je n'avais rien entendu. Mais, maintenant qu'il se taisait, il me semblait percevoir un bruit de pas au-dessus de ma tête. On tambourina à la porte.

— Bon sang ! Qui ça peut-il bien être ? pesta-t-il. Une minute !

Il reboutonna sa chemise et quitta hâtivement la cabine pour regagner le pont.

Je me suis laissée choir sur le lit, attendant passivement qu'il revienne, comme si j'étais, moi aussi, pieds et poings liés. J'ai jeté un regard absent vers la chaise vide.

Cette fois, j'ai distinctement entendu une voix d'homme, puis une voix de femme qui prononçait mon nom. Celle de mon père monta d'un ton, puis il commença à hurler. J'ai entendu un piétinement, des cris et, quelques instants plus tard, un fracas, comme une chaise que l'on renversait. Je me suis levée. Au moment où j'ouvrais la porte de la chambre, une femme d'une trentaine d'années se précipita vers moi. Elle portait un uniforme de police.

— Cathy Carson ?

— Oui.

— Vous n'avez rien ?

J'ai jeté un coup d'œil par-dessus son épaule et j'ai aperçu un policier qui tenait mon père par le bras. Il le retourna brutalement et lui passa les menottes.

— Ça va aller, mon petit, me dit la jeune femme en me tapotant le bras. Ça va aller, maintenant.

— Quoi ? ai-je lâché, l'esprit en déroute. Qu'est-ce qui se passe ?

Avant qu'elle n'ait pu me répondre, un nouveau bruit de pas dans l'escalier m'a fait lever les yeux. C'est alors que j'ai vu le docteur Marlowe se diriger vers moi. Le choc a dû me couper les jambes. Je suis retombée sur le lit et j'ai éclaté en sanglots. Le docteur Marlowe est venue s'asseoir près de moi et m'a prise dans ses bras.

— C'est fini, m'a-t-elle murmuré en me berçant doucement. C'est fini.

Épilogue

Ce sont les filles qui m'ont sauvée.

Après avoir lu mon message, elles s'étaient concertées pour savoir ce qu'elles devaient faire. Elles étaient finalement parvenues à la conclusion que j'étais en danger, que la situation était désormais devenue trop critique pour qu'elles puissent la gérer et qu'elles devaient au plus vite prévenir quelqu'un. Elles n'avaient pas eu à chercher longtemps qui : elles avaient immédiatement téléphoné au docteur Marlowe. Elles avaient alors été bien obligées de lui révéler ce que nous avions fait. C'est le docteur Marlowe qui avait deviné ce que mon père avait manigancé. Elle avait aussitôt appelé la police qui s'était lancée sans tarder à notre recherche. Il ne leur avait pas été bien difficile de remonter jusqu'au bateau. Les filles avaient pris un risque énorme pour moi. Je ne l'oublierai jamais. Elles auront toujours une place à part dans mon cœur.

Le docteur Marlowe m'a aidée à me rhabiller, puis la jeune femme de la police m'a questionnée. Elle voulait savoir tout ce que mon père avait fait et comment il m'avait fait chanter pour réussir à me convaincre de le suivre. Combien de fois n'ai-je pas fondu en larmes durant le récit de toute cette sordide histoire ! Mes crises de nerfs à répétition l'obligeaient sans cesse à interrompre mon interrogatoire. Mais le docteur Marlowe m'a aidée à faire sortir de moi toute cette horreur et à la mettre en mots. À la fin, j'ai révélé ce que mon père m'avait confié : comment il avait tué Géraldine. Je me souvenais qu'il avait pris le flacon de gélules et l'avait mis dans la poche de sa veste. Elle a fait fouiller mon père par son collègue qui a effectivement trouvé la pièce à conviction en question. Ils ont ensuite interrogé mon père et, forts des éléments que je leur avais fournis, ils ont fini par le confondre : il est rapidement passé aux aveux.

Nous n'en sommes pas pour autant sorties blanchies : nous sommes toutes les quatre passées au tribunal. Seule, le docteur Marlowe semblait à même de nous comprendre et de nous défendre. Les parents de Misty et de Jade se sont pourtant assuré, à prix d'or, les services de prestigieux avocats qui n'ont, d'ailleurs, pas paru faire grand-chose pour mériter leurs honoraires. Star et moi n'avions que le docteur Marlowe pour plaider en notre faveur. Mais, au bout du compte, c'est elle qui a eu le plus d'influence sur le juge. Nous avions cependant enfreint la loi et, à ce titre, nous avions une dette à payer envers la société. Les autres avaient une famille, un tuteur légal pour assumer cette responsabilité. Mais moi, je n'avais personne.

Une fois encore, c'est le docteur Marlowe qui est montée au créneau : elle se proposa de devenir ma tutrice et de m'accueillir chez elle. J'ai d'abord protesté. Mais j'ai cessé de résister quand elle m'a assuré que c'était vraiment la volonté de sa sœur.

— Emma a besoin de compagnie, a-t-elle argué. Je suis bien trop accaparée par mon travail pour lui accorder l'attention qu'elle mérite. Ne t'inquiète pas, Cathy, ce ne sera qu'un échange de bons procédés.

Nécessité fait loi, m'aurait rappelé Géraldine : je n'avais pas vraiment le choix. Mais, si je l'avais eu, je crois que je n'aurais pas pu en faire de meilleur.

Le docteur Marlowe et moi avons discuté ensemble de mes études. Il me restait un an à faire au lycée. Nous avons décidé, d'un commun accord, que je terminerais ma scolarité dans l'enseignement laïque. Elle voulait que je mène une vie aussi normale que possible, que je rencontre des gens, que je fasse toutes ces choses que faisaient les filles de mon âge. Et, de fait, sur ses conseils, et avec les encouragements d'Emma, j'ai participé à quelques activités extrascolaires. J'ai même passé une audition pour faire partie de la troupe du lycée et j'ai décroché un rôle.

Jade, Star et Misty sont venues me voir jouer et nous sommes toutes allées manger une pizza après la représentation. Nous étions restées en contact tout au long de l'année, en dépit des efforts de la mère de Jade qui rejetait toute la responsabilité de ce qui s'était passé sur Star, Misty et moi, rabâchant à Jade que nous n'étions pas des jeunes filles fréquentables et que nous avions une très mauvaise influence sur elle. Comment sa distinguée fille aurait-elle pu enterrer un cadavre ? Comment aurait-elle pu faire une chose aussi dégradante, ahurissante et insensée ?

Même après le règlement définitif du divorce de ses parents, Jade n'avait rien perdu de sa superbe et sa mère ne tarda pas à reprendre son style de vie habituel. Jade dut cependant s'adapter à la nouvelle situation familiale de son père. Elle sembla, tant bien que mal, surmonter cette épreuve.

Comme Misty l'avait prévu, son père se sépara effectivement d'Ariel avant la fin de l'année. Ce qui, d'après Misty, transporta sa mère de joie. Mais, au bout du compte, Misty avait fini par le plaindre plus qu'elle ne s'apitoyait sur son propre sort ou sur celui de sa mère. Elle nous raconta qu'après sa rupture il avait l'air complètement perdu et si perturbé qu'inquiète pour lui, elle passait de plus en plus de temps à ses côtés.

— On commence enfin à se connaître un peu, nous avait-elle confié.

En juin, son bac en poche, Star épousa Larry en grande pompe, à l'église, exactement comme elle en avait toujours rêvé. Nous avons toutes les trois assisté à la cérémonie – et sans baguette magique, cette fois. Grâce à son frère, Larry décrocha un bon job dans l'informatique et Rodney vint vivre avec eux, dans leur maison d'Encino. Nous y sommes allées dîner, en juillet. Nous avons passé une formidable soirée.

Nous n'allions pas tarder à entrer à l'université. Jade fut admise à celle de Boston. Elle avait décidé qu'elle voulait faire ses études supérieures aussi loin que possible de chez elle et elle fut même déçue de ne pas être acceptée à Oxford. Misty fut admise à Berkeley, à San Francisco, et moi, à l'U.C.L.A., à Los Angeles. Il était convenu que je continuerais à vivre chez le docteur Marlowe, au moins pendant la première année.

Dans le courant de ma dernière année de lycée, la maison avait été vendue et l'argent de la vente, ajouté à mon héritage. On m'avait demandé d'emporter tout ce à quoi je tenais, avant la mise en vente ; ce qui s'était résumé à fort peu de chose. Quand j'en avais averti les filles, elles étaient toutes venues avec moi faire une dernière visite : un pèlerinage, en quelque sorte. Non pas que j'eusse éprouvé quelque nostalgie à la quitter, ni que j'eusse envie de faire revivre, entre ses murs, quelques souvenirs des trop rares moments de bonheur que j'y avais vécus, mais j'avais l'impression que je lui devais bien un dernier hommage.

C'était presque une tombe, déjà : nous n'avons été accueillies que par un grand vide résonnant de l'écho de nos pas et une pénombre glaciale qui nous faisait frissonner. J'ai déambulé à travers ses couloirs et ses pièces, jeté un regard par ses fenêtres et je suis montée dans ma chambre. Je suis restée dans l'ombre à regarder mon lit, me remémorant mes nuits de solitude, les atroces moments que j'y avais passés avec mon père, mais aussi ceux, encore chers à mon cœur, que j'y avais passés avec Stuart.

Est-ce qu'on laisse quelque chose de soi dans une maison où on a vécu tant d'années ? me suis-je demandé. *Les prochains habitants sentiront-ils ma présence ici, ou une couche de peinture fraîche, de nouveaux tapis et de nouveaux meubles effaceront-ils toute mon histoire ?* Mais qu'était-ce qu'une maison, après tout ? Elle ne pouvait pas garder ses secrets dans la pénombre de ses murs jusqu'à la fin des temps. On ouvrirait ses fenêtres et de nouvelles voix et de nouveaux éclats de rire viendraient chasser la morosité du passé. Tout cela serait dispersé aux quatre vents et, grâce au ciel, ne retrouverait pas de nouvel asile...

Misty apparut à mes côtés et me prit par les épaules.

— Tire un trait là-dessus, Cat, murmura-t-elle.

— Elle a raison, approuva Star.

Jade agita alors sa baguette magique – elle l'avait prise parce que, disait-elle, on a toujours besoin de magie.

— Disparaissez à jamais, vous, sinistres souvenirs et cauchemars du passé ! s'écria-t-elle.

Nous avons toutes éclaté de rire, puis nous sommes parties sans regret. Comme déjà la limousine s'éloignait, j'ai imaginé Géraldine, assise dans son fauteuil, regardant par la fenêtre, rêvant à une improbable délivrance. En définitive, elle avait été enterrée aux côtés de ses parents adoptifs, près de son cher Alden : son unique amour. Peut-être était-ce là la délivrance qu'elle avait tant attendue ?

— Et voilà, nous dit Jade. La page est tournée. Une autre vie s'offre à nous et notre avenir s'annonce radieux. En fait, nous pouvons même dissoudre le C.O.A.P. Il a rempli son rôle. Il ne sert plus à rien, désormais.

Aucune de nous trois ne protesta.

— Mais cela ne veut pas dire que nous allons nous séparer pour autant. Nous resterons toujours ensemble, toujours et à jamais.

— Toujours et à jamais, avons-nous toutes répété en chœur.

Nous nous sommes toutes juré une amitié indéfectible.

Mais nous savions ce que valent les promesses. Peu importait. Ce que nous avions vécu ensemble resterait en nous pour toujours. Et ce que nous éprouvions les unes pour les autres ne pourrait jamais mourir. Le temps, les nouvelles rencontres, les nouveaux amis et les nouvelles amours ne pourraient jamais nous l'enlever.

Nos bougies brûleraient pour toujours dans nos mémoires où reposeraient à jamais nos plus beaux souvenirs.

Et nos fleurs s'épanouiraient dans leur jardin secret chaque printemps, année après année, éternellement.

Jamais nous ne nous dirions adieu.

6766

Composition Chesteroc Ltd
Achevé d'imprimer en France (Manchecourt)
par Maury-Eurolivres
le 5 novembre 2003.
Dépôt légal novembre 2003. ISBN 2-290-32317-9

Éditions J'ai lu
84, rue de Grenelle, 75007 Paris
Diffusion France et étranger : Flammarion